LA CAJA DE LOS DESEOS

Sylvia Plath

LA CAJA DE LOS DESEOS
Ensayos y relatos
Sylvia Plath

Traducción de Guillermo López Gallego

Nørdicalibros

Título original:
Johnny Pannic and the Bible of Dreams

© 1952, 1953, 1954, 1955, 1956, 1957, 1960, 1961, 1962
   by Sylvia Plath
© 1977, 1979 by Ted Hughes
© De la traducción: Guillermo López Gallego
© De la fotografía: Penrodas Collection / Alamy
© De esta edición: Nórdica Libros S. L.
   C/ Doctor Blanco Soler, 26 · 28044 Madrid
   Tlf: (+34) 91 705 50 57
   info@nordicalibros.com
Primera edición: febrero de 2017
Segunda edición: febrero de 2024
ISBN: 978-84-19735-39-3
Depósito Legal: M-29825-2023
IBIC: FA
Thema: FBA

Impreso en España / *Printed in Spain*
Imprenta Kadmos
(Salamanca)

Maquetación: Diego Moreno
Corrección ortotipográfica: Victoria Parra y Ana Patrón

Cualquier forma de reproducción, distribución, comunicación pública o transformación de esta obra solo puede ser realizada con la autorización de sus titulares, salvo excepción prevista por la ley. Diríjase a CEDRO (Centro Español de Derechos Reprográficos, www.cedro.org) si necesita fotocopiar o escanear algún fragmento de esta obra.

LA CAJA DE LOS DESEOS
Prosa (1952-1963)

MADRES
(Relato, 1962)

Esther seguía en el primer piso cuando Rose entró por la puerta de atrás.
—¿Hola? Esther, ¿estás lista?
En la calle que llevaba a la casa de Esther había dos casitas, y Rose vivía en la de más arriba con su marido jubilado, Cecil. La casa era una granja grande con el tejado de paja y su propio patio adoquinado. Los adoquines no eran adoquines corrientes de calle, sino adoquines cincelados, cuyos lados estrechos y alargados formaban un mosaico que siglos de botas y cascos habían fundido delicadamente. Los adoquines se extendían bajo la recia puerta de roble tachonada hasta el oscuro pasillo entre la cocina y la trascocina, y en la época de la anciana *lady* Bromehead, habían formado también el suelo de la cocina y la trascocina. Pero cuando, a los noventa años, *lady* Bromehead se cayó y se rompió la cadera y la llevaron a una residencia, una serie de inquilinos sin servidumbre había persuadido a su hijo para que pusiera linóleo en esas habitaciones.
La puerta de roble era la puerta de atrás; la usaba todo el mundo, menos algún que otro desconocido. La puerta de delante, pintada de amarillo y flanqueada por dos arbustos de boj de olor penetrante, daba a un terreno de ortigas y a la iglesia, que señalaba al cielo gris por encima del festón de lápidas que la rodeaban. La verja principal se abría justo ante la esquina del cementerio.

Esther se caló el turbante hasta las orejas, y a continuación se ajustó las solapas del abrigo de cachemira para parecer alta, majestuosa y gorda al observador accidental, en lugar de embarazada de ocho meses. Rose no había llamado al timbre antes de entrar. Esther imaginó a Rose, la curiosa y ávida Rose, observando la tarima desnuda del recibidor principal y los juguetes desparramados con descuido desde la habitación delantera hasta la cocina. Esther no lograba acostumbrarse a que la gente abriese la puerta y se dejase caer sin llamar al timbre. Lo hacían el cartero, y el panadero, y el mozo del tendero, y ahora Rose, que era de Londres, y debía tener más criterio.

En una ocasión, cuando Esther y Tom estaban discutiendo a gritos y sin rodeos en medio del desayuno, la puerta de atrás se abrió de golpe y un puñado de cartas y revistas restalló sobre los adoquines del recibidor. El grito de «¡Buenos días!» del cartero se desvaneció. Esther se sintió espiada. Después de aquello, echó el cerrojo de la puerta de atrás durante un tiempo, pero el sonido de los tenderos que intentaban abrir la puerta y la encontraban cerrada en pleno día, y luego llamaban al timbre y esperaban a que ella llegase y abriese ruidosamente, le causaba todavía más vergüenza que la costumbre previa. Así que volvió a dejar el cerrojo en paz, y trató de no discutir tanto, o al menos no tan alto.

Cuando Esther bajó, Rose estaba esperando justo al otro lado de la puerta, vestida con elegancia con un sombrero de satén lila y un abrigo de *tweed* a cuadros. Junto a ella, había una mujer rubia de cara huesuda, con los párpados azul brillante y sin cejas. Era señora Nolan, la mujer del encargado del *pub* White Hart. La señora Nolan, según Rose, no iba nunca a las reuniones de la Unión de Madres[1], porque no tenía con quien ir, así que Rose la llevaba a la reunión de ese mes, junto con Esther.

—¿Os importa esperar un poquito más, Rose, mientras le digo a Tom que voy a salir?

Esther notó los astutos ojos de Rose pasando revista a su sombrero, sus guantes, sus zapatos de tacón de charol, mientras se daba la vuelta y echaba a andar con cuidado por los adoquines hacia el jardín de atrás. Tom estaba plantando fresas en la tierra recién removida de detrás de los establos vacíos. El bebé estaba en medio del

---

[1] *Mothers' Union*, organización de caridad fundada por Mary Elizabeth Sumner en 1876. *(Esta y todas las notas son del traductor).*

camino, encima de un montón de tierra roja, echándosela en el regazo con una cuchara maltrecha.

Esther sintió cómo sus quejas por que Tom no se afeitaba y dejaba al bebé jugar en el campo desaparecían al verlos a los dos tranquilos y en perfecta armonía.

—¡Tom! —Sin pensarlo, dejó su guante blanco encima de la cerca de madera cubierta de polvo—. Me voy. ¿Te importa hacerle un huevo duro al bebé, si vuelvo tarde?

Tom se irguió, y gritó unas palabras de ánimo que desaparecieron entre ambos en el denso aire de noviembre, y el bebé se volvió en dirección a la voz de Esther, con la boca negra, como si hubiera estado metiéndose tierra en ella. Pero Esther se escabulló, antes de que el bebé pudiera ponerse de pie y tambalearse hasta ella, hacia donde Rose y la señora Nolan la estaban esperando, al final del patio.

Esther esperó a que cruzaran la puerta de más de dos metros de alto, que parecía una empalizada, y echó el pestillo. Luego Rose puso los brazos en jarras, y la señora Nolan tomó un brazo, y Esther, el otro, y las tres mujeres anduvieron bamboleándose por el camino de piedra, dejaron atrás la casita de Rose, y más abajo la casita del viejo ciego y su hermana solterona, y salieron a la carretera.

—Hoy nos juntamos en la iglesia.

Rose se metió en la boca un caramelo de menta y les ofreció el cucurucho de papel de plata. Esther y la señora Nolan lo rehusaron cortésmente.

—Pero no siempre nos juntamos en la iglesia. Solo cuando entran nuevas afiliadas.

La señora Nolan puso los pálidos ojos en blanco, Esther no supo si por consternación general, o sencillamente ante la perspectiva de ir a la iglesia.

—¿Usted también acaba de llegar al pueblo? —preguntó a la señora Nolan, inclinándose un poco hacia delante para salvar a Rose.

La señora. Nolan emitió una risa breve y triste.

—Llevo aquí *seis años*.

—¡Ah, entonces ya conocerá a todo el mundo!

—A casi *nadie* —repuso la señora Nolan, haciendo que los recelos, como una bandada de pájaros de patas frías, llenasen el corazón de Esther.

Si la señora Nolan, inglesa, a juzgar por su aspecto y su acento, y además la mujer del encargado del *pub*, se sentía de fuera después de seis años en Devon, ¿qué esperanzas tenía Esther, estadounidense, de entrar en aquella sociedad arraigada?

Las tres mujeres siguieron andando, brazos entrelazados, por el camino que flanqueaba la linde, alta y con setos de acebo, de la finca de Esther, dejaron atrás la verja, y continuaron al pie de la pared de adobe rojo del cementerio. Lápidas planas y comidas por el liquen se inclinaban a la altura de sus cabezas. Labrado con hondura en la tierra por el uso, mucho antes de que alguien pensara en pavimentar, el camino se curvaba como el lecho de un río antiguo bajo sus riberas inclinadas.

Dejaron atrás el escaparate de la carnicería, con la muestra de codillos de cerdo y botes de manteca propia de mediados de la semana, y subieron por la calle de la policía y los baños públicos. Esther vio a otras mujeres que, solas y en grupos, confluían en la verja techada de la iglesia. Bajo el peso de los engorrosos abrigos de lana y los sombreros de colores apagados, todas ellas parecían retorcidas y viejas.

Mientras Esther y la señora Nolan se resistían a cruzar la reja, y animaban a Rose a seguir, Esther reconoció en la persona inusualmente fea que había llegado tras ella, sonriendo y saludando con la cabeza, a la mujer que le había vendido una berza inmensa en el Festival de la Cosecha por un chelín y medio. La col sobresalía del borde de la cesta de la compra como la planta milagrosa de un cuento, llenándola por completo; pero, cuando se puso a cortarla, era esponjosa y dura como corcho. Dos minutos en la olla a presión, y se quedó en un amasijo pálido y naranja que ennegrecía el fondo y los lados de la olla con un líquido aceitoso y maloliente. Tendría que haberla hervido inmediatamente, pensó Esther ahora, siguiendo a Rose y la señora Nolan hasta la puerta de la iglesia bajo los limeros achaparrados y desmochados.

El interior de la iglesia parecía curiosamente luminoso. Esther se dio cuenta de que hasta entonces solo había entrado de noche, para las vísperas. Los bancos de atrás ya se estaban llenando de mujeres, que susurraban, se agachaban, se arrodillaban y sonreían con benevolencia en todas direcciones. Rose llevó a Esther y la señora Nolan a un banco vacío en medio del pasillo. Hizo pasar primero a la señora Nolan, luego entró ella, y a continuación tiró de Esther. Rose fue la única de las tres que se arrodilló. Esther inclinó la cabeza y cerró los ojos, pero su mente siguió en blanco; se sentía hipócrita. Así que abrió los ojos y miró a su alrededor.

La señora Nolan era la única mujer de la congregación que no llevaba sombrero. Esther la miró a los ojos, y la señora Nolan arqueó las cejas o, mejor dicho, la piel de la frente donde tuvo las cejas. Luego se inclinó hacia delante.
—No vengo demasiado —confesó.
Esther sacudió la cabeza y susurró:
—Yo tampoco.
No era del todo cierto. Un mes después de llegar al pueblo, Esther había empezado a ir a los servicios de vísperas, sin perderse uno. El mes de hiato había sido angustioso. Los campaneros del pueblo hacían resonar los carillones dos veces cada domingo, mañana y tarde, por el campo de los alrededores. Era imposible escapar de las notas inquisitivas. Mordían el aire y lo sacudían con empeño perruno. Las campanas hacían que Esther se sintiese al margen, como postergada en un gran banquete local.

Pocos días después de mudarse a aquella casa, Tom la llamó desde el piso de abajo para que saludase a una visita. En la sala de delante estaba sentado el pastor, entre cajas de libros por desembalar. Era un hombrecillo gris, con orejas de soplillo, acento irlandés y una sonrisa profesionalmente benigna que todo lo toleraba. Les habló de los años que había pasado en Kenia, donde conoció a Jomo Kenyatta, de sus hijos, que estaban en Australia, y de su mujer, que era inglesa.
Esther pensó que de un momento a otro les preguntaría si iban a la iglesia. Pero el pastor no mencionó la iglesia. Hizo saltar al bebé sobre sus rodillas y se marchó poco después, con su silueta negra y compacta haciéndose más y más pequeña en dirección a la verja.
Un mes después, trastornada todavía por las campanas evangélicas, envió al pastor una nota atropellada, medio a su pesar. Le gustaría ir a la misa de vísperas. ¿Le importaría explicarle el rito?
Esperó nerviosa un día, dos días, y cada tarde preparaba té y bizcocho, que Tom y ella no se comían hasta estar seguros de que había pasado la hora del té. Luego, la tercera tarde, estaba hilvanando un camisón de franela amarilla para el bebé, cuando por casualidad miró hacia la verja por la ventana. Una recia forma negra subía despacio por las ortigas.
Esther recibió recelosa al pastor. Le dijo inmediatamente que la habían educado en la fe unitaria. Pero el pastor le contestó con una

sonrisa que, por ser cristiana, al margen de sus convicciones, era bienvenida en su iglesia. Esther se tragó el impulso de soltarle que era atea y poner punto final. Al abrir el Libro de Oración Común que el pastor le había llevado, sintió que una veladura enfermiza y engañosa se apoderaba de sus rasgos; recorrió tras él el orden del servicio. La aparición del Espíritu Santo y las palabras «resurrección de la carne» le dieron un prurito de falsedad. Sin embargo, cuando confesó que no podía creer en la resurrección de la carne (no se atrevió a decir «ni en la del espíritu»), el pastor no pareció inmutarse. Tan solo le preguntó si creía en la eficacia de la oración.

—¡Oh, sí, sí creo! —Se oyó exclamar, asombrada por las lágrimas que tan oportunamente le habían venido a los ojos, cuando solo quería decir: «Me encantaría creer».

Más tarde, se preguntó si las lágrimas las había causado la visión de la enorme e irrevocable distancia que había entre su descreimiento y la beatitud de la fe. No se atrevió a decirle al pastor que ya había pasado por aquella intentona pía diez años antes, en la clase de Religión Comparada de la universidad, y finalmente solo consiguió lamentarse por a no ser judía.

El pastor propuso que quedase con su mujer en el próximo servicio de vísperas, y se sentase con ella, para no sentirse fuera de lugar. Luego pareció cambiar de idea. Al fin y al cabo, quizá prefería ir con sus vecinos, Rose y Cecil. Eran «feligreses». Solo cuando el pastor cogió sus dos libros de oraciones y su sombrero negro, recordó Esther el plato de bizcochos con azúcar y la bandeja del té que esperaban en la cocina. Pero para entonces era demasiado tarde. No solo el olvido había relegado esos bizcochos, pensó, observando la mesurada retirada del pastor entre las ortigas verdes.

La iglesia se estaba llenando rápidamente. La mujer del pastor, de rostro alargado, angular, amable, retrocedió de puntillas desde el primer banco repartiendo ejemplares del Misal de la Unión de Madres. Esther sintió que el bebé se agitaba y daba patadas, y pensó plácidamente: «Soy madre; este es mi sitio».

El frío primigenio del suelo de la iglesia estaba comenzando su entrada mortal en las suelas de los zapatos, cuando, susurrando y dejando de hablar, las mujeres se pusieron en pie al mismo tiempo, y el pastor, con sus andares lentos y santos, recorrió el pasillo.

El órgano tomó aliento; comenzaron el himno de apertura. El organista debía de ser novato. Cada pocos compases se alargaba una discordancia, y las voces de las mujeres patinaban hacia arriba y hacia abajo en pos de la escurridiza melodía con una desesperación atolondrada y gatuna. Hubo genuflexiones, respuestas y más himnos.

El pastor dio un paso al frente, y repitió con detalle una anécdota que había sido el núcleo de su sermón de vísperas más reciente. Luego sacó una metáfora torpe, incluso sonrojante, que Esther le había escuchado en un bautizo la semana antes, sobre el aborto físico y el espiritual. Claramente el pastor estaba recreándose. Rose se metió otro caramelo en la boca, y la señora Nolan tenía la mirada vidriosa y lejana de una vidente infeliz.

Por fin, tres mujeres, dos bastante jóvenes y atractivas, una muy mayor, fueron al frente, y se arrodillaron ante el altar para ser recibidas en la Unión de Madres. El pastor olvidó el nombre de la mayor (Esther pudo percibir cómo lo olvidaba), y se vio obligado a esperar hasta que su mujer tuvo la presencia de ánimo de acercarse discretamente y susurrárselo al oído. La ceremonia prosiguió.

Dieron las cuatro antes de que el pastor dejase salir a las mujeres. Esther dejó la iglesia en compañía de la señora Nolan, ya que Rose se había adelantado con dos amigas suyas, Brenda, la mujer del frutero, y la elegante la señora. Hotchkiss, que vivía en Widdop Hill y criaba pastores alemanes.

—¿Vas a quedarte a la merienda? —preguntó la señora Nolan, mientras la corriente de mujeres las arrastraba al otro lado de la calle, y abajo, hacia el edificio de ladrillo amarillo de la policía.

—A eso he venido —dijo Esther—. Me parece que nos la hemos ganado.

—¿Para cuándo es el bebé?

Esther rio.

—De un momento a otro.

Las mujeres se estaban desviando a un patio a mano izquierda. Esther y la señora Nolan las siguieron a una habitación oscura que tenía algo de cobertizo, y que trajo a Esther recuerdos deprimentes de campamentos y sesiones de canciones de la iglesia. Recorrió la penumbra con la mirada, tratando de dar con una tetera o cualquier otra señal de alegría, pero tan solo encontró un piano de pared cerrado. Las demás mujeres no se detuvieron; subieron en fila india unas escaleras mal iluminadas.

Tras unas puertas batientes, se abría una habitación luminosa que revelaba dos mesas larguísimas, colocadas en paralelo y con manteles inmaculados de lino blanco. En el centro de las mesas, bandejas de bizcochos y pastas alternaban con cuencos de crisantemos cobrizos. Había una cantidad asombrosa de bizcochos, todos ellos minuciosamente decorados, unos con cerezas y nueces, otros con azúcar espolvoreada. El pastor ya se había colocado en la cabecera de una mesa, y su mujer, en la de la otra, y las mujeres del pueblo empezaban a agolparse en las sillas apretadas. Las mujeres del grupo de Rose se colocaron al final de la mesa del pastor. A la señora Nolan la obligaron a sentarse enfrente del pastor, en el mismísimo extremo de la mesa, con Esther a la derecha y una silla vacía que habían pasado por alto a la izquierda.

Las mujeres se sentaron y se pusieron cómodas.

La señora Nolan se volvió hacia Esther:

—¿Tú a qué te dedicas?

Quien preguntaba era una mujer desesperada.

—Oh, tengo al bebé. —Esther se avergonzó de su evasiva—. Paso a máquina lo que escribe mi marido.

Rose se inclinó hacia ellas.

—Su marido escribe para la radio.

—Yo pinto —dijo la señora Nolan.

—¿Qué pintas? —preguntó Esther, un poco sobresaltada.

—Sobre todo óleos. Pero no se me da bien.

—¿Has intentado la acuarela?

—Sí, claro, pero se te tiene que dar bien. Tiene que salirte a la primera.

—Entonces, ¿qué pintas? ¿Retratos?

La señora Nolan arrugó la nariz y sacó un paquete de cigarrillos.

—¿Tú crees que se puede fumar? No. No se me dan bien los retratos. Pero a veces pinto a Ricky.

La mujer diminuta de aspecto apagado que servía el té llegó donde estaba Rose.

—Se puede fumar, ¿verdad? —preguntó la señora Nolan a Rose.

—Oh, me parece que no. La primera vez que vine me moría de ganas, pero no fumaba nadie.

La señora Nolan miró a la señora del té.

—¿Se puede fumar?

—Ooh, yo diría que no —dijo la mujer—. En las dependencias de la iglesia, no.

—¿Es por la normativa de incendios? —quiso saber Esther—. ¿O es por algo religioso?

Pero nadie lo sabía. La señora Nolan empezó a hablar a Esther de su niño de siete años, que se llamaba Benedict. Resultó que Ricky era un hámster.

De pronto, las puertas batientes se abrieron de par en par y dejaron pasar a una joven colorada con una bandeja humeante.

—¡Las salchichas, las salchichas! —gritaron voces complacidas desde diversos puntos de la sala.

Esther tenía mucha hambre, casi estaba desfallecida. Ni siquiera los hilos de grasa transparente y caliente que rezumaban de su salchicha envuelta en masa la detuvieron. Mordió un buen trozo, al igual que la señora Nolan. En ese momento, todo el mundo agachó la cabeza. El pastor bendijo las mesas.

Con los carrillos abultados, Esther y la señora Nolan se miraron, haciendo muecas y sofocando la risa, como colegialas que comparten un secreto. Luego, después de la bendición, todo el mundo empezó a pasar platos de un lado a otro de la mesa, y a servirse con energía. La señora Nolan habló a Esther sobre el padre de Benedict el Joven, Benedict el Grande (su segundo marido), que había tenido una plantación de caucho en Malasia, hasta que tuvo la desgracia de enfermar y lo mandaron a casa.

—Toma pan dulce. —Rose le pasó una bandeja de rebanadas tiernas y afrutadas, y la señora Hotchkiss le alcanzó un bizcocho de chocolate de tres pisos.

Esther se sirvió grandes cantidades de todo.

—¿Quién hace los bizcochos?

—La mujer del pastor —dijo Rose—. Cocina mucho.

—El pastor... —Mrs. Hotchkiss inclinó su sombrero, que tenía una pluma de perdiz—... ayuda a batir.

La señora Nolan, sin cigarrillos, tamborileaba sobre la mesa.

—No voy a tardar en irme.

—Me voy contigo. —Esther habló con la boca llena—. Tengo que volver, por el bebé.

Pero había vuelto la mujer, con más té, y las dos mesas parecían cada vez más una gran reunión familiar de la que sería de mala educación marcharse sin dar las gracias, o por lo menos sin pedir permiso.

Sin que supieran cómo, la mujer del pastor se había escabullido de la cabecera de su mesa, y estaba inclinada sobre ellas de manera maternal, con una mano encima del hombro de la señora Nolan, y otra encima del de Esther.

—El pan dulce es delicioso —dijo Esther, con intención de elogiarla—. ¿Lo ha hecho usted?

—Oh, no, lo hace el señor Ockenden. —El señor Ockenden era el panadero del pueblo—. Pero sobra un pan. Si quiere, lo puede comprar después.

Desconcertada ante aquel quiebro financiero repentino, Esther recordó casi inmediatamente que la gente de la iglesia, sea de la orden que sea, siempre anda buscando dinero, colectas y donaciones de una u otra clase. Hacía poco se había visto saliendo de vísperas con una hucha, un austero recipiente de madera con una hendidura en el que al parecer se esperaba que fuera metiendo dinero hasta el Festival de la Cosecha del año siguiente, cuando vaciarían y volverían a distribuir las huchas.

—Me encantaría —dijo Esther, con entusiasmo un poco excesivo.

Cuando la mujer del pastor volvió a su sitio, hubo murmullos y codazos entre las mujeres de mediana edad del otro extremo de la mesa, que llevaban sus mejores blusas, chaquetas y sombreros redondos de fieltro. Finalmente, con un discreto aplauso local, una mujer su puso en pie, y dio un discursito pidiendo un voto de gracias a la mujer del pastor por la merienda. Hubo una coda cómica pidiendo dar también las gracias al pastor, por ayudar —al parecer era famoso por ello— a hacer la masa de los bizcochos. Más aplausos, muchas carcajadas, tras las cuales la mujer del pastor pronunció un discurso de respuesta, dando la bienvenida a Esther y a la señora Nolan por sus nombres. Dejándose llevar por el entusiasmo, confesó que esperaba que entrasen en la Unión de Madres.

En el torbellino general de aplausos y sonrisas y miradas curiosas y un nuevo pase de bandejas, el propio pastor dejó su sitio y fue a sentarse en la silla vacía que tenía al lado la señora Nolan. Tras saludar a Esther con una inclinación de cabeza, como si ya hubieran hablado mucho, empezó a dirigirse con voz profunda a la señora Nolan. Esther los escuchó sin disimulo, mientras acababa su plato de pan dulce con mantequilla y bizcochos variados.

El pastor hizo una extraña referencia jocosa a que nunca encontraba a la señora Nolan en casa, ante la cual la clara piel de rubia de esta se puso rosa brillante, y luego dijo:

—Lo siento, pero, si no la he ido a ver, es porque pensaba que estaba divorciada. Normalmente, procuro no molestar a las divorciadas.

—Oh, no se preocupe. Ya no se preocupe, ¿eh? —musitó la señora Nolan, sonrojada y tirando furiosamente del cuello abierto de su abrigo.

El pastor acabó con un pequeño sermón de bienvenida que a Esther se le escapó, en su confusión y enfado ante el apuro de la señora Nolan.

—No tenía que haber venido —susurró la señora Nolan a Esther—. Las divorciadas no deben venir.

—Qué cosa más ridícula —dijo Esther—. Me marcho. Vámonos.

Rose levantó la mirada cuando sus protegidas empezaron a abotonarse los abrigos.

—Voy con vosotras. Cecil querrá el té.

Esther miró de reojo a la mujer del pastor, al fondo de la habitación, rodeada de un grupo de mujeres que charlaban. El pan que sobraba no estaba a la vista, y no tenía el menor deseo de buscarlo. Podía pedirle uno a el señor Ockenden el sábado, cuando pasase por su casa. Además, tenía la vaga sospecha de que la mujer del pastor lo vendería más caro, para beneficio de la iglesia, como hacían en los rastrillos.

La señora Nolan se despidió de Rose y de Esther ante el ayuntamiento, y se dirigió colina abajo al *pub* de su marido. El camino del río desaparecía, en la primera bajada, en un banco de húmeda niebla azul; desapareció en pocos minutos.

Rose y Esther fueron andando juntas a casa.

—No sabía que no admitían a las divorciadas —dijo Esther.

—Oh, no, no les gustan. —Rose hurgó en un bolsillo y sacó un paquete de Maltesers—. ¿Quieres? La señora Hotchkiss ha dicho que la señora Nolan no puede entrar en la Unión de Madres, aunque quisiera. ¿Quieres un perro?

—¿Un perro?

—Un perro. A la señora Hotchkiss le queda un pastor alemán de la última camada. Los negros los ha vendido todos, esos le gustan a todo el mundo, y ahora solo hay uno gris.

—A Tom no le gustan *nada* los perros. —Esther se sorprendió ante su propio arranque de pasión—. Sobre todo los pastores alemanes.

Rose pareció alegrarse.

—Ya le he dicho que no creía que lo quisieras. Los perros son horrorosos.

Parecía que los vetustos líquenes de las lápidas, verdemente luminosas en la espesa penumbra, pudieran tener poderes mágicos de fosforescencia. Las dos mujeres pasaron ante el cementerio, con su tejo chato y negro, y a medida que el frío del anochecer penetraba sus abrigos y el caduco esplendor de la merienda, Rose ofreció su brazo y Esther lo tomó sin dudar.

OCEAN 1212-W
(Ensayo, 1962)

El paisaje de mi infancia no era tierra, sino el final de la tierra: las colinas frías, saladas, en movimiento, del Atlántico. A veces pienso que mi perspectiva del mar es lo más claro que tengo. La tomo, en mi condición de exiliada, como las «piedras de la suerte» moradas que coleccionaba, con una franja blanca alrededor, o como la concha de un mejillón azul, con su interior irisado como uña de ángel; y en una ola de recuerdo los colores se hacen más intensos y brillan, y el mundo temprano respira.

La respiración es lo primero. Algo respira. ¿Mi propia respiración? ¿La respiración de mi madre? No, es otra cosa, algo más grande, más lejano, más grave, más cansado. Así que floto un rato tras mis párpados cerrados; soy una pequeña capitana de barco, saboreo el tiempo del día: arietes en el rompeolas, espuma de metralla sobre los valientes geranios de mi madre, o el *ssh-ssh* adormecedor de una marisma inundada y resplandeciente; la marisma da vueltas perezosa a la arenilla de cuarzo del borde, amablemente, una señora que repasa las joyas. A lo mejor había un silbido de lluvia en la ventana, a lo mejor el viento estaba suspirando y probando los chirridos de la casa como teclas. Yo no me dejaba engañar. El pulso maternal del mar se reía de esas falsificaciones. Como una mujer profunda, escondía mucho; tenía muchas caras, muchos velos delicados, terribles. Hablaba de milagros y distancias; si podía cortejar, también podía matar. Cuando estaba aprendiendo a gatear, mi madre me puso en la playa para que ver qué me parecía. Fui en línea recta hacia la ola que llegaba, y acababa de atravesar la pared verde cuando mi madre me agarró por los talones.

Muchas veces me pregunto qué habría pasado si hubiese conseguido traspasar ese espejo. ¿Habrían actuado mis branquias infantiles, la sal de mi sangre? Durante mucho tiempo no creí ni en Dios ni en Papá Noel, sino en las sirenas. Me parecían tan lógicas y posibles como la rama quebradiza de un caballito de mar en el acuario del Zoo, o las rayas atrapadas en las cañas de los pescadores domingueros que decían obscenidades, rayas con forma de fundas de almohada viejas, con labios de mujer carnosos y tímidos.

Y recuerdo a mi madre, también chica de mar, leyéndonos a mí y a mi hermano —que llegó más tarde— el «Tritón abandonado» de Matthew Arnold:

Antros frescos, profundos, silentes y escondidos,
en los cuales los vientos están adormecidos;
donde las luces tiemblan marchitas y dolientes.
Donde las yerbas obstan las nítidas corrientes,
y los seres acuáticos demoran agrupados.
Nutriéndose del fango del suelo de sus prados;
en donde las serpientes se van a calentar,
arrolladas al sol, en un rincón del mar;
y en donde las ballenas, con ojos de estupor,
navegan y navegan del mundo en derredor.[2]

Vi que tenía la carne de gallina. No sabía por qué. No tenía frío. ¿Había pasado un fantasma? No, era la poesía. Una chispa saltó de Arnold y me estremeció, como un escalofrío. Tenía ganas de llorar; me sentía muy rara. Había descubierto una forma nueva de ser feliz.

De vez en cuando, cuando me entra nostalgia de mi niñez marina —los chillidos de las gaviotas y el olor de la sal—, alguien me mete en un coche, solícito, y me lleva al horizonte salobre más cercano. Al fin y al cabo, en Inglaterra ningún sitio está a más de, ¿qué?, setenta millas del mar. «Aquí —me dice—, aquí está». Como si el mar fuese una gran ostra encima de un plato que se puede servir, y que en cualquier restaurante del mundo sabe exactamente igual.

---

[2] Según la traducción de Fernando Maristany.

Salgo del coche, estiro las piernas, olisqueo. El mar. Pero no es eso, no es eso, para nada.

Para empezar, la geografía está mal. ¿Dónde está el gris pulgar del depósito de agua a la izquierda, y el banco de arena (un banco de piedra, en realidad) con forma de guadaña debajo, y la cárcel de Deer Island en la punta del cabo a la derecha? El camino que conocía se curvaba hacia las olas, con el mar a un lado, y la bahía, al otro; y la casa de mi abuela, a mitad de camino, daba al este, lleno de sol rojo y luces marinas.

Todavía recuerdo su número de teléfono: OCEAN 1212-W. Se lo repetía a la telefonista, desde mi casa en el lado de la bahía, más silencioso, un ensalmo, una rima excelente, esperando a medias que el auricular negro me devolviese, como una concha, el susurrante murmullo del mar junto con el «Hola» de mi abuela.

La respiración del mar, por lo tanto. Y luego sus luces. ¿Era un animal enorme, radiante? Hasta con los ojos cerrados notaba que los destellos reflejados en sus brillantes espejos se movían sobre mis párpados como arañas. Yacía en una cuna acuática, y los resplandores del mar encontraban las rendijas en la persiana verde oscuro, jugaban y bailaban, o descansaban y temblaban un poco. A la hora de la siesta hacía tintinear la cabecera de latón de la cama con la uña, para oír su música, y una vez, en un ataque de descubrimiento y sorpresa, encontré la juntura del empapelado rosa nuevo, y con la misma uña curiosa dejé al desnudo un gran espacio mondo de pared. Me riñeron por aquello, también me dieron azotes, y luego mi abuelo me salvó de las furias domésticas y me llevó a dar un largo paseo por la playa, sobre piedras moradas que repiqueteaban y chascaban.

Mi madre nació y creció en la misma casa mordida por el mar; recordaba días de naufragios, cuando la gente del pueblo rebuscaba entre los pecios que las olas arrastraban como en un mercado: teteras, rollos de tela empapada, el zapato solitario, lúgubre. Pero, que ella recordase, jamás un marinero ahogado. Iban directos al fondo del mar. Aun así, ¿qué no legaría el mar? No perdía la esperanza. Las pepitas de cristal marrones y verdes abundaban, las azules y rojas escaseaban: ¿faroles de barcos destrozados? O corazones de botellas de cerveza y *whisky* batidos por el mar. No había forma de saberlo.

Creo que el mar se tragó docenas de juegos de té: tirados con descuido por la borda de los transatlánticos, o relegados a la marea por novias plantadas en el altar. Tenía una colección de esquirlas de porcelana, con rebordes de jacintos y pájaros o margaritas trenzadas. No había dos motivos iguales.

Y un día las texturas de la playa se quemaron para siempre en la lente de mi ojo. Un abril caluroso. Me calentaba el trasero en los escalones de mi abuela, de piedra y con destellos de mica, contemplando la pared estucada, con su dibujo de huevos de piedra, vieiras, y cristal de colores, propio de una urraca. Mi madre estaba en el hospital. Hacía tres semanas que faltaba. Yo estaba de morros. No quería hacer nada. Su deserción había dejado un agujero llameante en mi cielo. Con lo amante y fiel que era, ¿cómo podía dejarme tan fácilmente? Mi abuela tarareaba y aporreaba la masa de pan con entusiasmo contenido. Vienesa, victoriana, fruncía los labios, no quería decirme nada. Por fin se ablandó un poco. Cuando mi madre volviera, iba a darme una sorpresa. Iba a ser algo estupendo. Iba a ser... un bebé.

Un bebé.

Yo odiaba los bebés. Yo, que durante dos años y medio había sido el centro de un universo tierno, sentí que el eje se torcía, y un frío polar me inmovilizó los huesos. Iba a ser una espectadora, un mamut en un museo. ¡Bebés!

Ni siquiera mi abuelo, en la galería acristalada, fue capaz de sacarme de mi enorme pesadumbre. Me negué a esconder su pipa en la planta de goma y convertirla en un arbusto pipero.[3] Se alejó en zapatillas, también ofendido, pero silbando. Esperé hasta que su silueta rodeó la loma del depósito de agua y fue empequeñeciéndose en dirección al paseo marítimo; los puestos de helados y perritos calientes seguían cerrados con tablas, a pesar del cálido tiempo preveraniego. Su lírico silbido me llamaba a la aventura, y a olvidar. Pero yo no quería olvidar. Abrazada a mi rencor, feo y erizado de pinchos, triste erizo de mar, me alejé sola andando con dificultad en dirección opuesta, hacia la imponente cárcel. Como desde una estrella, vi, fría y sobriamente, la *separación* de todo. Sentí la pared de mi piel: yo soy yo. Esa piedra es una piedra. Mi hermosa fusión con las cosas de este mundo se había terminado.

La marea bajó, sorbida de nuevo en sí misma. Ahí estaba yo, rechazada, con las algas negras secas cuyas duras cuentas me gustaba hacer estallar, mitades vacías de naranja y pomelo y una inmundicia

---

[3] Juego de palabras intraducible. *Pipe tree*, en el original, es cualquier arbusto con cuyas ramas se pueden fabricar pipas, como el saúco o el lilo.

de conchas. Inmediatamente, vieja y solitaria, las observé: navajas, barcos de hadas, mejillones cubiertos de hierba, el picado encaje gris de la ostra (nunca había perlas) y minúsculos «cucuruchos de helado» blancos. Siempre se sabía dónde estaban las mejores conchas: en el borde de la última ola, marcado con rímel de alquitrán. Cogí con frialdad una estrella de mar rígida. La tenía en el corazón de mi palma, una imitación cómica de mi propia mano. A veces curaba estrellas de mar vivas en tarros de mermelada llenos de agua de mar, y miraba cómo volvían a crecerles los brazos perdidos. Aquel día, aquel espantoso natalicio de la otredad, mi rival, otra persona, lancé la estrella de mar contra una piedra. Que se muera. Por no tener ingenio.

Me di un golpe en el dedo del pie con las piedras redondas y ciegas. No prestaron atención. Les daba igual. Supuse que estaban contentas. El mar se alejaba bailando hacia la nada, hacia el cielo. Aquel día tranquilo, la línea divisoria era casi invisible. Sabía por el colegio que el mar ceñía el bulto del mundo como un abrigo azul, pero por lo que fuera mi conocimiento nunca conectó con lo que *veía*: agua arrastrada hasta la mitad del aire, una persiana plana y cristalina; con rastros de caracol de vapores en el borde. Que yo supiera, circundaban aquella línea para siempre. ¿Qué había detrás? «España», dijo Harry Bean, el de ojos de búho, mi amigo. Pero el mapa pueblerino de mi mente no podía asimilarlo. España. Mantillas y castillos dorados y toros. Sirenas sobre rocas, cofres de joyas, lo fantástico. Un trozo de lo cual el mar, comiendo y agitando sin cesar, podía hacer encallar a mis pies en cualquier momento. En señal.

¿En señal de qué?

En señal de elección y excepcionalidad. En señal de que no iba a estar proscrita siempre. Y *vi* una señal. De una pulpa de algas, brillante aún, con un olor húmedo, fresco, salía una manita marrón. ¿Qué podía ser? ¿Qué *quería* yo que fuera? ¿Una sirena, una infanta española?

Lo que era, era un mono.

No un mono de verdad, sino un mono de madera. Pesado por el agua que había tragado y con cicatrices de alquitrán, estaba agazapado sobre su pedestal, remoto y santo, de largo hocico, y extrañamente extranjero. Lo cepillé, y lo sequé, y admiré su pelo delicadamente tallado. No se parecía a ningún mono que hubiera visto, comiendo cacahuetes y tonto. Tenía la noble pose de un Pensador simiesco. Ahora descubro que el tótem que amorosamente separé de su amnios de algas (y que en el ínterin, ay, he extraviado con el resto del equipaje de la infancia) era un Babuino Sagrado.

Así que el mar, percibiendo mi necesidad, me había concedido una bendición. Mi hermano pequeño ocupó su lugar en la casa aquel día, pero también mi maravilloso y (¿quién lo habría imaginado?) valioso babuino.

Entonces, ¿mi amor al cambio y al estado salvaje viene del paisaje marino de mi infancia? Las montañas me dan miedo: están ahí sin hacer nada, son muy *orgullosas*. Las colinas me asfixian con su quietud de almohadas altas. Cuando no estaba andando junto al mar, estaba en él o bajo él. Mi joven tío, atlético y manitas, nos construyó un columpio de playa. Cuando la marea estaba en el punto exacto, podías impulsarte hasta el pico del arco, soltarlo y caer en el agua.

Nadie me enseñó a nadar. Ocurrió sin más. Estaba de pie en un círculo de compañeros de juego en la bahía tranquila, el agua me llegaba por las axilas, las olas me mecían. Un niño mimado tenía una rueda de caucho en la que estaba sentado y pataleaba, aunque no sabía nadar. Mi madre nunca permitió que a mi hermano o a mí nos dejasen manguitos, flotadores o colchonetas, por temor a que nos llevasen donde no hiciéramos pie, y nos dieran una muerte temprana. Su inflexible lema era «primero, aprended a nadar». El niño se bajó de la rueda, se movía arriba y abajo, y la aferraba, no quería compartirla. «Es mía», decía con toda la razón. De pronto, una ráfaga de viento oscureció el agua, se soltó, y la rueda con forma de salvavidas se alejó. La pérdida le abrió los ojos de par en par; se echó a llorar. «Yo te lo traigo», dije, y mi bravuconería ocultaba un ardiente deseo de montar. Salté batiendo de lado con las manos; dejé de hacer pie. Estaba en ese país prohibido: «Donde no hacía pie». Según Mamá, debería haberme hundido como una piedra, pero no lo hice. Tenía la barbilla alzada, mis manos y mis pies molían el verde frío. Atrapé la rueda que se movía rápidamente, y entré nadando. Estaba nadando. Sabía nadar.

Al otro lado de la bahía, el aeropuerto soltó un dirigible. Subió como una pompa de plata, una salva.

Aquel verano mi tío y su menuda prometida construyeron un barco. Mi hermano y yo llevábamos clavos relucientes. Nos despertábamos con el *tamp-tamp* del martillo. El color de miel de la madera nueva, las virutas blancas (transformadas en anillos) y el dulce serrín estaban creando un ídolo, algo hermoso..., un barco auténtico. Mi tío trajo caballas del mar. Brocados negro azulado-verdoso frescos, llegaron a la mesa. Y vivimos del mar. Con la cabeza y la cola de un bacalao, mi abuela sabía hacer una crema que al enfriarse se asentaba en su jalea triunfal. Hacíamos cenas de cremosas almejas al vapor, y colocábamos líneas de nasas. Pero nunca soporté ver a mi madre echar los bogavantes verde oscuro, agitando las pinzas cerradas con madera, en la olla hirviendo de la que un minuto después eran sacados, rojos, muertos y comestibles. Sentía la horrible escaldadura del agua demasiado vivamente en mi piel.

El mar era nuestro pasatiempo principal. Cuando venían invitados, los poníamos delante encima de unas alfombras, con termos y bocadillos y sombrillas de colores, como si mirar el agua —azul, verde, gris, azul marino o plateada, según el día— fuera suficiente. En aquellos tiempos los adultos aún llevaban los trajes de baño negros puritanos que hacen tan arcaicos los álbumes de fotos de la familia.

Mi último recuerdo del mar es de violencia, un día tranquilo e insalubremente amarillo de 1939, el mar fundido, aceitoso y acerado, tirando de la correa como un animal con instinto maternal, violetas malvados en la mirada. Llamadas ansiosas de mi abuela, en el lado del mar abierto, expuesto, cruzaron hasta mi madre, en la bahía. Mi hermano y yo, que aún éramos muy pequeños, absorbimos la conversación sobre maremotos, terreno alto, ventanas aseguradas con tablas y barcos flotantes como un elixir milagroso. Se esperaba el huracán al caer la noche. En aquellos tiempos, los huracanes no brotaban en Florida y florecían sobre Cape Cod cada otoño como hacen ahora..., *bang, bang, bang,* frecuentes como petardos el Cuatro de Julio y con caprichosos nombres de mujer. Aquello era una singularidad monstruosa, un leviatán. Nuestro mundo podía ser comido, hecho pedazos. Queríamos formar parte.

La tarde sulfurosa oscureció a hora antinaturalmente temprana, como si lo que había de llegar no pudiese ser iluminado por las estrellas, por las antorchas, contemplado. Se instaló la lluvia, una enorme ducha de Noé. Luego el viento. El mundo se había convertido en tambor. Golpeado, aullaba y se sacudía. Pálidos y exultantes en nuestras camas, mi hermano y yo bebíamos a sorbos nuestra bebida caliente de cada noche. No queríamos dormir, claro está. Fuimos a hurtadillas a una persiana, y levantamos una rendija. Sobre un espejo de negro fluvial nuestras caras vacilaban como polillas, intentando forzar la entrada. No se veía nada. El único sonido era un aullido, con la vida que daban los estallidos, los golpes, los gruñidos y los resquebrajamientos de objetos tirados como vajillas en una pelea de gigantes. La casa se mecía sobre su raíz. Se mecía y mecía, y meció a sus dos pequeños observadores hasta que quedaron dormidos.

Al día siguiente los daños eran como una se imaginaba: árboles y postes de teléfono arrancados, casitas de verano de mala calidad que flotaban junto al faro y una basura de costillas de barquitos. La casa de mi abuela había aguantado valiente, aunque las olas rompieron justo sobre el camino y llegaron a la bahía. El rompeolas de mi abuelo la había salvado, dijeron los vecinos. La arena le hundió el horno en espirales de oro; la sal manchó el sofá tapizado, y un tiburón muerto llenaba lo que había sido el arriate de geranios, pero mi abuela había sacado la escoba, no tardaría en estar en orden.

Y así se anquilosa mi visión de esa infancia junto al mar. Mi padre murió, nos mudamos tierra adentro. Ante lo cual aquellos nueve primeros años de mi vida se aislaron como un barco en una botella: hermosos, inaccesibles, anticuados, un hermoso, blanco mito volador.

BLITZ DE NIEVE
(Ensayo, 1963)

El día después de Navidad (llamado *Boxing Day*) empezó a nevar en Londres: mi primera nevada en Inglaterra. Llevaba cinco años preguntando con tacto: «¿Aquí nunca tienen nieve?», mientras me armaba de valor para afrontar los seis meses de gris húmedo y templado que constituyen un invierno inglés. «Oooh, sí, me acuerdo de la nieve», era la respuesta habitual, «cuando era mozo». Ante lo cual recordaba entusiasmada las enormes caídas de espectacular y crujiente blanco en las que hacía bolas de nieve y túneles, y sobre las que me deslizaba en trineo cuando *yo* era joven, en Estados Unidos. Ahora, ante mi ventana londinense, sentía el mismo dulce escalofrío de la expectativa, al ver las piezas de oscuridad que se encendían al cruzar el resplandor de la farola. Dado que mi piso (que antaño fue el hogar de W. B. Yeats, como recuerda una placa azul redonda) no tiene calefacción central, mi escalofrío no era metafórico, sino muy real.

Al día siguiente, había nieve por todas partes —blanca, pintoresca, intacta—, y siguió nevando. Al día siguiente seguía habiendo nieve por todas partes —intacta—. Parecía haber mucha más. Al cruzar la calle, de la que no habían quitado la nieve, sobre el empeine de mis botas caían trocitos que hacían *plop*. En la calle principal tampoco habían quitado la nieve. Autobuses y taxis avanzaban despacio por profundas rodadas blancas. Aquí y allá hombres con periódicos, escobas y trapos trataban de descubrir sus coches.

Casi todas las tiendas del barrio estaban atascadas en cincuenta o sesenta centímetros de plumón, los pasos de los clientes daban vueltas de puerta a puerta como huellas de pájaros. Delante de la farmacia habían despejado un espacio pequeño. En el cual entré agradecida.

—¡Me imagino que en Inglaterra lo que no *tienen* son quitanieves, je, je! —bromeé, haciendo acopio de pañales, zumo de grosella negra, jarabe de escaramujo y botellas de gotas para la nariz y medicina para la tos (etiquetada «El Expectorante» con letras góticas), es decir, regalos y ayudas para bebés resfriados.

—No —respondió el farmacéutico, sonriendo—, me temo que no tenemos quitanieves. En Inglaterra no estamos preparados para la nieve, sencillamente. Al fin y al cabo, no nieva casi nunca.

Me pareció una respuesta razonable pero ominosa. ¿Y si Inglaterra estaba a las puertas de una nueva glaciación?

—¿Quiere —el farmacéutico se inclinó hacia delante con una sonrisa confidencial— que le enseñe lo que me funciona *a mí*?

—Oh, sí, por favor —dije desesperada, pensando que hablaba de tranquilizantes.

El farmacéutico sacó una tabla áspera de dos metros, con timidez y orgullo, de detrás de un mostrador de Trufoods y pastillas para la tos.

—¡Una tabla!
—¿Una tabla?

El farmacéutico cerró los ojos y agarró la tabla, feliz como un ama de casa con un rodillo.

—Con esta tabla solo tengo que *apartar* la nieve.

Salí dando tumbos con mis paquetes. Iba sonriendo. Todo el mundo iba sonriendo. La nieve era un gran chiste, y nuestro apuro, el de unos alpinistas abandonados en una viñeta.

Entonces, la nieve se endureció y se heló. Las aceras y las calles se convirtieron en un terreno escabroso de hielo sobre cuyas grietas traicioneras se tambaleaban las personas mayores, agarrando correas de perros o con ayuda de desconocidos.

Una mañana llamaron al timbre.

—¿Le quito la nieve, señora? —dijo un pequeño *cockney* con un enorme carrito de bebé de lona.

—¿Cuánto es? —pregunté con cinismo, sin conocer la tarifa habitual y esperando una extorsión.

—Oh, tres peniques. Un penique.

Me ablandé y dije que bueno.

A continuación, previniendo la negligencia:

—¡No te olvides de quitar el hielo!

Dos horas después, el niño seguía trabajando. Cuatro horas después, llamó al timbre para pedir una escoba. Eché un vistazo por la ventana, y vi el carrito lleno de minúsculos icebergs. Por fin había terminado. Parecía que había limpiado entre las riostras de la barandilla con un escoplo.

—Parece que puede volver a nevar.

Inspeccionó el cielo gris bajo con esperanza. Le di seis peniques, y desapareció en un alud de gracias con el carrito y su montaña de nieve.

Sí que volvió a nevar. Y luego llegó el frío.

La mañana de la Gran Helada, descubrí la bañera medio llena de agua sucia. No lo entendía. No entiendo de fontanería. Esperé un día; a lo mejor desaparecía. Pero el agua no desapareció, fue a más, tanto en profundidad como en suciedad. Al día siguiente, al despertarme, me encontré contemplando una gotera en mi precioso techo blanco nuevo. Mientras miraba, el techo secretó en varios lugares gotas de líquido viscoso que cayeron sobre la alfombra. El empapelado del techo se hundía en las juntas.

—¡Ayuda! —grité al agente inmobiliario desde un charco de agua negra en la cabina telefónica. No tenía teléfono en casa, porque instalarlo llevaba por lo menos tres meses—. Tengo una gotera, y la bañera está llena de agua sucia.

Silencio.

—El agua sucia no es *mía*. —Me apresuré a añadir—. Es agua que llena la bañera por sí misma. Creo que hay algo de nieve. A lo mejor es agua del tejado.

Esta última información era un poco apocalíptica. ¿*Había* visto nieve en el agua de la bañera? Sin duda, sonaba más peligroso.

—Es muy posible que el agua sea del tejado —dijo el agente débilmente. A continuación, con más dureza—: Usted es consciente de que en todo Londres no hay un solo fontanero disponible. Todo el mundo tiene el mismo problema. Oiga, en mi piso han reventado tres cañerías.

—Sí, pero usted sí sabe arreglarlas —piropeé, resueltamente—. Y en los grifos del agua fría no hay agua fría. ¿*Eso* qué quiere decir?

—Enseguida lo vemos —musitó el agente.

Los obreros y el ayudante del agente llegaron en menos de una hora, con botas y resoplando, arrastrando barro negro. Se metieron por la trampilla del desván con picos y palas, y al poco estaban cayendo grandes masas de nieve del tejado al patio.

—¿Por qué gotea el tejado? —pregunté al ayudante del agente.

—Estos tejados son viejos. Cuando llueve, no pasa nada, pero cuando nieva, la nieve se apila detrás de los canalones. Mientras hace frío, no pasa nada. —Sonrío—. Pero... ¡cuando se derrite...!

—Pero de donde yo vengo nieva todos los inviernos, y los tejados nunca gotean.

El ayudante del agente se puso rojo.

—Bueno, hay un canalón estropeado *justo* encima de su cama.

—¡Encima de mi cama! ¿No sería mejor que lo arreglaran? Si nieva y se derrite un poco más, me voy a despertar debajo de una pila de yeso mojado. O a lo mejor ni me despierto.

El ayudante del agente no tenía pinta de haber pensado seriamente en arreglar el canalón. Al fin y al cabo, veía que albergaba la esperanza de que no nevase más.

—Es mejor que lo arreglen. No quiero tener que *volver* a molestarlos.

Los hombres bajaron y empezaron a limpiar el techo descolorido, que seguía goteando, con aire de haber arreglado las cosas. Fui corriendo a la habitación de los niños en respuesta a un choque y un grito. Mi hijo, en un ataque de energía, había sacudido la cuna hasta desmontarla, partiendo todos los tornillos. Cuando volví, mimándolo mientras sollozaba, oí a los hombres decirse «Uy» unos a otros. Con el aspecto avergonzado del que tapa una obscenidad, sostenían un cubo de plástico amarillo debajo de un surtidor de agua que caía del techo.

—¿Cuánto tiempo —pregunté— va a durar la gotera? Saben que es como la tortura de la gota china, ¿no?, ploc, ploc, ploc, toda la noche. ¿No pueden poner un cubo en el desván?

—Oh, señora, en el desván no cabe ni una vela. El canalón pasa justo por encima de su techo.

Dejaron el cubo en el suelo, por si acaso, y, entre promesas de arreglar el canalón antes del fin de semana, se marcharon estruendosamente.

No he vuelto a verlos.

Entonces llegó el mismísimo agente, con sombrero hongo y un detector de humedad, para ver qué pasaba con la gotera, el corte de agua fría y la bañera llena de fluido alpino.

Con el detector de humedad pinchó el techo del dormitorio, y me aseguró que no iba a caerse en un futuro inmediato.

—Pero se habrá dado cuenta de que corre el riesgo de quedarse sin agua para beber.

Dije que no, que no me había dado cuenta. ¿Por qué?

—Los albañiles no han recibido bien las cañerías que entran en la casa, y están congeladas. Yo que usted apagaría el calentador de inmersión para que no queme el tanque vacío. Cuando se acabe el agua de la cisterna de arriba, es el fin.

Traté de recordar cosas que una no puede hacer sin agua, aparte de lavarse la cara y hacer té: había muchas.

—Voy a tratar de tenerle las cañerías arregladas para esta noche —prometió el agente—. La situación del agua de beber es más importante que la bañera.

Salió al balcón nevado para inspeccionar la maraña de cañerías antiguas adosada a la pared, luego fue a enredar con los grifos de la cocina.

—¡Ajá! —dijo al fin—. Al principio pensaba que a lo mejor los fontaneros habían conectado mal una cañería, y que efectivamente el agua de la bañera podía venir del tejado. Pero... ¡mire!

Me ordenó que fuese a mirar la bañera llena de agua mientras él iba a la cocina y abría el grifo del agua caliente.

Del desagüe abierto surgieron burbujas y anillos.

—¿Ve? —acusó el agente—. Es *su propia agua* la que llena la bañera. Tiene una cañería de desagüe congelada, así que no puede salir.

A continuación me invitó al balcón.

Con un desparpajo deslumbrante, recitó de un tirón las fuentes y orígenes de las cañerías.

—Esa es la cañería del fregadero, esa es la cañería del baño, esas que salen al aire son las cañerías del aire.

Yo miraba con desesperación. Solo la cañería del desagüe del baño recorría unos seis metros por la pared y junto al balcón, antes de descargar en un canalón abierto debajo.

—La cañería del desagüe del baño está congelada en algún punto.

—¿Qué pasa —pregunté— si abro el agua caliente en la bañera?

—Oh, derrite la parte de arriba del hielo y vuelve a congelarse, nada más.

—Entonces, ¿qué puedo hacer?

—Caliente la cañería con velas. O échele agua caliente por encima. Claro, *podría* traer a los albañiles para que le den con el soplete, pero tendría que pagarlo usted.

—Pero *ustedes* son responsables de las reparaciones en el exterior, y las cañerías están en el exterior de la casa.

—Ah, pero... —El agente brillaba de maldad—. el *baño* está en el interior. ¿Ha puesto tapones todas las noches para impedir que el agua saliera y se congelara?

—Nooo. Nadie me lo dijo. Pero siempre cierro bien los grifos.

Me sentí acorralada.

—Sin duda —dijo el agente con altivez—, la Compañía del Agua debería haber repartido folletos con instrucciones para emergencias.

—¿Qué hace *usted* en *su* piso?

—Oh, echo grandes chorros de agua hirviendo varias veces al día, y por la noche tapono los desagües. Es un derroche de electricidad terrible, pero parece que funciona.

Después de que el agente se recogiese dentro de su bufanda, sus guantes y su sombrero, y se marchase con el detector de humedad, consideré sus consejos. Los chorros de agua hirviendo no harían nada si las cañerías no estaban despejadas de antemano, y tenía un suministro de agua limitado, ahora quizá incluso extinguido. La cura de la vela parecía tristemente dickensiana. Pero, para no quedarme de brazos cruzados, llené un cubo de agua caliente y salí tiritando al balcón. Eché al azar el agua casi inmediatamente tibia encima de un trozo de cañería negra y recalcitrante. A continuación fui a mirar la bañera, esperando un milagro. No hubo milagro.

La suciedad no se movió.

Lo único que se materializó fue el inquilino del piso de abajo.

—¿Por casualidad no habrá echado agua en el balcón hace un momento?

—Me lo ha dicho el agente —confesé.

—El agente es un imbécil. Tengo una gotera en el suelo de la cocina. Y las paredes de delante están goteando. *Eso*, claro está, no es culpa de usted. Pero... ¿cómo voy a poner alfombras encima de un montón de agua?

Dije que no sabía.

Esa tarde, en la calle, pasé grandes campos helados de agua. Supuse que de cañerías reventadas. En un grifo que acababan de levantar en una esquina, encima de la acera, un anciano pensionista se paró a llenar un jarro bajo de porcelana florida.

—¿Eso es agua *de beber*? —grité contra el ruin viento del este.

—Supongo —graznó— que para eso lo han puesto ahí.

—¡Sorprendente! —gritamos ambos al unísono, y nos cruzamos en la oscuridad como barcos tristes.

Más tarde, aquella noche, oí el ruido de un Niágara arriba, y ruidos sordos de pisadas que subían por las escaleras de mi recibidor, y una llamada frenética. Los grifos gorgotearon y se atascaron. Abrí la puerta de golpe, y un joven fontanero rubicundo entró a toda prisa.

—¿Llega el agua?

Me tapé los ojos y señalé los rugidos.

—Mire usted. Yo no puedo. ¿Se va a inundar todo?

—Oh, está llenando la cisterna, nada más, no pasa nada.

Y no pasaba nada. Teníamos agua de beber, teníamos suerte.

En cuanto a la bañera, decidí esperar al deshielo, esa fecha misteriosa e impredecible en que las cosas irían a mejor. A diario vaciaba su sucio contenido con un cubo en el retrete y tiraba de la cadena.

Curiosamente, nadie protestó.

Pregunté a un señor que sostenía una llamita azul de gas contra un botón de cañería en el costado de la casa si la llama ayudaba.

—Todavía no —dijo con alegría.

La alegría parecía universal. Todos estábamos trabajando juntos, como en la durante el Blitz. En la estación de Chalk Farm, una chica india me contó que su casa llevaba tres semanas sin agua, desde que las cañerías habían reventado e inundado la propiedad. Tenían que comer fuera, y la casera racionaba los cubos de agua cada día.

—Siento sacarla del calor —se disculpó el lechero, que había venido por sus diez chelines y seis peniques semanales—. Aquí lo que tenemos son nueve meses de invierno y tres de mal tiempo.

Después llegaron los cortes de luz.

Un amanecer frío y color de hollín apreté los dos botones del radiador eléctrico que los albañiles habían plantado, como una mascarilla marciana, en medio de mi, por lo demás, preciosa pared georgiana. Un resplandor rojo, reconfortante. Dos barras. Luego nada. Probé la luz. Nada. ¿Había hecho saltar un fusible con mi calefacción fragmentaria, las pequeñas estufas eléctricas a prueba de niños y con forma de seta que arrastraba de habitación en habitación (nunca había suficientes)? *Habían* estado falleciendo últimamente, una a una, echando aire glacial. Contemplé la calle gris. No se veía luz en ningún sitio. Mi preocupación personal debía de ser universal. Aun así, estaba triste. ¿Qué había pasado? ¿Cuánto iba a durar?

Llamé al piso de abajo. Un hedor de aceite caliente inundó el rellano, venía de una de esas estufas de parafina que nunca quise comprar, porque me da miedo el fuego.

—Oh, ¿no se ha enterado?, hay un corte de luz.

—¿Por qué?

—Huelgas. Han hecho que muera un bebé en el hospital.

—Pero... ¿qué pasa con mis bebés? Tienen la gripe. No nos pueden hacer esto, no está bien.

El inquilino se encogió de hombros con una sonrisa resignada e indefensa. Después me prestó una bolsa de agua caliente de goma verde. Abrigué a mi hija con una manta, le puse la bolsa de agua caliente, y la coloqué encima de un tazón de leche caliente y de su rompecabezas favorito. Al bebé le puse un buzo. Por suerte, cocinaba con gas.

Horas más tarde, mi niña cacareó: «Hay fuego». Y ahí estaba: apagado, rojo, feo, pero completamente maravilloso.

El siguiente corte de luz llegó sin preaviso unos días más tarde, a la hora del té. Por entonces, yo también tenía la gripe, esa sucesión británica de fiebre y escalofríos para la que mi doctor no tenía ni alivio ni cura. O mueres o no.

Un vecino se dejó caer con un botín de primera: lamparillas. Para ver. Las tiendas se habían quedado sin cerillas, sin velas, sin nada. Había hecho cola para conseguirlas. En la calle, a la gente mayor la ayudaban con velas a bajar las peligrosas escaleras de los sótanos. Las velas llenaban las ventanas, dulces y amarillas; la ciudad titilaba.

Incluso después del corte de luz, el instinto de acaparar subsistió. Un ferretero escribió «VELAS» en el escaparate, sin más, y vendió todas las pilas de cajas rojas y blancas que había conseguido de una fuente dudosa —ningún otro ferretero tenía repuestos todavía— en pocos minutos. Compré una libra de dedos de cera, y me llené los bolsillos.

Un electricista me contó que sencillamente los generadores no estaban equipados para hacer frente a la demanda de los nuevos electrodomésticos. Estaban construyendo generadores nuevos, pero no al ritmo necesario. Los estadísticos no habían previsto la demanda.

Luego, justo un mes después de la primera nevada, el tiempo se relajó. Los aleros empezaron a gotear. Mi bañera se vació por sí misma con un borboteo sórdido. En la calle vi señores de aspecto oficial que esparcían paladas de polvo sobre el hielo ya medio derretido.

—¿Qué es eso? —pregunté.
—Sal y serrín. Para que se derrita.

También vi mi primer quitanieves londinense: pequeño, valiente, con una cuadrilla de hombres que lo ayudaban picando y troceando los remanentes mortales, y echándolos a una furgoneta abierta.

—¿Dónde han estado todo el mes? —le pregunté a uno.
—Oh, hemos estado viniendo.
—¿Cuántos quitanieves tienen en total?
—Cinco.

No pregunté si los cinco solo daban servicio a nuestra zona o a todo Londres. No parecía importante.

—¿Qué hacen con la nieve?
—La echamos a la alcantarilla. Luego hay inundaciones.
—¿Qué van a hacer si esto pasa todos los años? —le pregunté a mi agente.

Palideció.
—Oh, no ha sido así de malo desde 1947.

Se notaba que no quería pensar en la posibilidad de un Blitz de nieve anual. Ponerse ropa de abrigo, montones de té y valentía. Parecía que la respuesta era esa. Al fin y al cabo, al margen de la guerra y el mal tiempo, ¿qué engendra semejante camaradería en una ciudad grande y fría?

Mientras tanto, las cañerías siguen en el exterior. ¿Dónde si no?
¿Y qué pasa si *hay* otro Blitz de nieve?
¿Y otro más?

Mis hijos crecerán resueltos, independientes y duros, peleando en las colas para conseguirme velas en mi febril vejez. Mientras hago té sin agua —en el futuro debería haber de *eso*, por lo menos— en un quemador de gas en el rincón. Si no es que el gas también está *kaput*.

LOS SMITH:
GEORGE, MARJORIE (50), CLAIRE (16)
(De los cuadernos, primavera de 1962)

Primero, George sale bulliciosamente del National Provincial Bank. Es el gerente. «Mi mujer quería pasar a verla». «Oh, dígale que venga cualquier tarde a partir de las tres», digo. Mucho mucho más tarde, después de que no hubiera pasado su mujer: «Mi mujer se ha caído por las escaleras, y tiene mal la pierna, por eso todavía no ha subido, no quería que pensara que es una desabrida». Vaya, hasta entonces no lo había pensado; luego, lo pensé. Una tarde, casi inmediatamente después de las tres en punto, sonó el timbre de la puerta, y entró una mujer —estrecha, afilada, toda de marrón, pañuelo, abrigo, botas, pensé—. Ted tomó el té conmigo en la sala roja de delante —solo que entonces no era roja, aún tenía la vieja alfombra naranja y verde, y el asiento de madera desnuda en la ventana—. Marjorie Smith habló. Sus anécdotas. Encontrar un poncho de goma o cualquier otro chisme de valor en la cuneta, y llevarlo a la comisaría. El agente municipal bigotudo diciendo que debería llevarlo a la comisaría que tuviera más cerca. «*Esta* es la que tengo más cerca». Él mirando detenidamente, tratando de adivinar, luego ella revelando su identidad, él limpiando una silla con un pañuelo: «Oh, entre, entre». Su forma de hablar irónica, sarcástica, crítica. El pastor fue a tomar el té con su mujer cuando llegó al pueblo, hace unos seis años. Luego, George diciendo: «¿Por qué no me lo habías dicho?». (Había estado callado como una tumba todo el rato.) «¿El qué?». «Que es la mujer más fea del mundo». George apenas podía hablar, de lo fea que le parecía la mujer del pastor. Marjorie no le había mencionado su aspecto, siempre le decía que era demasiado crítica. Marjorie, irlandesa, nacida en Athlone (¿provincia?, ¿pueblo?). George, de Devon, con cuatro hermanos y una hermana rara llamada Sylvia —su padre, hombre importante—. El padre de Marjorie, gerente de un banco en Irlanda.

Fiesta de fin de año; sábado por la noche antes de Nochevieja, el domingo. Copas. Yo, aún embarazada, a diecisiete días de Nicholas, inmensa con una blusa premamá china de satén azul. Sensación de última moda. Llamamos a la puerta lateral del banco. Subimos al comedor: un árbol adornado con luces, serpentinas, felicitaciones de Navidad. Calidez, gente por todas partes. Reconocí al doctor Webb, su barbilla de Cornualles, débil, rubia, de reojo. Su mujer morena, Joan, mi objetivo. La hija de los Smith, Claire, dieciséis años, pasa en casa las vacaciones de Headington, la escuela privada de moda en Oxford que a Marjorie le gustaba por el maravilloso suelo de parqué y la escalinata en curva de la entrada. En el colegio privado de Plymouth estaba mal todo: las pistas estaban a varias millas del colegio, ¡e imagínate a las niñas resfriándose en su autobús lleno de corrientes de aire después de jugar bajo la lluvia! Claire es guapa, pelo caoba corto, piel clara, pálida, moderna, cara de niña. De las que se esfuerzan por ir a la última. Se le dan mal las matemáticas. ¿Qué se le da bien? La idea de que vaya a la universidad hace a Ted pensar en «salvarla» o educarla. Invitarla, para que hojee nuestros libros. Un grupo estupendo de festividad y diversión. La hermana de Marjorie, Ruth, ama de llaves en Londres y señora graciosa con el pelo gris, y Claire pasando bandejas de aperitivos milagrosamente repuestos: un montículo de pan hueco lleno de mostaza, y con salchichas calientes en palillos. Piña, queso, crema de queso y ciruelas, hojaldres calientes. Bebí una cantidad inmensa de jerez dulce. No faltaba comida o bebida. Un arquitecto danés de pelo blanco, transformado en campesino británico, habló primero con Ted, luego conmigo. Nos encantó. Hablé con Joan, baja, morena, de aspecto inteligente, sobre criados, bebés, su hermana de Londres que pasó de actriz a enfermera. Marjorie nos interrumpió, cambiándonos. Un matemático galés de Dulwich College, hablándome de sus días en la Armada en California, Coos Bay, la chica que dejó en un pinar. Cuando volvió a buscarla, la encontró viviendo en una miseria inimaginable en una carpa enorme con una familia inmensa. El amigo, Dick Wakeford, tipo pálido, extrañamente mecánico, que está haciendo agricultura científica en sus cien acres en Bondleigh. Su animada mujer, Betty (que nunca hace las camas antes de mediodía, según Claire informó a Marjorie, y tiene lavadora, secadora, friegaplatos, ¡pero nevera, no!). La rubia, le dije luego a Marjorie, tratando de situar a la gente. Marjorie arrugó la nariz: «Más bien castaña». Una sensación curiosa y desesperada de estar encerrada entre esa gente, una crema, anhelo de Londres, el gran mundo. ¿Por qué estamos aquí? Ted y yo muy excitados. Nuestro primer acontecimiento social en North Tawton. El último, de momento. Casi conocí a la señora Young, baja, morena, de aspecto judío, cuyo marido preside la Compañía del Agua de Devon; la sensación de que lleva sombra de ojos verde. Volvimos a casa casi tres horas más tarde, Nancy desesperada, rosa, a solas, sin radio, ni televisión, ni cosas que hacer.

Después vino Claire, muy vestida para la ocasión, con un lazo negro que le recogía detrás el corto pelo caoba, medias negras, vestido oscuro y bufanda de un rico negro amarronado tejida por su abuela. Su evidente intento de llamar la atención de Ted. Él quería darle *Orlando*. Gruñí y le di *El guardián entre el centeno*. La necesidad bíblica de predicar de Ted. Lo leyó obedientemente: le pareció que el estilo de Salinger «duraba demasiado». Su sentido acrítico absoluto: nos recomendó *Angelique y el sultán*.[4] Después Ted le envió una carta al colegio analizando «El cernícalo».[5] Cuenta de forma adorable y teatral que escuchó (parte de) la obra de Ted en la radio, el papel de la niña romántica, «un papel que me encantaría interpretar». Me sentí espantosamente vieja, sabia, atrincherada. Pero muy inclinada a poner manos a la obra. *Winnie the Pooh* me deja sin aliento. En el futuro seré omnipresente. La completa implicación floral de una chica en sí misma, hermoseando, abriéndose y mejorando. Eso necesito, en mi trigésimo año: arrancarme los pegajosos dedos amantes de los bebés, y darme el gusto de mí misma y mi marido a solas por un tiempo. Purgarme de la leche rancia, los pañales orinados, pelusas y el amante desaseo de la maternidad.

Mi té en casa de los Smith. Mi rigidez con George, desapareciendo. Vino del banco para el té. Yo quería hablar y cotillear con Marjorie y Claire. Claire en Bondleigh en casa de los Wakeford. Antes de que llegara George, hablé con Marjorie sobre partos. Ella no quería tener niños. Se casó con George mayor. Él sí quería niños.

---

[4] Novela histórica, obra de Anne y Serge Golon, publicada en 1960.
[5] Soneto de Gerald Manley Hopkins.

Fue a la guerra. Claire, «inesperada». Marjorie la tuvo en Irlanda. Tenía una nodriza. No se despertaba nunca por la noche. Le dio biberón al volver a Inglaterra. Durante el noviazgo, George la inundó de libros de cocina. «¿Ya has leído el que te regalé la semana pasada?». No le gustan los bebés, cocinar, llevar la casa. Le pregunté qué le gusta entonces. Juega mucho al golf, le encantaba vivir en Londres. Tienen cuenta en Harrod's, Fortnum's. No sabría decir lo que hay en el salón. Vaga sensación de sofá y butacas rellenos, cómodos. Un atributo pardo, *beige*, se cierne sobre todo. *Sigo* sin saberlo. Reproducciones de una oriental. Patos de cerámica vuelan pared arriba. Probablemente muy caros. La próxima vez, tengo que catalogar las alfombras, la tapicería. Hablamos de la elección de colegios privados. Su gira cuando Claire. No quería que saliera rara, como Sylvia, la hermana de George: si entrase en la habitación, no me dirigiría la palabra, no tenía talento social. Una sensación de silencio en ella: horrores reprimidos. Yo, fascinada. Durante la guerra estuvo de pie detrás de ella en la cola del autobús con un hombre extraño. Marjorie, miope, se preguntaba si era Sylvia. «¿Eres tú, Sylvia?». «Anda, sí, Marjorie, pensaba que no te ibas a dar cuenta». El hombre extraño, su marido. Uno de los hermanos de George, me dijo Marjorie más tarde, se suicidó. Mala salud, pero joven. Marjorie, asustada por si George hace lo mismo: ha tenido dos ataques al corazón, vive a la sombra. No quiere conducir mucho. Se marea y se deprime cuando hace malo.

Desde entonces, George ha venido mucho. Su preocupación cariñosa y nerviosa por Frieda,[6] muy tierna y auténtica. «Se va a caer». Esperando a que ella baje del asiento de la ventana. Mi asombro inicial, derritiéndose. Llama a Marjorie: consiguió poner a Ted en la radio buena a tiempo para la retransmisión de *The Wound*.[7] George es aficionado a la alta fidelidad. Su colección de discos. Está suscrito a *The Gramophone*. El electricista local es experto. Por lo visto, todo prospera en North Tawton. Tenemos un gran ariel trepador. Las mejillas rojo brillante de George. Marjorie trajo las faldas y los chales de punto de la señora Von Hombeck; bonitas, una roja con bordado *beige* plateado pálido. Las historias de Marjorie de cortes que le ha dado al pastor (su negativa a ofrecerse a vigilar una sala de recreo para ancianos del pueblo), a una casera de Plymouth que

---

[6] Frieda Hughes (1960), hija de Sylvia Plath y Ted Hughes.
[7] *The Wound* (La herida), obra de teatro para la radio de Ted Hughes, retransmitida en 1962.

miraba por la puerta cada vez que entraba alguien («No creo que a los ladrones les interesen *sus* cosas»), etc.

Los dos vinieron la semana pasada después de unos días en Londres. Consiguieron entradas para *Beyond the Fringe*[8] a través del jefe de Ruth, que trabaja en la televisión; hablan maravillas de Jonathan Miller. Cómo Marjorie consiguió el Mejor abrigo de entretiempo por nueve guineas. Un drama. Su *pub* en Mayfair (¿o en Kensington?), que tiene el rosbif poco hecho más fino. Se hospedan en el Ivanhoe. Claire ha estado internada por ahí desde muy pequeña. Su apendectomía de emergencia, Marjorie no fue a verla (George estaba enfermo). Se llevó a Algy, su oso, con las piernas curiosamente largas, una criatura entre blanca y gris, vestida con traje de época, que vi en casa de Marjorie. Perdió a Algy en el hospital. Finalmente, volvió, pero le faltaba un brazo. A los dieciséis, todavía sacó a Algy de un hotel cuando hubo una alarma de incendio. Los tres, invitados a cenar el domingo.

22 de febrero

Llamé a la puerta, mejor dicho, al timbre de los Smith, al saber que George había tenido un infarto leve, y que los Smith no iban a venir a cenar. Me recibió Marjorie, muy enérgica y muy guapa: por lo visto, estar de enfermera le sienta bien. Pelo castaño, ondulado agradable, medias marrones, zapatos con tacones elegantes pero sensatos, chaqueta marrón de cachemira con blusa amarilla, y broche. Le hice compañía en la resplandeciente cocina rosa y azul, mientras ponía los chismes del té en una bandeja. George guardaba cama. No podía comer más que pollo y pescado. Fuimos al salón, con su gran ventanal que da a la plaza, y al blanco y el rojo del taller Bloggs. El sol entraba a raudales. Me obligué a mirar y a poner palabras a los colores. Sí, era *todo* marrón y crema.

Papel brillante de color crema en las paredes con un dibujo diminuto en relieve. Cortinas marrones, marrón medio en las ventanas. Dos sillas en el ventanal. Radiador crema bajo la ventana, con el periódico encima. Una enorme televisión mate con un ojo azul. Las paredes atestadas de reproducciones horribles de las colinas de Devon, una puerta en el campo, y una gran reproducción de una chica indonesia en tostado apagado, gris plata y lila que me sonaba.

---

[8] Espectáculo cómico escrito e interpretado por Jonathan Miller, Peter Cook, Dudley Moore y Alan Bennett, estrenado en 1960.

George la compró en Londres, y de ahí la recordaba. Me había costado darme cuenta, porque había *tanto*. El tresillo marrón, con un dibujo mate de flores azules y rosas, probablemente rosas. Una alfombra verde —un verde cardenillo desagradable— con un dibujo de flores. Y una estantería de la que saltaba el Rudyard Kipling completo, y toda clase de libros viejos igual de aburridos con encuadernaciones antiguas, con aire de tienda de segunda mano. Una mesa con recuerdos de la madre de Marjorie: una bombonera Duque de Wellington, un florero francés de cristal, con una filigrana de plata estampada, un jarrón oriental roto y pegado, todo flores rosas de cerezo y enredaderas verdes. ¡Y un cocodrilo de cerámica increíble, de pie, con un bolso en las patas verdes, cofia y falda larga, y ojos de vidrio marrones! Espantoso pero cautivador. Una gracia primitiva. Luego, la repisa de la chimenea: niños de porcelana diminutos o ángeles en candeleros, un juego de taza y plato en miniatura de Crown Derby, montones de grandes jarras orientales. Tomé más galletas y mucho té. Hablamos de cocina (M. estaba haciendo mollejas para G.; la familia no soporta la grasa; M tiene un guiso de cerdo que siempre sirve cuando tienen invitados), el carnicero (M. se queja de los filetes, le devuelve los cortes demasiado duros o finos), las finanzas (M. describe un negocio competitivo: no tiene que recibir, porque en el pueblo no hay más bancos; hay clientes violentos; el gerente tiene que conocer toda clase de detalles íntimos para conceder un préstamo, etc.; se olvidó de firmar un cheque al carnicero). Agradabilísima sensación de calidez, té caliente, y de ir arreglada por una vez. George pidió desde la habitación que me sirviera jerez. El jerez era tan bueno que pregunté la marca: Harvey's Bristol Milk. Y cómo preparar el té, quejándome de lo mal que me sale. Dieron las seis dos veces, en el reloj de la iglesia y luego en el reloj de la plaza. Me asomé a ver a George; un cielo, pelo canoso revuelto, mejillas rojas, apoyado en las almohadas, como un niño pequeño. Me sentí refrescada, animada, renovada. Muy como en casa.

24 de febrero

C. ha venido a tomar el té. Conseguí ponerme una faja y medias y tacones, y me sentí como nueva. Puse la mesa en el cuarto de los juguetes, con el sol poniente, en vez de en la cocina fría y oscura en la parte de atrás. Ella, con un conjunto gris oscuro de cachemira, falda oscura, medias, zapatos planos con hebillas doradas, abrigo marinero oscuro, recién salida de la peluquería. Forma de ser dura, maliciosa, brusca. Me senté y hablé con ella un rato. Solo habló de sí misma: lo que le dijo a la directora, cómo se había peinado, cuánto le gustaba Brigitte Bardot, cuánto deseaba adelgazar para tener buen tipo («¿Qué le pasa a tu tipo?», dice Ted). Llamé a Ted. Siguió hablando. *Los siete samuráis* «la aburre». Era la película preferida de Ted, pero a él también lo aburrió. Por supuesto, ella se lo acepta todo, y a quién no le encanta que una joven brillante lo escuche pontificar. «Todo el mundo me dice que soy una creída». Producto de la escuela de señoritas: una señorita. La subí a ver al bebé: no le interesó nada, totalmente normal. Se moría por mirar en otras habitaciones que tenían las puertas cerradas y en el piso de arriba: recordaba la casa vagamente de la época de los Arundel.[9] Hablamos de los privilegios de los prefectos de comprar en Oxford, de su gabardina blanca y su turbante azul, contó de nuevo que escucha el programa de radio de Ted, un profesor de inglés es admirador suyo. Muy crítica con *lady* Arundel y con el pobre hijo de la comadrona que «se pone rojo cada vez que la ve». No me extraña.

Domingo, 24 de febrero

Tenía que haberlo imaginado. Mi instinto estaba en lo cierto. A las diez y media, ha sonado el timbre. Debería haber respondido. Iba en zapatillas, sin maquillaje, despeinada, cuando Claire ha entrado. «¿Es demasiado pronto?». «Oh, no», ha dicho Ted. Le ha hecho una taza de té, y ella ha estado de pie en la cocina, mientras yo acababa el café, y Frieda, el beicon. Cometí el error de decirle que me interesaría ver su antología de poesía del colegio. Ted y yo la ridiculizamos amablemente. Yo quería ponerme a trabajar. Furiosa por que Ted hubiese invitado a alguien. Había perdido la mañana, eran las once y media, cuando le devolví el libro, y le dije que no me hacía falta quedármelo…, lo cual habría implicado devolvérselo mañana antes de las diez. Ahora y hasta el 4 de abril tengo un respiro, y puedo empezar mi libro. Es calculadora, aprovechada, totalmente descarada. Cuando llegue el momento, le pediré a Marjorie que las visitas se restrinjan a la tarde. *Tengo* que tener la mañana tranquila. Su increíble manipulación anoche para que la lleven al cine a Exeter («Quiero ver *Fanny*, ¿cómo voy?»). A Ted no se le ocurrió ofrecerse a llevarla; sugirió un taxi. Mencioné cuánto despreciamos a Maurice

---

[9] Lord y *lady* Arundel eran los anteriores propietarios de Court Green, a quienes Ted Hughes y Sylvia Plath compraron la casa en 1963.

Chevalier, y cómo Ted en particular aborrece los musicales. Bajo la premisa de que soy tan fascinante como T., seré omnipotente: chófer, animadora, anfitriona, si se da la ocasión. Una ignorancia encantadora de toda diferencia entre ambas. Sus modelos: Brigitte Bardot y Lolita. Elocuente.

Viernes, 2 de marzo

Obligada a mi pesar a llamar al timbre de los Smith, porque fui al banco a las tres menos cinco con dos cheques de Estados Unidos, y supuse que los chicos se horrorizarían por tener trabajo extra justo antes de la hora de cerrar. Luego, pensé que los S. se tomarían a mal que fuese al pueblo sin Frieda, y no preguntase cómo está George. Estas ideas vagas me rondaban en la cabeza. Llamé al timbre, y Marjorie apareció en la puerta con la cachemira marrón, muy arreglada y estupenda. Subí, sintiéndome pesada y grumosa, con mi chaqueta de piel vuelta y el abrigo grande de pana verde. «Me encanta tu abrigo», dijo Marjorie, de tal manera que me hizo sentir lo contrario. Nos sentamos en la habitación de delante, bañada por el sol. De repente, vi que el empapelado es un crema estampado brillante, y el techo, un blanco estampado radiante, muy más o menos nuevo. «Espero que Claire no te haya molestado». Me di cuenta inmediatamente de que Claire había vendido sus dos visitas de manera que se me escapa, porque considero que nuestra vida es muy natural, pero la puedo reconstruir por sus maldades habituales («*lady* Arundel nunca se arreglaba cuando venía a North Tawton»). Hemos hablado del empapelado: redecoraron la Casa del Banco a expensas del banco cuando llegaron: cocina y baño nuevos, dado que el tipo anterior era un soltero con una madre anciana de la que se ocupaba alguien. El banco concedió 15 chelines para el salón, 12,5 para el dormitorio, y 7,5 y medio para la habitación de invitados. «Bueno, si *creen* que el gerente solo se merece eso...». Esta es la primera gerencia de George. (¿Tarde?). Luego, una historia sobre el chico de la Armada al que conocían, que acabó casándose con una estadounidense terriblemente gris, con greñas hasta los hombros. ¿Por qué? Debía de tener dinero. Él no tenía dinero. Lo tomé como una especie de alegoría: la exasperante teoría de siempre. Las estadounidenses tienen dinero a espuertas. Lo sentí muchísimo por la pobre. Luego, el timbre, justo cuando Marjorie me pidió, sin ganas y con indiferencia, que me quedase al té. Betty Wakeford. Entró dando saltos con una chaqueta de piel vuelta y gafas, una larga nariz judía y una sonrisa abierta, y con el pelo recién rizado y la frente bien alta (peinada en Winkleigh esa mañana). «Siento muchísimo no haber ido a tomar el té a tu casa ayer». Tenía un montón de libros nuevos para Marjorie. Impresión de su estrecha relación. Hablaron del Baile de los Cazadores, que iba a celebrarse en el ayuntamiento esa noche. Betty y Dick iban a ir; y Hugh y Joan Webb; y el farmacéutico, el señor Holcombe, y su mujer. «La Rebosante». ¿Por qué? Cuando se pusieron de moda los vestidos sin tirantes, se puso uno y rebosaba; los ojos de Marjorie brillaron malvados. Luego se me ocurrió que «La Rebosante», a la que imaginaba gorda y gris, era probablemente la rubia voluptuosa que he visto varias veces en la farmacia: una buena razón para la maldad. Betty iba a bailar el *twist*, lo ha visto en la tele. Tuve la intuición de que Marjorie ha examinado nuestra vida lo suficiente para juzgar, ha juzgado, y en lo sucesivo nuestra relación será bastante formal. Sin duda la mía lo será. C. vendrá de visita, si viene de visita, no vivirá aquí, aunque podría. Luego lloré: por la pobre chica estadounidense de la que oí hablar, y por la malevolencia chata de quienes sigo soñando que son amigos.

Vi por primera vez un juego de aguamaniles encima del aparador de M. Un aguamanil de cobre basto. Con acentos rosas, y una banda de esmalte azul en medio, sobre la que había frutas y flores mal pintadas. ¿Qué frutas, qué flores? Tengo que fijarme la próxima vez. Pregunté cómo estaba George, pero en realidad M. no dijo nada. Resultó que Betty lo había visto por la mañana («Espero no haberlo agotado»). Sensación insidiosa de que me dejan fuera por un pelo.

Viernes, 9 de marzo

Me encontré a M. en Boyd's. «Tienes que subir dos minutitos». Llevaba a Frieda con la chaqueta del buzo celeste manchada. Una atmósfera totalmente diferente. ¿Yo? ¿Ella? Subí a Frieda por las escaleras empinadas. El empapelado de la parte de abajo del pasillo (o, mejor dicho, en la parte de debajo de la pared del pasillo del piso de arriba y el inferior) tiene un dibujo agradable, unas pocas espigas de trigo en rojo, marrón y negro sobre blanco. Ruth, que había bajado de Londres, con una blusa de *shantung* óxido, a la izquierda de la chimenea, George, con el pelo gris metálico sobre la frente, guapo y con aspecto de pícaro, con un pañuelo de seda roja abrochado para simular una flor en el ojal. Muy cálido y acogedor. Tomé una copa de Bristol Milk. Frieda miraba atentamente. Sacaron una silla infantil recta de madera con el asiento tapizado de marrón, y dos preciosos osos de peluche antiguos; uno enorme, con una expresión inocente y primitiva, grandes ojos de cristal y piel que había sido lila claro, ahora gris ahumado por el uso, y un osito violeta y negro. Frieda sonrió. M. dijo que el señor Fursman la admira («¿La has visto sonreír?»). Frieda metió el osito entre el respaldo y el asiento, y el osito se cayó al suelo. Tiró el oso grande. Rio encantadora. «Claire está intentando imitar a Ted»: sacan una carta de C. con un «poema», sobre cómo intentaba estudiar y tenía el cerebro vacío.

La última vez, cómo las gafas de Marjorie reflejaban la luz sin parar, en rectángulos relucientes que me daban en los ojos. Estaba de cara al ventanal luminoso, y yo no podía mirarla a la boca, o a una oreja, sino que me obligaba a intentar traspasar los escudos brillantes, y llegar a los ojos que estaban detrás. Me dio dolor de cabeza, desviada continuamente. R. había visto un búho blanco enorme en una juguetería de Gloucester Road. Su pelo gris tirante. Una *hausfrau* de Agatha Christie. Hablamos de los estupendos juguetes de antaño. M. contó que había recorrido una fila de ositos con una amiga en una tienda. «Ajá, *ese* tiene la expresión *adecuada*». La vendedora, dominante, estaba encantada: «Eso *mismo* dije yo cuando los estaba sacando de la caja... Ese es el único que tiene la expresión *adecuada*».

18 de abril

Hubo muchas visitas, en un sentido y en otro. Ahora, el hecho asombroso y reconfortante de la salida inminente. George tuvo un infarto. El banco lo jubila. Se mudan a Richmond, Surrey, se llevan todo. Y Claire. Claire está en casa, tiene un mes de vacaciones por Semana Santa. Vino ayer por la tarde. Yo estaba en el retrete del rellano, revuelta con mi mono de obrero. Oí la voz profesionalmente ronca: «¿Hay alguien en casa?». Ted bajó. Yo me recompuse y bajé volando. Llevaba un abrigo marinero oscuro, blusa verde y colgante de oro con forma de corazón. Labios rosas muy pálidos y piel blanca. Pelo caoba. «¿Puedo llevar a Frieda a pasear?». Me quedé mirando, sonreí, a la manera agradable y obtusa de la que tanto disfruto, ahora que soy una madre despistada de casi treinta años. «¿A pasear? ¿A pasear?». «¿No es la hora?», preguntó. Pensé: «Se lo ha dicho alguien». «Oh, otro día», dije. «Resulta que a Frieda la ha picado un cuervo. Está muy asustada. Acabo de intentar acostarla». Claire admitió que no hacía muy bueno: se había puesto frío, gris y cubierto. Seguí parloteando sobre la picadura del cuervo: cómo Ted le había presentado a Frieda un gran polluelo de cuervo negro, a pesar de mi aprensión materna, y cómo efectivamente el cuervo le había dado un picotazo, y le había hecho sangre. Sabía que Frieda estaba entretenida en el piso de arriba con el trasero al aire. Ted, muy molesto, subió a hacer su artículo de Baskin, y la dejó sola. Más tarde dijo que en el ínterin había hecho caca en el suelo. Cogí al bebé en brazos y lo cambié, oliéndolo distraída como a un ramo de flores blancas. Vi a George en la puerta. Claire me estaba preguntando qué iba a hacer por la tarde: que si podía echar una mano. Vi detrás la mano de Marjorie, cada vez más claramente. «Oh, voy a cortar el césped —dije vagamente—. La verdad es que no se me ocurre cómo vas a *ayudar*, solo hay un cortacésped». Saludé a George. Estaba muy rubicundo y tirolés con un sombrero de fieltro verde, *tweeds* de paseo y bastón. Hablamos del cuervo. Creo que vino a ver cómo le iba a Claire. Estaba diciendo pestes de su abuela de ochenta años, a la que tenía que visitar con su padre al día siguiente, le había pedido que llevase un ramo de narcisos. La anciana siempre hablaba de cosas prácticas (qué aburrido), pensaba que era más vieja de lo que era, y que por lo tanto debían respetarla, ya no podía cocinar, e insistía en servir unas pastas horribles. Lo sentí mucho por la pobre anciana. George no había visto nunca el terreno. Así que llevé a ambos por la pista de tenis a la colina negra de los narcisos. Claire llevaba en brazos a Nicholas, pálido y abriendo y cerrando los ojos, con su gorro blanco y la manta de punto. No lo «sentía» como bebé, como persona. Estaba haciendo algo, aprendiendo a hacer algo, como el que hace caldereta de salmón. Se le empañaron los ojos, incluso se le asomaron las lágrimas. Ahora iba a echar de menos North Tawton. «Oh, Claire —dije en broma—, pensaba que te morías de ganas de irte de este pueblo tan aburrido». «Oh, no, ahora que ha llegado el momento, no». George dijo, no sé cómo, pero encajando con habilidad, que ahora quizá «invitaríamos a Claire a bajar». Me quedé perpleja, pero me limité a sonreír tontamente. Por amor de Dios, pensé, qué interés podía tener en quedarse en casa. Por supuesto, a continuación caí en la cuenta: un marido. O por lo menos un billete de ida a la sociedad literaria de Londres. Ted había mencionado que iba a venir John Wain, y lo habían visto por televisión. Luego, que había venido Marvin Kane, que estaba grabándome para la BBC. Así que Marjorie salió de detrás de la repentina amabilidad de Claire (y muy inteligente) y de la nostalgia anticipada del pueblo que hasta ese momento no aguantaba. Claire se fue con George, un poco derrotada. El tiempo empeoró, y se puso muy desagradable y frío. Saqué a Frieda y el cortacésped.

Jueves, 19 de abril

Claire entró tropezando, con tacones y una bufanda blanca de seda a la última con grandes topos negros, para recoger el gran ramo de cuarenta narcisos que había preparado para darle a George antes de ir a ver a su abuela. Le pregunté si Marjorie iba a estar en casa por la tarde. Sí. Me sentí en la obligación de hacer algo. Claire había indicado a voz en cuello, y, no sé cómo, pero de manera significativa, que solo le quedaban dos semanas en North Tawton. Se me ocurrió que de alguna manera se esperaba que hiciera algo. Una cena, como había pensado en su momento, parecía imposible para seis, con la familia de Ted de visita. Así que, después de hacer la compra, me pasé a invitar a las tres, Ruth, Marjorie y Claire, a tomar el té el sábado. Llamé. Marjorie gritó desde el ventanal de arriba que daba a la plaza. Marjorie estaba arisca y un poco despistada. Como si no hubiera pasado algo. Lo primero que dijo fue que había tratado en vano de colocar los muebles en las habitaciones del piso nuevo. Pensé que, si hubieran rebajado a un tercio la cómoda galesa antigua de imitación, la mesa de comedor y las insatisfactorias sillas, por las que absurdamente pedían 150 libras, podríamos haberlos ayudado con parte de su equipaje. Estuve sentada un minuto en el cuarto soleado, observando las enormes y feas lámparas de pie, una de tamaño gigante, y ambas con pantallas espantosas, por el dibujo y también por el color. Casi de inmediato sonó el timbre. Era un tal señor Bateman de Sampford Courtenay con un terrier mayor llamado Tim, que tenía el hocico gris (tenía 12 años), y temblaba de forma angustiosa, como si tuviera parálisis cerebral. El señor Bateman iba muy tieso y elegante. Un pañuelo de gasa azul celeste al cuello, *tweed* de cuadros color canela. Hablamos de animales insustancialmente, después de mi historia del cuervo: estorninos, cuervos que hablan, y todo eso. Acababa de levantarme para marcharme, cuando Ruth entró derritiéndose en el cuarto, se quedó encorvada y un poco en segundo plano, con el pelo gris tirante y ondulado del peluquero de Exeter. Marjorie bajó a acompañarme. Exageré la visita de la familia de Ted y el inmenso trabajo que iba a dar.

Recuerdos: Ruth vino sola a tomar el té. Hablamos casi exclusivamente de su infancia de niña muy gorda en Athlone, y de insinuaciones que le habían hecho monjes y curas homosexuales. Acariciándole la barbilla, pidiéndole que los dejara acompañarla a las carreras de caballos, jugando al tenis, etcétera. Mi respuesta, casi continuamente: no sabía que los curas hacían eso. Caramba. Las increíbles reminiscencias recurrentes de una solterona. Ella, mirando por la ventana a los bombarderos alemanes, dándose cuenta de que iba en camisón, y apartándose ruborizada, y el anillo de chicos asomados a las ventanas de alrededor. Luego, la merienda con bollitos y nata para Frieda y para mí en casa de los Smith: Frieda, resplandeciente y preciosa y con buenos modales, todo el mundo, sobre todo Ruth, jugando con ella. Ella, cogiendo unos cuantos animales de felpa que habían dejado a la vista. Claire dijo de un koala que tenía bultos y estaba duro. Marjorie la regañó: «Oh, no puedes decir eso de algo que estás intentando *vender*». La extraña ambigüedad: nos han regalado grandes osos viejos, fundas viejas de almohada de bebé por docenas; luego sacan libros a un chelín cada uno, un juego de té de juguete mohoso amarillo orina. Se les afila la nariz: son veinticinco chelines.

Recuerdos: Mi visita a Marjorie, en la cama, con bronquitis. Ella, gris y apagada. Le devolví el ropón de bautismo de encaje de Limerick, hecho con el traje de novia de su abuela, que me había prestado, y le enseñé una foto de Nicholas con el ropón. Dejé a Frieda en el salón con Ruth Pearson. Marjorie estaba bebiendo limonada. Tenía ese extraño aspecto camuflado, se fundía con el servil entorno marrón grisáceo de forma servil y marrón grisáceo, así que no puedo describir los muebles del dormitorio, salvo para decir que percibí armarios inmensos y deprimidos, altísimos. George se nos sumó. Se miraron. «¿Le contamos la noticia a Sylvia?». Lo supuse. «¿Es bueno o malo?». Las dos cosas; habían «jubilado» a George. En seis semanas iban a marcharse a un piso que había aparecido en Richmond milagrosamente y por su cuenta. Tuve ganas de echarme a reír a carcajadas, fue incómodo. Conseguí llorar. Mi preocupación por la creciente adherencia de Claire durante los tres próximos años desapareció. Podía permitirme ser generosa.

Casi inmediatamente, me dieron la lista de precios de las cosas que iban a vender. Me quedé estupefacta. Nos hacían el favor de «dejarnos elegir primero». Los precios eran altísimos. Cómo son los banqueros, pensé. Deben de creer que las mensualidades de mi beca son un legado vitalicio. Lo primero que pensé: para qué demonios quería yo sus cosas. Curiosamente, resultó que tenían una antigua mesa abatible de roble que yo quería para Ted. La compramos por 25 libras, pensé que eso anulaba toda obligación de comprar más cosas.

Pero también compramos una preciosa mesa redonda plegable de latón, y un cubo de latón para el carbón que parecía un yelmo repujado, y un espejo. El latón y la mesa nos completan el salón. La mesa es un hallazgo divino. Luego cargaron a Frieda de juguetes viejos que Claire ya no quería. Enseñaron otros que vendían. Sonreí, admiré, pero no dije nada más al respecto.

Ted fue a tomar el té después de la merienda con bollitos y nata. Volvió a casa a las siete. Después de la horripilante visita de las Roses, esas dos chicas abominables. Muy cansada y débil, oí dos voces. Bajé volando con el bebé, y me materialicé en la puerta principal. Claire y Ted de pie, uno a cada lado del camino bajo el codeso desnudo, como chicos que vuelven de una cita, ella posando, y haciéndose la recatada. Salí, oliendo al bebé como un reconstituyente. «Acabo de traer unos discos de Papá —dijo ella—. ¿Puedo venir el viernes y escuchar sus discos de alemán de Linguaphone?». «Se me ocurre algo mejor», dije yo, y entré a toda prisa, y cogí los discos y el cuadernillo, y se los eché en las manos. «Así puedes estudiar a tu ritmo en lo que te queda de vacaciones». Le había preguntado a Ted si la secretaria de su poema «Secretaria» era una persona real. Así empieza la esperanza. Durante un tiempo pensé seriamente en destrozar nuestra vieja y ridícula Victrola con un hacha. La necesidad desapareció, y me hice un poco más sabia.

21 de abril

Invité a las tres mujeres a tomar el té en Semana Santa, cuando George se fue a visitar a su madre: Ruth, Marjorie, Claire. Ruth estaba muy acatarrada, y lo sentía mucho. Hilda y Vicky[10] habían llegado por la mañana, por sorpresa, y bajo la fuerte lluvia me habían ayudado a limpiar. Había hecho un gran bizcocho amarillo. Nos sentamos todas en el salón un rato, Claire en el asiento de la ventana hablando conmigo, y Marjorie casi, pero no del todo, haciendo caso omiso de Hilda y Vicky. Claramente, a las Smith las sorprendió no ser las únicas y estimadas invitadas. Su egocentrismo se manifestó violentamente. Claire contó el episodio de la aspiradora de esa mañana: cuando la señora Crocker estaba limpiando debajo de su cama, la aspiradora se paró. Sacaron un alfiler, pero seguía sin funcionar. La mandaron a Hockings, para que la reparasen. Roger, el mozo de Hockings, volvió con la máquina y una braguita negra de

---

[10] La tía y la prima de Ted Hughes, respectivamente.

Claire, supuse que ropa interior, que habían sacado de aquélla. Sus ídolos: Brigitte Bardot y Lolita. El sol llenaba el cuarto de los juguetes durante el té. Hilda y Vicky y Marjorie y Claire no congeniaron. Me sentí muy partidaria de las primeras. Marjorie se marchó a las seis menos cuarto. Claire, poniéndose su elegante gabardina blanca. Marjorie llevaba el jersey habitual *beige* o tostado de cachemira, con una bonita camisa de cuadros *beige* y negros. Claire, con jersey azul marino. Sus piernas, muy gruesas.

24 de abril

Una estrategia nueva y aterradora por parte de los Smith. Claire llamó por teléfono, mientras yo estaba liada con la curiosa periodista rubia sueca, para preguntar si podía venir a «leer a nuestro jardín». Me quedé boquiabierta. Una cosa es preguntar si puedes venir a tomar el té, pero pedir permiso para venir a nuestro jardín a vivir tu vida privada como si fuera un parque público es espantoso. Estaba tan enfadada con la sueca después de Hilda y Vicky, que lo pasé maravillosamente diciendo que teníamos compañía, y que estaban todos tumbados en el jardín, así que No. Era justo lo que dijo Ted: si intimamos demasiado con la gente de aquí, empezarán a venir a nuestro jardín a dar un agradable paseo y tomar té gratis. Tuve la intuición terrorífica de que todos ellos vendrán hoy, y nos pedirán campar en casa a sus anchas, puesto que están a punto de marcharse y «seguro que dos semanas no molestan». Marjorie llamó más tarde. Quería decirle a Claire que volviera a casa. «Claire no está con nosotros», dije. «Oh». Lo entendí. Marjorie y Claire habían decidido, antes de que Marjorie «se echase la siesta» (que es lo que Claire, cuando llamó, dijo que estaba haciendo), que Claire iba a venir a leer a nuestro jardín, y no habían previsto una negativa. Sospechaba que Claire le había dicho a su madre que no «la dejábamos ir», con rabia, y que Marjorie había dicho: «Yo lo arreglo, llamo y hago que creo que estás allí, y me entero de los detalles». Eso sospechaba. De todas formas, fue una ocasión estupenda de hablar y hablar sobre nuestras nuevas invitadas, y Marjorie se vio obligada a compadecerme. Ahora puedo añadir la excusa de que tenemos un montón de trabajo pendiente. Fingir cariño y encanto mientras nos negamos. Un arte maravilloso que debo perfeccionar.

En todo caso, dije vagamente que Claire *había* llamado para decir que venía, pero teníamos compañía («¡Cómo, *todavía*!»), y había mencionado algo sobre ir a casa de los Bennett. En realidad había dicho que iba a leer al campo de los Bennett. Creo que este nuevo rumbo se aceleró por la foto de Ted y la excelente crítica de Toynbee en el *Observer* del domingo.

1 de mayo

Claire vino a despedirse, rechoncha y blanca, y a punto de llorar con su chaqueta del colegio. Su madre le había chillado por perder un botón, y más o menos la había echado. Ted estuvo un rato sentado fuera, hablando, mientras yo cortaba las hierbas largas del borde del jardín con unas tijeras. Luego, Ted se fue a su estudio, diciendo: «Adiós, nos vemos». Muy malhumorada, Claire dijo: «No sé a qué se refiere, mañana vuelvo al colegio», como si esperase una invitación concreta que respaldase sus palabras. «Es una forma de hablar —le dije amablemente—; no nos gustan las despedidas». Se sentó conmigo, hojeando un *Vogue* que había traído, y soltando un pequeño monólogo sobre cada página, habló de zapatos de puntera estrecha, y de la nueva puntera redonda (dije que creía que era la antigua puntera redonda), y de cómo había comprado una boina azul en Exeter, y qué estupenda era Brigitte Bardot, había creado tantos estilos. El reloj dio las seis y se marchó. Ted dice que a la mañana siguiente los vio salir de la Casa del Banco con sus mejores galas, para acompañar a Claire parte del camino, y seguir solos a Weston-super-Mare a pasar unos días.

6 de mayo

Vi a George subiendo por el camino de atrás. Lo llevé al cuarto de delante, donde hizo saltar a Frieda sobre su regazo («Abraza Papá», gritaba ella, retorciéndose para bajar e ir con Ted) y charló. Muy acicalado, con traje gris, pañuelo de seda roja en el bolsillo y corbata roja, como si ahora pudiese dar rienda suelta a una extravagancia que antes había reprimido, dado que ya las reglas y la respetabilidad del banco ya no iban con él. Parecía disminuido, depuesto, un poco avergonzado de tener tanto tiempo libre.

7 de mayo

La última despedida: cena con Marjorie y Ruth en Burton Hall. Me encontraba fatal, con una infección bacteriana imposible que cada pocos minutos me daba ganas de salir a mear, agonizante, y pensaba que en cualquier momento tendría que irme a casa corriendo. Marjorie, muy arreglada, peinado nuevo, ser nuevo y vibrante lleno de historias sobre dicho ser, cortando a Ruth con grosería cada vez que esta abría la boca: obviamente, se estaba probando una nueva naturaleza encantadora, con vistas a Richmond. La tartamudez de Ruth, mal. Cena indiferente, con filete y bizcocho de natillas y fruta. Marjorie llevaba un traje ligero de rayas grises y blancas, y cuentas brillantes. Nos sentamos en la sala con una anciana sorda. El nuevo gerente del banco había ido a cenar, pero M. no dijo una palabra. Historia de la venta de su casa de Irlanda, el flautista en la otra parte, la mancha en la repisa de la chimenea, la chica perdió el anillo de compromiso allí, pero después lo encontró en un bolsillo. Nos marchamos a las nueve con sensación de inmensa libertad. North Tawton, con la marcha de los S., es un lugar más fácil, mucho más relajante.

¡AMÉRICA! ¡AMÉRICA!
(Ensayo, 1963)

Fui a colegios públicos; públicos de verdad. *Todo el mundo* iba: los vivaces, los tímidos, los gorditos, los larguiruchos, el futuro científico electrónico, el futuro poli que una noche mataría a patadas a un diabético, pensando erradamente que estaba borracho, y necesitaba calmarse; los pobres, que huelen a lana agria y a orina de bebé y a guiso políglota; los más ricos, con estolas de piel raídas, anillos con ópalos zodiacales, y papás con coche («¿Tu padre qué hace?». «No trabaja, es conductor de autobús». Risas). Ahí estaba, la Educación, servida gratis a todos nosotros, un encantador trozo de público deprimido estadounidense. *Nosotros* no estábamos deprimidos, claro. Eso se lo dejábamos a nuestros padres, que a duras penas sacaban adelante a un niño o dos, y, al salir de trabajar y después de sus cenas frugales, se despatarraban sobre las radios sin hablar, para escuchar las noticias de «la patria» y un hombre de negro bigote llamado Hitler.

Por encima de todo, en el tumultuoso pueblo de la costa en el que, como si fueran pelusas, se me pegaron mis primeros diez años de escolaridad, nos sentíamos estadounidenses: una gran, ruidosa algarabía de irlandeses católicos, judíos alemanes, suecos, negros, italianos, y esa cosa tan única, puro desecho del Mayflower, un *inglés*. Las doctrinas de la Libertad y la Igualdad quedarían grabadas en esa clase turista de ciudadanos infantiles mediante los colegios comunitarios gratuitos. Aunque casi podíamos considerarnos bostonianos (el aeropuerto de la ciudad, con su hermoso planear de aviones y dirigibles de plata, gruñía y resplandecía al otro lado de la bahía), los iconos de las paredes de clase eran los rascacielos de Nueva York, Nueva York y la gran reina verde que levantaba una lamparilla que decía Libertad.

Cada mañana, con la mano sobre el corazón, jurábamos lealtad a la bandera, una especie de aéreo paño de altar encima de la mesa de la profesora. Y cantábamos canciones llenas de humo de pólvora y patriotismo con melodías imposibles, temblorosas. Una canción alta, hermosa, «Por la majestad de las montañas púrpuras sobre la llanura cubierta de fruto», hacía llorar siempre a la poeta mínima que llevaba dentro. En aquella época, no diferenciaba una llanura cubierta de fruto de una majestad de las montañas, y confundía a Dios con George Washington (cuya mansa cara de abuela también brillaba sobre nosotros desde la pared de la clase, entre pulcras anteojeras de rizos blancos), pero aun así trinaba con mis pequeños compatriotas mocosos: «¡América! ¡América! Dios derramó su gracia sobre ti, y coronó tu bondad con la hermandad de un mar resplandeciente a otro».

El mar sí lo conocíamos. Al final de casi todas las calles, cedía, y golpeaba, y arrojaba, desde su gris informe, platos de porcelana, monos de madera, elegantes conchas y zapatos de muertos. Húmedos vientos salados peinaban sin parar nuestros patios, compuestos góticos de grava, asfalto, granito y tierra desnuda, despellejada, diseñados con maldad para lastimar y raspar la tierna rodilla. Allí cambiábamos naipes (por los dibujos de la parte de atrás) e historias sórdidas, saltábamos a la comba, jugábamos a las canicas, e interpretábamos los dramas de radio y cómic de nuestra época («¿Quién sabe el mal que acecha en el corazón de los hombres? La Sombra... ¡tan, tan, tan!» o «En el cielo, ¡mira! ¡Es un pájaro, es un avión, es Superman!»). Si estábamos destinados a algún fin especial, marcados, sentenciados, limitados, predestinados, no nos dábamos cuenta. Sonreíamos y chapoteábamos de los pupitres a la hondonada del balón prisionero, abierta y esperanzada como el propio mar.

Al fin y al cabo, podíamos ser cualquier cosa. Si trabajábamos. Si estudiábamos. Nuestros acentos, nuestro dinero, nuestros padres no importaban. ¿Acaso los abogados no se alzaban de los riñones de los carboneros; los doctores, de los cubos de los basureros? La educación era la clave, y sabe Dios cómo llegaba a nosotros. Al principio, de manera invisible, me parece; un místico resplandor infrarrojo que emanaba de las tablas de multiplicar manoseadas, de los poemas horrorosos que ensalzaban el buen tiempo azul de octubre, y un mundo de historia que más o menos empezaba y terminaba en el Motín del Té de Boston; Padres Peregrinos e indios eran, como el *eohippus*, prehistóricos.

Más adelante, se adueñaba de nosotros la obsesión universitaria, un virus sutil, terrorífico. Todo el mundo tenía que ir a *una* universidad. Una universidad de negocios, una universidad de primer ciclo, una universidad estatal, una universidad de secretariado, una universidad de elite, una universidad de porqueros. Primero el libro, luego el trabajo. Para cuando (el futuro poli y el cerebro electrónico por igual) llegamos con un estallido a nuestro próspero instituto de posguerra, los asesores académicos a tiempo completo nos convocaban a intervalos cada vez menores, para hablar de motivos, esperanzas, asignaturas, trabajos... y universidades. Profesores excelentes caían sobre nosotros como meteoros: profesores de Biología que sostenían en alto cerebros humanos, profesores de Inglés que nos inspiraban una fiereza ideológica respecto de Tolstói y Platón, profesores de Arte que nos guiaban por los suburbios de Boston, y de vuelta a los caballetes, para vomitar aguadas de colegio público con conciencia social y furia. Razonando y adulando, nos sacaban las excentricidades, los peligros de ser *demasiado* especiales, como padres que enseñan a los niños a dejar de chuparse el dedo.

El asesor académico de las chicas diagnosticó mi problema de inmediato. Sencillamente, era excesiva y peligrosamente lista. Mi retahíla alta, pura de sobresalientes, sin la atemperación extracurricular apropiada, podía arrojarme al vacío. En las universidades estaban de moda los Estudiantes Completos. Para entonces, había estudiado a Maquiavelo en clase de Temas de Actualidad. Seguí su ejemplo.

Bien, dicho asesor académico, sin que yo lo supiera, tenía un gemelo de pelo blanco que no dejaba de encontrarme en el supermercado y en el dentista. Hablé en confianza a dicho gemelo de mi círculo creciente de actividades: masticar gajos de naranja en los descansos de los partidos de baloncesto (había entrado en el equipo femenino), pintar Li'l Abners y Daisy Maes[11] gigantescos para los bailes de clase, preparar maquetas del periódico del instituto a medianoche mientras mi corredactora, disoluta ya, leía en alto los chistes del final de las columnas del *New Yorker*. La expresión vacua y

---

[11] Personajes del cómic *Li'l Abner*, de Al Capp.

extrañamente velada del gemelo de mi asesor académico en la calle no me disuadió, ni tampoco la aparente amnesia de su blancamente eficiente doble en la oficina del instituto. Me convertí en una furibunda pragmática adolescente.

«El uso es verdad, la verdad, uso»,[12] podría haber musitado, dejándome los calcetines al nivel de los de mis compañeras. No había uniforme, pero *había* uniforme: el corte de paje, limpio como una patena, la falda y el jersey, los *loafers*, imitaciones arañadas de los mocasines indios. En nuestro democrático edificio, llegábamos a abrazar dos antiguas reliquias de esnobismo: dos sororidades, «Subdebutante» y «Azúcar y Especias». Al comienzo de cada curso, las mayores enviaban invitaciones a las nuevas: las guapas, las populares, las de alguna forma competitivas. Una semana de iniciación precedía a nuestra petulante admisión a la querida Regla. Los profesores predicaban contra la Semana de Iniciación, los chicos se reían, pero no podían pararla.

Como a cada iniciada, me asignaron a una Hermana Mayor que empezó a destruir mi ego sistemáticamente. Durante toda una semana no pude llevar maquillaje, no pude lavarme, no pude peinarme, cambiarme de ropa o hablar con chicos. Cuando salía el sol, ya había ido a pie a casa de mi Hermana Mayor, y estaba haciéndole la cama y el desayuno. Luego, la seguía como un perro hasta el instituto, arrastrando sus libros, intolerablemente pesados, al igual que los míos. De camino, podía ordenar que trepase a un árbol y me quedase colgada de una rama hasta caerme, que le hiciese una pregunta grosera a alguien que pasara, o que merodease por las tiendas mendigando uvas podridas y arroz mohoso. Si sonreía —es decir, si dejaba ver un vislumbre de ironía ante mi esclavitud—, tenía que arrodillarme en la acera y borrar la sonrisa de mi cara. En cuanto acababan las clases, la Hermana Mayor mandaba. Cuando caía el sol, apestaba y me dolía todo; mis deberes zumbaban dentro de un cerebro entumecido y embotado. Me estaban amoldando a una Buena Imagen.

Por lo que fuera, aquello —la iniciación a la nada de ser una más— no cuajó. A lo mejor ya era demasiado rara. ¿Qué hacían esos brotes selectos de la feminidad estadounidense en las reuniones de sus sororidades? Comían tarta; comían tarta y chismorreaban sobre las citas del sábado por la noche. El privilegio de poder

---

[12] Paráfrasis del final del poema de John Keats «A una urna griega».

ser cualquiera estaba enseñando la otra cara: la presión de ser todas; es decir, nadie.

Hace poco, me asomé a la pared de cristal de un colegio estadounidense: pupitres y sillas infantiles de madera limpia, clara, cocinas de juguete y grifos diminutos para beber. Sol por todas partes. El anarquismo, la incomodidad y el coraje que con tanto cariño recordaba habían sido extirpados con amabilidad en un cuarto de siglo. Un grupo había pasado la mañana en un autobús aprendiendo a pagar el billete y a pedir que parase donde debía. La lectura (nosotros leíamos con cuatro años en las tapas de las cajas de jabón) se había convertido en un arte tan traumático y tormentoso que tenías suerte si lo habías dominado a los diez años. Pero los niños sonreían en su circulito. ¿Acaso vislumbré en el botiquín un centelleo de botellas, calmantes y sedantes para el rebelde embrionario, el artista, el raro?

CHARLIE POLLARD
Y LOS APICULTORES
(De los cuadernos, junio de 1962)

7 de junio
La comadrona pasó al mediodía para ver a Ted y recordarle que los apicultores de Devon tenían reunión a las seis en casa de Charlie Pollard. Teníamos interés en poner una colmena, así que dejamos a los niños en la cama, y saltamos al coche, y bajamos volando la colina, dejando atrás la vieja fábrica, y llegamos a Mill Lane, una fila de casitas de estuco naranja junto al Taw, que se inunda cuando sube el río. Condujimos hasta el polvoriento aparcamiento adoquinado bajo los picos grises de los edificios de la fábrica, que no está en uso desde 1928, y ahora sirve para almacenar la lana. Nos sentimos muy nuevos y tímidos, yo llevaba los brazos cruzados para resguardarme del frío de la tarde, porque no se me había ocurrido coger un jersey. Cruzamos un puentecito para llegar al patio, donde un grupo de devonianos diversos estaba de pie: un surtido de hombres sin forma con *tweeds* abultados y moteados de marrón, el señor Pollard en mangas de camisa blanca, con sus bonitos ojos marrón oscuro y su cabeza extrañamente judía, moreno, medio calvo, pelo oscuro. Vi dos mujeres, una muy grande, alta, fuerte, con un chubasquero turquesa resplandeciente, la otra cadavérica como una bibliotecaria, con un chubasquero tostado. El señor Pollard planeó hasta nosotros, y se detuvo un momento al final del puente, hablando. Señaló un montón de colmenas, como bloques de madera blancos y verdes con

pequeños tejados, y dijo que podíamos llevarnos una, si queríamos arreglarla. Un cochecito azul entró en el patio: la comadrona. Su sonrisa distraída nos llegó a través del parabrisas. A continuación, el pastor cruzó el puente pontificando, y se hizo un silencio que creció a su alrededor. Llevaba un curioso artilugio: un sombrero de fieltro negro con una careta debajo, y una tela para el cuello debajo de esta. Pensé que era un sombrero de apicultor clerical, y que debía de haberlo hecho él mismo. Después vi, sobre la hierba y en las manos, que todo el mundo tenía un sombrero de apicultor, unos con velo de nilón, casi todos con careta, unos con sombreros kaki redondos. Me sentía cada vez más desnuda. La gente empezó a preocuparse. «¿No tiene sombrero? ¿No tiene abrigo?». A continuación vino una mujeruca seca, la señora P., la secretaria de la sociedad, con el pelo rubio corto, cansado. «Tengo un buzo». Fue a su coche y volvió con un pequeño blusón abotonado de seda blanca, de los que usan los farmacéuticos. Me lo puse, y lo aboté, y me sentí más protegida. «El año pasado —dijo la comadrona—, las abejas de Charlie Pollard estaban de mal humor, e hicieron correr a todo el mundo». Parecía que toda aquella gente esperaba a alguien, pero luego todos seguimos en fila a Charlie Pollard, hacia las colmenas. Nos abrimos paso entre canteros bien escardados, uno con trozos de papel de plata y un abanico de plumas blancas y negras en una cuerda, muy decorativo, para espantar a los pájaros, y cobertizos de ramitas sobre las plantas. Flores de ojos negros parecidas a guisantes de olor: «Habas», dijo alguien. La gris y fea parte de atrás de la fábrica. Luego llegamos a un claro, segado crudamente, con una colmena, una colmena de doble reina, dos capas. De esta colmena, Charlie Pollard quería sacar tres. Yo entendí muy poco. Los hombres se juntaron en torno a la colmena. Charlie Pollard miraba atentamente, echando humo alrededor de la entrada, en la base de la colmena, mediante un pequeño embudo unido a un fuelle de mano. «Demasiado humo», siseó a mi lado la mujer grande del chubasquero azul. «¿Qué haces si te pican?», susurré, mientras las abejas, ahora que Charlie había levantado la parte de arriba de la colmena, salían zumbando, y bailaban como si estuvieran atadas con largas gomas. (Charlie me había sacado un elegante sombrero italiano de paja con un velo de nilón negro que se me pegaba peligrosamente a la cara con la menor brisa. El pastor me lo había metido en el cuello de la camisa, para mi sorpresa. «Las abejas siempre andan hacia arriba, nunca hacia abajo», dijo. Yo me lo había dejado suelto sobre los hombros). La mujer dijo:

«Quédese detrás de mí, yo la protejo». Me quedé detrás. (Antes, había hablado con su marido, un hombre guapo, bastante sarcástico, que se mantenía aparte, pelo plateado, mirada azul militar. Corbata de tartán, camisa de cuadros, chaleco de tartán, todos diferentes. Traje de *tweed*, boina azul marino. Su mujer, me dijo, tenía doce colmenas y era la experta. A él las abejas le picaban siempre. «En la nariz y los labios», dijo más tarde su mujer).

Los hombres estaban levantando paneles rectangulares amarillos, cubiertos de abejas que trepaban, pululaban. Sentí pinchazos y picores por todo el cuerpo. Tenía un solo bolsillo, y me recomendaron que metiera las manos y no me moviera. «¡Mire cómo van las abejas a los pantalones oscuros del pastor!», susurró la mujer. Di las gracias por mi blusón blanco. No sé cómo, pero el pastor estaba dando la nota, Charlie se refería a él en broma de cuando en cuando: «¿Eh, pastor?». «A lo mejor quieren entrar en su iglesia», sugirió un hombre, envalentonado por el anonimato de los sombreros.

La puesta de los sombreros había sido una ceremonia extraña. Su fealdad y anonimato, muy convincentes, como si todos participásemos en un rito. Casi todos eran de fieltro marrón o gris o verde desvaído, pero había un canotier blanco. Todas las caras se volvieron iguales a su sombra. Se hizo posible el comercio entre completos desconocidos.

Los hombres estaban levantando paneles, Charlie Pollard echaba humo en otra caja. Estaban buscando celdas de reinas: celdas largas, colgantes, color de miel, de las que saldrían nuevas reinas. La mujer del abrigo azul las iba señalando. Era de la Guayana Británica, había vivido a solas en la jungla durante dieciocho años, allí perdió veinticinco libras con sus primeras abejas: no había miel para que comieran. Notaba que las abejas zumbaban y se detenían ante mi cara. El velo parecía alucinatorio. A veces no podía verlo durante un rato. Luego, me di cuenta de que estaba en trance, tiesa como un hueso, intolerablemente tensa, y me moví donde podía ver mejor. «¡Fantasma de mi difunto padre, protégeme!», recé con arrogancia. Un hombre oscuro, bastante majo, de aspecto «rebelde», subió entre la hierba cortada. Todo el mundo se volvió, murmuró: «Oh, el señor Jenner, creíamos que no vendría».

Así que aquel era el experto al que esperaban, el «hombre del Gobierno» de Exeter. Una hora de retraso. Llevaba un buzo blanco y un sombrero de apicultor muy experto: una bóveda de verde vivo, una caja cuadrada negra para la cabeza, unida con tela amarilla en las esquinas, y un cuello blanco. Los hombres murmuraron, explicaron lo que se había hecho. Empezaron a buscar a la antigua reina. Levantaron un panel tras otro, examinaron ambos lados. En vano. Miríadas de abejas que trepaban. Por lo que le entendía a mi señora azul de las abejas, la primera reina nueva mataría a las viejas, así que las celdas de reinas nuevas se trasladaban a colmenas diferentes. A la reina vieja la dejaban en la suya. Pero no conseguían encontrarla. Normalmente la reina vieja enjambraba antes de que naciera la reina nueva. Aquello impedía que enjambrase. Oí palabras como «desbancar», «excluidor de reinas» (una rejilla de metal por la que solo podían pasar las abejas obreras). El pastor se escabulló sin que nadie se diera cuenta, luego la comadrona. La crítica generalizada era que Charlie Pollard «ha usado demasiado humo». La reina odia el humo. Quizá se había marchado antes. Quizá estaba escondida. No estaba marcada. Se hizo tarde. Las ocho. Las ocho y media. Dividieron las colmenas, pusieron excluidores de reinas. Un anciano marrón sonriente proyectó sabiamente el índice mientras nos íbamos: «Está en esa». Los apicultores se agruparon alrededor del señor Jenner haciendo preguntas. La secretaria vendía números para un festival de la abeja.

Viernes, 8 de junio

Hacia las nueve de la tarde, Ted y yo bajamos en coche a casa de Charlie Pollard, a recoger nuestra colmena. Estaba de pie a la puerta de su casita en Mill Lane, la de la esquina, en mangas de camisa blanca, con el cuello abierto, dejando ver vello oscuro y una camiseta blanca de punto. Su guapa mujer rubia sonreía y saludaba con la mano. Cruzamos el puente y fuimos a la caseta, con su rotovator naranja que descansaba al fondo. Hablamos de inundaciones, de peces, de Ash Ridge: el Taw le inundaba la casa una y otra vez. Quería mudarse arriba, le había echado el ojo a la cabaña de Ash Ridge, allí tenía colmenas. Su suegro había sido jardinero jefe cuando tenían seis. Habló de grandes calentadores para secar el heno artificialmente y molerlo: esas máquinas, que cuestan dos mil, cuatro mil libras, tiradas ahí arriba, apenas se usaban. Una vez reclamó, y ya no pudo hacerse un seguro de inundación. Había llevado a limpiar las alfombras, pero estaban apagadas: «Viva usted con ellas, yo no puedo», le había dicho al inspector. Tuvo que volver a tapizar el sofá y las sillas por la parte de abajo. Una noche, bajó el primer peldaño del segundo piso y metió el pie en el agua. En su trecho del Taw vivía un salmón grande. «Si le soy sincero —repetía una y otra vez—. Si le soy sincero». Nos enseñó sus grandes oficinas negras que recordaban a un granero. Un madurador de miel con un hermoso, lento, fragante derrame de miel en la parte de abajo. Nos prestó un libro de abejas. Cargamos con nuestra vieja colmena de madera destartalada. Dijo que, si la limpiábamos y la pintábamos para Pentecostés, pediría un enjambre de abejas dóciles. El día anterior, nos había enseñado su hermosa reina italiana roja y dorada, con su marca verde brillante en el tórax, me parece. La había hecho él. Para verla mejor. Pero las abejas tenían mal genio. Iba a poner un montón de abejas dóciles. Dijimos: «Dóciles, no lo olvide», y nos marchamos a casa.

Estas líneas fueron mecanografiadas en el margen superior del manuscrito original:

Visto: un borde de perifollo blanco alto, gordas flores de tojo amarillas, un árbol de Navidad viejo, espino blanco de olor fuerte.

COMPARACIÓN
(Ensayo, 1962)

¡Cómo envidio al novelista!

Me lo imagino... Mejor dicho, me la imagino, porque yo busco paralelos en las mujeres. Me la imagino, por lo tanto, podando un rosal con un par de tijeras grandes, ajustándose las gafas, moviéndose entre tazas de té, tarareando, arreglando ceniceros o bebés, absorbiendo una inclinación de la luz, un nuevo filo del tiempo, y penetrando, con una especie de hermosa, modesta visión de rayos X, los interiores psíquicos de sus vecinos: sus vecinos en trenes, en la sala de espera del dentista, en el salón de té de la esquina. ¡Qué *no es* relevante para ella, afortunada! Puede usar los zapatos viejos, los pomos, las cartas aéreas, los camisones de franela, las catedrales, el esmalte de uñas, los aviones, las pérgolas de rosas y los periquitos; pequeños gestos característicos: chasquear la lengua, estirar un dobladillo; cualquier cosa rara, o verrugosa, o normal, o despreciable. Por no mencionar las emociones, las motivaciones: esas formas estruendosas, atronadoras. Su negociado es el Tiempo, cómo se proyecta hacia delante, cómo empuja hacia atrás, florece, decae y se expone doblemente. Su negociado es la gente en el Tiempo. Y ella, me parece, tiene todo el tiempo del mundo. Si quiere, puede coger un siglo, una generación, un verano entero.

Yo puedo coger un minuto, más o menos.

No hablo de poemas épicos. Todos sabemos lo *largos* que pueden llegar a ser. Hablo del poema más o menos pequeño, oficioso, de andar por casa. ¿Cómo describirlo? Se abre una puerta, se cierra una puerta. En medio has vislumbrado algo: un jardín, una persona, una tormenta, una libélula, un corazón, una ciudad. Pienso en esos pisapapeles redondos victorianos de cristal que recuerdo, pero que no encuentras nunca; a años luz de las producciones industriales que tachonan el mostrador de los juguetes de Woolworth's. Ese tipo de pisapapeles es una esfera transparente, completa en sí misma, muy pura, con un bosque o un pueblo o un grupo familiar dentro. Le das media vuelta, y luego, otra. Nieva. Todo ha cambiado en un minuto. Dentro, nunca será igual: ni los abetos, ni los tejados, ni las caras.

Así sucede el poema.

¡Y qué poco sitio hay en realidad! ¡Qué poco tiempo! El poeta se convierte en un experto en hacer maletas:

La aparición de estas caras en la multitud.
Pétalos en una rama negra y húmeda.[13]

Ahí está: el principio y el fin, en un aliento. ¿Cómo lograría eso el novelista? ¿En un párrafo? ¿En una página? Quizá mezclándolo, como la pintura, con un poco de agua, rebajándolo, esparciéndolo.

Me estoy poniendo petulante, estoy encontrando ventajas.

Si el poema es concentrado, un puño cerrado, la novela es relajada y expansiva, una mano abierta: tiene caminos, desviaciones, destinos; una línea del corazón, una línea de la cabeza; la moral y el dinero entran en ella. Donde el puño excluye y aturde, la mano abierta puede tocar y abarcar mucho en sus viajes.

Nunca he puesto un cepillo de dientes en un poema.

No me gusta pensar en todas las cosas, cosas familiares, útiles y dignas, que nunca he puesto en un poema. Una vez puse un tejo. Y ese tejo, con pasmoso egoísmo, empezó a gestionar y ordenar todo. No era un tejo junto a una iglesia en un camino más allá de una casa en un pueblo donde vivía cierta mujer, etcétera, como habría podido ser en una novela. Oh, no. Se erguía honradamente en medio de mi poema, manipulando sus tonos oscuros, las voces en el cementerio, las nubes, los pájaros, la tierna melancolía con la que lo contemplaba…, ¡todo! No conseguí someterlo. Y mi poema acabó siendo un

---

[13] Plath cita los dos versos del poema de Ezra Pound «En una estación del metro».

poema sobre un tejo. Ese tejo era demasiado orgulloso para ser una marca negra pasajera en una novela.

Tal vez algunos poetas se enfaden, si doy a entender que el *poema* es orgulloso. Me dirán que el poema también puede incluir todo. Y con mucha más precisión y potencia que esas criaturas hinchadas, desaliñadas e indiscriminadas que llamamos novelas. Bueno, admito a esos poetas sus excavadoras y sus pantalones viejos. De verdad *no* creo que los poemas tengan que ser tan castos. Creo que incluso admitiría un cepillo de dientes, si el poema fuera auténtico. Pero estas apariciones, estos cepillos de dientes poéticos, son escasos. Y, cuando llegan, tienden, como mi tejo alborotador, a creerse elegidos y muy especiales.

En las novelas, no.

Ahí el cepillo de dientes vuelve a su estante con hermosa presteza y es olvidado. El tiempo fluye, se arremolina, serpentea, y la gente tiene tranquilidad para crecer y cambiar ante nuestros ojos. La rica basura de la vida sube y baja a nuestro alrededor: escritorios, dedales, gatos, todo el catálogo muy amado, muy manoseado de lo misceláneo que el novelista desea que compartamos. No quiero decir que aquí no hay pauta, que no hay discernimiento, ordenación rigurosa.

Solo sugiero que tal vez la pauta no insiste tanto.

La puerta de la novela, como la puerta del poema, también se cierra.

Pero no tan rápido, no con esa finalidad maniática, incontestable.

«CONTEXTO»
(Ensayo, 1962)

Los asuntos de nuestra época que me preocupan en este momento son los incalculables efectos genéticos de la radiación, y un artículo documental sobre el matrimonio terrorífico, loco, omnipotente, de las grandes empresas y el Ejército en Estados Unidos: «*Juggernaut, The Warfare State*» [Gigante, el estado del guerrear], de Fred J. Cook, en un número reciente de *Nation*. ¿Influye eso en la clase de poesía que escribo? Sí, pero de forma oblicua. Aunque mi perspectiva del apocalipsis me quita el sueño, no tengo la facilidad de palabra de Jeremías. Al final, no escribo poemas sobre Hiroshima, sino sobre un niño que se forma dedo a dedo en la oscuridad. No escribo sobre los terrores de la extinción masiva, sino sobre la desolación de la luna que ilumina un tejo en un cementerio cercano. No escribo sobre los testimonios de argelinos torturados, sino sobre lo que piensa por la noche un cirujano cansado.

En cierta forma, estos poemas son desviaciones. Me parece que no son una escapatoria. Para mí, los auténticos asuntos de nuestra época son los asuntos de todas las épocas: el dolor y la maravilla de amar; hacer, en todas sus formas —niños, panes, cuadros, edificios—; y la conservación de la vida de todos los pueblos en todos los lugares, cuya puesta en peligro no puede disculpar un doble lenguaje abstracto con «paz» y «enemigos implacables».

No creo que una «poesía de titulares» interese a más gente y más profundamente que los titulares. Por otra parte, a menos que el poema de última hora brote de algo más hondo que un altruismo abstracto, cambiante, y sea, efectivamente, esa cosa-unicornio, un poema real, corre el riesgo de acabar arrugado tan rápido como el propio periódico.

Los poetas de los que disfruto están poseídos por sus poemas tanto como por los ritmos de su propio aliento. Sus mejores poemas parecen haber nacido tal cual, no parece que los hayan ensamblado a mano; algunos poemas de los *Estudios del natural* de Robert Lowell, por ejemplo; los poemas del invernadero de Theodore Roethke; algo de Elizabeth Bishop y bastante de Stevie Smith («El arte es salvaje como un gato y está bastante alejado de la civilización»[14]).

Sin duda, la utilidad de la poesía está en el placer que produce; no en su influencia como propaganda religiosa o política. Ciertos poemas y versos me parecen tan compactos y milagrosos como los altares o las coronaciones de reinas deben de parecerles a quienes veneran imágenes muy diferentes. No me preocupa que los poemas lleguen a relativamente poca gente. En realidad, lo sorprendente es lo lejos que van; entre desconocidos, incluso alrededor del mundo. Más lejos que las palabras de un maestro de escuela o que las recetas de un médico; si tienen suerte, más allá de una vida.

---

[14] Verso del poema «The New Age» (La nueva era), publicado en 1957.

ROSE Y PERCY B.
(De los cuadernos, 1961-1962)

Nuestros vecinos más cercanos, jubilados de Londres, viven en la escarpada, rocosa pendiente de nuestro camino de acceso, mirando a nuestro alto seto lateral por sus ventanitas delanteras. La casita que está unida por una esquina a la casita de los Watkins, unida a su vez a la diminuta casita blanca de la jorobada Elsie, que abre la calle. Cuando la compraron, era una ruina: hacía dos años que nadie vivía en ella, todo barro y yeso que se caía. La arreglaron ellos solos. Una tele (comprada a plazos, casi pagada), un jardincito trasero junto a nuestra casita con el techo de paja y nuestro huerto de fresas, escondido detrás de una densa pantalla de acebo y mata en ese punto, y por una valla de zarzo y un garaje añadido por ellos junto a la calzada. Habitaciones minúsculas, luminosas, más o menos modernas. El típico empapelado británico: *beige* pálido con un estampado de rosas blancas, vagamente abrillantadas, como los dibujos que hace una capa de nata en el té flojo. Cortinas blancas almidonadas, buenas para mirar desde detrás. Un tresillo relleno, cómodo. Un hogar en el que resplandecen carbón y tablas. Fotos de las tres hijas vestidas de novia; un álbum de la hija modelo. En la escuela de modelos, robaron un jersey caro que compró su madre. Dos nietos, uno de cada una de las otras hijas. Todas las hijas viven en Londres. Una salita que estaba llena de retales de satén chillones la primera vez que fui de visita, y una máquina de coser en la que Rose confecciona rápidamente fundas de colchón para una compañía de Okehampton, en tela con brillo cereza y fucsia, con dibujos estridentes que se extienden. Percy «vigila» una empresa una vez al mes. En el piso de arriba, un baño rosa, los suelos sellados completamente con linóleo nuevo, volantes y espejos y cromados. Fogones nuevos en la cocina (el otro artículo comprado a plazos), una jaula de periquitos pistacho y azul celeste que chirrían y silban, en un segundo nivel del salón.

Primer encuentro: el día que nos mudamos, Rose trajo una bandeja de té para nosotros y para los obreros. Una mujer animada, más o menos joven, que cotorreaba sin cesar, no parecía escucharte a ti, sino a otra persona, invisible, a la derecha o a la izquierda, que le está contando algo interesante, más o menos parecido a lo que le cuentas tú, pero de forma mucho más sugestiva. Pelo marrón más o menos claro, cara lisa, cuerpo rollizo. ¿Cincuenta y tantos? Percy parece veinte años mayor, muy alto, enjuto, casi cadavérico. Lleva un abrigo marinero azul. Rostro curtido, gracioso, burlón. Fue encargado de un *pub* en Londres. En el sur de Londres. Extrañamente perceptivo respecto de Frieda y el bebé. Hace preguntas muy apropiadas. Le canta a Frieda. Ojos llorosos, pierde peso, sin apetito, deprimido desde las Navidades. La señora B. cogió por banda al doctor Webb un día que salía de verme a mí. Le sacó un reconocimiento a Percy. Rayos X. Salió de los rayos X con otras personas, pero, a diferencia de éstas, él no tenía historial. «¿Dónde está tu historial, Perce?». «Oh —dijo la enfermera—, tiene que volver a hacerse más después de comer». Ahora está en el Hospital Hawksmoor en las colinas de Bovey Tracy para dos semanas. La ignorancia de Rose: ¿por qué dos semanas de reconocimiento? ¿Es un reconocimiento o un tratamiento? Dice que lo preguntará mañana, cuando los G. la lleven a visitarlo. Mi sobresalto: esta gente no pregunta nada, solo «va a que la traten» como vacas dóciles.

He ido a la iglesia con Rose y Percy; me lo sugirió el pastor. Percy es devoto. Rose, no tanto. Van cada pocas semanas, se sientan en el mismo banco, en el medio, a la izquierda. La serie de sombreros elegantes de Rose. Podría andar por los treinta y muchos. Otros encuentros: el té en su casa con Ted y Frieda. Un té fino: tostadas con arenques calientes, una bandeja de pastas elaboradas, todo azúcar y cobertura. Frieda, colorada por el fuego, tan tímida que se portó bien. Todo el mundo le gritaba que se alejase del enorme ojo vidriado azul y los botones dorados de la tele del rincón, el gran compañero refinado, silencioso, ella, llorando y hundiendo la cabeza en el cojín del sillón, ante las voces cortantes, ¿por qué motivo?

Hojeamos los álbumes de todas las hijas: brillantes, vivaces, guapas, con maridos morenos más o menos guapos. La hija modelo, posando extravagante delante de una tarta de bodas. El aparador y la tele y el tresillo no dejan una pulgada libre. El lugar, abarrotado, caliente, acogedor. Luego vinieron a tomar el té a casa. Percy, mucho más tarde. Rose, arreglada, pero menospreciándose: «Ooh, mira estas medias, Sylvia —subiéndose la falda para dejar al descubierto un par de medias gruesas más o menos gastadas—. Percy ha dicho que mi traje tenía una costura abierta en la espalda cuando volvió del tinte, pero da igual».

La última vez que Rose vino a tomar el té, yo tenía un bizcocho grande, esmerado, hecho con seis huevos, que pensaba servir a los S. el domingo, pero no vinieron, George se quedó en la cama. Lo aproveché para Rose. Lo alabó. Lo engulló. Estaba muy nerviosa y voluble. Habló sin parar de pensiones: Percy había estado enfermo un año, y no había contribuido, le habían recortado la pensión para siempre (recibía 29 chelines a la semana, en vez de los 30 de la pensión completa), y no les dejaban pagar la contribución de ese año para cobrarla entera («Oh —les dijo el funcionario desagradable—, si lo permitiéramos, todo el mundo haría lo mismo». ¿Y por qué no?). Extraño. Cómo llegar a fin de mes con una pensión. Le alquilan la casa de Londres a una de las hijas. No pueden comprar gran cosa..., a plazos, no. Eso está bien cuando eres joven. Tras poco más de media hora, Rose se puso en pie de un salto, al oír que llamaban a la puerta de atrás. «Ese es Perce». Una disculpa confusa, iban con los G. a no sé dónde. Al parecer, los G. (los padres de William), muy finos, tienen mucho dinero, una casa en la colina, un coche nuevo de la compañía. Yo, resentida. «¿No te ha importado que venga?». Su mirada resbaladiza. Les repite a los G. todo lo que digo. Repetí inocentemente el «Vemos todo lo que pasa en casa de ustedes» del pastor, y se ha convertido en un mal chiste de cama que Mary G. me devuelve repetido.

Me encontré a Percy en la calle enfrente de la carnicería, los ojos llorosos en el rostro magro, fijos en algún punto del espacio. Me dijo que tenía que ir al hospital a hacerse pruebas. Fui a ver a Rose con una bandeja de bollos «Con Sabor A Nuez» absolutamente indigeribles de un sobre que la señora S. había encontrado en el armario de la cocina («George y yo no comemos ni tartas ni pasteles»), y que parecía sospechosamente antiguo, pero pensé que el azúcar le gustaría a Percy, que come medio kilo de golosinas a la semana. Llamé una vez, dos veces. Un intervalo sospechoso. Rose seguía temblando y llorando cuando abrió la puerta. Frieda bajó corriendo desde nuestra puerta y entró conmigo. Me sorprendí diciendo: «No te preocupes, tesoro», naderías para dar ánimos. «Me siento tan sola», se lamentó Rose. Percy se había marchado al hospital el domingo. Esto fue el martes pasado. «Ya sé que tengo la tele y cosas que hacer, mira, acabo de hacer un montón de colada, pero te acostumbras tanto a tenerlos en casa…». Estalló en nuevas lágrimas. La abracé. «Casi no he comido en todo el día, mira, le estoy escribiendo una carta a Perce…». Aspiró, me enseñó un mensaje garabateado con lápiz encima de la mesa de la cocina. Le ordené que hiciera té, le dije que subiera a tomar el té cuando quisiera. Se limpió la cara, que, curiosamente, con su pena desnuda, se había quedado en blanco. Frieda manoseó unos adornitos, subió el escalón de la cocina y chilló más alto que los pájaros. Me fui deprisa para ver a Marjorie S., que venía a tomar el té después de pasar el fin de semana en Londres.

Jueves, 15 de febrero

Me pasé a ver a Rose, y a invitarla a cenar este fin de semana. Tenía una pierna de cordero. Quería ser amable, devolver el asado con jugo que me trajo cuando tuve al bebé el mes pasado, y el traje blanco de punto. Su inseguridad. Volvió a contarme la historia del médico y el ojo de Percy. Siguió rápidamente: cómo Percy había llamado por teléfono, había pedido un jersey; se sentaba en el balcón, tenía una habitación bonita que solamente compartía con otro hombre. El viernes iba a ir a comprar el jersey a Exeter, los G. iban a llevarla a visitarlo el sábado. La invité a cenar el domingo. Se detuvo, con aspecto inseguro, no sabía si iba a ir («se suponía que iba a ir») a cenar a casa de los G- el domingo, no podía permitirse dejarlos plantados, contaba con ellos para ir a ver a Percy (ella conduce, pero no su coche actual, que es demasiado grande). Le dije un poco cortante que a lo mejor podía enterarse y avisarme. Consciente de que como hermanita de la caridad soy imposible: acepta la puta oferta y da las gracias. Preguntó si Ted podría llevarla a ver a Percy el martes. Creía que no; ¿qué había dicho? ¿A qué distancia de Exeter estaba el hospital? Dio la impresión de que se ofendía. Le dije que Ted tenía cita en el dentista, qué horario de visitas tenía el hospital. De dos a cuatro. Bueno, entonces, ¿le daría tiempo a ir de compras y hacer recados e ir al dentista? Yo sabía perfectamente que Ted pensaba ir a pescar a primera hora, y que sin duda había pensado que podía dejarla cerca del hospital. Dijo que no tenía forma de llegar (el camino era complicado). Su volubilidad. Según Ted, le había dicho que podía dejarla en Newton Abbot, donde tenía entendido que paraba un autobús que iba al hospital. Ella tradujo que Ted iba a pasarse el día llevándola y esperándola. Le dije que nos avisara si podía venir a cenar, pensando que bien podía ocurrírsele dejarnos plantados también. Rose, una señora voluble, caprichosa, cotilla, con buen corazón.

Viernes, 16 de febrero

Breve visita de Rose. Ted le abrió la puerta, y ella vino al cuarto de los juguetes, donde estábamos escribiendo a máquina uno frente al otro en pilas de papel esparcido sobre la humeante tetera de peltre mate. «Anda, qué encanto, qué calentito». Insistimos en que tomase una taza de té. Se sentó en la tumbona de listas naranjas. «Anda, qué calor». Estaba esperando una llamada de «las niñas» (¿sus hijas?). Noticias: habían pedido autorización para operar a Percy; le temblaba la voz. No entendía por qué, a él no le dolía nada, si operas así, te descoloca un poco el sistema, pero «si va a prolongarle la vida...». Ted estudió atentamente los mapas de Exeter y Bovey Tracy, sin esperanza, su día de pesca se evaporaba ante la imposibilidad evidente de encontrar un término medio con Rose. La perspectiva de seis semanas de Percy en el hospital nos empujaba a sacrificar medio día; su bondad, nuestra lentitud. Así que la llevará, y la traerá, y se olvidará de pescar. ¿Qué es la «sombra» o «punto»? Lo visita el sábado, prometió averiguar todo. ¿Son cicatrices viejas, cicatrices nuevas? Tiene sesenta y ocho años. Dijo que iba a casa de los G. el domingo, pero que vendría a comer el lunes a mediodía. He olvidado por completo describir lo que llevaba: tengo que entrenarme mejor, de arriba abajo.

21 de febrero

Pasé a ver a Rose, con Frieda, para que me hiciera de testigo en la solicitud de la Ayuda Familiar. Ella y su hija, venida de Londres, vinieron a comer a la una. Una chica guapa, delgada, con el pelo corto negro, cuerpo de caballo de carreras, nariz y barbilla afiladas. Vino a dar órdenes a su madre, a decirle cómo firmar el formulario. Rose Emma B., «Sra.» entre paréntesis. Sombra de ojos azul del viaje en tren. Percy, iba a ser operado, lo operaban esa noche. Me dejé caer la noche siguiente, 22 de febrero, para oír las novedades: le habían quitado un trozo de pulmón, estaba descansando cómodamente. ¿Qué era? No lo sabían (!), se enterarían el sábado, cuando fuesen de visita. No querían que Rose fuese a visitarlo el primer día. ¿Qué era? Betty: «Lo siento, tengo un forúnculo en la nariz». La televisión a todo volumen. Frieda gritó, asustada. Luego, fascinada. Un primer plano de un volquete que vaciaba piedras. «Oooh».

17 de abril
    Unos golpes terribles en la puerta, hacia las dos. Ted y Frieda y yo estábamos comiendo en la cocina. ¿Será el correo?, pregunté, pensando que quizá Ted había ganado un premio fabuloso. La risa histérica de Rose interrumpió mis palabras: «Ted, Ted, ven deprisa, me parece que Percy ha tenido un derrame». Abrimos la puerta de golpe, y ahí estaba Rose B., con los ojos desorbitados, agarrándose la blusa abierta, que dejaba ver la combinación, y parloteando. «He llamado al médico», gritó, dándose la vuelta para volver corriendo a su casita; Ted, tras ella. Pensé que mejor me quedaba esperando, y, a continuación, algo dijo dentro de mí: «No, tienes que verlo, nunca has visto un derrame o un muerto». Así que fui. Percy estaba en su silla enfrente de la televisión, sacudiéndose de forma aterradora, completamente ido, balbuceando entre lo que supuse debía de ser una dentadura postiza, los ojos desviados por las sacudidas, y temblando como si lo atravesaran débiles corrientes eléctricas. Rose aferró a Ted. Yo miraba fijamente desde la puerta. El coche del médico se paró justo al lado del seto, al final del camino. Vino a la puerta muy lenta y ceremoniosamente, con la cabeza gravemente gacha. Preparado para encontrar un muerto, supongo. Dio las gracias, y volvimos discretamente a casa. «Lo estaba esperando», dije. Y Ted dijo que él, también. Tuve arcadas, pensando en ese horrible balbuceo entre la dentadura postiza. Asco. Ted y yo nos abrazamos. Frieda miró con calma desde su comida, con los grandes ojos azules, tranquilos y claros. Más adelante, llamamos a la puerta. La señora G. madre estaba allí, y el rubio y torpe William. Rose dijo que Percy estaba dormido, y lo estaba, nos daba la espalda tumbado en el sofá. Tuvo cinco derrames aquel día. Uno más, dijo el doctor, y sería el fin. Ted fue más tarde. Percy dijo: «Hola, Ted», y preguntó por los niños.
    Unos días antes, había estado paseando con su abrigo marinero entre nuestros narcisos, al viento. Sufrió una doble rotura por toser. Sensación de que se había quedado sin moral, sin espíritu. De que había tirado la toalla. Parece que con esta primavera fría, mala, todo el mundo se marcha o se muere.

22 de abril, Sábado Santo

Ted y yo estábamos cortando narcisos al caer la tarde. Rose había estado discutiendo con Percy, y yo me había dejado llevar discretamente al seto que daba al camino que pasaba por delante de su casa. Oí a Rose decir «Tienes que tomártelo con calma, Perce», con voz molesta. Luego, habló más bajo. Salió y se quedó quieta. Ted nos había sentado a Frieda y al bebé y a mí entre los narcisos para hacer fotos. «Sylvia», llamó. No contesté inmediatamente, porque Ted estaba haciendo la foto. «¡Sylvia!». «Un momento, Rose». Luego, preguntó si podía comprar un ramo de narcisos. Ted y yo sabíamos que sabía que no íbamos a pedirle dinero. No nos gusta que nos sablee. Le llevamos un ramo. Percy estaba reclinado en la cama que le pusieron en el salón después del derrame, como un pájaro desdentado, con una sonrisa rota, las mejillas rosa brillante como las de un bebé. Mientras entrábamos, subió una pareja con trajes de Semana Santa, ella, con sombrero rosa y un montón de anémonas rojas, moradas y rosas, él, bigotudo y serio. Ella, todo «tesoro» y arrullos. Habían llevado el *pub* Fountains. Ahora vivían en El Nido («¡Nos hemos caído en un nido!»), esa preciosa casita blanca enfrente del Ring o' Bells. Casi inmediatamente, ella me dijo que era católica, y montaba el altar en el ayuntamiento después de los bailes de los sábados por la noche. Eso implicaba acostarse tarde. Una joven que esperaba a que la llevaran a casa subió una vez, y dijo: «Perdone, pero no puedo evitar pensar que menuda transformación, primero es una sala de baile, y luego dejan una iglesia presentable», o algo por el estilo. «Mi maridito no es católico, pero mi maridito me espera y me ayuda». «Qué bueno es —dije—, que los maridos sean tan comprensivos». Percy no dejaba de intentar decir cosas con unas muecas llenas de vocales, que Rose nos traducía. «No puedes levantar una nación solo con pescado», dijo una vez.

25 de abril

Por la tarde, me paré un segundo a hablar con Rose, cuando volvía de llevarle un montón de narcisos a Elsie para el funeral de la suegra de Nancy. Intercambiamos información sobre los bebés: cómo Nicholas llevaba dos días llorando, y a lo mejor le estaban saliendo los dientes («Qué adelantados van los bebés hoy en día», dice Rose), y cómo Percy se había vestido solo y había caminado a la parte de atrás. A que era maravilloso. «La medicina moderna», dije.

15 de mayo

Oí un zumbido detrás de la valla, cuando entraba en casa con un montón de ropa limpia, y fui corriendo a la ventana grande de la cocina para ver quién había entrado. El viejo Percy, con la mirada azul fija, loca, y una guadaña herrumbrosa, estaba atacando una especie de bambú trepador que había brotado verde en el camino junto a la calzada. Estaba escandalizada y asustada. Vino también unos días antes, haciendo señas a su manera siniestra, senil, con un montón de golosinas rancias para Frieda, que tiré inmediatamente, y me avisó de que esa trepadora estaba tomando nuestro jardín, y dijo que haríamos bien en cortarla. Le dije a Ted que Percy estaba cortando los tallos y salimos corriendo. «Eh, Percy, deja eso», dijo Ted. Yo era toda reprobación, de pie detrás de Ted, limpiándome las manos con una toalla. Percy sonrió estúpidamente, balbuceó. «Pensaba que os estaba haciendo un favor», dice. La guadaña se le cayó con un estrépito de la mano a la grava. Había dejado un puré verde de tallos, casi imposible de separar de las raíces después de su corte chapucero. Ni rastro de Rose. Intuí que estaba escondida. Había venido unos días antes para comprarle unos narcisos a esa católica amante de su maridito que la había estado ayudando con la casa. Decidí que le dejaría pagarlas, ya que eran para regalo. ¿Por qué tenía yo que suministrar regalos gratis? Dije que un chelín la docena. Se quedó estupefacta. «¿Te parece demasiado?», pregunté cortante. Estaba claro que sí. Debía de haber esperado más generosidad. Le dije que a todo el mundo le cobrábamos eso, y le corté tres docenas por dos chelines, mientras tomaba una taza de té sentada y vigilaba a Frieda. Había estado lloviendo todo el día, y yo llevaba botas de agua. Me ha invitado a bajar hoy (17 de mayo) a tomar una taza de té, y me pongo enferma de pensar en ir porque Percy me pone enferma. Creo que no voy a llevar a Frieda. Rose le dijo ayer a Ted que Percy se está poniendo «raro», el brazo y el costado izquierdos le cuelgan. Dice que espera que el médico diga algo al respecto, cuando Percy vaya al reconocimiento posoperatorio.

17 de mayo

Rose apareció la víspera y me invitó al té. Sudé la gota gorda en el jardín, hasta que el reloj de la iglesia dio las cuatro. Bajé con los pantalones de faena marrones. Ella, toda peripuesta con un traje azul, pelo marrón oscuro (¿teñido?) recién peinado, y medias plagadas de carreras. Arqueó las cejas al ver mis rodillas mojadas. Percy, no tan mal, más animado, pero la mano izquierda se le queda muerta, y siempre parece estar teniendo ataques. Vi que había preparado cuatro tazas y tostadas con arenques, así que fui a buscar a Ted. Su presencia fue un alivio. Rose habló sobre el estado de Percy, muy malo, tenía que ponerle la ropa, consumía todo su tiempo. Sentí repugnancia ante los arenques fríos sobre tostadas frías, la sensación de que la corrupción les venía de Percy. Hablando sobre el coste de la calefacción, admirando su nuevo encendedor de gas acoplado al hogar, vimos a la señora. G., resplandeciente con un gorro de cosaco de piel negra, tirando de la adusta Miriam con su peinado moderno, que en julio cumplirá tres años, y exhibiendo un anillo de plata liso, y comiendo, como siempre y para siempre, de un tubo de celofán de caramelos de colores. Aproveché la ocasión para marcharme y ocuparme de Nicholas (que estaba gritando boca arriba en el cochecito) y Frieda (llorando en el piso de arriba). Vinieron los G., Herbert, raro y oblicuo y extinguido, aparentemente para ver a Nicholas. La señora G. dijo que pensaba que me parezco a Joyce, el bebé de Mary G. Me sentí halagada. Piensa que Ted es clavado a su hijo William. Parecerse a los seres queridos es el colmo del elogio. Hablamos de la nueva vaca lechera de William (costó unas 75 libras), del futuro de las manzanas.

7 de junio

Bueno, Percy B. se muere. Es el veredicto. «Pobre Perce», dice todo el mundo. Rose viene casi a diario. «Te-ed», llama con su voz histérica, palpitante. Y Ted viene, del estudio, la pista de tenis, el huerto, de donde sea, a llevar al moribundo del sillón a la cama. Luego está muy callado. «Es un saco de huesos», dice Ted. Lo vi en un «ataque» o «episodio», tumbado en la cama, desdentado, todo picudo de nariz y barbilla, los ojos hundidos, como si no tuviera, estremeciéndose y parpadeando de manera aterradora. Y, alrededor, el mundo es dorado y verde, rezuma codeso y ranúnculos y el dulce hedor de junio. En la casita está encendido el fuego, y hay una oscura penumbra. La comadrona dijo que Percy entraría en coma este fin de semana, y luego «podría pasar cualquier cosa». Las pastillas para dormir que le da el médico no funcionan, dice Rose. Se pasa la noche llamándola: «Rose, Rose, Rose». Qué rápido ha sucedido. Primero Rose paró al médico en enero, cuando tuve al niño, para que viese el ojo lloroso de Percy y estudiase su pérdida de peso. Luego, estuvo en el hospital para que le hicieran rayos X de los pulmones. Luego, entró otra vez para una gran operación de «algo en el pulmón». ¿Lo encontraron tan entregado al cáncer que volvieron a coserlo? Luego, en casa, andando, mejorando, pero extrañamente apagado en su brillo y sus canciones. Ayer encontré en el coche una bolsa blanca de papel estrujada con golosinas polvorientas de Rose. Antes, sus cinco derrames. Ahora su mengua.

Con qué facilidad lo ha abandonado todo el mundo. Rose está cada vez más joven. Mary G. se arregló el pelo ayer. Se sentía un bicho por ello, me dejó a la pequeña Joyce, y vino entre lavados con su delantal de volantes, pelo oscuro, piel blanca, con su voz aguda, dulce, infantil. Percy tenía un aspecto terrible desde la última vez que lo había visto, dijo. Creía que el cáncer se descontrolaba si quedaba expuesto al aire. La opinión general de la gente del pueblo: en el hospital los médicos solo hacen experimentos contigo. Cuando entras, si eres viejo, estás perdido.

9 de junio

Me encontré al pastor saliendo de su casa-zona de obras al otro lado de la calle. Subió por el camino de casa conmigo. Noté cómo lo invadía su gravedad profesional. Leyó el aviso en la puerta de Rose, mientras yo seguía subiendo, luego fue a la parte de atrás. «¡Sylvia!», oí sisear a Rose detrás de mí, y me volví. Estaba explicando por gestos la llegada del pastor, y haciendo muecas de disgusto y gestos de rechazo con una mano, muy animada.

2 de julio

Percy B. ha muerto. Murió justo a medianoche, el lunes, 25 de junio, y fue enterrado el viernes, 29 de junio, a las 14.30. Me cuesta creerlo. Todo empezó con su ojo lloroso, y Rose llamando al doctor a casa, justo después de que naciera Nicholas. He escrito un poema largo sobre ello, «Berck-Plage». Muy conmovida. Varios presentimientos terribles.

Ted llevaba unos días sin acostar ni levantar de la cama a Percy. No podía tomar las pastillas para dormir ni tragar. El médico había empezado a ponerle inyecciones. ¿Morfina? Cuando estaba consciente, tenía dolores. La enfermera contó cuarenta y cinco segundos entre una inspiración y la siguiente. Decidí verlo, tengo que verlo, así que fui con Ted y con Frieda. Rose y la católica sonriente estaban echadas encima de unas tumbonas en el patio. A Rose se le desencajó la blanca cara en cuanto intentó hablar. «La enfermera nos ha dicho que nos sentemos fuera. No podemos hacer más. ¿No es espantoso verlo así? Ve a verlo, si quieres», me dijo. Entré por la cocina en silencio con Ted. El salón estaba lleno, quieto, caldeado por una transformación que estaba sucediendo. Percy estaba tumbado encima de una pila de almohadas blancas, con su pijama de rayas, la cara ya había dejado la humanidad, la nariz era un pico retorcido sin carne, en el aire, la barbilla caía en punta desde la nariz, como un polo opuesto, y la boca en medio como un corazón invertido estampado en negro sobre la carne amarilla, un gran aliento ronco que entraba y salía con gran esfuerzo como un pájaro horrible, atrapado, pero a punto de partir. Entre los párpados entreabiertos, se veían los ojos, como jabones disueltos o pus coagulado. Aquello me puso muy enferma, y el resto del día tuve una migraña espantosa encima del ojo izquierdo. El fin, incluso el de un hombre tan insignificante, es un horror.

Cuando Ted y yo fuimos a Exeter a coger el tren de Londres, a la mañana siguiente, la casa de piedra estaba en silencio, cubierta de rocío y en calma, las cortinas se movían con el aire del amanecer. Está muerto, dije. O estará muerto cuando volvamos. Había muerto esa noche, dijo Mamá por teléfono, cuando la llamé la noche siguiente.

Bajé tras su muerte, el día siguiente, el 27. Ted había ido por la mañana, dijo que Percy seguía en la cama, muy amarillo, con la mandíbula atada y un libro, un gran libro marrón, apuntalándola hasta que se quedara en su sitio con el *rigor*. Cuando llegué, acababan de llevar el ataúd. El salón donde había yacido estaba patas arriba: la cama apartada de la pared, los colchones sobre el césped, sábanas y almohadas lavadas y oreándose. Estaba en el cuarto de costura, o salita, en un largo ataúd de roble color jabón anaranjado, con asas de plata, la tapa apoyada al lado de su cabeza contra la pared, con una voluta: «Percy B., Fallecido el 25 de junio de 1962». La fecha cruda, una conmoción. Cubría el ataúd una sábana. Rose la levantó. Una cara lívida, picuda, como de papel, se alzó debajo del velo que cubría el agujero practicado en la cubierta encolada de tela blanca. La boca parecía encolada, la cara, empolvada. Bajó la sábana rápidamente. Le di un abrazo. Me dio un beso, y estalló en lágrimas. Con ojeras moradas, la oscura, rotunda hermana de Londres lamentó: «No tienen coche fúnebre, no tienen más que un carro». El viernes, el día del funeral, caluroso y azul, con blancas nubes teatrales pasajeras. Ted y yo, con ropa fresca de luto, dejamos atrás la iglesia, vimos a los hombres de sombrero hongo que salían por la verja con un alto carro negro con ruedas de araña. «Van a recoger el cadáver», dijimos; dejamos un pedido en la frutería. La espantosa sensación de grandes sonrisas que venían a la cara, imparables. Un alivio; he aquí el rehén de la muerte, de momento estamos a salvo. Paseamos alrededor de la iglesia al calor luminoso, los limeros verdes desmochados como bolas verdes, las colinas lejanas, rojas, recién aradas, y una garbada con trigo de brillo reciente. Debatimos si era mejor esperar fuera o entrar. Elsie, con su pie amputado, estaba entrando. Luego Grace, la mujer de Jim. Entramos. Oímos al sacerdote recibiendo al cadáver en la verja, ensalmando, acercándose. Ponía los pelos de punta. Nos pusimos de pie. El ataúd florido, inclinándose y sacudiéndose los pétalos, iba primero por el pasillo. Los bellos deudos de negro hasta los guantes y el bolso, Rose, tres hijas, incluida la modelo de belleza de mármol, un marido, la señora G., y la católica, sonriendo, solo que sin sonreír, con la sonrisa aplazada, suspendida. Apenas oí una palabra del servicio, Mr. Lane por una vez estuvo moderado, por lo grandioso de la ceremonia, un vehículo, como debe ser.

Después seguimos al cortejo fúnebre tras el ataúd por la puerta lateral que daba a la calle que sube la colina del cementerio. Tras el alto carro negro, que había salido, con el sacerdote meciéndose en blanco y negro, a paso decoroso, los coches fúnebres: un coche, un taxi, luego Herbert G., con aspecto verde y asustado, en su gran coche nuevo rojo. Subimos con él. «Bueno, Perce siempre quiso que lo enterraran en Devon». Notabas que pensaba que el siguiente sería él. Sentí que me brotaban las lágrimas. Ted me indicó que mirase las caras lentamente alzadas de los niños del patio de la escuela primaria, todos sentados encima de sus esterillas, sin nada de pena, solo curiosidad insulsa, volviéndose hacia nosotros. Nos bajamos en la verja del cementerio, el día ardía. Siguiendo las negras espaldas de las mujeres. Seis sombreros hongo de los portadores del féretro puestos sobre la hierba junto a los primeros arbustos de tejo. El ataúd sobre tablas, se dijeron palabras, cenizas a las cenizas; eso era lo que quedaba, no la gloria, no el cielo. El ataúd asombrosamente estrecho bajado a la estrecha abertura en la tierra roja, dejado. Llevaron a las mujeres alrededor, en una especie de círculo del adiós, Rose embelesada y hermosa y helada, la católica echando un puñado de tierra, que retumbó. En mí creció un impulso de tirar tierra también, pero parecía que podía ser indecente, apresurar el olvido de Percy. Dejamos la tumba abierta. Un sentimiento inacabado. ¿Va a quedarse ahí arriba, descubierto, solo? Volvimos a casa andando por la colina negra, reuniendo inmensos tallos de dedaleras fucsia, y ondeando nuestras chaquetas al calor.

4 de julio

Vi a Rose, con un sombrero de terciopelo negro prestado, entrando en la casa. Va a Londres, pero volverá dentro de una semana. Había ido a peinarse, culpable, una onda de rizos apretados. «Estaba espantosa». Había traído dos libros viejos (estoy segura de que uno de ellos había asegurado la mandíbula de Percy), una pila de botones, millares, que iban a haber puesto en tarjetas y vendido, un tampón, también para negocios domésticos, y unos cuantos cuadernos: reliquias patéticas. Pasé una vez y vi a dos mujeres, con el pelo recogido en pañuelos para protegerse del polvo, de rodillas en la salita, separando objetos variados, y rodeadas de colchones vívidamente florales puestos de pie, y somieres.

Rose dijo que oyó a una pareja fuera de nuestra casa. «Oh, pero el techo es de paja, y es demasiado grande para nosotros». Salió. ¿Querían una casa? Sí, eran de Londres e iban a jubilarse y querían una casita. Qué curioso, dice Rose, yo quiero vender esta. Oh, es justo lo que queremos, dicen. Ahora, no sé si vendrán.

DÍA DE ÉXITO
(Relato, 1960)

Ellen iba al dormitorio llevando en brazos una pila de pañales recién doblados cuando sonó el teléfono, haciendo astillas la calma de la fresca mañana de otoño. Se detuvo un instante en el umbral, disfrutando de la pacífica escena como si tal vez no fuese a volver a verla: el delicado empapelado con su dibujo de rosas, las cortinas de pana color verde bosque a las que ella misma había cosido el dobladillo mientras esperaba a que llegase el bebé, la anticuada cama de columnas que había heredado de una tía que la quería, pero no tenía un céntimo, y, en el rincón, la cuna rosa pálido en la que dormía a pierna suelta Jill, de seis meses, el centro de todo.

«Por favor, que no cambie nada —rogó a los hados que pudieran estar escuchando—. Que los tres seamos así de felices para siempre».

El teléfono, estridente y apremiante, la sacó de su ensimismamiento, y dejó el montón de pañales limpios sobre la enorme cama, y fue de mala gana a coger el auricular, como si fuera un negro, pequeño instrumento del destino.

—¿Está Jacob Ross? —preguntó una voz femenina, distante, clara—. Denise Kay al aparato.

A Ellen se le cayó el alma a los pies, al imaginar a la pelirroja acicalada y elegante al otro lado de la línea. Jacob y ella habían salido a cenar con la joven y brillante productora de televisión apenas un mes antes, para hablar de cómo iba la obra en la que estaba trabajando

Jacob; su primera obra. Aun entonces, Ellen había deseado en secreto que a Denise la partiese un rayo o la raptasen, con tal de que no se relacionase con Jacob en los días íntimos, multitudinarios, de los ensayos..., autor y productora colaborando en el nacimiento de algo maravilloso, solo suyo.

—No, Jacob no está.

Con un poco de culpa, Ellen pensó en lo fácil que sería decirle a Jacob que bajara del piso de la señora Frankfort para atender a un mensaje a todas luces tan importante. Su guion, acabado ya, llevaba casi dos semanas en el despacho de Denise Kay, y, por cómo bajaba él los tres pisos todas las mañanas para recibir al cartero, sabía lo impaciente que estaba por escuchar el veredicto. Pero... ¿acaso no había prometido comportarse como una secretaria modelo, y respetar su horario de escritura?

—Soy su mujer, señorita Kaye —añadió, con énfasis tal vez innecesario—. ¿Quiere dejar un mensaje, o quiere que Jacob le devuelva la llamada?

—Buenas noticias —dijo Denise vigorosamente—. Mi jefe está entusiasmado con la obra. Cree que es un poco rara pero hermosa y original, de manera que la vamos a comprar. Estoy encantada de producirla.

«Ya está —pensó Ellen con pena, incapaz de ver nada que no fuera esa cabeza con su suave brillo de cobre inclinada junto a la oscura de Jacob sobre un grueso guion mimeografiado—. El principio del fin».

—Qué bien, Miss Kaye. A... A Jacob le va a encantar.

—Bueno. Si puede ser, me gustaría comer con él hoy, para hablar de los actores. Me parece que vamos a querer actores famosos. ¿Le importaría pedirle que me recoja en mi oficina hacia el mediodía?

—Claro...

—Perfecto. Pues hasta luego.

Y el auricular descendió con un clic profesional.

Desconcertada por una emoción extraña y poderosa, Ellen estaba de pie junto a la ventana, con el eco de esa voz confiada, musical, que podía ofrecer con indiferencia el éxito como si fuera un racimo de uvas de invernadero, en los oídos. Su mirada se detuvo en la plaza verde, con sus plátanos de corteza harapienta que se abrían paso hacia el luminoso cielo azul por encima de las fachadas destartaladas, y una hoja, de oro mate como una moneda de tres peniques, se soltó y bailó despacio hasta la acera. Más tarde, la plaza se llenaría del ruido de las motocicletas y los gritos de los niños. Una tarde de verano, Ellen contó veinticinco jóvenes desde su banco, debajo de los plátanos: desaliñados, escandalosos, riendo; unas Naciones Unidas en miniatura, dando vueltas por el terreno de hierba y geranios, o los callejones estrechos, llenos de gatos.

Cuántas veces Jacob y ella se habían prometido a sí mismos la legendaria casita junto al mar, lejos del olor a gasolina de la ciudad y de las cocheras llenas de humo; ¡un jardín, un cerro, una cala para que la explorase Jill, una paz sin prisa, saboreada profundamente!

—Cuando venda una obra, cariño —había dicho Jacob hablando en serio—. Así sabré que puedo hacerlo, y nos arriesgamos.

El riesgo, por supuesto, estaba en alejarse de aquel ajetreado centro de trabajos —trabajos eventuales, trabajos a tiempo parcial, trabajos que Jacob podía hacer con relativa facilidad, mientras escribía a cada minuto libre— y depender solo de los inciertos ingresos de sus relatos, obras y poemas. ¡Poemas! Ellen sonrió a su pesar, recordando la víspera sombría, atosigada por las facturas del cumpleaños de Jill, justo después de mudarse al piso nuevo.

Estaba de rodillas, echando laboriosamente pintura de linóleo gris claro encima del entablado deprimente, desgastado, centenario, cuando el cartero llamó al timbre.

—Voy.

Jacob dejó en el suelo la sierra que estaba usando para cortar estantes.

—Es mejor que te ahorres las escaleras, amor.

Desde que Jacob había empezado a mandar manuscritos a revistas, el cartero, con su uniforme azul, era una especie de posible padrino mágico. Cualquier día, en vez de los gruesos sobres desalentadores de papel manila y las impersonales cartas de rechazo impresas, podría haber una carta de ánimo de un editor o incluso…

—¡Ellen! ¡Ellen!

Jacob bajaba los peldaños de dos en dos, agitando el sobre aéreo abierto.

—¡Lo he logrado! ¡Mira qué hermosura!

Y dejó caer en su regazo el cheque azul claro de reborde amarillo, con la increíble cantidad de dólares en negro y los centavos en rojo. El semanario estadounidense al que ella había enviado un sobre el mes pasado estaba encantado con la colaboración de Jacob. Pagaban una libra por verso, y el poema de Jacob daba para…, ¿para qué? Tras la risa floja provocada por la posibilidad de sacar entradas para el teatro, cenar en el Soho, champán rosa, empezó a posarse la nube del sentido común.

—Tú decides. —Jacob hizo una reverencia, dándole el cheque, delicado y alegre como una mariposa rara—. ¿Qué desea tu corazón?

Ellen no tuvo que pensarlo dos veces.

—Un cochecito para la niña —dijo quedamente—. ¡Un cochecito enorme y precioso, con sitio para gemelos!

Ellen acarició la idea de guardarse el recado de Denise hasta que Jacob bajase dando zancadas para comer —demasiado tarde para ver a la atractiva productora en su oficina—, pero de inmediato se sintió profundamente avergonzada. Cualquier otra mujer habría llamado excitada a su marido, para que cogiera el teléfono, infringiendo todas las reglas sobre horarios de escritura ante esa noticia excepcional, o por lo menos habría ido a verlo corriendo en cuanto hubiese colgado, orgullosa de ser portadora de tan buena nueva. «Tengo celos —se dijo Ellen sin energía—. Soy la típica esposa celosa del siglo XX, de propulsión a chorro, mezquina y rencorosa. Como Nancy Regan». Esa reflexión la dejó estupefacta, y se dirigió decidida a la cocina a hacerse un café.

«Estoy ganando tiempo», cayó en la cuenta con ironía, poniendo la cafetera en el fuego. Pero creía medio supersticiosamente que, mientras Jacob ignorase las noticias de Denise Kay, estaba a salvo; a salvo del destino de Nancy.

Jacob y Keith Regan fueron juntos al colegio, estuvieron juntos en África en la guerra, y volvieron al Londres de la posguerra decididos a evitar las sutiles trampas de los trabajos formales que los distraerían de lo único que importaba: escribir. Ahora, mientras esperaba a que el agua hirviese, Ellen recordó los meses pobres pero estimulantes en los que Nancy y ella habían intercambiado recetas económicas, y las penas y preocupaciones secretas de todas las mujeres cuyos maridos son idealistas sin blanca que reparan cuerpo y alma con guardias nocturnas, jardinería, cualquier trabajo eventual que surja.

Keith fue el primero en triunfar. Una obra representada en un teatro poco conocido salió catapultada al West End a través del aro de las reseñas entusiastas, y prosiguió como un hermoso misil guiado por la buena estrella hasta caer justo en mitad de Broadway. No hizo falta más. Y, como por arte de magia, los sonrientes Regan fueron transportados de un piso sin calefacción ni agua caliente, y una dieta de pasta y sopa de patata, a los exuberantes pastos verdes de Kensington, con un telón de fondo de vinos añejos, deportivos, pieles elegantes, y, a la postre, el decorado más sombrío de los tribunales de divorcio. Sencillamente, Nancy no pudo competir —en aspecto, dinero, talento, oh, en nada que contase— con la encantadora protagonista rubia que tanto relumbrón añadió a la obra de Keith en su estreno en el West End. De ser la devota esposa con ojos como platos de los años de vacas flacas de Keith, pasó poco a poco a ser una mujer de mundo inquieta, de lengua afilada, cínica, con toda la pensión conyugal que pudiera querer, pero poco más. Keith, claro está, había volado fuera de su órbita. No obstante, ya fuera por lástima, o por una especie de afecto impermeable, Ellen seguía en contacto con Nancy, que parecía obtener cierto placer de sus encuentros, como si, a través del matrimonio feliz, bendecido con niños, de los Ross, pudiese de alguna manera capturar de nuevo los mejores días de su propio pasado.

Ellen puso una taza y un plato en la encimera, y estaba a punto de servirse una dosis grande de café hirviendo, cuando se echó a reír, con remordimiento, y añadió otra taza. «¡Todavía no soy una mujer abandonada!». Colocó con cuidado la barata bandeja de hojalata —servilleta, azucarero, jarra de leche, un ramito de doradas hojas de otoño junto a las tazas humeantes—, y empezó a subir los empinados escalones que llevaban al apartamento de la señor. Frankfort, en el último piso.

Conmovida por lo atento que fue Jacob cuando ella fue a visitar a su hermana, llevando su cubo de carbón, vaciando los cubos de basura y regando las plantas, la viuda de mediana edad le había permitido que usara su piso de día, mientras ella trabajaba. «¡Un escritor, su mujer y un bebé que da saltos no caben en dos habitaciones!». Así, Ellen podía dejar a Jill gatear y chillar todo lo alto que quisiera en el piso de abajo, sin temor a molestar a Jacob.

La puerta de la señora Frankfort se abrió nada más rozarla con las yemas de los dedos, enmarcando la espalda de Jacob, su cabeza oscura y sus anchos hombros en el áspero jersey de pescador, cuyos codos había remendado ella más veces de las que le gustaba recordar, inclinado sobre la mesa larga y estrecha, cubierta de papeles garabateados. Mientras ella permaneció allí en equilibrio, conteniendo el aliento, Jacob se pasó los dedos por el pelo, distraído, y se volvió en su asiento con un crujido. Cuando la vio, se le iluminó la cara, y ella avanzó sonriendo, para darle la buena noticia.

Después de despedir a Jacob, recién afeitado, peinado y guapo con su traje bien cepillado —su único traje—, Ellen se sintió extrañamente decepcionada. Jill se despertó de su siesta matutina, balbuceando y con los ojos brillantes. «Dadada», parloteaba, mientras Ellen le cambiaba con destreza el pañal mojado, omitiendo el *cucutrás* habitual, con la cabeza en otra parte, y la ponía a jugar en el parque.

«No va a pasar inmediatamente —rumiaba Ellen, mientras hacía puré de zanahoria para la comida de Jill—. Las rupturas casi nunca son inmediatas. Se abrirá despacio, con un síntoma delator tras otro, como una flor espantosa, infernal».

Apoyando a Jill en las almohadas de la gran cama para su toma de mediodía, Ellen atisbó encima de la cómoda el pequeño frasco de perfume francés de cristal tallado, casi perdido en la confusión de latas de polvos de talco, botellas de aceite de hígado de bacalao y botes de algodón. Las pocas gotas de caro líquido ámbar que quedaban, la única extravagancia que Jacob se permitió con lo que quedó del dinero del poema, después de comprar el cochecito, parecían guiñarle el ojo en son de burla. ¿Por qué nunca se había permitido disfrutar del perfume de corazón, en vez de racionarlo con tanto cuidado, gota a gota, como un perecedero elixir de la inmortalidad? Una mujer como Denise Kay debía de dedicarles una parte considerable de su sueldo: partida de aromas apetecibles.

Ellen estaba pensativa, dando cucharadas de puré de zanahoria a Jill, cuando sonó el timbre. «¡Jope! —Echó a Jill sin miramientos en la cuna, y fue a las escaleras—. No falla».

Un desconocido vestido de manera impecable estaba de pie en el umbral, al lado del nublado batallón de botellas de leche sin recoger.

—¿Está Jacob Ross? Soy Karl Goodman, director de *Impact*.

Ellen reconoció pasmada el nombre de la distinguida revista mensual que tan solo unos días antes había aceptado tres poemas de Jacob. Incómodamente consciente de su blusa manchada de zanahoria y su delantal zarrapastroso, Ellen masculló que Jacob no estaba.

—¡Aceptaron sus poemas! —dijo a continuación, tímida—. Nos alegró mucho.

Karl Goodman sonrió.

—Tal vez debería decirle por qué he venido. Vivo cerca, y resulta que estaba comiendo en casa, así que he pensado que mejor pasaba en persona...

Denise Kay había llamado a *Impact* esa mañana para ver si podían organizarse para publicar la obra de Jacob, toda o en parte, a tóempo de coincidir con el montaje.

—Solo quería cerciorarme de que su marido no se ha comprometido ya con otra revista —concluyó Karl Goodman.

—No, que yo sepa, no. —Ellen trató de aparentar calma—. En realidad, me consta que no. Estoy segura de que le encantará que tengan en cuenta su obra. Arriba hay un ejemplar. ¿Se lo traigo...?

—Por favor, muy amable.

Mientras Ellen entraba a prisa en el apartamento, la recibió el llanto colérico de Jill. «Un momento, amor», prometió. Agarrando el manuscrito impresionantemente grueso que había mecanografiado al dictado de Jacob a lo largo de tantos tés llenos de esperanza, bajó las escaleras de nuevo.

—Gracias, señora Ross.

Avergonzada, notó que los astutos ojos de Karl Goodman la evaluaban, de la corona de trenzas castañas a las punteras rozadas pero lustradas de sus zapatos planos de paseo.

—Si lo aceptamos, y estoy casi seguro de que lo haremos, les enviaré el cheque por adelantado.

Ellen se ruborizó, pensando: «No estamos tan desesperados. No tanto».

—Estaría bien —dijo.

Subió lenta y arduamente las escaleras, con la estridente canción de los gritos de Jill. «Ya he dejado de encajar. Soy de andar por casa, anticuada, como el dobladillo del año pasado. Si fuera Nancy, cogería el cheque en cuanto pasara por la ranura del buzón, y me iría a una peluquería elegante, y remataría el tratamiento de belleza recorriendo Regent Street en un taxi cargado de trofeos. Pero no soy Nancy», se recordó con firmeza, y, exhibiendo una sonrisa maternal, entró a acabar de dar de comer a Jill.

Hojeando las elegantes revistas de moda en la consulta del médico, esa tarde, esperando el reconocimiento periódico de Jill, Ellen reflexionó sombría acerca del abismo que la separaba de las modelos dueñas de sí mismas, engalanadas con pieles, plumas y joyas, que la miraban desde las páginas con ojos asombrosamente grandes, límpidos.

«¿Se levantarán alguna vez con el pie izquierdo?... —se preguntó—. ¿Con dolor de cabeza... o de corazón?». Mientras trataba de imaginar el mundo de cuento de hadas en el que esas mujeres se despertaban con la mirada inocente y las mejillas sonrosadas, bostezando con gracia como los gatos, el pelo, incluso al amanecer, una torreta milagrosamente intacta de oro, cobre, negro azulado o tal vez plata teñida de espliego. Se levantaban, ágiles como bailarinas, a preparar un desayuno exótico para el hombre de su corazón —champiñones y huevos revueltos cremosos, pongamos, o cangrejo con tostadas—, arrastrándose por una cocina estadounidense reluciente, con un picardías vaporoso, cintas de satén ondeando como pendones triunfales...

No, Ellen reajustó la imagen. Por supuesto, les llevarían el desayuno a la cama, como a auténticas princesas, en una bandeja suntuosa: tostadas crujientes, el brillo lechoso de la porcelana delicada, agua recién hervida para el té de jazmín... Y en ese fabuloso mundo de *papier-mâché*, se introdujo la angustiosa visión de Denise Kay. Sin duda, parecía estar en su elemento, con sus ojos marrón oscuro, casi negros, profundos, bajo una cascada arrebatadora de pelo cobrizo. «Si al menos fuese superficial, casquivana». Por un momento, Ellen se perdió en especulaciones indignas de una esposa con recursos. «Si al menos...».

—¿Señora Ross?

La recepcionista le tocó el hombro, y Ellen salió de su ensoñación. «Si al menos Jacob está en casa cuando vuelva... —cambió de rumbo esperanzada— Con los pies encima del sofá, esperando el té, igual que siempre...». Y, tirando de Jill, siguió a la eficiente mujer de uniforme blanco a la consulta del médico.

Ellen abrió la puerta con alegría deliberada. Pero, cruzando el umbral, con Jill dormida en sus brazos, sintió una oleada de desaliento. «No está...».

De forma mecánica, acostó a Jill para la siesta de la tarde, y, con el corazón en un puño, empezó a cortar el patrón de un camisón de bebé que tenía intención de coser esa tarde con la máquina de coser de cuerda de una vecina. Se dio cuenta de que la clara mañana azul había roto su promesa. Unas nubes amenazantes dejaban que sus sucias telas de paracaídas se combasen bajas sobre la plazuela, haciendo que las casas y los árboles casi sin hojas pareciesen más tristes que nunca.

«Esto me encanta». Ellen atacó la caliente franela roja con tijeretazos desafiantes. «Adiós a Mayfair, adiós a Knightsbridge, adiós a Hampstead...». Estaba soplando las plateadas esferas del lujo como otros tantos dientes de león cuando sonó el teléfono.

Tela roja, alfileres, trozos de patrón de papel de seda y tijeras volaron sin orden ni concierto a la alfombra, mientras se ponía de pie a toda prisa. Jacob siempre llamaba si se retrasaba, para que no se preocupase. Y en ese preciso momento, una muestra de consideración, por pequeña que fuera, sería mejor recibida que el agua fría para un huérfano en el desierto.

—¡Hola, querida! —La voz petulante, teatral, de Nancy Regan vibró a través de la línea—. ¿Qué tal todo?

—Bien —mintió Ellen—. Bien, bien. —Se sentó en el extremo del baúl forrado de cretona que hacía las veces de armario y mesa del teléfono, para no perder el equilibrio. De nada servía ocultar la noticia—. Acaban de aceptar la primera obra de Jacob.

—Ya lo sé, ya lo sé.

—Pero... ¿cómo?...

«¿Cómo consigue detectar el menor destello de cotilleo? Como una urraca profesional, un pájaro de mal agüero...».

—Fácil, querida. Me he encontrado a Jacob en el Rainbow Room frente a frente con Denise Kay. Ya me conoces. No he podido resistir averiguar qué estaban celebrando. No sabía que a Jacob le iban los *martinis*, querida. Y menos las pelirrojas...

Un resbaladizo pinchazo de pena hizo que Ellen tuviera calor, luego frío. Ante el sugerente tono de Nancy, hasta sus peores temores parecían ingenuos.

—Oh, Jacob necesita cambiar de aires, con todo lo que ha trabajado. —Trató de sonar indiferente—. Casi todos los hombres descansan el fin de semana, por lo menos, pero Jacob...

La risa quebradiza de Nancy repicó.

—¡Qué me vas a contar! Soy la experta consagrada en dramaturgos recién descubiertos. ¿Vais a dar una fiesta?

—¿Una fiesta? —Ellen recordó la espectacular ternera cebada que los Regan habían servido para celebrar su primer cheque grande de verdad: amigos, vecinos y desconocidos llenaban hasta la bandera las pequeñas habitaciones repletas de humo, cantando, bebiendo, bailando, hasta que la noche clareó, y el cielo del alba se mostró pálido como ormesí sobre las bizcas caperuzas de las chimeneas. Si las botellas con etiquetas sobrecogedoras y las docenas de pasteles de pollo de Fortnum & Mason y los quesos importados y un plato sopero de caviar daban la medida del éxito, los Regan se habían llevado la parte del león—. No, me parece que nada de fiestas, Nancy. Nos basta con pagar las facturas del gas y la luz con un poco de adelanto, y a la niña se le está quedando pequeña la canastilla...

—¡Ellen! —gimió Nancy—. ¿Dónde tienes la imaginación?

—Supongo —confesó Ellen— que no tengo.

—Perdona que me entrometa, pero... ¡suenas muy triste, Ellen! ¿Por qué no me invitas al té? Así tenemos una de nuestras charlas, y en un periquete te animas.

Ellen sonrió con languidez. Nancy era incontenible, había que reconocérselo. A *ella* no podían acusarla de venirse abajo, o de regodearse en la compasión.

—Date por invitada.

—Llego en veinte minutos, querida.

—Bien, lo que tendrías que hacer, de verdad, Ellen... —Elegante, aunque un poco gorda, con el vestido llamativo y el gorro de piel, Nancy bajó la voz hasta dejarla en un susurro conspirativo, y cogió el tercer bollito—. Mmm —murmuró—, mejor que los de Lyons. Lo que tendrías que hacer, de verdad —repitió—, si me permites que sea sincera, es reafirmarte.

Y se recostó en el asiento con expresión de triunfo.

—No entiendo qué quieres decir. —Ellen se inclinó sobre Jill, admirando los claros ojos grises del bebé, mientras bebía su zumo de naranja. Iban a dar las cinco, y aún no sabía nada de Jacob—. ¿Qué tengo que reafirmar?

—¡Tu mujer interior, claro! —exclamó Nancy con impaciencia—. Tienes que mirarte bien en el espejo. Como debería haberlo hecho yo, antes de que fuera tarde —añadió lúgubre—. Los hombres no lo quieren admitir, pero sí quieren que la mujer parezca *apropiada*, realmente *fatale*. El sombrero apropiado, el color de pelo apropiado... Es tu oportunidad, Ellen. ¡No la pierdas!

—Nunca he podido permitirme un peluquero —dijo Ellen, sin convicción.

«A Jacob le gusta que lleve el pelo largo —protestó una vocecilla secreta—. Lo dijo tal cual, ¿cuándo fue? La semana pasada, el mes pasado...».

—Claro que no —canturreó Nancy—. Te has dedicado a sacrificar todos los trucos femeninos caros por la carrera de Jacob. Pero ahora lo ha logrado. Suéltate la melena, querida. Suéltatela.

Ellen albergó una breve visión de sí misma, recostándose de forma seductora, con joyas caras, sombra de ojos verde que sería la envidia de Cleopatra, uno de los nuevos tonos pálidos de lápices de labios, un coqueto corte en capas con rizos en la frente, y todo… Pero no se dejó engañar; al menos, no más de unos segundos.

—No es lo mío.

—¡Anda, no digas tonterías! —Nancy agitó una mano en la que parpadeaban anillos, con las puntas carmesíes, que parecía, pensó Ellen, una garra brillante, depredadora—. Eso es lo que te pasa, Ellen. Que no tienes confianza en ti misma.

—Ahí te equivocas, Nancy —replicó Ellen con algo de carácter—. Me valoro más o menos en dos chelines.

Nancy dejó caer una cucharada colmada de azúcar en su taza de té recién hecho.

—No debería —se regañó, y siguió hablando sin parar, y sin mirar a Ellen—. No me extraña que Denise te preocupe un poco. Es una leyenda, una de esas rompehogares profesionales. Está especializada en padres de familia.

Ellen sintió que se le revolvía el estómago, como si estuviera a bordo de un barco, durante una tormenta.

—¿Está casada? —se oyó decir.

No quería saberlo. Tan solo quería taparse los oídos, y huir al reconfortante dormitorio con su dibujo de rosas, y encontrar una salida a las lágrimas que se estaban acumulando en un nudo duro en su garganta.

—¿Casada? —Nancy soltó una risita seca—. Lleva anillo, y eso ha abarcado una barbaridad. El actual —el tercero, me parece— tiene mujer y tres hijos. La mujer no quiere oír hablar de divorcio. Oh, Denise es toda una mujer de carrera, siempre consigue cazar a un hombre con problemas, así que nunca acaba secando platos, o sonándole los mocos a un niño. —La brillante cháchara de Nancy perdió velocidad, y empezó a apagarse, como un disco, en un abismo de silencio—. ¡Cielo! —exclamó, viendo la cara de Ellen—. ¡Estás blanca como la leche! No quería angustiarte… de verdad, Ellen. Solo pensaba que es mejor que sepas a quién tienes enfrente. A ver, yo fui la última en enterarme de lo de Keith. En esa época… —Y la sonrisa irónica de Nancy no logró esconder el temblor de su voz—. Pensaba que todo el mundo tenía un corazón de oro, que todo era transparente y sin tapujos.

—¡Oh, Nan! —Ellen puso una mano impulsiva sobre el brazo de su amiga—. Pero nos lo pasamos bien, ¿verdad?

Sin embargo, en su corazón sonaba una y otra vez un nuevo estribillo: «Jacob no es como Keith, Jacob no es como Keith…».

—«Los viejos tiempos». ¡Ja! —Con un resoplido delicado, Nancy dejó a un lado el pasado, y empezó a ponerse los guantes de color lila, admirablemente clásicos.

En cuanto la puerta se cerró tras Nancy, Ellen empezó a comportarse de manera extraña y totalmente desacostumbrada. En vez de ponerse el delantal y andar atareada por la cocina preparando la cena, dejó a Jill en el parque con una galletita y sus juguetes favoritos, y desapareció en el dormitorio para hurgar en los cajones de la cómoda, con murmullos ocasionales, como una Sherlock Holmes femenina en pos de una pista crucial.

«¿Por qué no hago esto todas las noches?», se preguntaba media hora más tarde, sonrosada y recién bañada, mientras se ponía la chaqueta azul de seda japonesa que le había mandado unas Navidades una compañera del colegio sin ataduras, quien estaba dando la vuelta al mundo gracias a una herencia sustanciosa, pero que nunca antes se había puesto, una pieza de gala exquisita y susurrante, con visos de zafiro, que no parecía pintar nada en su mundo de sentido común. Luego, deshizo la corona de trenzas, y se recogió el pelo en lo alto en un elegante moño improvisado, que sujetó de forma precaria con unos cuantos alfileres. Con un par de pasos de baile tímidos, se acostumbró a los altos tacones negros de las grandes ocasiones, y, como toque definitivo, se regó concienzudamente con las últimas gotas de perfume francés. Durante este ritual, Ellen evitó resueltamente que sus ojos se fijasen en la redonda esfera del reloj, en el que la aguja pequeña pasaba ya de las seis. «Ahora solo tengo que esperar…».

Entrando como si nada en el salón, sintió una punzada repentina. «¡Me he olvidado de Jill!». La niña estaba despatarrada y dormía profundamente en un rincón de su parque, con el pulgar en la boca. Con mucho cuidado, Ellen levantó la pequeña forma caliente y la llevó a su dormitorio.

El baño fue maravilloso. Jill rio y dio patadas hasta que el agua voló por todo el cuarto, pero Ellen apenas si se dio cuenta, pensando en cómo el pelo oscuro y los serenos ojos grises del bebé reflejaban los de Jacob. Ni siquiera cuando Jill dio un manotazo y tiró el cuenco de gachas sobre su mejor falda negra, pudo enfadarse demasiado. Estaba dándole ciruelas al vapor con la cuchara cuando oyó el clic de la llave en la cerradura de la puerta de entrada, y se quedó inmóvil. Los miedos y frustraciones del día, dejados de lado por un instante, la cubrieron de nuevo a toda velocidad.

—¡Bien, esto es lo que me gusta ver cuando vuelvo a casa después de un día duro! —Jacob se apoyó en el quicio de la puerta, iluminado por un resplandor misterioso que, por lo que fuera, no parecía emanar ni de *martinis* ni de pelirrojas—. Mujer e hija jugando junto al fuego para recibir al señor de la casa. En realidad, Jill estaba obsequiando a su padre con una espectacular sonrisa azul de oreja a oreja, compuesta en su mayor parte de ciruelas al vapor. Ellen rio con nerviosismo, y su plegaria muda de la mañana pareció estar a punto de ser atendida, cuando Jacob cruzó la habitación de dos zancadas, y la rodeó, plato pegajoso de ciruelas y todo, en un exuberante abrazo de oso.

—¡Mmmm, cariño, qué bien hueles! —Ellen esperó con recatada timidez una mención al perfume francés—. Una especie de maravillosa mezcla casera de papilla y aceite de hígado de bacalao. ¡Y una bata nueva! —La sostuvo tierno, y la miró sin soltarla—. Con el pelo así, parece que acabas de salir de la bañera.

—¡Ooh! —Ellen se soltó—. ¡Hombres!

Pero su tono la traicionó. Estaba claro que Jacob la veía como esposa y madre, y nada podía gustarle más.

—En serio, amor, tengo una sorpresa.

—¿Lo de la obra no basta? —preguntó Ellen, como si estuviera soñando, apoyando la cabeza en el hombro de Jacob, y preguntándose por qué no tenía ninguna gana de armar un escándalo por la comida con Denise, o su ausencia inexplicada de toda la tarde, tediosa y preocupante.

—He hablado con el agente inmobiliario.

—¿El agente inmobiliario?

—¿Te acuerdas de esa extraña oficinita apartada en la que entramos en broma durante las vacaciones en Cornualles, justo antes de que llegara Jill…?

—Si-í —Ellen no se atrevía a permitirse sacar conclusiones.

—Bueno, el sitio sigue en venta… Aquella casita que alquilamos, que daba a la ensenada. ¿La quieres?

—¿Que si la quiero?

Ellen estuvo a punto de gritar.

—Esperaba que la quisieras, después de cómo la pusiste por las nubes la primavera pasada —dijo Jacob con modestia—. Porque he quedado en dejar la señal con el cheque que Denise me ha dado en la comida.

Durante un segundo, una tenue sombra de aprensión ciñó el corazón de Ellen.

—¿No vas a tener que quedarte en Londres para la obra...? Jacob rio.

—¡Ni en broma! La tal Denise Kay es una mujer ambiciosa con su propia agenda..., un auténtico motor diésel. ¡A otro perro con ese hueso! Vaya, tanta potencia que, cuando le dije que no bebo entre semana, repostó con el *martini* que me había pedido.

El teléfono, curiosamente apagado, casi musical, lo interrumpió. Ellen cogió a Jill en brazos para cantarle una nana y meterla en la cuna y fue flotando al salón a contestar.

—Ellen, querida. —La voz de Nancy Regan sonaba vertiginosa y aguda sobre un fondo ronco de *jazz* y carcajadas—. He estado dándole vueltas a qué podía hacer para animarte, y te he cogido cita con mi Roderigo para el sábado a las once. Es increíble cuánto puede levantarte la moral un peinado nuevo...

—Lo siento, Nan —dijo amablemente Ellen—, pero creo que es mejor que canceles la cita. Tengo novedades.

—¿Novedades?

—Las trenzas vuelven a estar de moda, cielo..., ¡son el último grito para las mujeres de campo!

EL ÁGUILA DE QUINCE DÓLARES
(Relato, noviembre de 1959)

En Madigan Square hay más talleres de tatuaje, pero ninguno está a la altura del de Carmey. Es todo un poeta con la aguja y la tinta, un artista con corazón. Jóvenes, marineros, las parejas de fuera que vienen a tomar una cerveza echan el freno delante del local de Carmey, con la nariz pegada al escaparate, todos y cada uno de ellos. Tienes un sueño, dice Carmey, sin decir una palabra, tienes una rosa en el corazón, un águila en el músculo, al mismísimo Jesucristo, así que pasa. En esta vida hay que llevar el corazón al desnudo, y yo te hago un precio. Perros, lobos, caballos y leones para el amante de los animales. Para las señoras, mariposas, aves del paraíso, cabezas de bebé sonrientes, o llorando, elige. Rosas de todas clases, grandes, pequeñas, capullos y en flor, rosas con pergaminos con nombres, rosas con espinas, rosas con cabezas de muñecas de porcelana en el mismo centro, pétalos rosas, hojas verdes, bien resaltadas con una línea negra. Serpientes y dragones para Frankenstein. Por no hablar de las vaqueras, las hawaianas, las sirenas y las reinas de las películas, con pezones de rubí y desnudas, a tu gusto. Si puedes prestar la espalda, está Cristo en la cruz, con un ladrón a cada lado, y, por encima, ángeles, a derecha e izquierda, con un pergamino en el que pone «Monte Calvario» en letras góticas, todo lo cerca del oro que puede estar el amarillo.

Fuera señalan los dibujos multicolor pegados en las tres paredes de Carmey, del suelo al techo. Murmuran como una turbamulta, los puedes oír a través del escaparate:

—¡Cariño, mira esos pavos reales!
—Qué locura, pagar por tatuarte. Yo solo he pagado una vez, una pantera que tengo en el brazo.
—Si quieres un corazón, le digo dónde.

Veo a Carmey en acción por primera vez por cortesía de mi novio, Ned Bean. Ganduleando, apoyado en una pared de corazones y flores, esperando clientes, Carmey habla un rato con un tal señor Tomolillo, una persona extremadamente pequeña que lleva una chaqueta de lana que envuelve sus hombros inexistentes sin intentar quedar bien o dar nueva forma. La chaqueta tiene un dibujo de cuadros marrones del tamaño de cajetillas de cigarrillos, cada cuadro claramente bordeado con negro. Se podría jugar a las tres en raya con ella. Un sombrero de fieltro marrón le ciñe la cabeza justo por encima de las cejas, como el capuchón de una seta. Tiene la cara delgada, embelesada, triangular, de una mantis religiosa. Cuando Ned me presenta, el señor Tomolillo se dobla por la cintura con un chasquido, en un arco tan pulcro como el bigotito que enmarca su labio superior. No puedo evitar admirar ese arco, porque el taller está tan lleno que apenas hay sitio para que los cuatro estemos de pie sin chocar los codos o las rodillas al menor movimiento.

El sitio entero huele a pólvora y a vapores de no sé qué desinfectante. Colocadas contra la pared trasera, de izquierda a derecha, hay: la mesa de trabajo de Carmey, agujas eléctricas conectadas a un estante encima de una bandeja giratoria de botes de tinta, la silla giratoria de Carmey, mirando al escaparate, una silla recta para los clientes que mira a la silla de Carmey, un cubo de basura y una caja de naranjas cubierta de pedazos de papel y cabos de lapicero. En la parte delantera del taller, junto a la puerta de cristal, hay otra silla recta, con el gran cartel del Monte Calvario apoyado encima, y un archivador de cartón encima de una mesa de madera llena de arañazos. Entre los bebés y las margaritas de la pared de detrás de la silla de Carmey, hay colgados dos daguerrotipos sepia desvaídos de un niño de cintura para arriba, uno de frente y otro de espaldas. Desde lejos, parece que lleva una camisa de manga larga y encaje negro pegada al cuerpo. Visto desde cerca, se descubre que está en pelotas, cubierto solo por una enredadera de tatuajes.

En un recorte amarillento de un rotograbado antiguo, hombres y mujeres orientales están sentados con las piernas cruzadas encima de unos cojines con borlas, de espaldas a la cámara, y con dragones de siete cabezas, cordilleras, cerezos y cataratas bordados. «Estas personas no llevan un hilo de ropa encima —señala el pie—. Pertenecen a una sociedad en la que los tatuajes son obligatorios para los miembros. En ocasiones, un trabajo completo cuesta hasta 300 dólares». Junto a esto, una foto de la cabeza de un calvo con los tentáculos de un pulpo que rodean desde atrás la parte de arriba del cuero cabelludo.

—Me imagino que esas pieles valen tanto como muchos cuadros —dice el señor Tomolillo—. Si las estiras sobre una tabla.

Pero Carmey no tiene nada que envidiar al Niño Tatuado y esos orientales del club. Es un anuncio vivo de su arte: una goleta con las velas desplegadas sobre un océano de rosas y hojas de acebo en el bíceps derecho, Gypsy Rose Lee[15] tensando su vientre musculoso en el izquierdo, antebrazos repletos de corazones, estrellas y anclas, números de la suerte, y pergaminos con nombres, con los bordes azules borrosos, de manera que parece un cómic que se ha quedado en la calle durante una tormenta dominical. Carmey es fan del Salvaje Oeste, y se rumorea que tiene un caballo salvaje encabritado entre el ombligo y la clavícula, con un vaquero tozudo como un cardo pegado a la espalda. Pero eso puede no ser más que una fábula inspirada en su costumbre de calzar botas de vaquero de cuero labrado, con tacones finos, y un cinturón de Búfalo Bill tachonado de piedras rojas que ciñe sus pantalones negros. Carmey tiene los ojos azules. Un azul que nada tiene que envidiar a los tan cantados cielos de Texas.

—Llevo en esto dieciséis años —dice Carmey, apoyándose contra su álbum de pared—, y puede decirse que sigo aprendiendo. Mi primer trabajo fue en Maine, durante la guerra. Se enteraron de que era tatuador, y me llamaron de un cuartel del Ejército Femenino...

—¿Para tatuar? —pregunto.

—Para tatuarles los números identificativos, ni más ni menos.

—¿Y alguna tenía *miedo*?

—Oh, claro, claro. Pero alguna volvió. Un día vinieron dos para tatuarse. Bueno, pues venga a dudar. «A ver —me pongo—, vinisteis el otro día y ya sabíais lo que queríais, ¿qué problema hay?». «Bueno, no es lo que queremos, es dónde lo queremos», suelta una. «Bueno, si es eso, fiaos de mí —digo—. Soy igual que un médico, ¿sabes? Trabajo con tantas mujeres que no significa nada para mí». «Bueno, yo quiero

---

[15] Actriz y *stripper* estadounidense, muy famosa en los años treinta y cuarenta.

tres rosas —dice una—: una en el estómago, y una en cada nalga». De modo que la otra reunió valor, ya sabes cómo va la cosa, y pidió una rosa...

—¿Pequeñas o grandes?

El señor Tomolillo no pierde detalle.

—Más o menos como esa de ahí. —Carmey señala un cartón con rosas, cada una del tamaño de una col de Bruselas—. La más grande que hay. Así que hice las rosas y les dije: «Os rebajo diez dólares si volvéis y me las enseñáis, cuando se caiga la cicatriz».

—¿Y volvieron? —Quiere saber Ned.

—Ya te digo.

Carmey echa un anillo de humo que se queda flotando tembloroso en el aire, a medio metro de su nariz, el contorno azul, vaporoso, de una rosa de Jericó.

—La ley es de locos —dice—, ¿sabes por qué? Te puedo tatuar en cualquier parte —me mira con mucho cuidado—, en *cualquier* parte. La espalda. El trasero. —Baja los párpados, parece que está rezando—. Los pechos. En cualquier parte, menos en la cara, las manos y los pies.

El señor Tomolillo pregunta:

—¿Es ley *federal*?

Carmey asiente.

—Ley federal. Tengo una persiana. —Con un pulgar señala a la persiana de láminas polvorientas subida en el escaparate—. Bajo la persiana, y ya puedo hacer cualquier parte del cuerpo en privado. Excepto la cara, las manos y los pies.

—Seguro que es porque *se ven* —digo.

—Claro. Mira el Ejército, durante los ejercicios. Menuda pinta tendrían. Las caras y las manos llamarían la atención, no podrían tapárselas.

—Sea como sea —dice Tomolillo—, para mí es una ley indignante, totalitaria. En democracia, tendría que haber libertad de adorno personal. O sea, si una señora *quiere* ponerse una rosa en el dorso de la mano, digo yo que...

—Debería poder ponérsela —termina Carmey acalorado—. La gente tiene que tener lo que le dé la gana, al margen de todo. A ver, el otro día vino una chiquilla. —Carmey nivela el aire con la palma de la mano, a menos de metro y medio del suelo—. Así de alta. Quería el Calvario, completo, en la espalda, y se lo puse. Dieciocho horas que llevó.

Miro los ladrones y los ángeles del cartel del Monte Calvario, dudando un poco.

—¿No tuviste que reducirlo?

—Para nada.

—¿Ni dejarte un ángel? —pregunta Ned—. ¿O un poco del primer plano?

—Nada de nada. Un trabajo de treinta y cinco dólares, a todo color, ladrones, ángeles, gótico... Todo. Salió del taller como un pavo real. No todas las chiquillas llevan un Calvario entero a todo color en la espalda. Oh, copio fotos que trae la gente, copio estrellas de cine. Lo que quieran, lo hago. Tengo algunos dibujos que no quiero poner en la pared, porque serían ofensivos para algunos clientes. Os los enseño. —Carmey abre el archivador de cartón de la mesa de la parte delantera del taller—. Mi mujer tiene que ordenar esto —dice—. Menudo caos.

—¿Tu mujer te echa una mano? —pregunto con interés.

—Oh, Laura... está en el taller casi todo el día.

Por algún motivo, de pronto, Carmey suena tan solemne como un monje en domingo. Me pregunto si la usa como reclamo: Laura, la Mujer Tatuada, una obra maestra viviente, dieciséis años de trabajo. Ni un trozo de blanco, señoras y caballeros... Miren todo lo que quieran.

—Podías venir a hacerle compañía, le gusta hablar.

Está hurgando en el archivador sin encontrar nada cuando se para en seco, y se tensa como un perdiguero.

Hay un tío grande de pie en la puerta.

—¿Qué desea?

Carmey da un paso al frente como el maestro que es.

—Quiero el águila que me enseñó el otro día.

Ned y el señor Tomolillo y yo nos apretamos contra la pared del fondo para dejar pasar al tío al centro de la habitación. Debe de ser un marinero de paisano, con el abrigo marinero y la camisa de lana a cuadros. Su cabeza en forma de rombo, con toda la anchura entre las orejas, se estrecha hacia arriba hasta acabar en un angosto altiplano de pelo negro rapado.

—¿La de nueve dólares o la de quince?

—La de quince.

El señor Tomolillo deja escapar un suspiro amable de admiración.

El marinero se sienta en la silla de enfrente de silla giratoria de Carmey, se encoge para quitarse el abrigo, se desabotona el puño derecho y empieza a enrollar la manga poco a poco.

—Ponte aquí —me dice Carmey en voz baja, prometedora—, aquí ves bien. Nunca has visto tatuar.

Me estrujo y me siento en la caja de papeles del rincón, a la izquierda de la silla de Carmey, con tanto cuidado como una gallina con sus huevos.

Carmey vuelve a hojear el archivador de cartón, y esta vez saca un trozo cuadrado de plástico.

—¿Esta?

El marinero mira el águila punzada en el plástico.

—Esa —dice, y se la devuelve a Carmey.

—Mmmm —murmura el señor Tomolillo en honor del buen gusto del marinero.

Ned dice:

—Es un águila estupenda.

El marinero se endereza con cierto orgullo. Ahora, Carmey está bailando a su alrededor, poniéndole un trozo de arpillera con manchas oscuras en el regazo, colocando una esponja, una cuchilla, varios botes con las etiquetas emborronadas y un cuenco de desinfectante en su mesa de trabajo, concienzudo como un sacerdote que afila el machete para la vaca cebada. Todo tiene que ser como tiene que ser. El marinero extiende el brazo derecho, y Ned y el señor Tomolillo se acercan a la silla por detrás, Ned asomado por encima de su hombro derecho, y el señor Tomolillo, por encima del izquierdo. Junto al codo de Carmey, yo tengo la mejor perspectiva de todas.

Con un pase rápido y apurado de la cuchilla, Carmey limpia el antebrazo del marinero del vello negro que brota, quitando el vello del filo de la cuchilla, y echándolo al suelo con el pulgar. Luego unge el área de carne desnudada con vaselina de un frasco pequeño que está encima de la mesa.

—¿Llevas más tatuajes?

—Sí. —El marinero no es nada chismoso—. Uno.

Sus ojos ya están fijos en algo que hay al otro lado de la cabeza de Carmey y de la pared, en el aire que hay más allá de los cuatro que estamos en el taller.

Carmey está esparciendo un polvo negro en el haz del cuadrado de plástico, y frotando el polvo en los agujeros punzados. El contorno del águila se oscurece. Con un gesto rápido, Carmey aprieta el cuadrado de plástico sobre el brazo engrasado del marinero. Cuando retira el plástico, como el que pela una cebolla, fácilmente, el contorno de un águila con las alas abiertas, las garras preparadas, mira con expresión ceñuda desde el brazo del marinero.

—¡Ah!

El señor Tomolillo bascula sobre sus tacones de corcho, y lanza a Ned una mirada que quiere decir algo. Ned arquea las cejas en señal de aprobación. El marinero se permite un gesto mínimo con el labio. En él, vale tanto como una sonrisa.

—A ver... —Carmey coge una de las agujas eléctricas, sosteniéndola como quien saca un conejo de la chistera—. Voy a enseñaros cómo se convierte un águila de nueve dólares en un águila de quince dólares.

Aprieta un botón de la aguja. No pasa nada.

—Vaya —suspira—, no funciona.

El señor Tomolillo gruñe.

—¿Otra vez?

A continuación, Carmey cae en la cuenta, se ríe y mueve un interruptor que hay en la pared que tiene a su espalda. Esta vez, cuando aprieta, la aguja zumba y suelta chispas azules.

—No había conexión, nada más.

—Gracias a Dios —dice el señor Tomolillo.

Carmey llena la aguja con el frasco de tinta negra de la bandeja giratoria.

—Esta misma águila —Carmey acerca la aguja a la punta del ala derecha del águila—, por nueve dólares, es solo roja y negra. Por quince dólares, vais a ver una mezcla de cuatro colores. —La aguja recorre las líneas trazadas por el polvo—. Negro, verde, marrón y rojo. De momento, no tenemos azul, si no, serían cinco. —La aguja salta y replica como un taladro, pero la mano de Carmey está firme como la de un cirujano—. ¡Me encantan las águilas!

—Estoy seguro de que no te va mal con las águilas del Tío Sam —dice el señor Tomolillo.

Tinta negra gotea sobre la curva del brazo del marinero, y empapa el rígido delantal sucio de carnicero que cubre su regazo, pero la aguja no deja de viajar, delineando las plumas del ala de punta a raíz. Brillantes cuentas rojas suben a través de la tinta, burbujas de sangre que manchan la negra corriente.

—Los chicos se quejan —dice cantarín Carmey—. Semana tras semana escucho la misma queja: ¿Qué novedades tienes? No queremos el mismo tipo de águila, negra y roja. Así que se me ocurre esta mezcla. Espera. Un águila multicolor.

111

El águila se está perdiendo en una nube amenazante de tinta negra que se esparce. Carmey para, sumerge la aguja en el cuenco de desinfectante, y un géiser blanco sube del fondo del cuenco a la superficie. Luego, Carmey mete una esponja grande, redonda, de color canela, en el cuenco, y limpia la tinta del brazo del marinero. El águila emerge de su capucha de tinta ensangrentada, un contorno alzado sobre la piel en carne viva.

—Ahora vais a ver algo espectacular.

Carmey hace girar la bandeja hasta que el frasco de verde le queda debajo del pulgar, y coge otra aguja del estante.

El marinero ya no está detrás de sus ojos, se ha ido a otra parte, al Tíbet, a Uganda, a las Barbados, a océanos y continentes de distancia de las gotas de sangre que saltan en la estela de las anchas filas verdes que Carmey está dibujando en la sombra de las alas del águila.

Más o menos en ese momento, soy consciente de una sensación extraña. Un potente perfume dulce se alza del brazo del marinero. Mis ojos se apartan bruscamente de la mezcla del rojo y el verde, y me sorprendo mirando fijamente dentro del cubo de basura que tengo a la izquierda. Mientras miro los tranquilos escombros de envoltorios de caramelos de colores, colillas y montones viejos de pañuelos de papel turbiamente sucios, Carmey tira un pañuelo empapado de rojo fresco a la pila. Detrás de las cabezas recortadas de Ned y el señor Tomolillo, las panteras, rosas y señoras de rojos pezones guiñan el ojo y tiemblan. Si me caigo hacia delante o a la derecha, le daré un golpe en el codo a Carmey, y haré que apuñale al marinero y arruine un águila de quince dólares estupenda, eso sin mencionar que dejaré en ridículo a mi sexo. La única alternativa es tirarme al cubo de papeles ensangrentados.

—Ahora estoy haciendo el marrón —dice Carmey en voz alta a un kilómetro de distancia, y mis ojos vuelven a remacharse al brazo del marinero, en el que relumbra la sangre—. Cuando el águila cicatrice, los colores se mezclarán, como en un cuadro.

La cara de Ned es un garabato de tinta china en un rompecabezas abigarrado.

—Me voy... —Muevo los labios, pero no sale sonido alguno.

Ned se vuelve hacia mí, pero, antes de que llegue, la habitación se apaga como una lámpara.

A continuación, estoy mirando el interior del taller de Carmey desde una nube, con los ojos de rayos X de un ángel, y oyendo el débil zumbido de una abeja que escupe fuego azul.

—¿Ha sido la sangre? —Es la voz de Carmey, pequeña y lejana.

—Está totalmente blanca —dice el señor Tomolillo—. Y tiene la mirada rara.

Carmey le pasa algo al señor Tomolillo.

—Dale a oler eso. —El señor Tomolillo le da algo a Ned—. Pero no demasiado.

Ned me acerca algo a la nariz.

Aspiro, y estoy sentada en la silla en la parte delantera del taller con el Monte Calvario como respaldo. Vuelvo a aspirar. Nadie parece enfadado, así que no he movido la aguja de Carmey. Ned está tapando un frasquito de líquido amarillo. Sales aromáticas.

—¿Ya puedes volver?

El señor Tomolillo señala con amabilidad la caja de naranjas.

—Casi. —Tengo un fuerte instinto de ganar tiempo. Le susurro al señor Tomolillo al oído, es tan bajo que lo tengo muy cerca—. ¿*Tú* llevas tatuajes?

Bajo el ala de seta de su sombrero, los ojos del señor Tomolillo se quedan en blanco.

—¡Por Dios, no! Solo he venido a mirar los muelles. Los muelles de la máquina del señor Carmichael tienen la costumbre de romperse en mitad de un trabajo.

—Qué molesto...

—Por eso he venido. Estamos probando un muelle nuevo, un muelle mucho más pesado. Ya sabes lo inquietante que es, cuando estás en la silla del dentista y tienes la boca llena de no sé qué...

—¿Bolas de algodón y extractores de metal...?

—Exactamente. Y en mitad de eso el dentista se da la vuelta... —El señor Tomolillo se vuelve a medias para ilustrarlo, y pone una cara malvada y solapada—. Y se pasa diez minutos en el rincón haciendo cosas con la maquinaria. —La cara del señor Tomolillo se alisa como la ropa bajo la plancha—. Eso he venido a ver, un muelle más fuerte. Un muelle que no deje tirado al cliente.

Para entonces, puedo volver a mi asiento de honor en la caja de naranjas. Carmey acaba de terminar con el marrón, y es verdad que en mi ausencia las tintas se han mezclado. Contra la piel afeitada, el águila lacerada está hinchada en una furia tricolor, las garras curvas, afiladas como garfios de carnicero.

—¿Y si le ponemos un poco de rojo al ojo?

El marinero asiente, y Carmey abre la tapa de un bote de pintura de color de salsa de tomate. En cuanto deja de trabajar con la aguja, la piel del marinero emite sus cuentas de sangre, ya no solo del contorno negro del pájaro, sino de todo el cuerpo raspado, arcoíris.

—El rojo —dice Carmey— realza de verdad.

—¿Guardas la sangre? —pregunta de pronto el señor Tomolillo.

—Digo yo —dice Ned— que bien podrías tener un convenio con la Cruz Roja.

—¡Con un banco de sangre! —Las sales aromáticas me han dejado la cabeza clara como un día azul en Monadnock—. No tienes más que poner una palangana en el suelo para recoger las sobras.

Carmey está resaltando un ojo rojo en el águila.

—Los vampiros no compartimos la sangre. —El ojo del águila está más rojo, pero ya no hay forma de separar tinta y sangre—. Nunca has oído hablar de vampiros que hagan eso, ¿verdad?

—Nooo... —admite el señor Tomolillo.

Carmey satura la carne tras el águila de rojo, y el águila terminada se cierne en un cielo rojo, nacida y bautizada en la sangre de su dueño.

El marinero regresa despacio de un lugar desconocido.

—¿Bien?

Carmey limpia con su esponja la sangre que recubre los colores del águila como un artista de acera puede soplar para quitar la tiza de un dibujo de la Casa Blanca, Liz Taylor o la perrita Lassie.

—Yo siempre digo —observa el marinero para nadie en particular— que, si te haces un tatuaje, te haces uno bueno. Solo lo mejor. —Mira al águila, que, a pesar de los cuidados de Carmey, ha vuelto a empezar a sangrar—. ¿Cuánto por poner «Japón» debajo?

Carmey sonríe satisfecho.

—Un dólar.

—Pues pon «Japón».

Carmey marca las letras en el brazo del marinero, con una floritura extra en el gancho de la *J*, el círculo de la *P* y la *N* final, una carta de amor al Oriente conquistado por el águila. Llena la aguja y empieza por la *J*.

—*Entiendo* —señala el señor Tomolillo, con su voz clara de conferenciante—, Japón es un núcleo del tatuaje.

—Cuando *yo* estuve, no —dice el marinero—. Está prohibido.

—¡Prohibido! —dice Ned—. ¿Por qué?

—Oh, hoy en día creen que es de *bárbaros*. —Carmey no levanta el ojo de la *Ó*, la aguja responde como un cimarrón domado bajo su magistral pulgar—. Hay operadores, claro. En secreto. Siempre hay. —Pone el último rizo en la *N*, y quita con la esponja la sangre que brota y parece decidida a opacar sus diestras líneas—. ¿Es lo que querías?

—Justo.

Carmey hace un vendaje rudimentario con un montón de pañuelos de papel doblados, y lo extiende sobre el águila y Japón. Ágil como una dependienta que envuelve un regalo, pega los pañuelos en su sitio con cinta adhesiva.

El marinero se levanta y se pone el abrigo con dificultad. Varios colegiales, desgarbados, con caras pálidas, llenas de granos, están arremolinados en la puerta, mirando. Sin soltar una palabra, el marinero saca la cartera y separa dieciséis billetes de un dólar de un rollo verde. Carmey se mete el dinero en la cartera. Los colegiales se apartan para dejar salir al marinero.

—Espero que no te importe que me haya mareado.

Carmey sonríe.

—¿Por qué crees que tengo las sales tan a mano? A veces se desmayan tíos grandes. Sus colegas los provocan para que entren, y no saben cómo librarse. Ha habido gente que ha llenado de vómito ese cubo.

—Nunca se ha puesto así —dice Ned—. Ha visto sangre de todo tipo. Partos. Corridas de toros. Cosas así.

—Estabas toda alterada. —Carmey me ofrece un cigarrillo, que acepto, coge uno, y Ned coge uno, y el señor Tomolillo dice: «No, gracias»—. Estabas toda tensa, ha sido eso.

—¿Cuánto cuesta un corazón?

La voz viene de un chico con una cazadora de cuero negro en la parte delantera del taller. Sus colegas se dan codazos y emiten duras risotadas como ladridos de cachorro. El chico sonríe y se pone colorado a la vez bajo el punteado púrpura de acné.

—Un corazón con un pergamino debajo y un nombre en el pergamino.

Carmey se recuesta en su silla giratoria y mete los pulgares debajo del cinturón. El cigarrillo tiembla en su labio inferior.

—Cuatro dólares —dice sin pestañear.

—¿Cuatro dólares? —La voz del chico se eleva bruscamente, y se rompe en incredulidad estridente.

Los tres de la puerta murmuran entre sí, y arrastran los pies de un lado a otro.

—Aquí en corazones no hay nada por menos de tres dólares.

Carmey no flaquea ante los tacaños. En esta vida, si quieres una rosa, si quieres un corazón, pagas por ellos. Un dineral.

El chico titubea delante de los carteles de corazones de la pared, corazones rosas, exuberantes, corazones atravesados por flechas, corazones en el centro de coronas de botones de oro.

—¿Cuánto cuesta —pregunta con una vocecilla cobarde— un nombre solo?

—Un dólar. —El tono de Carmey es estrictamente profesional.

El chico extiende la mano izquierda.

—Quiero «Ruth». —Dibuja una línea imaginaria sobre su muñeca izquierda—. Aquí... para poder taparlo con un reloj, si quiero.

Sus dos amigos se carcajean desde la puerta.

Carmey señala la silla recta, y deja el cigarrillo a medias en la bandeja giratoria, entre dos botes de pintura. El niño se sienta, con los libros de texto en el regazo.

—¿Qué pasa —pregunta el señor Tomolillo al mundo en general— si decides cambiar un nombre? ¿Lo tachas y escribes el siguiente encima?

—Podrías —sugiere Ned— ponerte el reloj encima del primer nombre, para que solo se vea el nuevo.

—Y luego otro reloj encima —digo—, cuando haya un tercer nombre.

—Hasta que lleves —asiente el señor Tomolillo— relojes hasta el hombro.

Carmey está afeitando la delgada y rala mata de vello de la muñeca del niño.

—Alguien te está tomando mucho el pelo.

El niño se mira la muñeca con una sonrisa cohibida y vacilante, una sonrisa que quizá no es más que un sustituto público de las lágrimas. Con la mano derecha, agarra los libros de texto, para que no se le resbalen de la rodilla.

Carmey acaba de marcar R-U-T-H en la muñeca del niño, y sostiene la aguja en posición.

—Te va a echar la bronca cuando lo vea.

Pero el niño le indica que siga con la cabeza.

—¿Por qué? —pregunta Ned—. ¿Por qué le va a echar la bronca?

—«¡Vas y te tatúas!». —Carmey imita una indignación remilgada—. «¡Y encima solo el nombre! ¿*Eso* es todo lo que te importo?»... Lo que querrá serán rosas, pájaros, mariposas... —La aguja se atasca un segundo, y el chico se estremece como un potro—. Y, si vas y *te pones* todo eso para complacerla…, rosas…

—Pájaros y mariposas —interviene el señor Tomolillo.

—… no te quepa duda de que te dirá: «Pero… ¿hacía *falta* que te gastaras tanto dinero?». —Carmey limpia la aguja con un zumbido en el cuenco de desinfectante—. Con las mujeres llevas las de perder.

Unas tristes gotas de sangre se alzan a lo largo de las cuatro letras, letras tan negras y sencillas que apenas si se nota que es un tatuaje, y no algo escrito con bolígrafo. Encima del nombre, Carmey pega una venda estrecha hecha con un pañuelo de papel. La operación dura menos de diez minutos de principio a fin.

El niño se saca un billete arrugado del bolsillo de atrás. Sus amigos le dan puñetazos amistosos en el hombro, y los tres salen apiñados, al mismo tiempo, dándose codazos, empujándose, tropezando unos con otros. Varias caras, pálidas como lapas, desaparecen del escaparate mientras la mirada de Carmey las sigue.

—No me extraña que no quiera un corazón, ese chico no sabría qué hacer con él. La semana que viene, volverá pidiendo un «Betty», o un «Dolly», o algo por el estilo, ya verás. —Suspira, se acerca al archivador de cartón, saca un montón de fotos de las que no quiere poner en la pared, y las reparte—. Una foto que me gustaría tener… —Carmey se recuesta en la silla giratoria, y pone sus botas de vaquero encima de una cajita—. La mariposa. Tengo fotos de la caza del conejo. Tengo fotos de señoras con serpientes enroscadas en las piernas y entre las piernas, pero podría ganar un montón de pasta si tuviera una foto de la mariposa en una mujer.

—¿Una mariposa rara que no quiere nadie?

Ned mira a mi estómago como si fuera una especie de pergamino de gama alta y estuviera en venta.

—No es el qué, es el dónde. Un ala en la parte de delante de cada muslo. ¿Sabes cuando las mariposas aletean un poquito encima de una flor? Bueno, pues con cada movimiento que hace una mujer, parece que las alas entran y salen, entran y salen. Tengo tantas ganas de tener una foto, que prácticamente haría gratis la mariposa.

Durante un instante, acaricio la idea de tatuarme una mariposa dorada de Nueva Guinea, con las alas extendidas de la cadera a la rótula, diez veces más grande del tamaño natural, pero enseguida se me pasa. Menuda ocurrencia, si me canso antes de mi propia piel que del bolso del año pasado.

—Muchas mujeres *piden* mariposas en ese sitio concreto —prosigue Carmey—, pero, ¿sabes qué?, ni una sola deja que le hagas una foto cuando el trabajo está hecho. Ni siquiera de cintura para abajo. No creas que no he preguntado. Es como si todo el mundo fuera a reconocerlas, a juzgar por cómo se ponen cuando lo mencionas.

—¿Y la parienta —aventura el señor Tomolillo con timidez— no podría hacerte el favor? Así todo queda en familia.

La cara de Carmey se retuerce de forma incómoda.

—Qué va... —Niega con la cabeza, con la voz lastrada por una antigua sorpresa y el remordimiento—. Qué va, Laura no quiere ni oír hablar de la aguja. Antes pensaba que con el paso del tiempo le gustaría, pero no hay nada que hacer. A veces me hace preguntarme qué veo en esto. Laura está tan blanca como el día que vino al mundo. Vamos, que *odia* los tatuajes.

Hasta ese momento, he estado planeando tontamente visitas íntimas a Laura en el taller de Carmey. He estado imaginando una Laura ágil, flexible, con una mariposa a punto de echar a volar en cada pecho, rosas en flor en las nalgas, un dragón que vigila una pila de oro en la espalda, y Simbad el Marino en seis colores en el vientre, una mujer que emana Experiencia por los cuatro costados, una mujer de la que aprender en esta vida. En mala hora.

Los cuatro estamos ahí derrengados, en una neblina de humo de cigarrillo, sin decir una palabra, cuando entra al taller una mujer rotunda, musculosa, seguida de cerca por un hombre de pelo grasiento con una expresión oscura, desafiante. La mujer va envuelta hasta la barbilla en un abrigo de lana azul eléctrico; un pañuelo fucsia le tapa el pelo rubio centelleante, salvo el copete. Se sienta en la silla de enfrente del escaparate, haciendo caso omiso del Monte Calvario, y se pone a mirar fijamente a Carmey. El hombre se coloca cerca de ella, y también mira con gravedad a Carmey, como si esperase que se eche a correr sin avisar.

Hay un momento de silencio potente.

—Bueno —dice Carmey, afable, pero con el corazón en un puño—, aquí está la parienta.

Vuelvo a mirar a la mujer, y me levanto de mi cómodo asiento encima de la caja, al lado del codo de Carmey. A juzgar por su actitud de perro guardián, deduzco que el hombre extraño es o bien el hermano de Laura, o bien un guardaespaldas, o bien un detective privado de medio pelo que trabaja para ella. El señor Tomolillo y Ned se están moviendo al unísono en dirección a la puerta.

—Nos tenemos que marchar —musito, ya que no parece que nadie esté dispuesto a hablar.

—Saluda a la gente, Laura —suplica Carmey, apoyado en la pared.

No puedo evitar que me dé pena, incluso un poco de vergüenza ajena. A Carmey le han bajado los humos, y la alegre palabrería ha desaparecido.

Laura no dice una palabra. Está esperando con la enorme tranquilidad de una vaca a que los tres nos marchemos. Imagino su cuerpo, blanco como una adelfa y totalmente desnudo; el cuerpo de una mujer inmune como una monja a la ira del águila, el deseo de la rosa. Desde la pared de Carmey, la casa de fieras del mundo le aúlla, y se la come con los ojos a ella sola.

EL OSO NÚMERO CINCUENTA Y NUEVE
(Relato, septiembre de 1959)

Para cuando llegaron, siguiendo el mapa del Grand Loop[16] del folleto, una niebla densa cubría las pozas arcoíris; el aparcamiento y la pasarela estaban vacíos. Salvo el sol, ya bajo sobre las lomas violeta, y el reflejo del sol, rojo como un tomate enano en el único espacio de agua visible, muy pequeño, no había nada que ver. Aun así, dado que estaban representando un ritual de penitencia y perdón, cruzaron el puente sobre el río hirviente. A ambos lados, delante y detrás, columnas de vapor de agua crecían como setas sobre la superficie de las pozas. Un velo de blancura tras otro se enmarañaban sobre la pasarela, borrando al azar trozos del cielo y las lomas lejanas. Se movían despacio, rodeados por un ambiente a la vez íntimo e insufrible, el aire sulfúreo caliente y húmedo sobre sus caras, las manos y los brazos desnudos.

Norton se retrasó, dejando que su mujer siguiese hacia delante. Su silueta esbelta, vulnerable, se suavizaba, vacilaba a medida que la niebla se hacía más espesa entre ambos. Se retiró a una ventisca, a una caída de agua blanca; no estaba en ninguna parte. ¿Qué no habían visto? Los niños en cuclillas junto al borde de los botes de pintura, hirviendo los huevos del desayuno en coladores oxidados; monedas de cobre parpadeando desde cornucopias de agua color

---
[16] Carretera principal del Parque Nacional de Yellowstone.

zafiro; los surtidores atronadores lanzando chorros, ahora aquí, ahora allá, sobre un paisaje lunar desolado de color ocre y ostra. Ella había insistido, no sin su innata delicadeza, en ir al inmenso cañón mostaza, donde, a medio camino según bajaban al río, halcones y sombras de halcones daban vueltas y planeaban como cuentas negras de alambre fino. Había insistido en ir a la Boca del Dragón, ese torrente ronco, retumbante, de agua embarrada; y al Caldero del Diablo. Él había esperado que su aprensión de siempre la alejara de la masa negra, como papilla, que explotaba y bullía a unos metros de su nariz, pero ella se inclinó sobre el pozo, devota como una sacerdotisa en medio de aquellas exhalaciones nauseabundas. Y al final fue Norton, con la cabeza descubierta a pleno sol del mediodía, entornando los ojos contra el brillo blanco salino, y respirando el vapor tóxico de huevos podridos, quien no se presentó, vencido por el dolor de cabeza. Sintió el suelo frágil como el cráneo de un pájaro bajo sus pies, una fina cáscara de cordura y decoro entre él y las oscuras entrañas de la tierra, donde los barros lentos y las aguas hirvientes tenían su manantial.

Para rematar, alguien les había robado la bolsa de agua del coche, la había quitado sin más del parachoques delantero, mientras las multitudes del mediodía les daban codazos por la pasarela. Podía haber sido cualquiera: el de la cámara, la negra del vestido rosa con ramitas. La culpa se difundió entre la multitud como una gota de tinte bermellón en un vaso de agua clara, manchándolos a todos. Todos eran ladrones; sus caras eran vacuas, toscas o taimadas. La repulsión se coaguló en la garganta de Norton. Una vez en el coche, quedó derrengado, cerró los ojos y dejó conducir a Sadie. Un aire más fresco le abanicaba las sienes. Sus manos y pies parecían estar alzándose, alargándose, pálidos e hinchados por una levadura del sueño. Como una estrella de mar vasta, luminosa, iba a la deriva, inundado por el sueño, la consciencia hecha un puño en algún lugar de su interior, oscura y secreta como una nuez.

—Cincuenta y seis —dijo Sadie.

Norton abrió los ojos; le escocían y se llenaban de lágrimas, como si alguien les hubiera restregado arena mientras dormitaba. Era un buen oso, con la piel negra y compacto, que bordeaba resueltamente la linde del bosque. A derecha e izquierda, los troncos de los pinos, altos, moteados, lanzaban al cielo, esparciéndose, muy arriba, su oscuro tejado de agujas. Aunque el sol estaba alto, solo unas pocas astillas de luz atravesaban la masa fresca, negro azulado de los árboles. Habían empezado a contar osos en su primer día en el parque, jugando, y, pasados cinco días, seguían haciéndolo, mucho después de dejar de enumerar matrículas de diferentes estados, y de dejar de darse cuenta, cuando los indicadores mostraban cuatro, o cinco, o seis dígitos idénticos seguidos. Quizá si seguían era por la apuesta.

Sadie apostó diez dólares a que verían cincuenta y nueve osos antes de acabar su estancia. Norton había fijado su cifra descuidadamente en setenta y uno. En secreto, quería que Sadie ganase. Sadie se tomaba los juegos en serio, como un niño. Perder le hacía daño, era muy confiada; y, más que nada, confiaba en su suerte. Cincuenta y nueve era el símbolo de plenitud de Sadie. Para Sadie nunca había «cientos de mosquitos» o «millones», ni siquiera «muchísimos», sino siempre cincuenta y nueve. «Cincuenta y nueve osos», predijo rápidamente, sin pensarlo dos veces. Ahora que estaban tan cerca de esa cifra —incluidos abuelos oso, madres oso y oseznos, osos color miel y osos negros, osos marrones y osos color canela, osos metidos en cubos de basura hasta la mitad del cuerpo, osos que mendigaban en la cuneta, osos que nadaban en el río, osos que husmeaban en las tiendas de campaña y las caravanas a la hora de la cena—, podían, ya puestos, quedarse en cincuenta y nueve. Se marchaban del parque al día siguiente.

Lejos de las pasarelas, las peroratas de los guardabosques, las maravillas populares, Norton revivió un poco. Su dolor de cabeza, retirado al límite exterior de la consciencia, dio unas vueltas y se paró como un pájaro frustrado. De niño, Norton había desarrollado por su cuenta un método de rezo intenso; no a una imagen de Dios, sino a lo que le gustaba concebir como genio del lugar, el espíritu acogedor de una fresneda o una orilla. De una forma u otra, rezaba pidiendo un milagro privado: para recibir el don de ver una cierva, por ejemplo, o encontrar un bulto de cuarzo pulimentado por el agua. No estaba seguro de si su deseo solo coincidía con la circunstancia, o de verdad forzaba el favor. En todo caso, tenía cierto poder. Ahora, arrullado por la marcha del coche, Norton empezó a atraer con su voluntad a todos los animales del bosque: los antílopes color de bruma, delicadamente rayados, los búfalos que se movían con pesadez, con la piel enmarañada, los zorros rojos, los osos. Con la imaginación los vio detenerse, asustados, como por una presencia desconocida, en sus matorrales profundos y sus escondites de mediodía. Uno a uno, los vio volverse y converger hacia el centro, donde él estaba sentado, forzando con su voluntad el movimiento de cada casco y cada pata fiera, incansablemente.

—¡Alces! —exclamó Sadie, como una voz salida de las profundidades de su cabeza.

El coche se desvió y se detuvo en la cuneta. Norton recobró la consciencia sobresaltado. Junto a ellos y tras ellos se estaban parando otros coches. Con lo temerosa que era, Sadie no tenía miedo a los animales. Se le daban bien. Una vez, Norton la había sorprendido dándole arándanos a un venado salvaje con la mano, un venado cuyos cascos podían haberla tirado al suelo de un solo golpe. No fue consciente del peligro, sencillamente.

Ahora andaba apresurada tras los hombres en mangas de camisa, las mujeres con vestidos de algodón estampados, los niños de todas las edades, que se estaban arremolinando en la cuneta como en la escena de un accidente asombroso. El arcén bajaba abruptamente a un claro en el denso pinar. Todo el mundo llevaba cámara. Dando vueltas a diales, agitando fotómetros, pidiendo carretes nuevos a amigos y parientes que estaban arriba, se sumergieron en una ola sobre la cuesta, resbalando, tropezando, medio cayendo, en un alud de agujas de pino del color de la herrumbre y la tierra suelta. Con grandes ojos, regios bajo la carga de sus cornamentas que se desplegaban, festoneadas de oscuro, los alces estaban echados sobre en el húmedo fondo verde de la hondonada. Cuando la gente se les acercó, cargando y gritando, se pusieron en pie con asombro lento, somnoliento, y se alejaron, sin prisa e indiferentes, hacia el bosque sin caminos que se extendía más allá del claro. Norton se quedó en lo alto de la cuesta, con dignidad tranquila, insular. Hizo caso omiso de la gente que lo rodeaba, contrariada ahora, y que se metía ruidosamente entre la maleza. En su mente estaba pidiendo perdón a los alces. Había tenido buena intención.

—Ni siquiera me ha dado tiempo a sacarles una foto —estaba diciendo Sadie—. De todas formas, ahí abajo estaba completamente oscuro, supongo. —Sus dedos se cerraron sobre la carne desnuda de la parte superior del brazo de él, con las yemas suaves como lapas—. Vamos a ver esa poza. La que rompe a hervir cada quince minutos.

—Ve tú —dijo Norton—. A mí me duele la cabeza, me parece que me ha dado una ligera insolación. Me siento y te espero en el coche.

Sadie no respondió, pero metió la marcha con inconfundible crueldad, y Norton supo que la había decepcionado.

Poco después, notando que se acercaba una tormenta, Norton miró a Sadie, que se alejaba del coche ofendida, con su sombrero de paja picudo y la cinta roja anudada debajo de la barbilla, y el labio inferior sobresaliendo, rosa y brillante, en un puchero. Luego cruzó el horizonte blanco y radiante con la fila de los demás turistas.

A menudo, Norton se imaginaba en el papel de viudo en sus ensoñaciones: una figura con las mejillas hundidas, hamletesca, con trajes sombríos y tendencia a alzarse abstraído, asolado por vientos indiferentes, en promontorios solitarios y junto a pasamanos de barcos, y el esbelto, elegante cuerpo blanco de Sadie embalsamado, en una especie de bajorrelieve, en la tablilla central de su mente. A Norton jamás se le había pasado por la cabeza que su mujer pudiera vivir más que él. Su sensualidad, sus sencillos entusiasmos paganos, su incapacidad de argumentar recurriendo a nada que no fueran sus emociones inmediatas… eran cosas demasiado endebles, demasiado como telas de araña para sobrevivir lejos del nido de su tutela.

Tal como había supuesto, la excursión de Sadie por su cuenta fue de todo menos satisfactoria. La poza rompió a hervir, sí, un tono de azul totalmente encantador, pero un extraño cambio del viento le metió el vapor caliente en la cara y casi la abrasó. Y, además, alguien, un niño o un grupo de niños, se había dirigido a ella en la pasarela, y lo había estropeado todo. Las mujeres nunca podían estar tranquilas y solas; una mujer solitaria era una invitación andante a toda clase de insolencias.

Norton sabía que todo eso era una petición de compañía. Pero, desde el incidente de la bolsa de agua, en la base de su cráneo había estado cocinándose a fuego lento una repugnancia a las multitudes de turistas. Cuando pensaba en volver a salir con las turbas, le temblaban los dedos. Se vio, a gran distancia, como desde el Olimpo, empujando a un niño a una poza humeante, pegando a un gordo en la tripa. El dolor de cabeza volvió a acuchillarlo inesperadamente como el pico de un buitre.

—¿Por qué no dejamos lo demás para mañana? —dijo—. Así puedo ir contigo.

—Hoy es nuestro último *día*.

A Norton no se le ocurrió qué responder.

Solo cuando pasaron el oso número cincuenta y siete se dio cuenta de lo disgustada que estaba Sadie. El oso estaba tumbado en la carretera cuan largo era, delante de ellos, una pesada esfinge marrón que ocupaba una poza de luz. Sadie no podía no haberlo visto:

tuvo que invadir el carril izquierdo para evitarlo, pero apretó los labios y no dijo nada, aceleró, y dejó atrás una curva a toda velocidad. Ahora estaba conduciendo de forma imprudente. Cuando llegaron al cruce junto a las grandes pozas arcoíris, conducía tan rápido que un grupo que estaba a punto de cruzar la carretera saltó hacia atrás alarmado, y el guardabosques que iba con ellos les gritó enfadado: «¡Eh, más despacio!». Unos cientos de metros más allá, Sadie se echó a llorar. Arrugó la cara, y la nariz se le puso roja; las lágrimas le caían en un torrente por las comisuras de la boca y sobre la barbilla.

—Aparca —ordenó por fin Norton, cogiendo las riendas.

El coche salió al arcén con un topetazo, dio una o dos sacudidas y se detuvo. Sadie se derrumbó encima del volante como una muñeca de trapo.

—No había pedido nada más —sollozó vagamente—. No había pedido más que las pozas y las fuentes termales.

—Mira —dijo Norton—, sé lo que nos está pasando. Son alrededor de las dos y llevamos seis horas conduciendo sin comer nada.

Los sollozos de Sadie se calmaron. Le dejó desatar el sombrero de paja y acariciarle el pelo.

—Seguiremos hasta Mammoth Junction —prosiguió Norton, como si estuviera contando una historia relajante para dormir—, y vamos a tomar sopa caliente y bocadillos, y a ver si hay correo, y luego subimos a las fuentes termales, y a la vuelta paramos en todas las pozas. ¿Qué te parece?

Sadie asintió. Norton se dio cuenta de que vacilaba. Luego, soltó:

—¿Has visto el *oso*?

—Claro que he visto el oso —dijo Norton, ocultando una sonrisa—. ¿Cuántos hacen con él?

—Cincuenta y siete.

Con la mengua de la fuerza del sol, la forma agradable, maleable, de la cintura de Sadie en el hueco del brazo, Norton sintió que florecía en él una nueva benevolencia para con el género humano. La llama irritable de la base de su cráneo se enfrió. Arrancó el coche con dominio firme, complaciente.

Ahora Sadie paseaba, bien comida y en paz, unos metros por delante de él, invisible, envuelta en una bruma, pero suya con tanta certeza como si fuera un cordero que llevara con una correa. Su inocencia, su credulidad, le otorgaban la aureola de un dios protector. La comprendía, la situaba. No veía, o no quería ver, cómo su carácter sumiso lo conmovía y lo atraía, ni cómo ahora, a través de los baños sofocantes, humeantes de niebla, ella lo guiaba, aunque se hubieran perdido los arcoíris bajo el agua clara.

Para cuando completaron el recorrido de la pasarela, el sol se había puesto tras las lomas, y los altos pinos reforzaban con sombras la carretera desierta. Mientras conducía, un pinchazo de inquietud hizo que Norton mirase de reojo el indicador de la gasolina. La aguja blanca señalaba «Vacío». Sadie había tenido que verlo también, porque en la luz oscura, agonizante, lo estaba mirando a él.

—¿Tú crees que llegamos? —preguntó con curiosa vitalidad.

—Claro que sí —dijo Norton, aunque no estaba para nada seguro.

No había gasolineras hasta llegar al lago, y ese tramo llevaría más de una hora. El depósito tenía una reserva, claro, pero nunca la había puesto a prueba, nunca había dejado que bajase de un cuarto. El disgusto debía de haberlo distraído del indicador. No habría costado nada echar gasolina en Mammoth Junction. Puso las luces largas, pero entonces la cuevecita de luz que se movía delante de ellos parecía no ser rival para los oscuros batallones de pinos que los rodeaban. Pensó qué agradable sería, para variar, ver las luces de otro coche a sus espaldas, cerca, reflejadas en el retrovisor. Pero el espejo rebosaba de oscuridad. Por un instante cobarde, irracional, Norton sintió todo el peso de la oscuridad: hacía presión sobre su cráneo, lo oprimía por todas partes, de forma brutal, concentrada, como si estuviera decidida a aplastar la cáscara frágil, chapada en hueso, que lo separaba.

Esforzándose por humedecerse los labios, que se le habían quedado muy secos, Norton empezó a cantar contra la oscuridad, algo que no había hecho desde la infancia.

Chicos errantes de Liverpool,
tened cuidado, os advierto,
cuando salís a cazar,
con armas, trampas y perros...[17]

Las cadencias quejumbrosas de la canción profundizaron la soledad de la noche a su alrededor.

---

[17] Versos iniciales de la canción tradicional australiana *Van Diemen's Land*.

*Una noche en mi litera,
soñando mi sueño a solas...*

De repente, como una vela en una corriente de aire, la memoria de Norton parpadeó. Olvidó la letra de la canción. Pero Sadie la recogió:

*Soñé que volvía a Liverpool,
de vuelta a Marylebona...*

Acabaron al unísono:

*Con mi amor a mi lado,
y una cerveza en la mano,
y desperté con el corazón roto,
lejos, en la Tierra de Van Dieme.*

A Norton lo desorientó olvidar la letra: se la había sabido de memoria, con tanta certeza como su propio nombre. Era como si el cerebro se le estuviese reblandeciendo.

En media hora de conducción, no pasaron ningún punto de referencia, y el indicador de la gasolina se estaba hundiendo muy por debajo de «Vacío». Norton se sorprendió escuchando el tenue zumbido del motor como la respiración de un pariente querido, moribundo, con las orejas atentas a la ruptura de la continuidad, el titubeo, el silencio.

—Aunque consigamos llegar —dijo Sadie, con un risita tensa—, habrá otras dos cosas malas. Una caravana aparcada en nuestra plaza, y un oso esperando en la tienda de campaña.

Por fin llegaron cerca del lago, una extensión radiante, plateada, más allá de las oscuras formas cónicas de los pinos, que reflejaba las estrellas y la luna rubicunda, recién salida. Un destello blanco cruzó los faros cuando un venado se alejó galopando por la maleza. La débil, seca reverberación de los cascos del venado los consoló, y la visión del agua abierta. Al otro lado del lago, una corona diminuta de luces señalaba las tiendas del centro del campamento. Veinte minutos más tarde, estaban entrando en la gasolinera iluminada, riendo como adolescentes atolondrados. El motor expiró a cinco metros del surtidor.

Norton no había visto a Sadie tan alegre desde el comienzo del viaje. La ponía nerviosa dormir al raso, incluso en parques estatales, entre tiendas de campaña y caravanas. Una noche, cuando él se alejó un momento para recorrer a pie la orilla del lago, dejándola a solas mientras acababa los platos de la cena, se puso histérica. Bajó a la orilla corriendo con la bayeta, moviendo los brazos y llamando, las sombras azules se hacían más espesas a su alrededor, hasta que la oyó, y regresó. Pero ahora, el susto superado de la oscuridad, el depósito vacío y la carretera desierta se le estaban subiendo a la cabeza como el coñac. Su euforia lo dejó desconcertado; se echó al hombro la carga de las viejas cautelas de ella, sus temores de conejo. Mientras conducían hacia el *camping* y alrededor del Círculo D hasta su aparcamiento, el corazón de Norton dio un vuelco. Su tienda de campaña había desaparecido. Luego, sonrojándose ante su propia necedad, vio que la tienda solo estaba oculta detrás de la larga sombra con forma de globo de una caravana de aluminio desconocida que se les había echado encima.

Entró en curva en el aparcamiento que quedaba detrás de la caravana. Los faros se detuvieron en una silueta oscura, redondeada a unos metros de su tienda. Sadie soltó una carcajada baja, exultante.

—¡Cincuenta y ocho!

Distraído por las potentes luces o el ruido del motor, el oso se alejó del cubo de basura. A continuación, dando grandes, torpes zancadas, desapareció en el laberinto de tiendas y caravanas oscuras.

Normalmente, a Sadie no le gustaba hacer la cena después del anochecer, porque el olor de la comida atraía animales. Esa noche, sin embargo, fue a la nevera del *camping*, y sacó los filetes rosados de las truchas que habían pescado la víspera en el lago. Los frió, con unas patatas cocidas frías, e hizo unas mazorcas de maíz al vapor. Incluso se sometió al ritual de mezclar Ovaltine a la luz amarilla de la linterna, y calentó alegremente agua para fregar.

Para compensar la pérdida de la bolsa de agua y su descuido con el depósito, Norton fue especialmente cuidadoso con la limpieza. Envolvió los restos del pescado frito en papel parafinado y los dejó sobre el asiento trasero del coche, junto a una bolsa de galletas, unas pastas de higo y la nevera portátil. Comprobó las ventanillas, y cerró las puertas con llave. En el maletero había suficientes latas de conservas y productos textiles para dos meses; comprobó que estaba cerrado con llave. Luego cogió el cubo de agua jabonosa, y fregó la mesa de madera y los dos bancos. Los guardabosques decían que los osos solo molestaban a los campistas descuidados: gente que dejaba basura tirada o guardaba comida en las tiendas de campaña. Cada noche, claro está, los osos recorrían el *camping*, de cubo de basura en cubo de basura, buscando comida. No podías impedirlo. Los cubos tenían tapas de metal y estaban hundidos en el suelo, pero los osos eran lo bastante astutos para levantar las tapas y sacar los desechos, hurgando entre el papel parafinado y los envases de cartón en busca de cortezas de pan rancias, trozos de hamburguesas y perritos calientes, tarros con restos de miel y mermelada, todas las sobras pródigas de los campistas sin neveras o contenedores apropiados. A pesar de lo estricto de las reglas, la gente daba de comer a los osos también; los atraía con azúcar y galletas para que posaran delante de la cámara, incluso empujaban a sus niños bajo los hocicos de los osos, para sacar una foto más divertida.

A la luz de la luna lanosa, azul, los pinos estaban erizados de sombra. Norton imaginó las siluetas grandes, salvajes, de los osos caminando lentamente por allí, en el corazón de lo negro, buscando comida. El dolor de cabeza le molestaba otra vez. Junto con el dolor de cabeza, algo más golpeaba en los márgenes de su mente, tentador como la letra olvidada de una canción: un proverbio, un recuerdo largo tiempo sumergido, que buscaba, pero no encontraba.

—¡Norton! —siseó Sadie desde dentro de la tienda de campaña.

Fue hacia ella con los gestos lentos, embelesados, de un sonámbulo, cerrando tras de sí con la cremallera la puerta de lona con su ventana de mosquitera. El saco de dormir había tomado algo del calor del cuerpo de ella, y entró reptando a su lado como a un nido profundo.

Lo despertó el topetazo. Primero lo soñó, el golpe desgarrador, el tintineo del cristal tras la destrucción, luego se despertó, con la cabeza mortalmente despejada, y oyó que continuaba, una cascada menguada de campanas y gongs.

Sadie yacía tensa a su lado. El aliento de sus palabras le acarició la oreja:

—Mi oso —dijo, como si lo hubiera convocado ella desde la oscuridad.

Tras el estruendo, el aire parecía anormalmente silencioso. Luego, Norton oyó una zarabanda cerca del coche. Se oyó un choque y un estrépito, como si el oso estuviera tirando latas y botes por una pendiente. «Ha llegado al maletero —pensó Norton—. Va a abrir todos los guisos y las sopas y la fruta en conserva, y va a pasarse ahí la noche, dándose un atracón». La visión del oso junto a sus reservas lo enfureció. No sabía cómo, pero el oso era el origen de la bolsa de agua robada, el depósito de gasolina vacío, y, por si fuera poco, iba a comérseles dos meses de provisiones en una sola noche.

—Haz algo. —Sadie se acurrucó en el nido de mantas—. Ahuyéntalo. —Su voz lo desafiaba, pero a él le pesaban las extremidades.

Norton oía al oso resoplar y andar despacio junto a la tienda. La lona orzaba como la vela de un barco. Con cuidado, salió del saco de dormir, reacio a dejar la calidez oscura, almizcleña. Miró a través de la mosquitera de la puerta. En el azul ensopado de la luz de la luna, podía ver al oso encorvado junto a la ventanilla trasera izquierda del coche, mostrando su cuerpo a través de un hueco, donde debería haber estado el cristal. Con un crujido, como al abollar una bola de papel, el oso sacó un hato de paja y cintas que se arrastraban.

Una explosión de cólera se infló en la garganta de Norton. El puto oso no tenía derecho a destrozar el sombrero de su mujer. El sombrero pertenecía a Sadie tan indisolublemente como su propio cuerpo, y ahí estaba el oso, estropeándolo, deshaciéndolo de forma horrenda, inquisitiva.

—Quédate aquí —dijo Norton—. Voy a echar a ese oso.

—Llévate la luz. Eso lo asustará.

Norton buscó la forma fría, cilíndrica, de la linterna con la mano en el suelo de la tienda de campaña, abrió la puerta y salió al pálido borrón de la luz de la luna. Ahora el oso se las había apañado para sacar el pescado frito del suelo del coche, y se alzaba sobre las patas traseras, absorto, hurgando en los envoltorios de papel parafinado. Los restos del sombrero de Sadie, una arruga grotesca de paja, yacían a sus pies.

Norton apuntó con el haz de la linterna directamente a los ojos del oso.

—Tú, fuera de aquí —dijo.

El oso no se movió.

Norton dio un paso al frente. La sombra del oso se alzaba contra el coche. Norton podía ver, a la luz de la linterna, los mellados dientes de cristal en torno al agujero abierto en la ventanilla del coche.

—Fuera...

Sostuvo la linterna firmemente, avanzando, deseando que el oso se fuera. De un momento a otro el oso se iría corriendo.

—Fuera...

Pero estaba obrando otra voluntad, una voluntad aún más fuerte que la suya.

La oscuridad cerró el puño y golpeó. Se apagó la luz. La luna se apagó tras una nube. Una náusea roja estalló en su corazón y sus tripas. Luchó, saboreando la miel dulce, espesa, que le llenaba la garganta y rezumaba de su nariz. Como de un planeta lejano que se alejara rápidamente, oyó un grito estridente; de terror, de triunfo, no sabría decir.

Era el último oso, el oso de ella, el número cincuenta y nueve.

LAS HIJAS DE BLOSSOM STREET
(Relato, 1959)

Resulta que no necesito que los avisos de huracán del «boletín de noticias y tiempo meteorológico» de las siete de la mañana me digan que hoy hace malo. Nada más bajar del pasillo del tercer piso del Centro de Especialidades, para abrir la oficina, me encuentro una pila de registros de pacientes esperándome justo delante de la puerta, puntual como el periódico de la mañana. Pero es una pila escasa, y tan seguro como que los jueves tenemos jaleo, sé que voy a tener que pasarme media hora larga llamando a cada puesto del Archivo para localizar los registros que faltan. Tan temprano, y mi camisa blanca bordada ya se está quedando sin almidón, y noto un trocito húmedo que se extiende debajo de cada brazo. Fuera, el cielo está bajo, espeso y amarillo como salsa holandesa. Abro de un empujón la única ventana de la oficina para renovar el aire; no pasa nada. Todo cuelga inmóvil, más pesado que la colada mojada en un sótano. Luego, corto la cuerda que rodea las carpetas de los registros y, mirándome desde la tapa del de arriba, veo estampado en tinta roja: muerto. muerto. muerto.

Intento que las letras digan TUERTO, solo que no funciona. No es que sea supersticiosa. Aunque la tinta está manchada y se ha quedado oxidada como la sangre en la tapa del registro, solo quiere decir que Lillian Ulmer ha Muerto, y el Número Nueve-uno-siete-cero está cancelado en la carpeta activa del Archivo. Billy el Triste del Puesto Nueve ha vuelto a confundirse de número, sin mala intención. Con todo, con el cielo así de oscuro, y el huracán retumbando por la costa, más cerca cada vez que me doy la vuelta, tengo la sensación de que Lillian Ulmer, que en paz descanse, me ha hecho empezar el día con el pie izquierdo.

Cuando llega mi jefa, la señorita Taylor, pregunto por qué no queman los registros de la gente que ha ido a Blossom Street para ahorrar espacio en las carpetas. Pero dice que muchas veces guardan los registros una temporada si la enfermedad es interesante, por si luego se hace un estudio estadístico de los pacientes que la han tenido.

Fue mi amiga Dotty Berrigan de la Unidad de Alcoholismo la que me habló de Blossom Street. Dotty se encargó de enseñarme el hospital, cuando entré de secretaria en Psiquiatría de Adultos, dado que ella estaba en el mismo pasillo que yo, y llevábamos muchos casos juntas.

—Aquí debéis de tener un montón de muertos todos los días —dije.

—Ya te digo —afirmó—. Y todos los accidentes y las palizas que quieras que llegan a Urgencias desde South End tan constantes como los impuestos.

—Bueno, ¿y dónde guardan a los muertos?

No quería entrar de pronto por error en una habitación llena de cadáveres preparados o cortados, y en aquel momento me parecía demasiado fácil perderme en los innumerables niveles de pasillos del mayor hospital general del mundo.

—En una habitación de Blossom Street, ya te enseñaré dónde. Los médicos nunca dicen que alguien ha *muerto* con esas palabras, ¿sabes?, para que los pacientes no se pongan morbosos. Dicen: «¿Cuántos de los tuyos han ido a Blossom Street esta semana?». Y el otro tipo dice: «Dos» o «Cinco». O los que sean. Porque los cuerpos se envían a las funerarias desde la salida de Blossom Street, para que los preparen para el entierro.

Dotty es insuperable. Es una auténtica mina de información, porque tiene que ir de un lado a otro, buscando alcohólicos en Urgencias, y comparando notas con los médicos de guardia del ala de Psiquiatría, por no mencionar que ha salido con varios miembros del personal del hospital, incluso con un cirujano en una ocasión, y en otra ocasión con un residente persa. Dotty es irlandesa; más o menos baja y un poco gordita, pero se viste de forma que le favorece: siempre algo azul, azul celeste para que le haga juego con los ojos, y unos jerséis negros ceñidos que cose ella misma con patrones de *Vogue*, y zapatos altos con esos tacones finos de acero.

Cora, del Servicio Social Psiquiátrico, en el mismo pasillo que Dotty y que yo, no es la persona que es Dotty ni en sueños: cerca de los cuarenta, se nota por las patas de gallo, aunque todavía tenga el pelo rojo, gracias a esos tintes. Cora vive con su madre, y, oyéndola hablar, pensarías que es una adolescente inmadura. Una noche invitó a su casa a tres chicas de Neurología, a jugar al bridge y a cenar, y metió el puchero en el horno con las tartaletas de mora congeladas, y una hora más tarde se extrañó de que no estuvieran calientes, cuando en todo ese tiempo ni se le había ocurrido encender el horno. Cuando coge vacaciones, Cora se limita a ir en autobús al lago Louise o de crucero a las Bahamas, para conocer al Príncipe Azul, pero solo conoce chicas de Tumores o de la Unidad de Amputados, y todas y cada una de ellas tienen exactamente la misma misión.

Bueno, pues como el tercer jueves de cada mes es el día que tenemos la Reunión de Secretarias en la Sala Hunnewell en la segunda planta, Cora llama a Dotty, y las dos me llaman a mí, y vamos haciendo clic-clac con nuestros tacones, bajando los escalones de piedra, y entrando en una sala preciosa, dedicada, como dice en la placa de bronce de la puerta, a un tal doctor Augustus Hunnewell en 1892. El sitio está lleno de vitrinas abarrotadas de instrumentos médicos anticuados, y las paredes están cubiertas de ferrotipos desvaídos, color marrón rojizo, de médicos de la Guerra Civil, con las barbas tupidas y largas como las barbas de los hermanos Smith en esos paquetes de caramelos para la tos. Colocada en mitad de la sala, y extendiéndose casi de pared a pared, hay una mesa grande, oscura, ovalada, de nogal, con las piernas talladas con forma de patas de león, solo que con escamas en vez de piel, y toda la superficie de la mesa pulida de manera que te ves la cara. Nos sentamos alrededor de esa mesa, fumando y hablando, esperando a que la señora Rafferty llegue y abra la reunión.

Minnie Dapkins, la recepcionista diminuta de pelo blanco de Dermatología, está repartiendo volantes rosas y amarillos.

—¿Hay un tal doctor Crawford en Neurología? —pregunta, sosteniendo en alto un volante rosa.

—¡El doctor Crawford! —Mary Ellen de Neurología se echa a reír, una mole negra meneándose como una gelatina blanda dentro del vestido estampado de flores—. Hará seis o siete años que murió. ¿Quién lo busca?

Minnie frunce la boca en un apretado capullo rosa.

—Una paciente *ha dicho* que tenía al doctor Crawford —replica con frialdad.

Minnie no soporta que se falte al respeto a los muertos. Lleva trabajando en el hospital desde que se casó, durante la Gran Depresión, y recibió el Prendedor de Plata de los Veinticinco Años de Servicio en una ceremonia especial durante la Fiesta de Navidad de las Secretarias el invierno pasado, pero cuenta la leyenda que en todo ese tiempo nunca ha hecho un chiste sobre un paciente o un muerto. No como Mary Ellen, o Dotty, o hasta Cora, a la que no se le caen los anillos por ver el humor en una situación.

—Chicas, ¿qué vais a hacer con el huracán? —nos pregunta Cora a Dotty y a mí en voz baja, inclinándose sobre la mesa para echar la ceniza del cigarrillo en el cenicero de cristal en el que el sello del hospital se ve a través de la parte de abajo—. Estoy superpreocupada por mi coche. El motor se moja con la brisa marina, se muere.

—Oh, no va a tocar tierra hasta que todas hayamos acabado el trabajo —dice Dotty, indiferente como acostumbra—. Te da tiempo a llegar a casa.

—Aun así, no me gusta la pinta que tiene el cielo. —Cora arruga la nariz pecosa como si hubiera olido algo apestoso.

A mí tampoco me gusta mucho la pinta que tiene el cielo. La habitación ha ido quedándose cada vez más oscura desde que hemos entrado, y ahora estamos todas sentadas en una especie de crepúsculo, con el humo que sube de nuestros cigarrillos y cuelga su cortina en el aire ya denso. Durante un minuto, nadie dice nada. Cora parece haber expresado en alto la preocupación secreta de todas.

—Vaya, vaya, vaya, ¿qué nos pasa, chicas? ¡Esto parece un funeral!

Las luces eléctricas de las cuatro lámparas de cobre del techo parpadean y se encienden, y, casi por arte de magia, la sala se ilumina, confinando lejos el cielo tormentoso, donde debe estar, inofensivo como un telón de fondo. La señora Rafferty se acerca a la cabecera de la mesa, sus pulseras de plata hacen una música alegre en cada brazo, sus pendientes, réplicas exactas de estetoscopios en miniatura, brincan felices colgados de sus regordetes lóbulos. Con una ráfaga simpática, deja sus notas y sus papeles encima de la mesa, y su moño rubio teñido relumbra bajo las luces como un casco de malla. Ni siquiera Cora puede seguir con cara de pocos amigos ante una alegría tan profesional.

—Aclaramos nuestros asuntos en un periquete, y luego le he dicho a una de las chicas que traiga la cafetera, y tomamos un pequeño tentempié. —La señora Rafferty mira en torno a la mesa, absorbiendo, con una sonrisa satisfecha, las exclamaciones de bienestar.

—Hay que reconocerlo —me susurra Dotty al oído—. Tendría que patentarlo.

La señora Rafferty empieza con una de sus reprimendas joviales. En realidad, la señora Rafferty es un amortiguador. Un amortiguador entre nosotras y las jerarquías de la Administración, y un amortiguador entre nosotras y los médicos, con sus extrañas, interminables locuras y rarezas, su letra ilegible («Las he visto mejores en los parvularios», se cuenta que ha dicho la señora Rafferty), su incapacidad pueril de pegar recetas e informes en la página que corresponde en los libros de registro de los pacientes, etcétera.

—Bueno, chicas —dice, levantando un dedo en broma—. Estoy recibiendo todo tipo de quejas por las estadísticas diarias. Algunas están llegando sin el sello o la fecha. —Hace una pausa para permitir que cale la gravedad de lo que acaba de decir—. Unas no se suman correctamente. Otras... —otra pausa—. Ni siquiera llegan.

Bajo la mirada, y deseo con todas mis fuerzas que nadie se dé cuenta del sonrojo que noto que está subiendo y empieza a calentarme las mejillas. No me sonrojo por mí, sino por mi jefa, la señora Taylor, que al poco de llegar me confesó que, a fuer de ser totalmente sincera y legal, *odia* las estadísticas. Las entrevistas de nuestros pacientes con el equipo de Psiquiatría a menudo acaban después de la hora de cierre oficial de la unidad, y por supuesto la señora Taylor no puede bajar las estadísticas a tiempo todas las noches, so pena de convertirse en una mártir de la oficina más grande de lo que ya es.

—No digo más, chicas.

La señora Rafferty mira sus notas, se inclina para hacer una marca con su lápiz rojo y se endereza, con la facilidad de un junco.

—Otra cosa. Archivo dice que les están llegando montones de llamadas pidiendo registros que ya tenéis a mano en vuestros archivadores, y están totalmente *furiosos...*

—Furiosos, claro —gruñe Mary Ellen sin acritud, poniendo los ojos totalmente en blanco—. De todas formas, ese tipo, como se llame, del Puesto Nueve, nos trata como si no tuviéramos que llamar nunca.

—Oh, ese es *Billy* —dice Minnie Dapkins.

Ida Kline y un par de chicas más del equipo de mecanógrafas del primer sótano se ríen nerviosas entre ellas y luego se callan.

—Supongo que a estas alturas lo sabéis todas. —La señora Rafferty sonríe con intención a toda la mesa—, Billy tiene sus propios problemas. Así que no se lo tengáis en cuenta.

—¿No está saliendo con alguien de tu unidad? —me pregunta Dotty en un susurro.

Solo me da tiempo a asentir cuando la transparente mirada verde de la señora Rafferty nos silencia como un baño helado.

—Tengo una queja, señora Rafferty —intercala Cora, aprovechando la interrupción—. ¿Se puede saber *qué pasa* abajo, en Admisiones? Les digo a nuestros pacientes que lleguen con una hora de antelación a las citas con las chicas de Servicio Social, para que les dé tiempo a hacer la cola de abajo, y pagar a la cajera y todo, y *ni siquiera así* basta. Llaman frenéticos desde abajo, con diez minutos de retraso ya, y dicen que la cola lleva media hora sin avanzar, y en mi lado las chicas de Servicio Social también están esperando, así que ¿qué hago en esos casos?

Los ojos de la señora Rafferty caen a sus notas durante un mero instante, como si en ellas estuviera subrayada la respuesta a la pregunta de Cora. Casi parece avergonzada.

—También se han quejado de eso otras chicas, Cora —dice por fin, levantando la mirada—. Nos falta una chica en Admisiones, así que procesar todo es un trabajo tremendo...

—¿Y no pueden *meter* a otra chica? —pregunta Mary Ellen con osadía—. O sea, ¿qué se lo impide?

La señora Rafferty y Minnie Dapkins se miran fugazmente. Minnie se frota las manos pálidas y acartonadas, y se pasa la lengua por los labios con ese gesto de conejo que tiene. Al otro lado de las ventanas abiertas, se ha levantado un poco de viento, y suena como si estuviera empezando a llover, aunque probablemente solo es el roce y el crujido de los papeles que empiezan a volar de un lado a otro en la calle.

—Más vale que ponga las cartas sobre la mesa y os lo *cuente* a todas, supongo —dice entonces la señora Rafferty—. Algunas ya lo sabéis, aquí Emily lo sabe, el motivo por el que no estamos ocupando la vacante es... Emily Russo. Cuéntaselo, Minnie.

—Emily Russo —anuncia Minnie con fúnebre sobrecogimiento— tiene *cáncer*. Está en este hospital ahora mismo. Quiero deciros a todas, a todas las que la conozcáis, que le vendría bien que le hagan compañía. Aún puede recibir visitas, dado que no tiene familia que se ocupe de ella...

—Vaya, no lo sabía —dice despacio Mary Ellen—. Qué pena...

—Lo descubrieron en el último control de cáncer —dice la señora Rafferty—. Está pendiente de un *hilo*. Esas medicinas nuevas ayudan con el dolor, claro. Pero, con lo enferma que está, Emily solo *vive* para volver a ese puesto. *Adora* el trabajo, ha sido su vida durante los últimos cuarenta años, y el doctor Gilman no quiere decirle la verdad, que no va a volver nunca, por miedo a causarle un *shock* y eso. A todos los que van a verla les pregunta: «¿Ya han cubierto mi plaza? ¿Ya tienen a alguien en Admisiones?». En cuanto cubran la vacante, Emily va a pensar que es su sentencia de muerte, lisa y llanamente.

—¿Y una sustituta? —Quiere saber Cora—. Podríais decir que quien sea está de suplente.

La señora Rafferty niega con la cabeza lisa, dorada.

—No, en el punto en el que está, no se lo creería, pensaría que le estamos siguiendo la corriente. La gente en su situación se vuelve *terriblemente* sagaz. No podemos correr el riesgo. Yo misma bajo a Admisiones en cuanto puedo y echo una mano. Ya... —su voz baja, sobria, como la de un enterrador—. Queda poco, dice el doctor Gilman.

Minnie tiene aspecto de estar a punto de ponerse a llorar. Toda la concurrencia está peor que cuando entró la señora Rafferty, todo el mundo agacha la cabeza sobre el cigarrillo llo o empieza a mordisquearse el esmalte de uñas.

—Bueno, bueno, chicas, no os pongáis así —dice la señora Rafferty, con una mirada circular luminosa, enardecedora—. Seguro que estamos todas de acuerdo en que en ningún sitio la iban a cuidar mejor, y el doctor Gilman es como de la familia, lo conoce desde hace diez años. Y podéis ir a verla, le encantaría...

—¿Y flores? —intercala Mary Ellen.

Hay un murmullo general de aprobación. Cada vez que una de nosotras se pone enferma, o se promete, o se casa, o da a luz (aunque eso es bastante menos frecuente que lo demás) o recibe un Premio al Servicio, hacemos un fondo y mandamos flores, o un regalo apropiado, y tarjetas. Pero este es el primer caso terminal en el que participo; si se me permite decirlo, las chicas no podían haberse portado mejor.

—¿Y algo rosa, algo alegre? —sugiere Ida Kline.

—Una corona, ¿por qué no? —dice suavemente una pequeña mecanógrafa del equipo que acaba de prometerse—. Una gran corona rosa, de claveles, quizá.

—¡Una corona, *no*, chicas! —gruñe la señora Rafferty—. ¡Con lo susceptible que está Emily, una corona, *no*, por amor de Dios!

—Pues un jarrón —dice Dotty—. Las enfermeras siempre se quejan de que no hay jarrones. Un jarrón de los buenos, a lo mejor de la tienda de regalos del hospital, tienen unos jarrones *importados*, y, dentro del jarrón, un ramo variado de la floristería del hospital.

—Qué buena idea, Dorothy... —La señora Rafferty suena aliviada—. Mucho más apropiado. Chicas, ¿cuántas estáis de acuerdo en el jarrón con ramo variado? —Todas, incluida la pequeña mecanógrafa, levantan la mano—. Bueno, tú te encargas, Dorothy —dice la señora Rafferty—. Antes de iros, dadle a Dorothy lo que os toque, chicas, y esta tarde hacemos circular una tarjeta, para que la firme todo el mundo.

La reunión se disuelve en ese momento, todas hablan con todas, y algunas chicas ya están sacando billetes de los bolsos y pasándoselos a Dotty por encima de la mesa.

—¡Silencio! —grita la señora Rafferty—. ¡Silencio, por favor, un minuto más, chicas! —En el silencio que sigue, la sirena de una ambulancia que se acerca sube y deja caer su aullido de *banshee*, pasando debajo de nuestra ventana, desapareciendo al doblar la esquina, y parando finalmente en la entrada de Urgencias—. Se me olvidaba. Sobre el *huracán*, chicas, por si no sabéis cómo es el procedimiento. El último boletín de Dirección dice que la cosa puede empezar a ponerse fea a mediodía, pero no os *preocupéis*. Tranquilas. Normalidad —(risa divertida del equipo de mecanógrafas)—, y, sobre todo, si estáis preocupadas, no deis muestras de ello a los pacientes. Ya estarán bastante nerviosos. Las que vivís lejos, si va a mayores, podéis quedaros en el hospital esta noche. Están poniendo catres en los pasillos del Centro de Especialidades, y tenemos la tercera planta reservada para vosotras, a menos que haya una emergencia.

En ese momento, las puertas batientes se abren de golpe, y entra una enfermera empujando un carro de comida metálico con la cafetera encima. Sus zapatos de suela de goma chirrían como si estuviera pisando ratones vivos.

—Se levanta la sesión —dice la señora Rafferty—. Chicas, el café.

Dotty me aparta del tumulto que rodea la cafetera.

—Seguro que Cora toma café, pero esa cosa es tan amarga que no puedo con ella. Y además, en vasos de papel. —Dotty hace una pequeña mueca de asco—. ¿Por qué no vamos tú y yo, y nos pulimos ese dinero comprándole a la señorita Emily flores y un jarrón, aquí y ahora?

—Vale. —Saliendo de la habitación con Dotty, me doy cuenta de que está andando con pasos cortos y agitados—. Oye, ¿qué te pasa? ¿No *quieres* comprar un jarrón?

—El *jarrón* me da igual, es por esa viejecita de arriba, y todos los rollos que le están contando. Se va a morir, tendría que darle tiempo a hacerse a la idea, ver a un cura, no deberían decirle que todo va bien.

Dotty me contó en una ocasión que fue novicia, antes de saber de qué iba el mundo, solo que, según ella, era tan capaz de agachar la mirada y tener las manos metiditas en las mangas o callarse la boca, como de hacer el pino y recitar el alfabeto griego de atrás adelante. Pero, de vez en cuando, le noto el entrenamiento del convento tan bien como el brillo de la piel clara debajo de los polvos rosa y melocotón que usa.

—Tenías que haberte hecho misionera —digo.

Para entonces, hemos llegado a la tienda de regalos, que es una sombrerera elegante, con mercancía selecta apilada hasta el techo: jarrones acanalados, tazas esmaltadas con corazones y flores, muñecas vestidas de novia y pájaros de porcelana, juegos de tarjetas con rebordes dorados, perlas cultivadas, lo que se te ocurra, y todo ello demasiado caro para los que no sean parientes devotos y se paren a pensar con la cartera.

—Está mejor en la ignorancia —añado, puesto que Dotty no dice nada.

—No descarto decírselo. —Dotty coge un gran jarrón morado de cristal con burbujas, con un acabado de volantes anchos en el borde, y lo fulmina con la mirada—. A veces esa actitud que hay aquí, en plan «Nosotros sabemos y tú no tienes ni idea», me pone de los nervios. A veces pienso que *si no hubiera* controles de cáncer ni Semanas Nacionales de la Diabetes con cabinas en el pasillo, para que te midas el azúcar, no habría tanto cáncer ni tanta diabetes, no sé si me explico.

—Pareces uno de esos fulanos de la Ciencia Cristiana —digo—. Y, por cierto, me parece que ese jarrón es demasiado llamativo para una viejecita como la señorita Emily.

Dotty me lanza una sonrisita extraña, le lleva el jarrón a la dependienta del mostrador y pone seis dólares. En vez de ceñirse al dinero que queda después de gastarse casi todo el bote en el jarrón, Dotty pone un par de dólares más de su bolsillo, y tengo que reconocer que yo también, sin que insista demasiado. Cuando sube el florista de al lado, frotándose las manos y con aspecto de estar tan preparado para dar la enhorabuena como el pésame, y pregunta qué queremos, una docena de rosas de tallo largo, o a lo mejor un ramillete de acianos y velo de novia con una cinta plateada, Dotty tiende el jarrón morado de cristal con burbujas.

—Un poco de todo, buen hombre. Llénelo bien lleno.

El florista mira a Dotty, con un lado de la boca saltando hacia arriba en una sonrisita, y el otro esperando a tener la certeza de que no le está tomando el pelo.

—Vamos, vamos. —Dotty da golpes con el jarrón en el mostrador de cristal, logrando que el florista haga un gesto de dolor y se lo quite rápidamente—. Lo dicho. Rosas de té, claveles, esos como se llamen de ahí...

La mirada del florista sigue el dedo de Dotty.

—Gladiolos —informa con tono de dolor.

—Grandiolos. Unos cuantos, de colores... rojos, naranjas, amarillos, ya sabe. Y un par de lirios morados de esos...

—Ah, hacen juego con el jarrón —dice el florista, entrando en el juego—. ¿Y un surtido de anémonas?

—También —dice Dotty—. Aunque tienen nombre de sarpullido...

Salimos de la floristería enseguida, por el pasadizo cubierto entre el Centro de Especialidades y el hospital propiamente dicho, y subimos en ascensor a la planta de la señorita Emily, Dotty lleva el jarrón púrpura a reventar con el ramo.

—¿Señorita Emily? —susurra Dotty, mientras entramos de puntillas en la sala, que tiene cuatro camas.

Una enfermera sale deslizándose de detrás de las cortinas, corridas en torno a la cama, en el rincón al lado de la ventana.

—Chist. —Se lleva un dedo a los labios y señala a las cortinas—. Está ahí. No os quedéis mucho.

La señorita Emily está hundida en las almohadas, con los ojos abiertos y llenándole casi toda la cara, el pelo extendido en un abanico gris encima de la almohada que le sujeta la cabeza. Encima de la mesa de las medicinas, en el suelo, debajo de la cama y colgados alrededor de la cama, hay toda clase de botes. Tubos finos de goma salen de un par de ellos, uno desaparece bajo las sábanas, y otro va directo a la ventana izquierda de la nariz de la señorita Emily. En la habitación, solo se oye el crujido seco de la respiración de la señorita Emily, solo se mueven la sábana, débilmente sobre su pecho, y las burbujas de aire que mandan hacia arriba rítmicos globos plateados en uno de esos botes de fluido. A la malsana luz de tormenta de la ventana, la señorita Emily parece un muñeco de cera, salvo por los ojos, que se clavan en nosotras. Casi noto cómo me queman la piel, de lo sagaces que son.

—Le hemos traído estas flores, señorita Emily.

Señalo el enorme ramo multicolor de flores de invernadero que Dotty está colocando en la mesa de las medicinas. La mesa es tan pequeña que primero tiene que quitar todos los frascos y los vasos y las jarras y las cucharas, y ponerlos en el estante de abajo, para hacerle hueco.

Los ojos de la señorita Emily se deslizan a la pila de flores. Algo parpadea. Tengo la sensación de estar viendo dos velas al final de un largo pasillo, dos llamitas que soplan y se recuperan en un viento oscuro. Al otro lado de la ventana, el cielo está más negro que una sartén de hierro fundido.

—Las mandan las chicas. —Dotty coge la mano inerte, cérea, de donde yace sobre la colcha—. Luego vendrá la tarjeta, la está firmando todo el mundo, es solo que con las flores no queríamos esperar.

La señorita Emily intenta hablar. Un débil siseo y un traqueteo salen de sus labios, ni una palabra distinguible.

Pero Dotty parece saber lo que quiere decir.

—Su puesto sigue ahí, señorita Emily —dice separando las palabras, claro y despacio, igual que le explicas las cosas a un niño muy pequeño—. Se lo están guardando.

Justo las mismas palabras que usaría la señora Rafferty, pienso perpleja. Solo que la señora Rafferty añadiría algo y lo estropearía: «Dentro de nada estará en pie, señorita Emily, no se preocupe». O: «Todavía le darán la Pulsera de Oro de Cincuenta Años de Servicio, señorita Emily, espere y verá». Lo raro es que no da la impresión de que Dotty esté retorciendo los hechos para mentir. Está diciendo la verdad, diciendo: «En Admisiones van de un lado a otro como pollos sin cabeza, señorita Emily, porque quieren que sepa que no la pueden reemplazar. No tan pronto, no tan rápido».

La señorita Emily deja que le caigan los párpados sobre los ojos. La mano se le queda flácida en la palma de Dotty, y suspira, un suspiro que atraviesa su cuerpo entero con una sacudida.

—Lo sabe —me dice Dotty cuando dejamos la cama de la señorita Emily—. Ahora lo sabe.

—Pero no le has *dicho* nada. No con esas palabras.

—¿Qué te crees? —Dotty está indignada—. ¿Que no tengo corazón? Oye —corta de repente, cuando salimos de la habitación al pasillo—, ¿quién es ese?

Una figura delgada, menuda está apoyada en la pared en el pasillo vacío a poca distancia de la puerta de Miss Emily. Conforme nos acercamos, la figura se aprieta contra la pared, como si un milagro pudiera convertirla en el yeso pálido, pintado de verde, y hacerla desaparecer. En el pasillo mal iluminado las luces eléctricas hacen un efecto de anochecer temprano.

—¡Billy Monihan! —exclama Dotty—. Por el amor de Dios, ¿qué haces *tú* aquí?

—E… e… esperar —consigue graznar Billy, sonrojándose, un tono doloroso de rojo debajo del revestimiento carmesí de granos y forúnculos.

Es un chico muy bajo, casi tanto como Dotty, y extremadamente delgado, aunque ha crecido todo lo que tiene que crecer, y en ese aspecto nada puede esperar. Su largo pelo negro está peinado hacia atrás con alguna clase de aceite maloliente, y deja ver los surcos de un peine recién pasado por la superficie brillante, acharolada.

—¿Se puede saber —Dotty se endereza por completo, y con tacones le saca un trozo a Billy— qué crees que estás haciendo, pasando el rato aquí arriba?

—Es… esperando, na… nada más.

Billy agacha la cabeza, para evitar la mirada penetrante de Dotty. Se diría que está haciendo esfuerzos para tragarse la lengua, y evitar toda comunicación.

—En este preciso instante, tendrías que estar subiendo registros de Archivo al Centro de Especialidades a la carrera —dice Dotty—. No conoces a la señorita Emily, deja en paz a la señorita Emily, ¿me oyes?

Un gorjeo extraño, indescifrable, escapa de la garganta de Billy.

—Di… di… dijo que po… podía ve… venir —suelta entonces.

Dotty resopla cortante, exasperada. Pero en la mirada de Billy hay algo que hace que se dé la vuelta y lo deje a su suerte. Para cuando llega el ascensor, Billy ha entrado, granos, pelo repeinado, tartamudeo y todo, en la habitación de Miss Emily.

—No me gusta ese niño, ese niño es un auténtico... —Dotty se detiene buscando la palabra exacta— Un auténtico *buitre*. Últimamente le pasa algo, te lo digo yo. Merodea por la puerta de Urgencias como si Dios, nuestro Señor, fuese a entrar por la puerta y anunciar el Juicio Final.

—Está viendo al doctor Resnik, donde nosotros —digo—, pero aún no he tenido que pasar a máquina ninguna grabación suya, así que no sé. ¿Eso del buitreo empezó sin más?

Dotty se encoge de hombros.

—Yo solo sé que la semana pasada casi mata de miedo a Ida Kline, la del despacho de las mecanógrafas, con no sé qué historia sobre una mujer que había llegado a Dermatología en silla de ruedas, toda morada e hinchada como un elefante, con una enfermedad tropical. Ida no pudo comer después. Tiene un nombre, la gente que merodea cerca de los cuerpos y eso. Nego... negófilos. Cuando empeoran, empiezan a desenterrar cuerpos del cementerio.

—Ayer estaba haciendo el informe de admisión de una mujer —digo—. Me la has recordado. No podía creerse que su niña esté muerta, no paraba de verla, en misa, en la tienda. La visitaba en el cementerio día sí, día también. Un día, dice, la niña viene a verla, vestida con un blusón blanco de encaje, y le dice que no se preocupe, que está en el cielo y bien atendida, que no le pasa nada.

—No sé yo... —dice Dotty—, no sé cómo se cura eso.

Desde la cafetería del hospital, donde estamos sentadas a una de las mesas grandes, tomando el postre y firmando la tarjeta de la señorita Emily, veo la lluvia que golpea en largas líneas contra la ventana que da al patio ajardinado. No sé qué ricachona mandó construir el patio y llenarlo de hierba y árboles y flores, para que los médicos y las enfermeras tuvieran algo más bonito que mirar, mientras comen, que paredes de ladrillo y gravilla. Ahora las ventanas están chorreando, así que ni siquiera se ve el color verde a través de las cortinas de agua.

—¿Vosotras os vais a quedar? —La voz de Cora tiembla como la gelatina que está cogiendo con la cuchara—. O sea, no sé qué *hacer* con Mamá, sola en casa. ¿Y si se va la luz? Puede romperse la cadera buscando velas a oscuras en el sótano, y las tejas están regular, dejan entrar agua, aunque no llueva mucho...

—Quédate, Cora —dice Dotty con decisión—. Como intentes llegar a casa con la que está cayendo, te vas a ahogar. Mañana por la mañana, llamas a casa y verás que tu madre está feliz como una perdiz, y que la tormenta está amainando, a cien kilómetros de distancia, en Maine o donde sea.

—¡Mirad! —digo, en parte para distraer a Cora—. La señora Rafferty acaba de entrar con su bandeja. Vamos a hacerla firmar.

Antes de que ninguna pueda llamarla, la señora Rafferty nos ve y se acerca, un balandro blanco a toda vela, con los pendientes de estetoscopios saltando a ambos lados de una cara que trae malas noticias.

—Chicas —dice al ver la tarjeta abierta encima de la mesa, frente a nosotras—, chicas, no me gusta ser portadora de noticias tristes, pero tengo que deciros que esa tarjeta no va a hacer falta.

Cora se queda blanca debajo de las pecas, con una cucharada de gelatina de fresa detenida a medio camino de la boca.

—Emily Russo ha fallecido hace menos de una hora. —La señora Rafferty agacha la cabeza un momento, y la levanta con cierta fortaleza—. Es lo *mejor* que podía pasar, chicas, lo sabéis igual que yo. Ha muerto con el menor sufrimiento posible, así que no dejéis que os ponga tristes. Tenemos —señala rápidamente con la cabeza las ventanas ciegas, chorreantes— que pensar en otras personas.

—¿La señorita Emily... —pregunta Dotty, dándole vueltas a la leche del café con extraña absorción—, la señorita Emily ha estado sola en sus últimos minutos?

La señora Rafferty titubea.

—No, Dorothy —dice entonces—. No. *No* ha estado sola. Billy Monihan estaba con ella cuando falleció. La enfermera de guardia dice que parecía *muy* afectado, muy conmovido por la ancianita. Le ha dicho... —añade la señora. Rafferty—, le ha dicho a la enfermera que la señorita Emily era tía suya.

—Pero la señorita Emily no tiene hermanos ni hermanas —protesta Cora—. Nos lo dijo Minnie. No tiene a *nadie*.

—Fuera como fuere... —La señora Rafferty parece deseosa de cerrar el tema—. Fuera como fuere, el chico estaba muy conmovido. Muy conmovido por todo el asunto.

Dado que caen chuzos de punta y sopla un viento que consigue aplastar la ciudad, no vienen pacientes a la oficina en toda la tarde. Es decir, nadie, salvo la anciana señora Tomolillo. La señorita Taylor acababa de salir a por dos tazas de café de la máquina del pasillo, cuando la señora Tomolillo me sorprende, furiosa y empapada, como una bruja, con el vestido negro de lana que lleva todo el año, agitando una masa mojada de papeles.

—Dónde está el doctor Chrisman, el doctor Chrisman, quiero saberlo.

Resulta que la masa mojada de papeles es el cuaderno de registro de la propia la señora Tomolillo, que los pacientes no pueden conseguir de ninguna manera. Está hecho un magnífico follón, las entradas en tinta roja, azul y verde de los numerosos médicos en las numerosas unidades que la señora Tomolillo frecuenta se emborronan en un arcoíris salvaje, gotean cuentas coloreadas de agua y tinta cuando lo cojo de sus manos.

—Mentiras, mentiras, mentiras —me sisea la señora Tomolillo, para que no pueda decir nada—. Mentiras.

—¿Qué mentiras, señora Tomolillo? —pregunto entonces con voz clara, alta, porque la señora Tomolillo está bastante sorda, aunque se niega a aprender a usar un aparato—. Seguro que el doctor Chrisman...

—Mentiras, mentiras que ha escrito en ese cuaderno. Soy buena, mi marido está muerto. Espera a que le ponga la mano encima a ese hombre, le voy a enseñar a mentir...

Miro rápidamente al pasillo. La señora Tomolillo está flexionando sus fuertes dedos de forma preocupante. Un hombre con muletas, con una pernera vacía y recogida limpiamente en la cadera, pasa delante de la puerta. Detrás viene un auxiliar de la Unidad de Amputados, arrastrando una pierna postiza rosa y medio torso postizo. La señora Tomolillo se calla al ver la pequeña procesión. Las manos le caen a los costados, perdiéndose en los pliegues de su voluminosa falda negra.

—Hablaré con el doctor Chrisman, señora Tomolillo. Seguro que ha habido un error, no se lleve un mal rato.

A mi espalda, la ventana se sacude en el marco como si fuera un gigante ventoso que tratara de abrirse paso hasta la luz a codazos. Ahora la lluvia golpea el cristal con la fuerza de un pistoletazo.

—Mentiras... —sisea la señora Tomolillo, pero más plácidamente, como una tetera que acaba de dejar de hervir—. Díselo.

—Se lo diré. Oh, señora Tomolillo...

—¿Sí?

Se detiene en el umbral, negra y ominosa como una Diosa del destino, atrapada en una borrasca que hubiera creado ella misma.

—¿De dónde le digo al doctor Chrisman que viene el cuaderno de registro?

—Ahí abajo, en ese cuarto —dice sencillamente—. Ese cuarto donde están todos los cuadernos. Lo pido, me lo dan.

—Ya veo. —El número del registro de la señora Tomolillo, impreso en tinta indeleble, dice Nueve-tres-seis-dos-cinco—. Ya veo, ya veo. Gracias, señora Tomolillo.

El Centro de Especialidades, con todo lo grande que es, sus sólidos cimientos de hormigón y su construcción en ladrillo y piedra, parece temblar hasta la médula cuando Dotty y yo atravesamos los pasillos de la primera planta y bajamos por el pasadizo a la cafetería que está en el hospital principal, para cenar algo caliente. Oímos las sirenas, altas y débiles, en la ciudad, por toda la ciudad: camiones de bomberos, ambulancias, furgonetas de la policía. El aparcamiento de Urgencias está lleno de ambulancias y coches particulares que llegan de los pueblos de los alrededores: gente con ataques al corazón, gente con neumotórax, gente con histeria galopante. Y, para rematar, se va la luz, así que tenemos que andar a tientas en la semipenumbra. Por todas partes hay médicos y residentes que dan órdenes cortantes, enfermeras que pasan deslizándose blancas como fantasmas, y camillas con gente acurrucada —gruñendo, o llorando, o en silencio— a la que llevan a un sitio o a otro. En medio de todo ello, una forma familiar nos deja atrás a toda prisa, y baja un tramo de escalones de piedra sin iluminar que lleva al primer y al segundo sótanos.

—¿No es ese?

—¿Ese quién? —Quiere saber Dotty—. No veo nada de nada, debería ponerme gafas.

—Billy. De Archivo.

—Lo habrán mandado a buscar registros a toda velocidad para las emergencias —dice Dotty—. Cuando las cosas se ponen así de mal, necesitan toda la ayuda posible.

Por lo que sea, no consigo contarle a Dotty lo de la señora Tomolillo.

—No es tan mal chico —me sorprendo diciendo, a pesar de lo que sé de la señora Tomolillo, y de Emily Russo, y de Ida Kline y la mujer elefante.

—No es malo, no —dice Dotty irónicamente—. Si te gustan los vampiros.

Mary Ellen y Dotty están sentadas con las piernas cruzadas en uno de los catres del anexo de la tercera planta, intentando jugar al solitario social a la luz de una linterna de bolsillo que alguien ha encontrado, cuando Cora entra volando por el pasillo hacia la fila de las que estamos apoyadas en las camas.

Dotty pone un nueve rojo encima de un diez negro.

—¿Has hablado con tu madre? ¿Aún tenéis tejado?

En el círculo pálido, luminoso, que emite la linterna, los ojos de Cora están muy abiertos, húmedos en el rabillo.

—Oye... —Mary Ellen se inclina hacia ella— ¿Es que has oído algo malo? Estás blanca como el papel, Cora.

—No es... no es mi *madre* —suelta Cora—. No funcionan los teléfonos, no he podido llamar. Es ese chico, *Billy*...

De repente, todas nos quedamos calladas.

—Iba corriendo, subiendo y bajando por las *escaleras* —dice Cora, con la voz tan llorosa que parece que estuviera hablando de su hermano pequeño o algo así—. Arriba y abajo, arriba y abajo con los registros, y a oscuras, y llevaba tanta prisa que bajaba los escalones de dos en dos, de tres en tres. Y se ha *caído*. Se ha caído por un tramo...

—¿Dónde está? —pregunta Dotty, dejando despacio su mano—. ¿Dónde está ahora?

—¿Dónde *está*? —La voz de Cora sube una octava—. Dónde está... Está muerto.

Es curioso. En cuanto esas palabras salen de la boca de Cora, todo el mundo olvida lo pequeño que era Billy, y la pinta tan ridícula que tenía, con ese tartamudeo y esa piel horrible. Con toda la preocupación por el huracán, sin que nadie pueda ponerse en contacto con su gente, la memoria le pone una especie de aureola. Da la impresión de que se ha rendido y ha muerto por todas las que estamos ahí sentadas, en los catres.

—No habría muerto —observa Mary Ellen—, si no hubiera estado ayudando a otras personas.

—Visto lo visto —dice Ida Kline—, me gustaría retirar lo que dije sobre él el otro día, sobre él y esa mujer con la enfermedad de elefante. Él no sabía lo mal que tengo el estómago, ni nada.

Solo Dotty calla.

Mary Ellen apaga la linterna entonces, y todas nos quitamos los vestidos a oscuras y nos tumbamos. Dotty se acuesta al final de la fila de camas, al lado de la mía. En todo el pasillo se oye la lluvia, más suave ahora, tamborileando constante sobre los cristales. Al cabo de un rato, el sonido de respiraciones regulares surge de casi todos los catres.

—Dotty —susurro—, Dotty, ¿estás despierta?

—Claro —responde susurrando Dotty—, tengo un insomnio que no veas.

—Oye, Dotty, ¿tú qué crees?

—¿Te digo lo que creo? —La voz de Dotty suena como si el viento la arrastrase hasta mis oídos desde un punto pequeño, invisible, en la gran oscuridad—. Creo que el chico ha tenido suerte. Por una vez en su vida, ha tenido sentido común. Por una vez en su vida, creo que el chico va a ser un héroe.

Y con los artículos de los periódicos, y las ceremonias en la iglesia, y la Medalla de Oro Póstuma que el director del hospital entrega a los padres de Billy cuando acaba la tormenta, tengo que reconocérselo a Dotty. Tiene razón. Tiene toda la razón.

CARIÑITO Y LOS HOMBRES
DE LOS CANALONES
(Relato, mayo de 1959)

Esperando delante de la puerta principal de la casa desconocida a que alguien atienda al timbre, y escuchando la entonación chillona, musical, de las voces infantiles que llegaban a través de la ventana abierta del piso de arriba, Myra Wardle recordó lo poco que le gustaba Cicely Franklin (entonces Cicely Naylor) en la universidad. En aquel entonces soportaba a Cicely —de las otras, pocas lo hacían—, considerándola una compañera de clase con buena intención, aunque mojigata y paleta. Por lo visto, esa tolerancia sin disfraz de Myra debía de haberse dulcificado en la mente de Cicely durante los ocho años posteriores, hasta convertirse en un facsímil de amistad. ¿Cómo si no explicar que la nota de Cicely, su única comunicación en todo ese tiempo, apareciera en el buzón de los Wardle? «Ven a ver nuestra casa nueva, a nuestras dos niñas y el cachorro de cocker», había escrito Cicely con su letra grande, de maestra rural, en la parte de atrás de una tarjeta impresa que anunciaba la apertura de la nueva consulta de obstetricia de Hiram Franklin.

La propia tarjeta hizo que Myra pasase un rato desagradable, hasta que descubrió la nota de Cicely en el reverso. ¿Por qué iba a mandarle un anuncio impreso el nuevo obstetra del pueblo (Myra no había reconocido el nombre del marido de Cicely), si no para sugerir con la mayor sutileza que los Wardle no estaban cumpliendo con su deber respecto de la comunidad, de la raza humana? Myra Wardle, tras cinco años de matrimonio, no tenía hijos. En respuesta a las delicadas indagaciones de parientes y amigos, explicaba que no era que no pudiera tenerlos, o que no quisiera tenerlos. Sencillamente, su marido, Timothy, escultor, insistía en que los niños te atan demasiado. Y los parientes y los amigos de los Wardle, encorvados bajo el peso de los niños, de los trabajos formales, de las casas hipotecadas, las letras de los coches familiares y las lavadoras que forman una parte tan inevitable de la paternidad en los barrios residenciales, no podían estar más de acuerdo.

Myra volvió a llamar al timbre, vagamente molesta por que Cicely la tuviera esperando tanto rato en la entrada sin sombra una húmeda tarde de agosto. Las voces de los niños seguían, un balbuceo claro, dulcemente discordante, que venía de la ventana del primero. Ahora se oía entre ellas la voz de una mujer, un contrapunto bajo a los agudos delicadamente reproducidos. Myra probó el picaporte de la mosquitera para llegar al llamador de la puerta principal, pero parecía que la mosquitera estaba cerrada por dentro. Como no quería levantar la voz, gritar como si Cicely fuese una vecina, dio golpes fuertes en la jamba con los nudillos. Un trocito de pintura desconchada cayó encima del seto sepia, seco. Todo el sitio parecía estar en mal estado. Pintura blanca que se pelaba en retales cubiertos de ampollas, las persianas bajadas, amontonada sin ton ni son al final del jardín, la casa tenía una expresión curiosamente desprovista de cejas, albina; en el fondo, pensó Myra, parecida a la de la propia Cicely. Durante un instante, se preguntó si Cicely quería que pensase que el timbre no funcionaba y se marchase. Luego oyó que las voces se apartaban de la ventana. En las profundidades de la casa, unos pasos retumbaron en una escalera. La puerta de delante se abrió hacia dentro.

—Vaya, Myra.

Era la voz de Cicely, el mismo acento ramplón del Medio Oeste, la sombra de un ceceo que le daba un toque de cursilería. Protegiéndose los ojos del resplandor de las tablillas blancas, Myra miró a través de la mosquitera, incapaz de ver gran cosa en el pozo oscuro del recibidor. Entonces, Cicely abrió la mosquitera y salió a la entrada, con una gorda criatura rubia en brazos. La seguía una niña delgada, vivaz, de unos cuatro años, que observaba a Myra con sincero interés. Plana, pálida incluso en verano, Cicely todavía llevaba el pelo rubio mate rizado, como una peluca de muñeca.

—No os he sacado de la cama, ¿verdad? —dijo Myra—. ¿Es mal momento?

—Oh, no. De todas formas, Alison acababa de despertar a Millicent. —Tras las gafas de carey, los pálidos ojos de Cicely se movieron ligeramente a un punto más allá del hombro derecho de Myra—. Vamos fuera y nos sentamos debajo del haya, en la parte de atrás. Siempre está más fresco.

A la sombra densa, azul rojizo del gran árbol cuyas extensas ramas se curvaban sobre la mitad del pequeño jardín, unas sillas de lona a rayas y otras infantiles de mimbre formaban un círculo. Una piscina hinchable de goma, un columpio, un tobogán metálico, un balancín de madera y un arenero amarillo abarrotaban la zona de juegos. Cicely puso a Millicent de pie junto a la piscina hinchable. La niña se detuvo, balanceándose ligeramente, con la tripa regordeta y redonda sobresaliendo por encima de los pantalones rosas de sirsaca como una fruta de piel suave. Inmediatamente, Alison entró en la piscina de un salto, y se sentó dejándose caer sin más; el agua salpicó en una fina cortina de gotitas, empapándole el pelo corto.

Cicely y Myra cogieron dos sillas de lona y se sentaron a cierta distancia de las niñas.

—A ver, Alison —dijo Cicely, recitando lo que al parecer era una lección antigua—, puedes mojarte, y puedes mojar los juguetes y la hierba, pero no mojes a Millicent. Deja que Millicent se moje sola.

No pareció que Alison la oyera.

—El agua está *fría* —dijo a Myra, abriendo los ojos azul grisáceo de par en par, para poner énfasis.

—Fía —repitió Millicent.

En cuclillas junto a la piscina, hacía pequeños movimientos circulares en el agua con la mano.

—Muchas veces me pregunto si la habilidad lingüística se hereda —dijo Cicely bajando la voz, para que no la oyesen las niñas—. Alison decía frases enteras con once meses. Es increíblemente verbal. Millicent no pronuncia bien nada.

—¿Por qué? ¿Qué quieres decir? —Myra había hecho un pacto secreto consigo misma para «sacar a la gente». Empezaba imaginando que ella misma era un jarrón transparente, más que el cristal; casi invisible, en realidad. (Había leído en alguna parte que cierta escuela de interpretación fingía que los actores eran vasos vacíos cuando estudiaban un papel nuevo). Así, purgándose de todo sesgo, de todo tinte individual, Myra se convertía en el receptáculo perfecto para las confidencias—. ¿Qué es eso de «verbal»?

—Oh, Alison *se esfuerza* por aprender palabras. Trabaja para cambiar su léxico. En una ocasión, por ejemplo, la escuché hablando sola en su cuarto. «Papá lo arreglará», dijo. Luego se corrigió: «No, Papá lo *reparará*». Pero con Millicent no hay nada que hacer...

—A lo mejor Alison la domina —sugirió Myra—. Muchas veces, cuando un niño habla mucho, el otro se vuelve introvertido, desarrolla una especie de personalidad secreta propia. ¿No crees que quizá Millicent suelte una frase completa un día?

Cicely negó con la cabeza.

—Me temo que es poco probable. Cuando estábamos en Akron, visitando a Mamá, Millicent aprendió a decir «Tata» y «Papá» muy claramente. Pero, desde que nos mudamos aquí, se confunde. Dice «Tapá», una combinación rara así. Y dice «pego» en vez de «perro», y demás.

—Ah, pero eso es muy natural, ¿no? ¿No es muy frecuente? —Los dedos de Myra jugaban con las hojas de una rama baja del haya cerca del brazo de su silla. Ya había hecho tiras varias hojas brillantes, negro rojizo, con las uñas—. ¿La mayoría de los niños no cambia unas letras por otras?

—Supongo —dijo Cicely, distraída momentáneamente por las niñas que charlaban y chapoteaban en la piscina hinchable— que es bastante frecuente.

—A ver, me acuerdo de cuando *yo* era pequeña —dijo Myra—, por lo que fuera, no podía pronunciar la *l*. Decía «¡Buz! ¡Buz!» cuando quería que dejasen encendida la luz del pasillo. No te imaginas lo que confundía aquello a las mujeres que me cuidaban.

Cicely sonrió, y Myra, animada, se atrevió a improvisar.

—Me parece que también conseguí indisponer a una tal tía Lola con la familia. Se negaba a aceptar la explicación de Mamá de que me pasaba algo con la *l*. Insistía en que yo había oído a mis padres llamarla tía Boba.

Cicely se sacudía de risa seca, silenciosa. Con su blusa marinera almidonada, sus pantalones cortos *beige* y sus zapatos planos marrones con la solapa fileteada encima de los cordones, Cicely era innegablemente del montón, incluso desaliñada. No tenía nada de la jugosa pechuguez de las apuradas madres de clase obrera con las que Myra se cruzaba en el supermercado. Entonces, sintiéndose un poco culpable por su breve renuncia a la impersonalidad cristalina, Myra llevó la conversación a Hiram y su consulta obstétrica. Con cierto alivio, se volvió transparente, límpida de nuevo. Pero, conforme Cicely hablaba y hablaba de lo difícil que era montar una consulta obstétrica en un pueblo desconocido, Myra se quedó ensimismada. Las palabras de Cicely se desvanecieron como las palabras de un presentador de televisión cuando cortan la banda sonora. De repente, Myra sintió que una sedosa calidez le raspaba el tobillo. Miró hacia abajo. El negro cachorro de cocker estaba tumbado bajo su silla, con los ojos cerrados, la lengua era un retal de fieltro rosa que colgaba de la comisura de su boca.

—... la mayor parte de las cartas de la Cámara de Comercio era una bobada —estaba diciendo Cicely—. Que si la población, que si la industria, cosas así. Algunos pueblos tenían demasiados obstetras, otros no tenían...

—¿Cómo es que un pueblo que *no tiene* obstetra no es buen lugar para empezar?

Amablemente, Cicely se lanzó a un relato detallado de la animosidad que prendía en los corazones de los médicos de cabecera cuando un obstetra invadía su pueblo y les robaba clientes con la especialidad.

—Entonces, el doctor Richter escribió desde aquí. Dijo que había una buena vacante, y que un hombre ya estaba pensando cogerla, así que más valía que Hiram se diera prisa, si quería venir...

En ese momento, Cicely fue interrumpida. Millicent estaba tumbada boca abajo en la piscina hinchable, aullando y escupiendo agua, la cara redonda retorcida en una imagen de furia.

—Debe de haberse caído —se sorprendió diciendo Myra, aunque estaba razonablemente segura de que Alison había empujado a su hermana al agua.

Cicely se puso en pie de un salto y fue a sacar a Millicent de la piscina.

—¿Puedes abrir esto? —Haciendo caso omiso de los gritos de Millicent, Alison le dio a Myra fríamente una lata esmaltada en negro con agujeros en la tapa de rosca—. Está atascada.

—Puedo probar. —La lata era extrañamente pesada. Myra se preguntó durante un instante si estaba leyendo su propio placer reprimido en los ojos de Alison, placer de ver a la gorda, blanca Millicent lloriqueando sobre la hierba, frotándose los pantalones mojados del traje de playa, manchados de un carmesí profundo por el agua—. ¿Qué hay *dentro*?

—Masa de bizcocho.

Myra intentó aflojar la tapa, pero la lata, brillante por la humedad, resbalaba en sus manos. La tapa no quería moverse. Con una sensación de ligera desazón, le devolvió la lata a Alison. Tenía un poco la sensación de que había suspendido alguna clase de examen.

—No puedo.

—Papá abrirá la lata cuando vuelva de la oficina.

Cicely se detuvo al lado de la silla de Myra, con Millicent acurrucada en los brazos.

—Voy a hacer limonada y a cambiar a Millicent. ¿Quieres ver la casa?

—Claro.

Myra tenía las manos fastidiosamente mojadas y ásperas, doloridas incluso por sus esfuerzos con la lata. Sacando un pañuelo de papel del bolso, se limpió las palmas. Desde la escalera trasera de la casa, miró de reojo a Alison, enmarcada por el verde que rodeaba la piscina hinchable.

—¿Qué hay en esa lata? —Con una ramita de haya, Alison estaba pinchando el estómago del cachorro de cocker somnoliento—. Pesa como si fuera plomo.

—Oh... —Cicely se encogió de hombros e hizo saltar un poco a Millicent en sus brazos—. Arena del arenero y agua de la piscina hinchable, me imagino.

La casa de los Franklin olía a barniz y trementina, y las paredes pintadas de blanco emitían un brillo quirúrgico. Un piano vertical, unos cuantos sillones tapizados en difusos tonos pastel y un sofá malva se levantaban, desolados como piedras en una pradera, sobre el suelo desnudo, recién lacado, del salón. El linóleo del comedor, del cuarto de los juguetes y la cocina, con un dibujo de cuadrados blancos y negros excesivamente grandes, sugería un cuadro holandés modernizado, pero carente de las pátinas pardas y ocres de la madera pulida, los acentos de peltre y latón, y las benevolentes formas de peras y violonchelos que enriquecen los interiores de un Vermeer.

Cicely abrió la nevera y sacó una lata de concentrado de limonada cubierta de escarcha.

—¿Te importa? —Alcanzó a Myra un abrelatas—. Subo a cambiar a Millicent, es un momento.

Mientras Cicely estaba en el piso de arriba, Myra abrió la lata, echó el contenido en una jarra de aluminio y añadió cuatro latas de agua fría a la base de limonada, dando vueltas a la mezcla con una cuchara que encontró en el fregadero. La luz del sol que relucía en las superficies de esmalte blanco y cromo de los electrodomésticos hizo que se notara mareada, lejos.

—¿Ya está? —gorjeó Cicely desde la puerta.

Millicent sonreía en sus brazos, vestida con unos pantalones limpios de sirsaca, exactamente iguales que los rosas, pero azules.

Llevando la jarra de aluminio de limonada y cuatro vasos rojos de plástico, Myra siguió a Cicely y a Millicent hacia el pequeño oasis de sillas a la sombra oscura del haya.

—¿Quieres servir?

Cicely dejó a Millicent sobre el césped y se dejó caer en su silla de lona. Alison se acercó desde la piscina hinchable, con el pelo corto, rubio, aceitoso como el de una nutria.

—Oh, puedes servir tú.

Myra tendió a Cicely la jarra y los vasos. Con languidez extraña, enervada, miró cómo Cicely empezaba a servir la limonada. Las hojas de los árboles, y el sol que caía a través de las hojas en largos haces de luz, se desenfocaron un instante en un borrón moteado de verde y oro. Luego un rápido destello le llamó la atención.

A plena vista, Alison había dado a Millicent un empujón repentino, duro, tirándola al suelo. Hubo un segundo de silencio, expectante como el breve intervalo entre el destello del relámpago y el chasquido del trueno, y a continuación Millicent aulló desde la hierba.

Cicely puso la jarra y el vaso que estaba llenando en el suelo al lado de la silla, se levantó y se puso a Millicent llorando sobre el regazo.

—Alison, eso ha sido un error. —El tono de Cicely era extraordinariamente tranquilo, pensó Myra—. Sabes que en esta casa no pegamos.

Alison, recelosa, pequeña criatura astuta a raya, se mantuvo firme, los ojos aleteando de Myra a Cicely una y otra vez.

—Quería sentarse en *mi* silla.

—No pegamos pase lo que pase.

Cicely acarició el pelo de Millicent. Cuando los sollozos de la niña se calmaron, sentó a Millicent en una de las sillitas de mimbre y le sirvió un vaso de limonada. Alison, sin decir palabra, miró a Myra mientras esperaba su turno, cogió el vaso que le dio Cicely y volvió a su silla. Su mirada inmutable intranquilizó a Myra. Tenía la sensación de que la niña esperaba algo de ella, un signo, una promesa.

El silencio se hizo más profundo, interrumpido solo por el sonido irregular de cuatro personas que bebían limonada; las niñas, ruidosas y despreocupadas, las adultas, más discretas. Salvo por ese ruido tenue, el silencio las rodeaba como un mar, lamiendo los sólidos bordes de la tarde. En cualquier momento, pensó Myra, las cuatro podían quedarse fijas, mudas y bidimensionales para siempre; figuras como de cera en una foto desvaída.

—¿Hiram ya tiene pacientes? —Rompió con un esfuerzo la quietud reunida.

—Oh, Hiram está de voluntario en la sala de caridad del hospital para todo agosto. —Cicely inclinó su vaso de limonada y lo vació—. Claro que no cobra por los casos de sala, pero este mes ya ha tenido cuatro partos.

—¡Cuatro! —En la mente de Myra se cernía una visión de moisés rosas y azules; trescientos sesenta y cinco bebés en trescientos sesenta y cinco moisés; cada bebé, una réplica perfecta de los demás, todos en fila, como un callejón fantasmal de perspectiva menguante entre dos espejos—. ¡Pero, bueno, eso es uno al día!

—Esa es más o menos la media de este pueblo. La verdad es que Hiram todavía no tiene pacientes propios, pacientes privados. Pero ayer una mujer entró sin más en su oficina. Pidió cita para hoy. No sé cómo supo de Hiram, a lo mejor por el anuncio en el periódico.

—¿Qué tipo de anestesia usa Hiram? —preguntó de pronto Myra.

—Bueno, depende... —La propia sinceridad de Cicely exigía que respondiese, pero estaba replegándose, Myra se estaba dando cuenta, a esa jovial esquivez de tantas madres cuando una mujer sin hijos les pregunta a bocajarro por el parto.

—Me refiero —dijo Myra apresuradamente— a que por lo visto hay varias corrientes. He oído a algunas madres hablar de la anestesia caudal. ¿Algo que mitiga el dolor, pero todavía te deja ver nacer al bebé...?

—Anestesia caudal. —Cicely sonaba un poco desdeñosa—. Eso es lo que usa el doctor Richter en *todos* sus casos. Por eso es tan popular.

Myra se echó a reír, pero, tras el brillo de sus gafas, Cicely parecía dubitativa.

—Es que suena muy divertido —explicó Myra—, aumentar tu popularidad según la anestesia que uses.

Pero no parecía que Cicely viera la broma.

—A lo mejor... —Myra bajó la voz, con una cautelosa mirada de reojo a Alison, que estaba chupando los posos de la limonada—.

A lo mejor me interesa tanto, porque yo misma tuve una experiencia, hace años, viendo el parto de un bebé.

Las cejas de Cicely se alzaron.

—¿Y eso? ¿Alguien de la familia? No dejan pasar a cualquiera, ¿sabes?...

—Nada de familia. —Myra sonrió a Cicely leve, irónicamente—. Fue en mis... años mozos. En la universidad, cuando salía con estudiantes de Medicina, iba a charlas sobre la anemia falciforme, los miraba mientras cortaban cadáveres en pedazos. Oh, estaba hecha toda una Florence Nightingale.

En ese momento, Alison se puso en pie y fue al arenero, justo detrás de la silla de Myra. Millicent estaba de rodillas en la piscina hinchable, moviendo en círculos sobre el agua una hoja de haya caída.

—Así fue como entré en el hospital a ver un parto en la sala de caridad. Camuflada con un uniforme blanco y una mascarilla blanca, claro. En realidad, debió de ser más o menos en la época en que te trataba, cuando estabas en cuarto y yo en tercero. —A medida que hablaba, al oír su propia voz, forzada, distante, como un disco viejo, Myra recordó con repentina claridad los embriones ciegos, color seta, en los frascos de formol, y los cuatro cadáveres con la piel de cuero, negros como pavos quemados, encima de las mesas de disección. Sintió un escalofrío, estremecida por un frío cortante pese al calor de la tarde—. La mujer tomó alguna droga, inventada por un hombre, supongo, como todas esas drogas. No dejaba de sentir el dolor, pero lo olvidaba inmediatamente.

—Hay montones de drogas así —dijo Cicely—. Entras en una especie de duermevela y te olvidas del dolor.

Myra se preguntó cómo Cicely podía estar tan tranquila ante la idea de olvidar el dolor. Aunque borrado de la superficie de la mente, el dolor estaba ahí, en alguna parte, cortado de forma indeleble en la carne; un pasillo de dolor vacío, sin puertas, sin ventanas. ¡Y que luego te engañen las aguas del Leteo para volver, con toda la inocencia, y concebir un niño tras otro! Era de bárbaros. Era un fraude inventado por los hombres para perpetuar la raza humana; razón suficiente para que una mujer se niegue en redondo a tener hijos.

—Bueno —dijo Myra—, aquella mujer estaba gritando mucho y gimiendo. Esas cosas dejan huella. Tuvieron que abrirla, me acuerdo. Daba la impresión de que había mucha sangre.

Desde el arenero, la voz de Alison empezó a levantarse en un monólogo estridente, pero Myra, metida en su propia historia, no se molestó en distinguir las palabras de la niña.

—El tipo de tercero que estaba haciendo el parto no dejaba de decir: «Se me va a caer, se me a caer», en una especie de cántico bíblico...

Myra se detuvo, mirando sin verla a través de la bambalina rojo oscuro de hojas de haya, interpretando de nuevo su papel en la obra que recordaba, un papel tras el cual de alguna forma todos los demás papeles habían menguado, palidecido.

—... y sube al desván —estaba diciendo Alison—. Se le clavan astillas en los pies. —Myra contuvo un impulso repentino de darle una bofetada a la niña. Luego las palabras le llamaron la atención—. Le pincha los ojos a la gente de la acera. Le quita el vestido. Le entra diarrea *por la noche*...

—¡Alison! —vociferó Cicely—. ¡Basta ya! ¡Parece mentira!

—Pero... ¿de quién está hablando? —Myra dejó que la historia del bebé azul volviese a caer, inconclusa, en las oscuras profundidades de la memoria de las que había emergido—. ¿Un niño del barrio?

—Oh —dijo Cicely con cierta irritación—, es su *muñeca*.

—¡Cariñito! —gritó Alison.

—¿Y qué más hace Cariñito? —preguntó Myra, contrarrestando el movimiento de Cicely para acallar a la niña—. Yo también tenía una muñeca.

—Subir al tejado. —Alison saltó a su silla de mimbre, y se acuclilló en el asiento como una rana—. Tirar a los hombres de los canalones.

—¿Cómo que los hombres *de los canalones*?

—Los pintores han quitado los canalones del tejado del porche esta mañana —explicó Cicely—. Cuéntale a la señora Wardle —ordenó a Alison con el tono claro, socialmente constructivo, de una profesora de escuela dominical unitaria— cómo *has ayudado* a los pintores esta mañana.

Alison se quedó callada, tocándose los dedos de los pies desnudos.

—He recogido sus cosas. Uno se llamaba Neal. Uno se llamaba Jocko.

—No sé qué *hacer* con el señor Grooby. —Cicely se volvió hacia Myra, dejando al margen a Alison abiertamente—. Esta mañana se ha presentado a las seis y media para empezar a pintar.

—¿A las seis y media? —dijo Myra—. ¿Por qué?

—Y se ha ido a las diez y media. Está mal del corazón, así que trabaja por la mañana, y por la tarde pesca. Cada mañana viene más temprano. Las ocho y media, todavía, pero... *¡las seis y media!* A saber mañana a qué hora viene.

—Al amanecer, a ese paso —dijo Myra—. Me imagino —añadió sin pensar— que andas bastante ocupada solo con la maternidad.

No había querido decir «solo», que sonaba despectivo, pero ahí quedó. Más tarde, Myra se puso a pensar en niños. Aunque era joven, y felizmente casada, se sentía un poco la tía soltera entre los hijos de sus parientes y amigas. Además, últimamente le había dado por arrancar hojas bajas o hierbas altas con una especie de energía gratuita, y por hacer bolitas compactas con las servilletas de papel, cosa que no había hecho desde la infancia.

—Mañana, tarde y noche —dijo Cicely con aire, pensó Myra, de noble mártir—. Mañana, tarde y noche.

Myra miró al reloj. Eran casi las cuatro y media.

—Me parece —dijo— que debería marcharme.

Si no llevaba cuidado, acabaría quedándose hasta la hora de cenar por pura inercia.

—No hace falta —dijo Cicely, pero se levantó de la silla, limpiándose distraída el bajo de los pantalones.

Myra intentó pensar en una buena excusa para irse. Era demasiado pronto para tener que preparar la cena, demasiado tarde para alegar que tenía que hacer compras de último minuto en el centro. De pronto, le pareció que vivía demasiado bien.

—De todas formas, me tengo que ir.

Mientras se volvía, Myra vio un coche azul oscuro que aparcaba junto a la valla sin pintar que separaba el acceso y el jardín trasero de la calle. Debía de ser Hiram Franklin, a quien Myra había visto una o dos veces ocho años antes en la universidad. Cicely y las niñas ya se estaban alejando de ella, tras la ventana de cristal de un desalmado tren expreso, seguras en su compartimento lujoso, iluminado de color de rosa, colocándose en actitud amante alrededor del joven de mediana estatura que estaba abriendo la puerta de la valla. Millicent se dirigió, con pasos desiguales, hacia su padre.

—¡Papá! —gritó Alison desde el arenero.

Hiram anduvo hacia las mujeres. A medida que se acercaba, Millicent se abrazó a sus rodillas, y Hiram se agachó para cogerla.

—Está empadrada —dijo Cicely.

Myra esperó, con la sonrisa anquilosándosele en la cara, como hacía cuando tenía que estar quieta para el fotógrafo. Hiram parecía muy joven para ser obstetra. Sus ojos, de un azul límpido, duro, bordeados de pestañas negras, le daban una expresión ligeramente glacial.

—Myra Smith Wardle, Hiram —dijo Cicely—. Una antigua amiga de la universidad, te tienes que acordar.

Hiram Franklin saludó a Myra con la cabeza.

—Tendría que acordarme, pero no me acuerdo, desgraciadamente.

Sus palabras no eran una disculpa por haberse olvidado, sino más bien una impugnación firme de toda relación anterior.

—Me estaba despidiendo. —La alianza de Cicely con Hiram, poderosa e inmediata, excluía todo lo demás. Algunas mujeres eran así con sus maridos, pensó Myra: excesivamente posesivas, no querían compartirlos ni siquiera un instante. Los Franklin querrían quedarse a solas para hablar de asuntos domésticos, de la mujer que había pedido la cita en la oficina inesperadamente aquella tarde—. Hasta luego.

—Hasta luego, Myra. Gracias por venir. —Cicely no hizo ademán de acompañar a Myra a la verja—. Trae a Timothy un día.

—Sin falta —respondió Myra a medio camino—. Si puedo desenganchar a Timothy del cincel.

Finalmente, el seto protuberante en la esquina de la casa cerró el retrato de familia de la unión de los Franklin. Myra sintió cómo el sol del final de la tarde le entraba por la coronilla y le llegaba hasta la espalda. Luego, escuchó pasos sordos a su espalda.

—¿Dónde está tu coche? —Alison estaba de pie en la andrajosa franja de césped entre la acera y la carretera, indiferente, deliberadamente o no, al grupo de familia del jardín.

—No tengo. No lo he traído. —Myra se detuvo. La carretera y la acera estaban vacías. Con una extraña sensación de estar iniciando una conspiración con la niña, se inclinó hacia Alison y bajó la voz hasta susurrar apenas—. Alison —dijo—, ¿qué le haces a Cariñito cuando se porta *muy* mal?

Alison arrastró el talón desnudo sobre el césped lleno de malas hierbas, y levantó la vista hacia Myra con una sonrisita extraña, casi tímida.

—Le pego.

Vaciló, a la espera de la respuesta de Myra.

—Vale —dijo Myra—. Le pegas. ¿Qué más?

—La tiro por los aires —dijo Alison, su voz estaba adquiriendo un ritmo más rápido—. La tiro al suelo. Le doy azotes, muchos azotes. Le doy puñetazos en los ojos.

Myra se enderezó. Un dolor sordo comenzó en la base de la columna, como si un hueso, antaño roto y soldado, volviese a latir dolorido.

—Bien —dijo, preguntándose por qué se sentía tan desorientada—. Bien —repitió, con poca gana—. Sigue haciéndolo.

Myra dejó a Alison de pie en la hierba y echó a andar por la larga, deslumbrante calle hacia la parada del autobús. Se volvió una sola vez, y vio que la niña, tan pequeña como una muñeca en la distancia, seguía mirándola. Pero sus propias manos colgaban lánguidas y vacías, como manos de cera, y no se despidió.

LA SOMBRA
(Relato, enero de 1959)

El invierno que empezó la guerra, sucedió que caí en desgracia en el barrio por morderle la pierna a Leroy Kelly. Hasta la señora Abrams, del otro lado de la calle, que tenía a su único hijo en una universidad técnica y no tenía niños de nuestra edad, y Mr. Greenbloom, el tendero de la esquina, se pusieron de parte de los Kelly. Si hubiera habido justicia, tendrían que haberme absuelto fácilmente con una sentencia clara de defensa propia, pero esa vez, por algún motivo, los viejos ideales de equidad y caballerosidad de Washington Street no parecieron contar.

A pesar de la presión del barrio, no pensaba pedir perdón, a menos que Leroy y su hermana Maureen pidiesen perdón también, ya que habían empezado ellos. Mi padre no creía que tuviera que pedir perdón, y mi madre le gritó por ello. Desde mi puesto de escucha en el pasillo, intenté enterarme de lo esencial, pero estaban gritando cosas que no tenían que ver con el asunto, sobre la agresión, el honor y la resistencia pasiva. Esperé quince minutos largos antes de darme cuenta de que el problema de que yo pidiera o no perdón era lo último que tenían en la cabeza. Ninguno de los dos me habló de ello más tarde, así que supuse que había ganado mi padre, igual que había ganado respecto de la iglesia.

Todos los domingos, Mamá y yo salíamos hacia la iglesia metodista, casi siempre hablábamos un rato con los Kelly o los Sullivan, o ambos, de camino a la misa de once en Santa Brígida. Todo nuestro barrio iba en tropel a una iglesia u otra; si no era la iglesia era la sinagoga. Pero Mamá nunca pudo convencer a mi padre para que se viniera. Se entretenía en casa, en el jardín cuando hacía bueno, en su estudio cuando no, fumando y corrigiendo trabajos para su clase de alemán. Yo imaginaba que tenía toda la religión que necesitaba, y que no necesitaba recargas semanales como Mamá.

En general, mi madre no tenía límite para los sermones. Siempre andaba detrás de mí para que fuera mansa, misericordiosa y pura de corazón: una auténtica pacificadora. En privado, entendía que el sermón de Mamá sobre «ganar» evitando las peleas solo funcionaba si corrías rápido. Si alguien se te sentaba encima y te molía a golpes, tenía menos utilidad que llevar una aureola de papel, como probaba mi rifirrafe con Maureen y Leroy.

Los Kelly vivían al lado de nuestra casa, en una casa amarilla prefabricada que tenía torretas, con un porche hundido y vidrios naranjas y morados en la ventana del rellano. Por comodidad, mi madre tenía a Maureen por mi mejor amiga, aunque tenía más de un año menos que yo, e iba un curso por detrás en el colegio. Leroy, justo de mi edad, era mucho más interesante. Había construido en su cuarto una maqueta de trenes con un pueblo y todo, encima de una gran mesa de contrachapado, que apenas dejaba espacio suficiente para su cama y el equipo de cristalografía en el que estaba trabajando. Recortes de *Ripley, ¡aunque usted no lo crea!* y dibujos de hombrecillos verdes con antenas de saltamontes y pistolas de rayos, recortados de las diversas revistas de ciencia ficción a las que estaba suscrito, cubrían las paredes. Tenía ideas para construir cohetes. Y, si Leroy podía construir una radio con auriculares que sintonizaba programas normales como *La Sombra* o *Luces fuera*, bien podía estar inventando cohetes espaciales para cuando llegara a la universidad, y yo prefería con mucho los cohetes espaciales a las muñecas con ojos de cristal que se abrían y se cerraban y hacían bua-bua cuando las ponías boca abajo.

A Maureen Kelly le gustaban las muñecas. Todo el mundo decía que era una monada. Pequeña, hasta para ser una niña de siete años, Maureen tenía ojos marrones enternecedores y tirabuzones naturales que la señora Kelly manipulaba cada mañana con su gordo dedo de salchicha y un cepillo mojado. Maureen también era una maestra a la hora de poner los ojos llorosos y cándidos, una imitación estudiada, sin duda, del dibujo de santa Teresa del Niño Jesús clavado encima de su cama. Cuando no se salía con la suya, le bastaba alzar la mirada marrón al cielo y dar alaridos. «Sadie Shafer, ¿qué le estás *haciendo* a la pobre Maureen?». La madre de alguien, con una toalla entre las manos, blancas por la harina o mojadas de fregar, aparecía en la puerta o por la ventana, y ni cien testigos irreprochables de la misma calle podrían convencerla de que yo no estaba chinchando a Maureen más allá de lo que soporta el ser humano. Solo porque yo era grande para mi edad me caían todas las regañinas. No creía merecerlas; no más de lo que merecía toda la culpa por morder a Leroy.

Los hechos de la pelea estaban bastante claros. La señora Kelly había ido a la tienda del señor Greenbloom a comprar gelatina para una de esas ensaladas temblonas, plásticas, que siempre andaba haciendo, y Maureen y yo estábamos solas, sentadas en el sofá en la sala de estar de los Kelly, recortando la última pieza del vestuario de sus muñecas de papel.

—Ahora déjame usar las tijeras grandes. —Maureen soltó un suspiro delicado, artificioso—. Estoy cansada de las mías, cortan muy poco.

No levanté la vista del traje marinero que estaba recortando para el niño.

—Oh, ya sabes que tu madre no te deja usarlas —dije, razonablemente—. Son sus tijeras de costura buenas, y ha dicho que no puedes usarlas hasta que seas mayor.

Entonces, Maureen dejó las tijeras romas del supermercado y se puso a hacerme cosquillas. Las cosquillas me ponían histérica, y Maureen lo sabía.

—No seas *tonta*, Maureen.

Me puse en pie fuera de su alcance, sobre el estrecho tapete de enfrente del sofá. Probablemente, no habría pasado nada más si Leroy no hubiese entrado en ese momento.

—¡Hazle cosquillas! ¡Hazle cosquillas! —gritó Maureen, dando saltos en el sofá.

Varios días después descubrí por qué Leroy respondió como lo hizo. Antes de que pudiera esquivarlo y salir corriendo por la puerta, me había quitado el tapete de debajo de los pies y estaba sentado encima de mi estómago, mientras Maureen, en cuclillas a mi lado, me hacía cosquillas, con un placer cobarde que se le veía en la cara. Me retorcí, chillé. No veía escapatoria. Leroy me sujetaba los brazos, y Maureen estaba fuera del alcance de mis patadas descontroladas. Así que hice lo único que podía hacer. Retorcí la cabeza y hundí los dientes en el espacio de piel desnudo justo encima del calcetín izquierdo de Leroy, que —me dio tiempo a darme cuenta— olía a ratones, y aguanté hasta que me soltó. Cayó a un lado, rugiendo. En ese momento, la señora Kelly entró por la puerta principal.

Los Kelly les contaron a algunos vecinos que le hice sangre, pero Leroy me confesó, cuando se pasó la excitación y volvimos a hablarnos, que la única señal del mordisco eran unas marcas moradas de dientes que se pusieron amarillas, y en un día o dos desaparecieron. Leroy había aprendido el truco del tapete de un cómic del Avispón Verde que me prestó más tarde, señalando el sitio en el que el Avispón Verde, entre la espada y la pared, con la pistola del espía a un metro escaso de la nariz, pide con humildad recoger un cigarrillo que se le acaba de caer, y pregunta si, por favor, puede fumar por última vez antes de dejar este mundo. El espía, que se deja cegar por su triunfo seguro y pasa por alto que está encima de un estrecho tapete, dice, con chulería fatal: «¡Claro!». Doblando una rodilla, girando la muñeca, el Avispón Verde tira del tapete, le coge la pistola y el espía cae al suelo, debajo del bocadillo repleto de asteriscos y exclamaciones. Quizá yo habría hecho lo mismo, si hubiera tenido la oportunidad que tuvo Leroy. Si no hubiera estado encima del tapete, seguro que Leroy se habría burlado de los gritos tontos de Maureen, los dos nos habríamos marchado tranquilamente y la habríamos dejado sola. Pero, por mucho que semejante análisis de causa y efecto pueda aclarar la secuencia de los hechos, no altera los hechos.

Aquellas Navidades, no recibimos el bizcocho anual de la señora Abrams; los Kelly, sí. Aun después de que Leroy y Maureen y yo hiciésemos las paces, la señora Kelly no retomó los cafés del sábado por la mañana con mi madre que interrumpió la semana de nuestra pelea. Yo seguí yendo a la tienda del señor Greenbloom a comprar cómics y caramelos, pero también ahí se notaba el frente frío del barrio. «Quieres algo para afilar tus dientes, ¿eh? —El señor Greenbloom bajaba la voz, aunque no hubiera nadie más en la tienda—. ¿Quieres nueces de Brasil, guirlache, algo duro?». Su rostro amarillento, de carrillos cuadrados, con los ojos negros y las ojeras moradas, no se arrugó en la sonrisa familiar, sino que permaneció rígido y pesado, una máscara fruncida, lúgubre. Tuve la tentación de estallar: «No fue culpa mía. ¿Qué habría hecho usted? ¿Qué tendría que haber hecho?», como si me hubiese retado para defender a los Kelly, cuando, por supuesto, no había hecho nada por el estilo. Estante tras estante de cómics de portadas chillonas —*Superman, Wonder Woman, Tom Mix* y *Mickey Mouse*— nadaban en un borrón arcoíris ante mis ojos. Toqué una fina moneda, una paga temprana fruto de la extorsión, en el bolsillo de mi chaqueta, pero no tuve ánimo para elegir. «C… creo que volveré más tarde». No sabía por qué me sentía obligada a explicar todos mis movimientos pidiendo disculpas.

Desde el primer momento pensé que mi pelea con los Kelly era un asunto puro, sin la complicación del influjo de emoción de fuentes externas; completo e independiente como esos tomates rojos, globulares, que mi madre envasaba al final de cada verano en tarros herméticos. Aunque los desplantes de los vecinos me parecían incorrectos, incluso extrañamente excesivos —dado que incluían a mis padres además de a mí— nunca dudé de que la justicia, tarde o temprano, nos devolvería el equilibrio. Es probable que mis cómics y mis programas de radio favoritos tuvieran algo que ver con que el panorama me pareciera tan pequeño, y con colores tan elementales.

No es que no supiera lo mala que puede ser la gente.

«¿Quién sabe la maldad que acecha en el corazón de los hombres?», preguntaba retóricamente la voz nasal, sardónica, de la Sombra cada domingo por la tarde. «La Sombra lo sabe, je, je, je, je». Cada semana, Leroy y yo estudiábamos la lección: en alguna parte, víctimas inocentes eran transformadas en ratas por una droga experimental, feroz, les quemaban las plantas de los pies desnudos con velas, eran comida para pirañas en una piscina interior. Con gravedad, en el cuarto de Leroy o en el mío, a puerta cerrada, o susurrando en el recreo en algún lugar del patio, compartíamos nuestras pruebas crecientes de las emociones retorcidas, salvajes, en el mundo más allá de Washington Street y el recinto de la Escuela Hunnewell.

—¿Sabes lo que les hacen a los prisioneros en Japón? —me dijo Leroy una mañana de sábado, poco después de Pearl Harbor—. Los atan a unas estacas clavadas en el suelo encima de unas semillas de bambú, y, cuando llueve, el brote de bambú les crece por dentro, y se les clava en el corazón.

—Oh, los brotes no pueden hacer eso —protesté—. No son tan fuertes.

—Has visto la acera de hormigón enfrente de la casa de los Sullivan, ¿no? Toda llena de grietas, cada día más grandes. Mira un día lo que está creciendo debajo. —Leroy abrió elocuentemente sus ojos pálidos, de búho—. ¡Setas! Setas pequeñas de capuchón blando.

La continuación del esclarecedor comentario de la Sombra sobre el mal era, claro está, su despedida: «La mala hierba del crimen da frutos *amargos*. El crimen *no* paga». En su programa nunca lo hacía; al menos nunca durante más de veinticinco minutos seguidos. No teníamos motivos para preguntar *si* ganarían los buenos. Solo *cómo*.

Aun así, los programas de radio y los cómics fueron una concesión ganada con dificultad; sabía que Mamá se negaría a que yo viera películas bélicas («No es bueno llenarle la cabeza a la niña de esa basura, bastante mal están las cosas ya»). Cuando, sin que ella lo supiera, vi una película sobre un campo de prisioneros japonés, mediante la sencilla estrategia de ir al cumpleaños de Benny Sullivan, que incluía invitarnos a diez amigos a una sesión doble y a helado, cambié de idea sobre la sabiduría de Mamá. Noche tras noche, como si mis ojos cerrados fueran una pantalla de cine particular, veía volver la misma escena, venenosa, color de azufre: los hombres que pasaban hambre en sus celdas, sin agua durante días, extendían una y otra vez los brazos a través de los barrotes hacia la fuente que manaba de forma audible en medio del patio de la prisión, una fuente de la que los guardas de ojos rasgados bebían con frecuencia sádica y a ruidosos sorbos.

No quise llamar a Mamá o contarle mi pesadilla, aunque me habría tranquilizado mucho. Si se hubiese enterado de las noches de agobio que pasaba, habría sido el fin de cualquier película, cualquier cómic, cualquier programa de radio que se apartase de las fábulas azucaradas de los cuentos infantiles, y no estaba preparada para semejante sacrificio.

El problema era que en mi pesadilla me abandonaba la fe en que la justicia acabaría llegando: en el sueño, el incidente había perdido el final feliz original, las tropas de los buenos entrando a la fuerza en el campo, victoriosas, entre los vítores del público y los prisioneros medio muertos. Si un color familiar —el azul de Winthrop Bay, y el cielo encima, o el verde de la hierba, los árboles— hubiera desaparecido de repente del mundo, y dejado en su lugar un hueco negro como la pez, no habría estado más desconcertada ni más horrorizada. El antiguo, tranquilizador remedio: «No es verdad, es solo un sueño», tampoco parecía funcionar ya. El aura hostil, amenazante, de la pesadilla se filtró de alguna forma, y pasó a formar parte del paisaje de mi vigilia.

El pacífico ritmo de clases y recreos de la Escuela Hunnewell quedaba roto a menudo por el sonido ronco, arbitrario, de la alarma antiaérea. Sin rastro de los empujones y los cuchicheos que nos permitíamos durante los simulacros de incendio, cogíamos los abrigos y los lápices, y bajábamos en fila india las escaleras del sótano del colegio, donde nos quedábamos agachados en rincones especiales, en función del color de nuestras etiquetas, y nos poníamos el lápiz entre los dientes, para que las bombas, según nos explicaron los profesores, no nos hicieran mordernos la lengua. Algunos de los niños de los primeros cursos siempre se echaban a llorar; el sótano estaba oscuro, la piedra fría, lóbregamente iluminada por una única bombilla desnuda en el techo. En casa, mis padres pasaban mucho tiempo junto a la radio, escuchando con rostros serios los entrecortados informes de los presentadores. Luego estaban los repentinos silencios sin explicación cuando yo me aproximaba a ellos, la costumbre del desánimo, aliviada solo por una falsa alegría peor que el propio desánimo.

Aunque estaba preparada para el fenómeno del mal del mundo, no estaba preparada para que se expandiera de esa forma tan traicionera, como un hongo incontrolable, más allá de los confines de los programas de radio de media hora, las portadas de los cómics y las sesiones dobles de los sábados por la tarde, para que se prolongase dejando atrás todas las predicciones confiadas de un final rápido y contundente. Tenía arraigada la idea de que los poderes del bien me protegían: mis padres, la policía, el FBI, el presidente, las Fuerzas Armadas de los Estados Unidos, incluso esos campeones simbólicos del Bien de una región remota y más nebulosa: la Sombra, Superman y los demás. Por no hablar del propio Dios. Sin duda, con todos ellos formados a mi alrededor, círculo concéntrico tras círculo concéntrico, llegando al infinito, no tenía nada que temer. Pero tenía miedo. Claramente, a pesar de mi estudio asiduo del mundo, había algo que no me habían dicho; una pieza del rompecabezas que no tenía a mano.

Mis especulaciones acerca de este misterio se materializaron ese viernes, cuando Maureen Kelly corrió para darme alcance camino del colegio.

—Mi madre dice que no es culpa tuya por morder a Leroy —gritó en tono claro, azucarado—. Mi madre dice que es porque tu padre es alemán.

Me quedé pasmada.

—¡Mi padre no es alemán! —repliqué, cuando recobré el aliento—. Es…, es del Corredor polaco.

De nada sirvió la precisión geográfica con Maureen.

—Es alemán. Lo dice mi madre —insistió testaruda—. Además, no va a misa.

—¿Cómo va a ser culpa de mi padre? —probé con otro enfoque—. Mi padre no mordió a Leroy. Fui yo.

Esa forma gratuita de implicar a mi padre en una pelea que había empezado Maureen me enfureció y me asustó un poco. En el recreo vi a Maureen cuchicheando con otras niñas.

—Tu padre es alemán —me susurró Betty Sullivan en clase de Arte. Yo estaba dibujando una chapa de la Defensa Civil, un relámpago blanco que dividía en diagonal un campo de rayas rojas y azules, y no levanté la mirada—. ¿Cómo sabes que no es un espía?

Me fui a casa en cuanto acabó el colegio, decidida a hablar con Mamá. Mi padre daba clases de Alemán en la facultad, sí, pero no por ello era menos patriota que el señor Kelly o el señor Sullivan o el señor Greenbloom. No iba a misa, eso tenía que admitirlo. Aun así, no entendía cómo el hecho de que diera clases de alemán tenía la menor relación con mi riña con los Kelly. Solo entendía, confusamente, que, al morder a Leroy, de alguna manera oscura y oblicua, había traicionado a mi padre, y lo había entregado a los vecinos.

Entré despacio por la puerta principal y fui a la cocina. La caja de las galletas estaba vacía, salvo por dos galletas de jengibre viejas, de la hornada de la semana anterior.

—¡Mami! —llamé, yendo hacia las escaleras—. ¡Mami!

—Estoy aquí, Sadie.

Su voz sonaba amortiguada y tenía eco, como si me contestara desde el otro lado de un largo túnel. Aunque la luz de la tarde invernal moría pronto en aquellos días tan cortos, en la casa no estaba encendida ninguna lámpara. Subí los escalones de dos en dos.

Mamá estaba sentada en la habitación grande junto a la ventana que se estaba poniendo gris. Parecía pequeña, casi encogida, en el gran sillón de orejas. Aun con aquella luz débil, me di cuenta de que tenía los ojos enrojecidos, con el rabillo húmedo.

Mamá no se sorprendió en absoluto cuando le conté lo que había dicho Maureen. Tampoco trató de endulzarlo con su frase de siempre, que Maureen era muy pequeña y no sabía lo que decía, y que yo tenía que ser la generosa, perdonar y olvidar.

—Papá *no es* alemán, como dice Maureen —dije para asegurarme—, ¿a que no?

—En cierta forma... —Mi madre me sorprendió—, sí. Es ciudadano alemán. Pero en cierta otra forma, tienes razón, no es alemán como dice Maureen.

—¡Papá no le haría daño a nadie! —estallé—. ¡Lucharía por nosotros si fuera necesario!

—Claro que sí. Tú y yo lo sabemos. —Mamá no sonrió—. Y los vecinos lo saben. Pero, en guerra, mucha gente se asusta, y no se acuerda de lo que sabe. Hasta puede que tu padre tenga que marcharse una temporada por culpa de esto.

—¿Al ejército? ¿Como el hijo de la señora Abrams?

—No, así, no —dijo Mamá despacio—. En el oeste hay sitios para que vivan los ciudadanos alemanes durante la guerra, para que la gente no les tenga miedo. A tu padre le han pedido que vaya a uno.

—Pero... ¡es injusto! —Que Mamá pudiera estar sentada y decirme tranquilamente que iban a tratar a mi padre como a un espía alemán me puso la piel de gallina—. ¡Es un error! —Pensé en Maureen Kelly, Betty Sullivan y los niños del colegio: ¿qué iban a decir? Pensé en rápida sucesión en la policía, el presidente, las Fuerzas Armadas de los Estados Unidos—. ¡Dios no lo permitirá! —grité inspirada.

Mamá me miró de forma muy medida. Luego me cogió por los hombros, y se puso a hablar muy rápido, como si hubiera algo vital que tuviéramos que resolver antes de que mi padre llegase a casa.

—Que se vaya tu padre *es* un error, *es* injusto. No debes olvidarlo jamás, digan lo que digan Maureen o quien sea. Al mismo tiempo, no podemos hacer nada al respecto. Son órdenes del Gobierno, y no podemos hacer nada...

—Pero tú dijiste que Dios... —protesté débilmente.

Mamá me interrumpió.

—Dios lo va a permitir.

Entonces entendí que estaba intentando darme la pieza del rompecabezas que no tenía. La sombra de mi mente se alargó, la noche tachaba nuestra mitad del mundo, y más allá; el orbe entero parecía estar sumido en las tinieblas. Por primera vez, los hechos no estaban distorsionados según la visión de Mamá, y me estaba permitiendo darme cuenta.

—Entonces no creo que Dios exista —dije sin sentimiento, sin pensar que estaba blasfemando—. Si pueden ocurrir cosas así, no.
—Algunos piensan eso —dijo mi madre en voz baja.

JOHNNY PÁNICO Y LA BIBLIA DE LOS SUEÑOS
(Relato, diciembre de 1958)

Todos los días, de nueve a cinco, me siento a mi mesa frente a la puerta de la oficina, y paso a máquina los sueños de otros. No solo los sueños. Mis jefes quieren un enfoque más funcional. También paso a máquina las quejas diurnas de la gente: problema con madre, problema con padre, problema con la bebida, la cama, el dolor de cabeza golpea y deja a oscuras el mundo por motivos desconocidos. La gente que viene a nuestra oficina lo hace porque tiene problemas. Problemas que no pueden ser precisados únicamente con el test de Wassermann o el de Wechsler-Bellevue.

Quizá un ratón asuma precozmente que unos pies enormes controlan todo el mundo. Bueno, pues, desde mi sitio, tengo la sensación de que el mundo lo controla una sola cosa. El pánico con cara de perro, cara de demonio, cara de bruja, cara de puta, pánico con mayúsculas y sin cara; es el mismo Johnny Pánico, en sueños o en la vigilia.

Cuando la gente me pregunta dónde trabajo, digo que soy asistente de la secretaria en uno de los departamentos de Pacientes Externos del Centro de Especialidades del Hospital Municipal. Lo cual suena tan notable que rara vez van más allá de preguntar qué hago, y lo que hago es fundamentalmente pasar registros a máquina. Por mi cuenta, sin embargo, y totalmente de incógnito, estoy dedicándome a una vocación que escandalizaría a los médicos. En la intimidad de mi apartamento de un solo dormitorio, me considero secretaria solo del mismísimo Johnny Pánico.

Sueño a sueño, me estoy formando para ser ese personaje infrecuente, más infrecuente, en verdad, que cualquier miembro del Instituto Psicoanalítico: una experta en sueños. No alguien que para los sueños, que explica los sueños, que explota los sueños con vulgares fines prácticos de salud y felicidad, sino una coleccionista de sueños, sin sordidez, por sí mismos. Una amante de los sueños por amor a Johnny Pánico, el Hacedor de todos ellos.

No hay un solo sueño que haya mecanografiado en nuestros registros que no me sepa de memoria. No hay un solo sueño que no haya copiado en casa en la Biblia de los Sueños de Johnny Pánico.

Esa es mi auténtica vocación.

Algunas noches, subo en ascensor hasta el tejado de mi edificio. Algunas noches, hacia las tres de la mañana. Por encima de los árboles, al otro lado del parque, la llama del United Fund desaparece y se recupera gracias a un soplido invisible, y por arte de brujería, aquí y allá, en las masas de piedra y ladrillo, veo una luz. Pero casi siempre siento a la ciudad durmiendo. Durmiendo desde el río al oeste, al mar, al este, como una isla sin raíces que se acuna sobre la nada.

Da lo mismo que esté tensa y nerviosa como la primera cuerda del violín, para cuando el cielo empieza a ponerse azul, estoy preparada para dormir. Pensar en todos esos soñadores y en lo que están soñando me agota tanto que me hace dormir un sueño febril. De lunes a viernes no hago más que pasar a máquina esos mismos sueños. Es verdad que no abarco ni una pequeña parte de los sueños de toda la ciudad, pero, página a página, sueño a sueño, mis libros de Ingresos engordan y comban las estanterías del armario del estrecho pasadizo que discurre paralelo al pasillo principal, el pasadizo al cual dan todas las puertas de los pequeños cubículos donde los médicos entrevistan a los pacientes.

Tengo la curiosa costumbre de identificar a la gente que viene por sus sueños. Por lo que a mí respecta, los sueños los identifican más que el nombre de pila. Por ejemplo, hay un tipo que trabaja en una compañía de la ciudad que fabrica rodamientos, y todas las noches sueña que está tumbado boca arriba con un grano de arena sobre el pecho. Poco a poco el grano de arena se hace más y más grande, hasta que alcanza el considerable tamaño de una casa y él no puede respirar. Otro fulano que conozco ha tenido cierto sueño desde que le dieron éter y le quitaron las amígdalas y las vegetaciones de pequeño. En ese sueño, está atrapado en los rodillos de una fábrica de algodón, luchando por su vida. Oh, no es el único, aunque él cree que sí. Actualmente, mucha gente piensa que las máquinas la están aplastando o devorando. Son los desconfiados, los que no quieren montar en metro o subir en ascensor. Al volver de la comida en la cafetería del hospital, me los cruzo, resoplando mientras suben las escaleras que llevan a nuestra oficina de la cuarta planta. De vez en cuando, me pregunto qué soñaba la gente antes de que se inventaran los rodamientos y las fábricas de algodón.

Yo tengo mi propio sueño. Mi único sueño. Un sueño de sueños.

En este sueño hay un gran lago medio transparente que se extiende hacia el horizonte en todas direcciones, demasiado grande para que vea las orillas, si es que hay orillas, y estoy flotando sobre él, mirando hacia abajo desde el vientre de vidrio de un helicóptero. En el fondo del lago —a tanta profundidad que solo intuyo las masas oscuras que se mueven y suben—, están los dragones de verdad. Los que había antes de que los hombres empezasen a vivir en las cavernas y a cocinar carne en las hogueras, e inventasen la rueda y el alfabeto. La palabra *enormes* no es suficiente para definirlos; y tienen más arrugas que el mismo Johnny Pánico. Si sueñas con ellos el tiempo suficiente, cuando los miras con detenimiento, tus manos y pies se descomponen. El sol encoge hasta volverse del tamaño de una naranja, pero más frío, y eso que llevas viviendo en Roxbury desde la última glaciación. No tienes más sitio que una habitación acolchada tan blanda como la primera que conociste, donde puedes soñar y flotar, flotar y soñar, hasta que al fin vuelves a estar entre los grandes originales y ningún sueño tiene razón de ser.

Por la noche, las mentes de la gente corren hacia a ese lago, riachuelos y goteos de canalones que van a un embalse común sin confines. No tiene nada que ver con esas puras fuentes de agua potable de color azul resplandeciente que las áreas residenciales guardan más celosamente que el diamante Hope, rodeados de pinares y alambre de espino.

Es la planta depuradora de los siglos, sin la transparencia.

Bueno, el agua de este lago apesta y echa humo de forma natural, por los sueños que llevan siglos en remojo. Cuando piensas cuánto espacio ocuparía una sola noche de utilería onírica por persona y por ciudad, y esa ciudad no es más que un puntito en el mapa del mundo, y cuando empiezas a multiplicar ese espacio por la población del mundo, y ese espacio por el número de noches que ha habido desde que los simios se pusieron a hacer hachas de piedra y a perder el pelo, te haces una idea de lo que quiero decir. No soy muy de matemáticas: me da dolor de cabeza antes de llegar al número de sueños que hay en una noche en el estado de Massachusetts.

A esta hora, ya veo la superficie del lago plagada de serpientes, cadáveres hinchados como peces globo, embriones humanos que van meciéndose dentro de botellas de laboratorio como otros tantos mensajes inconclusos del gran Yo Soy. Veo almacenes de herramientas completos: cuchillos, cuchillas, pistones y eslabones y cascanueces; los relucientes frontales de coches que acechan, con ojos de vidrio y dientes malvados. Luego están el hombre araña y el hombre palmípedo de Marte, y la sencilla, lúgubre visión de un rostro humano que aparta la mirada para siempre, pese a los anillos y los votos, para clavarla en el último de todos sus amantes.

Una de las formas más frecuentes en ese oleaje es algo tan corriente que parece una tontería mencionarlo. Es un grano de tierra. El agua está llena de esos granos. Se filtran entre todo y dan vueltas por un raro poder que tienen, opacos, ubicuos. Ponle el nombre que quieras al agua, Lago de la Pesadilla, Pantano de la Locura, aquí es donde la gente que duerme descansa y se revuelve junta entre la utilería de sus peores sueños, una gran fraternidad, aunque todos ellos, despiertos, se creen únicos, totalmente excepcionales.

Ese es mi sueño. No está anotado en un repertorio. Bueno, la rutina en nuestra oficina es muy diferente de la rutina en Dermatología, por ejemplo, o en Oncología. Las demás especialidades se parecen mucho; ninguna es como la nuestra. En nuestra unidad no se prescribe el tratamiento. Es invisible. Ocurre en esos pequeños cubículos, cada uno con su mesa, sus dos sillas, su ventana y su mesa con el rectángulo de vidrio opaco encajado en la madera. Hay cierta pureza espiritual en este tipo de medicina. No puedo evitar ser consciente de que como secretaria asistente en la Unidad Psiquiátrica de Adultos soy una privilegiada. El que ciertos días de la semana las demás unidades invadan sin respeto nuestros cubículos por falta de espacio confirma mi sensación de privilegio: nuestro edificio es muy viejo, y las instalaciones no han crecido al ritmo de las necesidades. Los días que coincidimos, el contraste entre nosotros y las otras especialidades es patente.

Los martes y jueves, por ejemplo, tenemos punciones lumbares por la mañana en una de nuestras oficinas. Si la auxiliar de enfermería se deja abierta la puerta del cubículo, como suele, vislumbro el final de la cama blanca y los los sucios pies desnudos del paciente que sobresalen de la sábana, con las plantas amarillas. A pesar de mi repugnancia, no puedo dejar de mirar los pies desnudos, y me sorprendo levantando la vista de la máquina de escribir cada pocos minutos, para comprobar de reojo si siguen ahí, si han cambiado de posición. Entenderás qué distracción supone eso, cuando tendría que estar trabajando. Con frecuencia tengo que releer varias veces lo que acabo de escribir, so pretexto de revisarlo cuidadosamente, para memorizar los sueños que he copiado al dictado de la voz del médico en el audiógrafo.

Neurología, que está al lado y se ocupa del extremo más asqueroso y menos imaginativo de nuestro negociado, también nos molesta por las mañanas. Por las tardes usamos sus oficinas para las terapias, puesto que son una unidad de mañana, pero tener a su personal llorando, o cantando, o charlando en alto en italiano o en chino, como hace a menudo durante cuatro horas seguidas por la mañana, es una distracción, por decirlo suavemente.

A pesar de esas interrupciones de otras unidades, mi propio trabajo progresa a buen ritmo. Hace tiempo que he dejado de copiar solo lo que viene después de que el paciente diga: «Verá, doctor, tengo un sueño». He llegado a recrear los sueños que ni siquiera están escritos. Sueños que se insinúan de la manera más imprecisa, pero permanecen escondidos, como una estatua debajo del terciopelo rojo, antes de la inauguración.

Por ejemplo. Llegó una mujer con la lengua hinchada y tan fuera de la boca que tuvo que irse de una fiesta que estaba dando a veinte amigas de su suegra franco-canadiense, y venir corriendo a Urgencias. Pensaba que no quería llevar la lengua fuera, y, a decir verdad, para ella era un asunto sumamente vergonzoso, pero consideraba despreciable a su suegra franco-canadiense y su lengua era fiel a su opinión, aunque el resto de ella no lo fuera. Bueno, pues no mencionó sueño alguno. Como punto de partida, no tengo más que los hechos descarnados que acabo de relatar, pero detecto detrás el bulto y la promesa de un sueño.

Así que me pongo a desenterrar ese sueño de su cómodo asidero debajo de la lengua.

Desentierre el sueño que desentierre, a fuerza de trabajar, de trabajar duro, e incluso a fuerza de rezar, en cierta forma, estoy segura de encontrar una huella en la esquina, un detalle malicioso en el centro a la derecha, una sonrisa de gato de Cheshire sin cuerpo en mitad del aire, que demuestre que todo ello ha sido cosa del genio de Johnny Pánico, y de nadie más. Es travieso, es sutil, es repentino como el trueno, pero a menudo se deja descubrir. Sencillamente no puede resistirse al melodrama. El melodrama en su variedad más antigua, más obvia.

Recuerdo a un tipo, un individuo cuadrado que llevaba una cazadora de cuero negro con tachuelas, y que vino a vernos a todo correr desde un combate de boxeo en Mechanics Hall, con Johnny Pánico pisándole los talones. Este tipo, con todo lo buen católico que era, joven y recto y todo, tenía un miedo espantoso a la muerte. Estaba muerto de miedo por si iba al infierno. Trabajaba a destajo en una fábrica de tubos fluorescentes. Me acuerdo de ese detalle porque me pareció divertido que trabajase ahí, con el miedo que resultó tener a la oscuridad. Johnny Pánico inyecta un elemento poético en este negocio que no se ve mucho en otros sitios. Y por eso tiene mi gratitud eterna.

También recuerdo muy claramente el argumento del sueño que había preparado para ese tipo: un interior gótico en una celda monacal, que se extendía hasta donde llegaba la vista, una de esas perspectivas infinitas entre dos espejos, y las columnas y las paredes estaban hechas solo de calaveras y huesos humanos, y en cada nicho había expuesto un cadáver, y era el Salón del Tiempo, con los cuerpos en primer plano aún calientes, perdiendo el color y empezando a pudrirse en la media distancia, y con los huesos saliendo, limpios como una patena, en una especie de resplandor blanco futurista, al final de la línea. Que recuerde, tenía toda la escena iluminada, para ser precisos, no con velas, sino con esa fluorescencia con brillo de hielo que hace que la piel parezca verde, y todos los rubores rosas y rojos, de un mortecino morado negruzco.

¿Que cómo sé que el tipo de la cazadora de cuero negro tenía ese sueño? No lo sé. Pero creo que soñaba eso, y trabajo con más energía y lágrimas y súplicas en la creencia que en recrear el propio sueño.

Mi oficina, claro está, tiene sus limitaciones. La señora con la lengua fuera, el tipo del Mechanics Hall…, esos son los más salvajes. La gente que ha llegado al fondo del lago solo viene una vez, y la derivamos a un sitio más permanente que nuestra oficina, que solo recibe al público de nueve a cinco, cinco días a la semana. Incluso esa gente, que apenas es capaz de andar por la calle y seguir trabajando, que todavía no está a medio camino del fondo del lago, va al departamento de Pacientes Externos de otro hospital, que está especializado en casos graves. O puede quedarse un mes o así en nuestra propia sala de observación, en el hospital central, que nunca he visto.

Pero he visto a la secretaria de la sala. Algo en la manera que tenía de fumar y beber el café en la cafetería en el descanso de las diez, sin más, me causó rechazo, y no he vuelto a sentarme cerca de ella. Tiene un nombre raro que nunca consigo recordar correctamente, algo raro de verdad, señorita Milleravage, o algo por el estilo. Uno de esos nombres que parecen más bien un juego de palabras, mezcla de Milltown y Ravage,[18] y no algo que pueda salir en el listín telefónico. Pero al fin y al cabo tampoco es un nombre tan raro si te has leído el listín, con sus Hyman Diddlebockers y sus Sasparilla Greenleafs. Una vez me leí el listín entero, y satisfizo una gran necesidad que tengo de descubrir cuánta gente no se llama Smith.

Fuera como fuere, esta señorita Milleravage es una señora grande, no gorda, toda músculo recio, y además alta. Lleva un traje gris sobre su masa dura que me recuerda vagamente a un uniforme, sin que los detalles del corte tengan nada llamativamente militar. Tiene la cara, robusta como la de un ternero, cubierta de un número considerable de máculas, como si hubiera estado mucho tiempo debajo del agua y se le hubieran pegado pequeñas algas a la piel, moteándola de verde y marrón tabaco. Estos lunares llaman más la atención porque alrededor la piel es pálida. A veces, me pregunto si la señorita Milleravage ha visto alguna vez la luz del día. No me extrañaría nada que se hubiera criado desde la cuna con la única ayuda de la luz artificial.

Byrna, la secretaria de la Unidad de Alcoholismo, al otro lado del pasillo, me presentó a la señorita Milleravage con la excusa de que yo también había «estado en Inglaterra».

Resultó que la señorita Milleravage había pasado los mejores años de su vida en hospitales de Londres.

—Tenía una amiga —retumbó con su tono bajo raro, perruno, sin dedicarme una mirada directa—, una enfermera del Bart's.[19] Traté de saber de ella después de la guerra, pero la jefa de enfermería había cambiado, todo el mundo había cambiado, nadie sabía nada. Debe de haber muerto con la antigua jefa de enfermeras, cascotes y todo, durante los bombardeos.

---

[18] *Milltown* es un topónimo frecuente en Estados Unidos. *Ravage*: estrago, deterioro.
[19] Hospital de San Bartolomé, en Londres.

A esto siguió una amplia sonrisa.

He visto estudiantes de Medicina cortando cadáveres, cuatro fiambres por clase, más o menos tan reconociblemente humanos como Moby Dick, y a los estudiantes jugando a lanzarse entre ellos el hígado de un muerto. He oído a tíos haciendo bromas sobre mujeres a las que habían cosido mal después de dar a luz en la sala de caridad del paritorio. Pero, aun así, no me gustaría ver lo que la señorita Milleravage considera lo más divertido del mundo. No, gracias y mil gracias más. Podrías pincharle los ojos con un alfiler, y jurarías haber encontrado cuarzo macizo.

Mi jefa también tiene sentido del humor, solo que el suyo es dulce. Generosa como Papá Noel en Nochebuena.

Trabajo para una señora de mediana edad que se llama señorita Taylor, y es la secretaria principal de la unidad, y lo es desde que abrió, hace treinta y tres años; el año que yo nací, curiosamente. La señorita Taylor conoce a todos los médicos, a todos los pacientes, todos los volantes de citas anticuados, los volantes de deriva, y cualquier procedimiento de facturación que el hospital haya utilizado o pensado en utilizar. Tiene intención de seguir en la clínica hasta que la subcontraten en las verdes praderas de los pagos de la Seguridad Social. Nunca he visto a una mujer más devota de su trabajo. Trata las estadísticas igual que yo trato los sueños: si hay un incendio en el edificio, les iría lanzando a los bomberos hasta el último de esos libros de estadísticas, aun a riesgo de su propia vida.

Me llevo muy bien con la señorita Taylor. Lo único que no permito que me pille haciendo es leer los libros de registro antiguos. En realidad, para eso tengo muy poco tiempo. En nuestra oficina hay más ajetreo que en el parqué de la bolsa, con la plantilla de veinticinco médicos que entran y salen, los estudiantes de Medicina, los pacientes, los parientes y los encargados de otras clínicas que nos derivan pacientes de visita, así que, hasta cuando cubro la oficina sola, porque la señorita Taylor va a tomar el café o a comer, es infrecuente que me dé tiempo a apuntar más de una o dos cosas.

Esta especie de aquí te pillo, aquí te mato te destroza los nervios, cuando menos. Muchos de los mejores soñadores están en los libros antiguos, los soñadores que vienen a vernos una o dos veces para una evaluación, antes de que los manden a otro sitio. Para copiar esos sueños, necesito tiempo, mucho tiempo. Mis circunstancias no son precisamente ideales para el desarrollo pausado de mi arte. Claro está, hay mucho de proeza en trabajar con esos riesgos, pero suspiro por el rico ocio del experto auténtico, que se mima la nariz con la copa de coñac durante una hora, antes de que salga la lengua para probar el licor.

Últimamente, me sorprendo demasiadas veces imaginando que sería un alivio llevar maletín al trabajo, uno lo bastante grande como para que quepan esos libros de registro gruesos, azules, entelados, llenos de sueños. Cuando la señorita Taylor se va a comer, en el rato de calma antes de que los médicos y los estudiantes lleguen en tropel para recibir a los pacientes de la tarde, podría meter sin más uno de esos libros, de hace diez o quince años, en mi maletín, y dejar el maletín debajo de mi mesa hasta que dieran las cinco. Por supuesto, el portero del Centro de Especialidades examina los bultos sospechosos, y el hospital tiene su propia policía que vigila las múltiples variedades de robo que se dan, pero, por amor de Dios, no estoy hablando de llevarme las máquinas de escribir ni la heroína. Solo me llevaría prestado el libro hasta el día siguiente, y volvería a ponerlo en su estante a primera hora de la mañana, antes de que llegase alguien. Aun así, si me pillaran sacando un libro del hospital, probablemente perdería el trabajo, y, con él, todas mis fuentes.

La idea de meditar sobre un libro de registros en la intimidad y la comodidad de mi propio apartamento, aunque tuviera que quedarme sin dormir noche tras noche, me atrae tanto que cada vez tengo menos paciencia para mi método habitual de rascar minutos para leer sueños en las medias horas que la señorita Taylor no está en la oficina.

El problema es que nunca sé cuándo va a volver la señorita Taylor exactamente. Es tan escrupulosa con el trabajo que probablemente acortaría la media hora de la comida, y aún más los veinte minutos del café, si no fuera por la cojera que tiene en la pierna izquierda. El sonido distintivo de esa cojera en el pasillo me avisa cuando se está acercando, a tiempo de guardar en el cajón rápidamente el libro que esté leyendo, y fingir que estoy haciendo la floritura final en un recado telefónico, u otra coartada por el estilo. El único problema, en lo que respecta a mis nervios, es que la Unidad de Amputados está a la vuelta de la esquina, en sentido contrario a Neurología, y muchas veces me ha asustado una falsa alarma en que he confundido el paso irregular de una pierna postiza con el paso de la propia señorita Taylor volviendo temprano a la oficina.

En los días más negros, cuando apenas tengo tiempo de exprimir un sueño de los libros antiguos, y los casos que copio no son más que universitarios jovencitos que no consiguen el papel principal en *Camino real*, noto que Johnny Pánico me da la espalda, rrocoso como el Everest, lejano como Orión, y que el lema de la gran Biblia de los Sueños, «El miedo perfecto expulsa todo lo demás», se torna cenizas y agua de limón sobre mis labios. Soy una ermitaña infestada de gusanos en una tierra de cerdos cebados, tan cegados por el maíz que no ven el matadero al final del camino. Soy Jeremías en Jauja, asediada por las visiones.

Peor aún: días tras día veo a los psicomédicos estudiando para arrebatarle a Johnny Pánico sus conversos, por las buenas, las malas, y la charla, charla, charla. Esos coleccionistas de barbas pobladas y ojos profundos que me precedieron históricamente, y sus herederos contemporáneos con sus batas blancas y sus oficinas con revestimiento de pino nudoso y sus sillones de cuero, practicaron y aún practican la cosecha de sueños para sus fines materiales: salud y dinero, dinero y salud. Para ser un verdadero miembro de la congregación de Johnny Pánico, uno debe olvidar al soñador y recordar el sueño: el soñador no es más que un vehículo endeble para el gran Hacedor de Sueños. Se niegan a hacerlo. Johnny Pánico es oro en las tripas, y quieren extraerlo con lavados de estómago espirituales.

Lo que le pasó a Harry Bilbo es paradigmático. El señor Bilbo vino a nuestra oficina con la mano de Johnny Pánico posada sobre su hombro con el peso de un ataúd de plomo. Tenía una idea curiosa acerca de la suciedad del mundo. Le supuse un papel importante en la Biblia de los Sueños de Johnny Pánico, Libro Tercero del Miedo, Capítulo Nueve de la Suciedad, la Enfermedad y el Declive General. Un amigo de Harry tocaba la trompeta en la banda de los Boy Scouts, cuando eran niños. Harry Bilbo también había tocado la trompeta de dicho amigo. Años más tarde, el amigo tuvo cáncer y murió. Luego, un día hace no tanto, un oncólogo fue a casa de Harry, se sentó en una silla, intercambió los saludos de rigor con la madre de Harry, y, al irse, le dio la mano y abrió la puerta él mismo. De pronto, Harry Bilbo no quería tocar trompetas o sentarse en sillas o dar la mano por miedo a contagiarse de cáncer, y habría dado lo mismo que todos los cardenales de Roma se hubieran puesto a darle sus bendiciones veinticuatro horas al día. Su madre tenía que ir delante girando los mandos de la televisión y los grifos, y abriéndole puertas. Al poco, Harry dejó de ir a trabajar, por culpa de los escupitajos y de las cacas de perro de la calle. Primero se te pega a los zapatos, y luego, cuando te quitas los zapatos, se te queda en las manos, y luego, en la cena, basta un viaje rápido a la boca, y ni cien avemarías pueden salvarte de la reacción en cadena.

La gota que colmó el vaso fue cuando Harry dejó de hacer pesas en el gimnasio público, porque vio a un tullido que hacía ejercicio con las mancuernas. Nunca se sabe los gérmenes que llevan los tullidos detrás de las orejas y debajo de las uñas. Harry Bilbo vivía día y noche en santa adoración de Johnny Pánico, devoto como un sacerdote entre incensarios y sacramentos. Tenía una belleza propia.

Bueno, pues entre todos estos manitas de las batas blancas consiguieron convencer a Harry para que encendiese la televisión solo, y abriese y cerrase los grifos, y abriese puertas de armarios, puertas traseras, puertas de bares. Aún no habían acabado con él, y ya estaba sentándose en butacas de cine, y en bancos por todo el Jardín Público, y levantando pesas todos los días de la semana, a pesar de que otro tullido había empezado a usar la máquina de remo. Al final del tratamiento vino a darle la mano al director de la unidad. Según dijo el propio Harry Bilbo, era «un hombre nuevo». La pura luz de Pánico había abandonado su rostro. Salió de la oficina condenado al destino vulgar que los médicos llaman salud y felicidad.

Más o menos cuando la curación de Harry Bilbo, una nueva idea empieza a abrirse en el fondo de mi cerebro. Me cuesta tanto ignorarla como no hacer caso a los pies desnudos que sobresalen en la habitación de las punciones lumbares. Si no quiero arriesgarme a sacar un libro de registros del hospital, por si me descubren, y me echan, y tengo que cerrar mi investigación para siempre, puedo acelerar el trabajo quedándome en el Centro de Especialidades por la noche. No estoy ni remotamente cerca de agotar los recursos de la clínica, y el mísero número de casos que puedo leer durante las breves ausencias de la señorita Taylor no puede compararse con lo que podría avanzar en unas pocas noches de copia constante. Necesito acelerar mi obra, aunque solo sea para contrarrestar a los médicos.

En un abrir y cerrar de ojos, me estoy poniendo el abrigo a las cinco y diciendo adiós a la señorita Taylor, que normalmente se queda unos minutos extras para limpiar las estadísticas del día, y metiéndome discretamente en el baño de señoras a la vuelta de la esquina. Está vacío. Me meto en el baño de los pacientes, cierro la puerta por dentro y espero. No sé si una de las señoras de la limpieza de la clínica va a llamar a la puerta, pensando que una paciente se ha desmayado en el retrete. Tengo los dedos cruzados. Cosa de veinte minutos después, se abre la puerta del baño, y alguien entra cojeando como un pollo que se apoya en la pata buena. Es la señorita Taylor, lo sé por el suspiro resignado que suelta al ver el ojo amarillento del espejo del lavabo. Oigo el clic-clac de varios instrumentos de retoque sobre el lavabo, agua que corre, el peine que rasca el pelo seco, y luego la puerta se cierra tras ella con un soplido de bisagras lentas.

Tengo suerte. Cuando a las seis en punto salgo del baño de señoras, las luces del pasillo están apagadas, y el pasillo de la cuarta planta está tan vacío como una iglesia en lunes. Tengo mi llave de la oficina; llego la primera todas las mañanas, así que no es problema. Las máquinas de escribir están recogidas en las mesas, los teléfonos están bloqueados, todo está en su sitio.

Al otro lado de la ventana, la última luz invernal se está apagando. Pero no cometo el error de dar la luz del techo. No quiero que me descubra un médico con ojos de halcón o un celador de los edificios del hospital, al otro lado del pequeño patio. El armario con los libros de registro está en el pasadizo sin ventanas al que dan los cubículos de los médicos, que tienen ventanas que dan al patio. Compruebo que todas las puertas de los cubículos están cerradas. Luego, enciendo la luz del pasadizo, una cosita amarillenta de veinticinco vatios que se está poniendo negra. Pero, para mí, mejor que un altar lleno de velas en ese momento. No se me ha ocurrido traer un bocadillo. Tengo una manzana del desayuno en el cajón de la mesa, así que la reservo para los pinchazos que pueda sentir hacia la una de la mañana, y saco mi cuadernito. En casa, tengo la costumbre de arrancar todas las tardes las páginas que he escrito en la oficina durante la jornada, y las apilo para copiarlas en el manuscrito. Así, puedo cubrir mis huellas, para que, en caso de que alguien abra mi cuaderno distraídamente en la oficina, no imagine el tipo de trabajo que hago ni su amplitud.

Sistemática, empiezo abriendo el libro más antiguo, en el estante de abajo. La cubierta antaño azul ya no tiene color, las páginas son papeles de calco manoseados y borrosos, pero estoy tarareando con todo el cuerpo: ese libro de sueños estaba nuevo el día que nací yo. Cuando esté bien organizada, traeré un termo de sopa caliente para las noches de invierno, hojaldres de pavo y *éclairs* de chocolate. Los lunes por la mañana traeré al trabajo rulos y cuatro mudas de camisa, para que nadie se fije en que tengo peor aspecto, y empiece a imaginar líos infelices, o simpatías rosas, o que trabajo en libros de sueños en la clínica cuatro noches a la semana.

Once horas después. Voy por el corazón y las pepitas de la manzana y el mes de mayo de 1931, con una enfermera particular que acaba de abrir la bolsa de la colada del armario de su paciente, y ha encontrado dentro cinco cabezas cortadas, incluida la de su madre.

Un aire frío me toca la nuca. Desde donde estoy sentada, con las piernas cruzadas, en el suelo, delante del armario, el pesado libro de registros encima del regazo, veo por el rabillo del ojo que la puerta del cubículo que tengo al lado deja pasar una rendija de luz azul. No solo en el suelo, también en el costado de la puerta. Es raro, porque desde el principio he comprobado que todas las puertas están bien cerradas. La raja de luz azul va a más, y mis ojos se clavan en dos zapatos inmóviles en el umbral, cuyas punteras me señalan.

Son zapatos extranjeros de cuero marrón, con gruesas alzas. Encima de los zapatos, hay calcetines negros de seda que dejan ver una palidez de carne. Llego a las vueltas de raya diplomática gris del pantalón.

—Vaya, vaya —riñe una voz infinitamente suave desde las regiones nubosas de encima de mi cabeza—. ¡Qué postura tan incómoda! Se le han tenido que dormir las piernas. A ver que la ayude. Está a punto de salir el sol.

Dos manos se deslizan bajo mis brazos desde atrás y me ponen de pie, temblorosa como flan que aún no ha cuajado, y no me siento los pies, porque efectivamente se me han dormido las piernas. El libro de registros cae al suelo, con las páginas abiertas.

—Quédese quieta un minuto. —La voz del director de la unidad me acaricia el lóbulo de la oreja derecha—. Enseguida vuelve la circulación.

La sangre de mis piernas ausentes empieza a tañer bajo un millón de agujas de máquinas de coser, y se me graba con ácido en el cerebro una visión del director de la unidad. Ni siquiera tengo que darme la vuelta: panza gorda abotonada dentro de su chaleco de raya diplomática gris, dientes de marmota amarillos y torcidos, ojos abigarrados tras las gruesas gafas, veloces como renacuajos.

Agarro fuerte mi cuaderno. El último resto flotante del *Titanic*.
¿Qué sabe, qué sabe?
Todo.
—Sé dónde hay un plato de caldo de pollo caliente.

Su voz susurra, polvo debajo de la cama, ratones sobre paja. Su mano se suelda a mi antebrazo izquierdo con amor paterno. El libro de registro de todos los sueños que hubo en la ciudad cuando di mi primer grito en el aire de este mundo, lo mete debajo de la estantería con una puntera lustrada.

No nos cruzamos a nadie en el pasillo oscuro del amanecer. Nadie en las heladas escaleras de piedra que bajan a los pasillos del sótano, en los que Billy el Chico del Archivo se abrió la cabeza una noche, bajando los escalones de tres en tres en un recado apresurado.

Empiezo a andar rápido, para que no piense que me está empujando.

—No puede despedirme —digo con calma—. Dimito.

La risa del director de la unidad resuella desde los pliegues del acordeón de su tripa:

—No podemos prescindir de usted tan pronto. —Su susurro repta entre los pasadizos blanqueados del sótano, retumbando entre los codos de las tuberías, las sillas de ruedas y las camillas que de noche están varadas junto a las paredes manchadas de vapor—. Caramba, la necesitamos más de lo que piensa.

Damos vueltas y doblamos esquinas, y mis piernas van al compás de las suyas hasta que llegamos, en algún lugar de esos yermos túneles de ratas, a un ascensor que funciona toda la noche, operado por un negro con un solo brazo. Entramos, y la puerta se cierra chirriando como la puerta de un vagón de ganado, y subimos y subimos. Es un montacargas, tosco y ruidoso, a años luz de los lujosos ascensores de pasajeros a los que estoy acostumbrada en el Centro de Especialidades.

Bajamos en una planta cualquiera. El director de la unidad me guía por un pasillo desnudo, iluminado aquí y allá por bombillas encastradas en pequeñas jaulas de alambre en el techo. A ambos lados, puertas cerradas con ventanas emplomadas flanquean el pasillo. Planeo separarme del director de la unidad en la primera señal roja de Salida, pero no hay ninguna. Estoy en territorio desconocido, el abrigo en la percha en la oficina, el bolso y el dinero en el primer cajón de mi escritorio, el cuaderno en la mano, y nada más que Johnny Pánico para calentarme ante la glaciación del exterior.

Más allá, una luz atrae, ilumina. El director de la unidad, resoplando un poco por la caminata, larga y a buen ritmo, a lo cual obviamente no está acostumbrado, me empuja al doblar una esquina, y me mete en una habitación cuadrada y bien iluminada.

—Aquí está.

—¡Bruja!

La señorita Milleravage alza su tonelaje desde detrás del escritorio de acero frente a la puerta.

Las paredes y el techo de la habitación son planchas remachadas de blindaje de acorazado. No hay ventanas.

Desde celdas pequeñas, con barrotes que flanquean los lados y el fondo de la habitación veo a los principales sacerdotes de Johnny Pánico, que me miran, con los brazos detrás de la espalda, envueltos en los camisones blancos de aquel ala, los ojos como ascuas y ardientes de deseo.

Me dan la bienvenida con extraños graznidos y gruñidos, como si tuvieran la lengua encajada en la mandíbula. Sin duda han sabido de mi obra por un pajarito de Pánico, y quieren saber cómo les va a sus apóstoles en el mundo.

Levanto las manos para tranquilizarlos, sosteniendo mi cuaderno, mi voz tan alta como el órgano de Johnny Pánico a todo volumen.

—¡Paz! Os traigo…

El Libro.

—No hagas el tonto, cielo.

La señorita Milleravage está bailando detrás de su mesa como un elefante de circo, amenazante.

El director de la unidad cierra la puerta de la habitación.

En cuanto la señorita Milleravage se mueve, veo lo que su masa tapaba, detrás de la mesa: una cama blanca que llega la altura de la cintura, con una sola sábana estirada encima del colchón, inmaculada y tensa como el parche de un tambor. En la cabecera de la cama, hay una mesa sobre la que descansa una caja cubierta de ruedas y medidores.

La caja parece estar observándome desde su serpentín de cables eléctricos, fea como una víbora, el último modelo en Asesinos de Johnny Pánico.

—Sin tonterías, sin tonterías. Dame ese librito negro.

Aunque corro en círculos alrededor de la alta cama blanca, la señorita Milleravage es tan veloz que bien podría llevar patines. Intenta atraparme, y me atrapa. Golpeo con los puños su gran masa, y sus enormes pechos sin leche, hasta que sus manos son anillas de hierro en mis muñecas, y su aliento me arrulla con una peste de amor más nauseabunda que el Sótano del Enterrador.

—Mi niña, ha vuelto mi niñita…

—Ella —dice el director de la clínica, triste y severo— ha vuelto a salir con Johnny Pánico.
—Mala, mala.

La cama blanca está preparada. Con una terrible suavidad, la señorita Milleravage me quita el reloj de la muñeca, los anillos de los dedos, los alfileres del pelo. Empieza a desvestirme. Cuando estoy desnuda, me unge las sienes, y me viste con sábanas virginales como la primera nieve.

Entonces, de las cuatro esquinas de la habitación y de la puerta a mi espalda, vienen cinco falsos sacerdotes con batas y mascarillas blancas de cirugía, cuyo único cometido en la vida es destronar a Johnny Pánico. Me tumban boca arriba en la cama. Me ponen la corona de alambre en la cabeza, la hostia del olvido sobre la lengua. Los sacerdotes enmascarados se ponen en sus puestos y agarran: uno, la pierna izquierda, otro, la derecha, uno, el brazo derecho, otro, el izquierdo. Uno detrás de mi cabeza junto a la caja de metal donde no puedo verlo.

Desde sus nichos abarrotados, a lo largo de la pared, los creyentes alzan la voz en protesta. Empiezan el cántico devocional:

Solo hay que querer al propio Miedo.
Amar al Miedo es el principio de la sabiduría.
Solo hay que querer al propio Miedo.
Que haya Miedo y Miedo y Miedo por doquier.

No da tiempo a que la señorita Milleravage o el director de la unidad o los sacerdotes los amordacen.
Se da la señal.
La máquina los traiciona.

En el momento en que pienso que estoy más perdida, la cara de Johnny Pánico aparece en el techo, nimbada de luces de arco. Tiemblo como una hoja entre los dientes de la gloria. Su barba es el relámpago. El relámpago está en su ojo. Su Palabra carga e ilumina el universo.

El aire restalla con sus ángeles de lengua azul y aureola de relámpago.

Su amor es el salto de veinte pisos, la cuerda en la garganta, el cuchillo en el corazón.

No olvida a los suyos.

SOBRE EL OXBOW[20]
(Relato, 1958)

Aquel caluroso día de agosto, Luke Jenness no había visto moverse nada en la montaña. Los lunes había poco tráfico. Los restos desvencijados del viejo hotel de la cumbre, la mitad del cual había salido volando en el huracán del 38, parecían extrañamente tranquilos, después de las colas de turistas que habían subido monótonamente y en primera las empinadas curvas cerradas todo aquel fin de semana, con los niños saliendo en tropel en el aparcamiento, y dando vueltas y vueltas a la carrera a la terraza que rodeaba la casa, comprando refrescos y polos, y jugando con el telescopio del lado norte. El telescopio abría su lente sobre el Oxbow, la verde llanura de la granja Hadley, al otro lado del río, y la cadena de lomas al norte, hacia Sugarloaf. Los días claros se podía ver hasta New Hampshire, e incluso Vermont. Pero hoy el calor nublaba la vista, el sudor no secaba.

Luke se apoyó en la barandilla pintada de blanco con los brazos cruzados, mirando al río. La cicatriz abultada, que iba en diagonal desde su ceja derecha, por encima de la nariz, y hasta bien entrada la mejilla izquierda, se veía blanca contra su piel morena. Pálida, casi sucia, la cicatriz tenía una textura diferente del resto de su piel; era más lisa, más nueva, como plástico que sellara una grieta. A sus pies, extendiéndose hacia abajo hasta Halfway House, la madera

---

[20] Oxbow, nombre que recibe un meandro del río Connecticut cerca de Northampton, Massachusetts, donde está Smith College, la universidad en la que estudió Plath.

gris, astillada del funicular se blanqueaba al sol en un área de peligro vallada, el tramo de escaleras combado aún intacto, pero a punto de derrumbarse en cualquier momento. Abraham Lincoln estuvo donde estaba Luke, y Jenny Lind, la famosa cantante. Dijo que la vista del valle era una vista del Paraíso. Los visitantes querían saber cosas así. ¿Cuándo construyeron el hotel? ¿Cuándo se derrumbó? ¿Cómo de alta era la montaña comparada con el Mount Tom, por ejemplo, o Monadnock? Ahora Luke sabía los datos: era parte de su trabajo. Algunos querían hablar. Otros le pagaban los cincuenta céntimos del aparcamiento, o un dólar los domingos, como una propina, para que desapareciera y los dejara ver la vista a sus anchas. Otros parecían no verlo en absoluto, después de pagarle; como si fuera un árbol, estaba allí sin más.

Abajo, en el claro, junto a Halfway House, Luke vio dos formas que se movían. Un chico de pelo oscuro con pantalones caqui y una chica con un jersey azul y pantalones cortos blancos estaban subiendo la carretera asfaltada, muy despacio. Desde donde estaba, parecían más pequeños que su pulgar. Probablemente, habían dejado el coche más abajo, en la cuneta, y habían subido a pie desde allí. Hacía tres semanas o más que no tenía un solo senderista. La gente subía en coche, salía y veía las vistas durante unos minutos, a lo mejor compraba un refresco frío: el agua del grifo salía caliente y llena de burbujas de aire, casi no salía con fuerza para dar un buen trago de la fuente de cromo desconchado. Luego, bajaban en coche. A veces llevaban cestas para almorzar, y comían entre los árboles, sentados a las mesas marrones de madera. Ya casi nadie subía a pie. Los chicos tardarían media hora larga en llegar a la cima. Acababan de perderse de vista hacia la derecha, y más tarde subirían por el lado sur de la montaña. Luke se sentó en una mecedora de mimbre gastada, y puso los pies encima de la barandilla del porche.

Cuando oyó voces que venían de la rampa que daba a la cornisa pedregosa, debajo del porche del hotel, se levantó y volvió a apoyarse en la barandilla. Mucho más abajo, las motoras estaban dejando pequeñas estelas de espuma blanca con forma de *V* en la superficie gris mate del río. Un río raro, con toda su ancha, lisa superficie; lleno de arrecifes de roca, justo debajo de la superficie, y bancos de arena. Los chicos no estaban subiendo al porche. Por lo menos, aún no. Habían extendido un impermeable sobre la cornisa de pizarra naranja, justo debajo de Luke, y estaban descansando.

—Me siento mejor. —Oyó decir a la chica—. Mucho mejor. Vamos a hacerlo todos los días. Subiremos libros y una cesta de comida.

—A lo mejor te ayuda —dijo el chico—. Te ayuda a olvidar ese sitio.

—A lo mejor —dijo la chica—. A lo mejor, sí.

Se quedaron callados un momento.

—No se mueve ni el viento. —El chico señaló unos pájaros negros que volaban sobre las copas de los árboles más abajo—. Mira los vencejos.

Luke notó que la chica levantaba entonces la vista de reojo hacia él. Se movió y miró fijamente hacia delante, no queriendo dar la impresión de que estaba escuchando lo que decían. Si no querían subir al porche como todo el mundo, si se ponían en marcha hacia abajo, tendría que llamarlos y cobrar el aparcamiento. A lo mejor subirían al porche y querrían beber algo.

Las voces se detuvieron. El chico estaba poniéndose de pie. Ayudó a la chica a ponerse de pie, se agachó, recogió el impermeable y se lo puso doblado encima del brazo. Empezaron a subir los escalones del porche. Al llegar arriba, se pararon junto a la barandilla, no lejos de Luke.

—¿Seguro que estás bien?

—Sí. —La chica se apartó la media melena marrón, lacia, casi con impaciencia—. Sí, estoy bien. Claro que estoy bien. —Hubo una breve pausa—. ¿A qué altura estamos? —preguntó entonces levantando la voz como si quisiera que contestara Luke, no el chico.

Luke miró de reojo en su dirección, y vio que efectivamente lo estaba mirando y esperando.

—Unos dos mil quinientos metros —dijo.

—¿Qué se ve desde este lado?

—Tres estados, si hace bueno.

No dijeron nada de pagarle.

—¿Hay agua? —preguntó el chico.

No se había duchado desde el día anterior, y la barba le hacía una sombra verde sobre la mandíbula cuadrada.

Luke señaló con el pulgar a su espalda.

—Ahí. También hay refrescos fríos —añadió—. Si queréis.

—No —dijo el chico—. Mejor agua.

Las tablas sonaban a hueco a su paso, crujiendo y resonando, cuando entraron donde estaba la fuente. Tarde o temprano, tendrían que darle el dinero. El cartel de dentro decía que los que iban a pie pagaban quince centavos por persona. Era una nueva norma estatal; no habían cobrado a los senderistas hasta ese año. A lo mejor los chicos trataban de no pagar los cincuenta centavos del aparcamiento cuando vieran el cartel, y veían si podían pagar solo los treinta centavos.

—¿Habéis subido a pie? —preguntó Luke cuando volvieron a salir, manteniendo la voz indiferente. La chica se secó las gotas de agua de la barbilla con el dorso de la mano, dejando una manchita triangular de polvo. No parecía llevar nada de maquillaje, y su piel tenía una palidez rara, de interior. En su frente y su labio superior destacaban unas gotitas de sudor.

—Claro que a pie —dijo—. Y es una caminata difícil. Mucho esfuerzo.

El chico no dijo esta boca es mía. Había puesto el impermeable encima de la barandilla, y estaba mirando por el telescopio.

—¿Dónde habéis dejado el coche?

—Oh, ahí abajo. —La chica movió el brazo vagamente hacia el pie de la montaña, donde empezaba la carretera del Parque Estatal, subiendo poco a poco junto a un campo de heno y una granja avícola, antes de que empezara la cuesta—. Abajo. Justo al pasar la verja.

—Vais a tener que pagar —dijo Luke.

La chica lo miró.

—Pero hemos subido a pie. —Parecía no entender lo que quería decir—. Hemos hecho todo el camino andando.

Luke volvió a intentarlo.

—¿No habéis visto el cartel abajo?

—¿En la verja? Claro que sí. Dice cincuenta centavos por aparcar aquí arriba. Pero hemos dejado el coche y subido a pie.

—Tenéis que pagar igual —dijo Luke. Tendría que conseguir que pusieran también la cosa nueva de los quince centavos abajo, en el viejo cartel de la verja, para dejar las cosas claras—. Aunque hayáis aparcado justo después de la verja.

El chico se apartó del telescopio.

—Bueno, ¿entonces *dónde* se puede aparcar gratis? —Parecía mucho más relajado que la chica—. ¿Y subir a pie sin más?

La chica se mordió el labio. Con un movimiento repentino, rápido, de la cabeza apartó la mirada de Luke y del chico, y miró por encima de las copas de los árboles que descendían hacia el río.

—En ningún sitio. —Luke se mantuvo en sus trece. No veía la cara de la chica. Hay que ver lo que hacen algunos para ahorrarse veinte centavos: dejar el coche escondido en la maleza y subir a pie un trecho—. Dentro del parque, en ningún sitio.

—¿Y *andando*? —La voz de la chica se elevó de forma extraña conforme se volvía hacia él—. ¿Y si subimos *andando*, sin dejar el coche en ningún sitio?

—A ver, señorita —dijo Luke en tono razonable, uniforme—, tú misma acabas de decirme que habéis dejado el coche nada más pasar la verja, y ese cartel de la garita dice cincuenta centavos por el aparcamiento, al margen de dónde esté el coche, y un dólar los domingos...

—Pero no *hablo* de aparcar. Quiero decir qué pasa si subimos *andando*.

Luke suspiró.

—También hay que pagar, señorita. Ese cartel de dentro dice quince centavos para los que vienen andando, quince centavos *por cabeza*. —Tuvo la sensación de que de alguna forma ella estaba desviándolo de la cuestión—. A lo mejor no lo habéis visto. ¿Queréis verlo?

—Ve tú —le dijo al chico.

Con aire beligerante, la nuca enrojecida por el calor, Luke llevó al chico a la recepción del hotel. La chica se quedó fuera, en el porche.

—Sí que dice quince centavos —le dijo el chico cuando volvió a salir—. Quince centavos por andar, por persona.

—Me da igual lo que *diga*. —La chica siguió agarrada a la barandilla y dándole la espalda—. Es *asqueroso*. Solo quieren ganar dinero. O sea, tendrían que *pagar* a la gente que se preocupa lo suficiente para subir a pie hasta aquí.

Luke esperó justo al otro lado de la puerta. Sonaba como si estuviera a punto de perder los papeles; su voz era cada vez más chillona. Él había cumplido. Casi por completo. Les había cantado las cuarenta. Ahora no tenía más que recaudar. Salió despacio y se dirigió a ellos.

—Entiendo lo del *aparcamiento*. —La chica se volvió hacia él tan deprisa que se preguntó si tenía ojos en la nuca—. Aunque sea por aparcar ahí abajo, al lado de la verja. —Se le veía una salpicadura de saliva en la comisura de la boca. Durante un segundo, Luke pensó que iba a escupirle—. Pero... ¡pagar por *andar*!

Luke se encogió de hombros.

—La ley estatal, señorita. —Entornando los ojos para mirar a la verde distancia, a las colinas lejanas que en la calima de agosto se

fundían unas con otras, hizo sonar su bolsa de monedas de plata. ¿De qué le echaba la culpa? ¿Qué eran treinta, cincuenta centavos?—. Además —añadió, separando las palabras con cuidado, como uno explica un problema a un niño difícil—, hoy estáis pagando por aparcar, no por andar. Así que, señorita, ¿qué más da lo que cuesta andar?
—Pero es que íbamos a *andar*...
La chica se detuvo. Dándole la espalda con sorprendente rapidez, dobló la esquina del hotel hacia el lado oeste del porche, donde no podía verla. El chico la siguió.
Luke atajó por dentro del hotel y salió al porche trasero, donde podía ver si intentaban largarse por la cara sur de la montaña. Los chicos así eran impredecibles. Si no querían pagar como todo el mundo, probablemente querrían irse de rositas.
La chica estaba de pie en lo alto de la escalera oeste, que bajaba al aparcamiento, con el chico mirándola, de espaldas a Luke. Estaba llorando, ¡llorando!, y limpiándose la cara con un pañuelo blanco. Luego miró de reojo hacia arriba y vio a Luke. Inclinó la cabeza; parecía estar buscando algo que se hubiera perdido entre las espaciadas rendijas entre las tablas. El chico extendió una mano para tocarle el hombro, pero ella lo esquivó a esa manera suya rápida, y empezó a bajar las escaleras.
El chico la dejó irse, y dio la vuelta al porche para ver a Luke, con una cartera baqueteada de cuero marrón abierta en las manos.
—Entonces, ¿cuánto es?
Sonaba cansado. Pensara lo que pensase, debía de sentirlo por la chica, mira que montar un número así. Por algo que ni siquiera era culpa de nadie.
—Cincuenta centavos —dijo Luke— si el coche está dentro del parque.
El chico contó una moneda de veinticinco centavos, dos de diez y una de cinco, las puso en la ancha mano de Luke y se dio la vuelta para coger el impermeable de la barandilla norte, donde lo había dejado.
Dejando caer las monedas en el monedero, Luke siguió al chico.
—Gracias —dijo.
El chico no contestó, no se disculpó por la chica ni nada, tan solo bajó las escaleras a toda prisa en pos de ella, con el impermeable aleteando detrás como un pájaro herido.
—Bueno —dijo en alto Luke, maravillado, a nadie más que a sí mismo—. Bueno, cualquiera diría que soy un puñetero *delincuente*.

Abajo, en la tediosa superficie del río, las motoras pequeñas como juguetes seguían navegando en zigzag, esquivando los arrecifes invisibles. Luke se quedó mirándolas un rato, perdido, y luego fue al lado sur del porche. Las dos formas estaban haciéndose más pequeñas abajo, en la carretera, la chica unos pasos por delante, y el chico dándole alcance; pero antes de que el chico lllegara a ella, se perdieron de vista donde la carretera desaparecía en la ladera densamente arbolada de la montaña.

—Un puñetero, maldito *delincuente* —dijo Luke.

Y luego lo dejó, se desentendió del asunto, y entró en la garita castigada por el sol para darse el gustazo de tomarse un refresco frío.

NIÑO DE PIEDRA CON DELFÍN
(Relato, 1957-1958)

Porque Bamber le dio un golpe a su bicicleta en Market Hill, tirando naranjas, higos y un paquete de pasteles con glaseado rosa, y la invitó para compensarla, Dody Ventura decidió ir a la fiesta. Dejó en equilibrio su bicicleta oxidada debajo de los toldos de lona a rayas del puesto de fruta, y permitió que Bamber saliera en desbandada en pos de las naranjas. Llevaba la roja barba monacal enmarañada y rala. Calzaba unas sandalias de verano abrochadas encima de los calcetines de algodón, aunque el aire de febrero quemaba azul y frío.

—Vendrás, ¿no? —Unos ojos albinos se fijaron en los suyos. Manos pálidas, huesudas, metieron las brillantes naranjas de piel amarga en la cesta de mimbre de la bicicleta—. Desgraciadamente —Bamber devolvió a su sitio el paquete de pasteles—, están un poco machacados.

Dody miró de reojo, evasiva, hacia pasaje de Great St. Mary, cubierto de bicicletas aparcadas, rueda contra rueda. La fachada de piedra del King's College y los pináculos de la capilla se alzaban complejos, glaciales, contra el delgado cielo azul de acuarela. Sobre tales goznes giró el destino.

—¿Quién va? —replicó Dody.

Notó la mano crispada, vacía en el frío. Caídos en desuso, obsoletos, me congelo.

Bamber extendió las grandes manos formando una telaraña de tizas que abarcaba el universo humano.

—Todo el mundo. Todos los literarios. ¿Los conoces?
—No.
Pero Dody los leía. A Mick. A Leonard. Especialmente a Leonard. No lo conocía, pero lo conocía como la palma de su mano. Con él, cuando venía de Londres, con Larson y los chicos, comía Adele. Solo había dos chicas de Estados Unidos en Cambridge, y Adele tendría que cortar de raíz con Leonard. Él apenas había germinado: era una flor, en plena floración y en mitad de su carrera. No hay sitio para las dos, le dijo Dody a Adele el día que Adele le devolvió los libros que le había cogido prestados, todos recién subrayados y con notas en los márgenes.
—Pero tú *también* subrayas —se justificó con dulzura Adele, el rostro candoroso en tazón de pelo rubio brillante.
—Yo con mis cosas hago lo que me da la gana —dijo Dody—, borra tus señales.
Por algún motivo, Adele ganó el juego de la coronación: adorablemente, toda inocencia sorprendida. Dody se retiró con amargura a su santuario verde de Arden, con su facsímil de piedra del niño de Verrocchio. Al polvo, a la adoración: vocación suficiente.
—Iré —dijo Dody de repente.
—¿Con quién?
—Mándame a Hamish.
Bamber suspiró.
—Sin falta.
Dody se marchó pedaleando hacia Benet Street, con la bufanda roja de cuadros y la toga negra agitándose tras ella en el viento. Hamish: seguro, lento. Como viajar en mula, pero sin coces. Dody eligió con cuidado, con cuidado y con una reverencia a la figura de piedra de su jardín. Mientras fuera alguien que no importara, no importaba. Desde que empezó el trimestre de Cuaresma, se había aficionado a limpiar la nieve de la cara del niño alado en el centro del jardín del *college* cubierto de nieve, que llevaba un delfín. Dejando las largas mesas de chicas con togas negras que charlaban y brindaban con agua sobre pesadas cenas de espaguetis, nabos y grasientos huevos con natillas con moras de postre, Dody apartó la silla de un empujón, deslizándose, bajando la mirada, obsequiosa, con falsa cara de timidez, y pasó la mesa donde los catedráticos de añada victoriana cenaban manzanas, trozos de queso y galletas dietéticas. Salió del salón cubierto de pergaminos, pintado de blanco, con sus retratos con marcos dorados de directores con togas de cuello alto,

inclinándose altruistas y radiantes desde las paredes, lejos de las cerradas cortinas de helechos en lánguidos tonos azul y oro. Los pasillos desnudos le devolvieron el eco de sus tacones.

En el jardín vacío del *college*, pinos de agujas oscuras lanzaban sus penetrantes ataques aromáticos contra su nariz, y el niño de piedra estaba en equilibrio sobre un pie, alas de piedra en equilibrio como abanicos emplumados al viento, sosteniendo su delfín sin agua a través de los temples rudos, clamorosos, de un clima ajeno. Por las noches, después de que nevara, con los dedos desnudos, Dody rascaba la nieve apelmazada de sus ojos de párpados de piedra, y de su regordete pie de querubín de piedra. Si no lo hago yo, ¿entonces quién?

Regresando a Arden a través de las pistas de tenis que la nieve tapaba, a la residencia de las estudiantes extranjeras con su pequeño, selecto grupo de surafricanas, indias y estadounidenses, suplicó sin decir palabra al resplandor naranja de hoguera de la ciudad que se dejaba ver débilmente por encima de las copas de los árboles desnudos, y a los lejanos alfilerazos de joyas de las estrellas: que ocurra algo. Que ocurra algo. Algo terrible, algo sangriento. Algo que ponga término a este interminable ventisquero de cartas de correo aéreo, de páginas en blanco que se van pasando en libros de biblioteca. Cómo nos echamos a perder, cómo nos desperdiciamos en banalidades. Que me permitan entrar en *Fedra* y ponerme esa roja capa del destino. Que me permitan dejar mi huella.

Pero los días amanecían y se ponían, ordenadamente, hermosamente, hacia una licenciatura con honores, y la señora Guinea venía, regular como un mecanismo de relojería, cada sábado noche, los brazos cargados de sábanas y fundas de almohada recién lavadas, testimonio de la resuelta y eternamente renovable blancura del mundo. La señora Guinea, la gobernanta escocesa, para quien cerveza y hombres eran palabras malsonantes. Cuando murió el señor Guinea, su recuerdo fue doblado para siempre como un recorte de periódico, etiquetado y guardado, y la señora Guinea floreció sin olor, virgen de nuevo después de tantos años, resurrecta de alguna manera en una doncellez milagrosa.

El viernes por la noche, esperando a Hamish, Dody llevaba un jersey negro y una falda de lana de cuadros negros y blancos, ajustada en la cintura con un ancho cinturón rojo. Soportaré el dolor, declaró al aire, pintándose las uñas de Rojo Manzana. Un trabajo sobre las imágenes de *Fedra*, a medio hacer, alzaba su séptimo folio en la máquina de escribir. La sabiduría a través del sufrimiento. En su habitación del ático del tercer piso, escuchó, captando el tono de los últimos gritos; escuchó: a brujas en el potro, a Juana de Arco crepitando en la estaca, a señoras anónimas que resplandecían como antorchas en el metal rasgado de descapotables de la Riviera, a Zelda iluminada, ardiendo tras los barrotes de su locura. Toda posible visión llegaba apretando las empulgueras, no con el mortal consuelo de una cama confortable cual bolsa de agua caliente. Sin dar muestras de dolor, en su mente desnudó su carne. Aquí, haced diana.

Llamaron con los nudillos a la blanca puerta desnuda. Dody acabó de pintarse la uña del meñique izquierdo, tapó el bote de esmalte de brillo sangriento, frenando así a Hamish. Y luego, mientras sacudía la mano para secar el esmalte, abrió la puerta con cautela.

Sosa cara rosa y labios delgados dispuestos para una sonrisa de listillo, Hamish llevaba la chaqueta azul marino con botones de latón que le daba aspecto de niño bien, o de regatista aficionado.

—Hola —dijo Dody.
—¿Qué —Hamish entró sin que ella lo invitara— tal?
—Tengo sinusitis.

Resolló densamente. La garganta se le cerró, servicial, con un feo sonido de batracio.

—Mira —Hamish la bañó con una mirada azul agua—, he pensado que tú y yo deberíamos dejar de tratarnos mal.
—Claro. —Dody le alcanzó su abrigo rojo de lana, y apretujó la toga académica en un hato negro, fúnebre—. Lo que tú digas. —Metió los brazos en el abrigo rojo mientras Hamish lo sostenía abierto—. ¿Me llevas la toga, por favor?

Apagó la luz mientras salían de la habitación, y cerró la puerta pintada de *beige* tras ellos. Bajó los dos tramos de escaleras delante de Hamish, peldaño a peldaño. El pasillo de abajo estaba vacío, cercado por puertas numeradas y con revestimiento de madera oscura. No había sonidos, salvo por el tictac hueco del reloj de pared de la escalera.

—Voy a firmar la salida.
—No, no firmes —dijo Hamish—. Vas a volver tarde. Y tienes llave.
—¿Cómo lo sabes?
—En esta casa, todas las chicas tienen llave.
—Pero —susurró Dody en protesta mientras abría la puerta principal— Miss Minchel tiene un oído finísimo.

—¿Minchell?

—La secretaria de nuestro *college*. Duerme con nosotras, nos vigila.

La señorita Minchell presidía, apretando los labios y ceñuda, el desayuno de Arden. Se rumoreaba que dejó de hablar cuando las estadounidenses empezaron a ir a desayunar con batas y pijamas. Todas las británicas del *college* bajaban completamente vestidas y almidonadas a tomar su té caliente matutino, sus arenques ahumados y su pan blanco. Las estadounidenses de Arden tenían una suerte impensable, resoplaba enfáticamente la señorita Minchell, por el hecho de contar con una tostadora. El domingo por la mañana, a cada chica le correspondía una generosa mitad de cuarto de mantequilla, para que le durase toda la semana. Solo las glotonas compraban mantequilla extra en Home & Colonial Stores, y la untaban en capas dobles sobre las tostadas, mientras la señorita Minchell mojaba con desaprobación la tostada sin nada en su segunda taza de té, satisfaciendo sus nervios.

Un taxi negro se acercó al círculo de luz de la lámpara del porche, donde las noches de primavera las polillas batían las alas hasta hacerlas polvo. Ahora no había polillas, solo el aire invernal como las alas de un pájaro ártico, abanicando escalofríos que recorrían la columna vertebral de Dody. La puerta trasera del taxi, abierta sobre sus bisagras negras, mostraba un interior desnudo, un amplio asiento de cuero rajado. Hamish la ayudó a entrar y subió. Cerró dando un portazo, y, como si hubiera sido una señal, el taxi salió pitando por el camino, disparando chorros de gravilla con las ruedas.

Las luces de vapor de sodio de Fen Causeway tejían su extraño resplandor naranja entre los chopos sin hoja de Sheep's Green, y las casas y los escaparates de Newnham Village reflejaban el brillo amarillento conforme el coche daba botes por la estrecha carretera llena de baches, y giró con un bandazo en Silver Street.

Hamish no le había dicho nada al taxista. Dody rio.

—Lo tienes todo preparado, ¿no?

—Siempre.

A la luz de azufre de las farolas, los rasgos de Hamish adquirieron un aire extrañamente oriental, sus pálidos ojos como rajas vacías encima de los altos pómulos. Dody lo conocía demasiado bien, un canadiense empapado en cerveza, cuya máscara de cera la escoltaba para su propia comodidad a la fiesta de poetas aficionados y mezquinos D. H. Lawrence universitarios. Solo las palabras de Leonard desbrozan las chorradas ingeniosas. No lo conocía, pero eso sí lo sabía, y le daba fuerzas para pelear contra el mundo. Que pase lo que tenga que pasar.

—Siempre planifico —dijo Hamish—. Como he planificado que bebamos durante una hora. Y luego, a la fiesta. Tan pronto no va a haber nadie. Más tarde puede que hasta vayan algunos catedráticos.

—¿Estarán Mick y Leonard?
—¿Los conoces?
—No. Solo los he leído.
—Oh, estarán. Ellos, con seguridad. Pero mantente alejada.
—¿Por qué? ¿Eso por qué?

Si merecía la pena mantenerse alejada, merecía la pena acercarse. ¿Esos encuentros eran hijos de su voluntad, o es que las estrellas dictaban sus días, y Orión la arrastraba encadenada a sus espuelas?

—Porque son unos falsos. También son los mayores donjuanes de Cambridge.

—Sé cuidar de mí misma.

Porque, cuando doy, en realidad nunca doy nada. Siempre una astuta y mísera Dody se echa hacia atrás en su asiento, abrazando la última, la más valiosa joya de la corona. Siempre segura, cuidando su estatua como una monja. Su alada estatua de piedra con la cara de nadie.

—Claro —dijo Hamish—. Claro.

El taxi aparcó frente a los pináculos de la fachada de piedra del King's College, encaje almidonado a la luz de las farolas, haciéndose pasar por piedra. Chicos con togas negras salieron dando zancadas de dos en dos y de tres en tres de la verja junto a la portería.

—No te preocupes. —Hamish la ayudó a bajar a la acera, deteniéndose a dejar unas monedas en la palma de la mano del taxista sin rasgos—. Está todo arreglado.

Desde la barra de madera pulida de Miller's, Dody miró al fondo de la habitación alfombrada a las parejas que subían y bajaban las escaleras enmoquetadas que llevaban al comedor: hambrientas al subir, llenas al bajar. Huellas grasientas de labios en el borde de la copa, grasa de perdiz solidificándose, con trozos semipreciosos de gelatina de grosella como rubíes engastados. El *whisky* estaba empezando a arrasar su sinusitis, pero con ella estaba perdiendo la voz, como siempre. Muy baja y astillada.

—Hamish —La probó.

—¿Dónde estabas?

Ninguna mano caliente la haría sentir mejor que la suya, ahora, bajo su codo. La gente pasaba a nado, ondulante, sin pies, sin cara. Al otro lado de la ventana, bordeada con plantas de goma de hojas verdes, formas de caras florecían hacia el cristal desde la oscuridad del mar exterior, y volvían a alejarse a la deriva, pálidos planetas subacuáticos en el borde de la visión.

—¿Preparada?

—Preparada. ¿Llevas mi toga?

Hamish le enseñó el trozo negro de tela que llevaba en el brazo, y empezó a abrirse camino a empujones en torno a la barra, y hacia la puerta batiente de cristal. Dody anduvo tras él con quisquilloso cuidado, clavando los ojos en su ancha espalda azul marino, y, mientras abría la puerta, haciendo gestos para que saliera primero a la acera, lo cogió del brazo. Estaba firme, y se sintió segura, anclada como un globo, con vértigo, peligrosamente flotante, pero aun así bastante segura en el aire embravecido. Cuidado con pisar entre los adoquines. Dio unos pasos de baile con precaución.

—Mejor ponte la toga —dijo Hamish, cuando llevaban un rato andando—. No quiero que nos pillen los *proctors*.[21] Sobre todo esta noche.

—¿Por qué sobre todo?

—Esta noche me andarán buscando. Con bulldogs y todo.

Así que en Peas Hill, bajo la marquesina iluminada de verde del Teatro de las Artes, Hamish la ayudó a meter los brazos en los dos agujeros de la toga negra.

—Tiene un roto en el hombro.

—Ya lo sé. Siempre me da la sensación de llevar camisa de fuerza. Resbala todo el rato y me inmoviliza los brazos.

—Ahora, si te pillan con una toga rota, la tiran. Se acercan sin más, la piden y la rompen allí mismo.

—La cosería —dijo Dody. Arregla. Arregla lo rasgado, lo raído. Salva la manga deshilachada—. Con hilo de bordar negro. Para que no se viera.

—Les encantaría.

Cruzaron de la mano la plaza abierta, adoquinada, de Market Hill. Se veían las estrellas débiles encima del costado ennegrecido de la iglesia de Great St. Mary, que la semana pasada albergó

---

[21] Encargados de mantener la disciplina entre los alumnos de Cambridge.

a hordas penitentes que escuchaban a Billy Graham.[22] Pasaron los postes de madera de los puestos del mercado vacíos. Luego subieron Petty Cury, dejaron atrás la bodega con sus escaparates de borgoña de Chile y jerez surafricano, dejaron atrás las carnicerías con los cierres echados, y las ventanas emplomadas de Heffer's, donde los libros expuestos decían sus palabras una y otra vez en una letanía silenciosa en el aire sin ojos. La calle se extendía desnuda hasta las torretas barrocas de Lloyd's, desierta salvo por unos cuantos estudiantes que iban con prisa a cenas tardías o fiestas de actores, togas negras aleteando tras ellos como alas de grajos en el viento gélido.

Dody tragó aire frío. Una última bendición. En el callejón oscuro, retorcido de Falcon Yard, la luz se derramaba de las ventanas de los pisos altos, llegaban ráfagas de carcajadas, machihembradas con el pavoneo bajo, sincopado, de un piano. Una puerta les abrió su tira de luz. A media altura de la deslumbrante inclinación de las escaleras, Dody sintió que el edificio vacilaba, meciéndose bajo el pasamanos que su mano aferraba, su mano helada por el limo del sudor. Huellas de caracoles, huellas de fiebre. Pero la fiebre haría que todo fluyera como debía, quemándole las mejillas con su marca, borrando la cicatriz marrón de su mejilla izquierda en una rosa roja. Como esa vez que fue al circo, cuando tenía nueve años, con fiebre, después de ponerse hielo debajo de la lengua, para que el termómetro no midiera, y el frío desapareció cuando el tragasables paseó tranquilamente hasta la pista, y se enamoró de él inmediatamente.

Leonard estaría arriba. En la habitación en lo alto de las escaleras por las que Hamish y ella estaban ascendiendo ahora, de acuerdo con las matemáticas posiciones de las estrellas.

—Vas bien.

Hamish, justo detrás de su hombro, con la mano firme bajo su codo, la levantó. Escalón. Y, después, escalón.

—No estoy borracha.

—Claro que no.

El marco de la puerta colgaba suspendido en un laberinto de escaleras, paredes que bajaban, subían, cerrando todas las demás habitaciones, todas las demás salidas menos esa. Ángeles obedientes vestidos de gasa rosa se llevaban el atrezo sobrante en carritos que corrían sobre alambres invisibles. En medio del marco, Dody

---

[22] Conocido evangelista estadounidense.

trató de recobrar el equilibrio. La vida es un árbol con muchas ramas. Escogiendo esta rama, salgo arrastrándome a por mis manzanas. Junto a mis Winesaps, mis Coxes, mis Bramleys, mis Jonathans. Los que yo elijo. ¿Los elijo yo?

—Ha llegado Dody.

—¿Dónde está?

Larson, sonriendo, su franco rostro estadounidense afable, con un brillo vago, como siempre, de fácil orgullo irreprimible, se levantó con una copa en la mano. Hamish se deshizo del abrigo y la toga de Dody, y ella dejó su cartera de cuero marrón con cicatrices en el alféizar. Recuérdalo.

—He bebido mucho —observó Larson, amigable, brillante de ese orgullo ridículo, como si acabase de traer al mundo cuatrillizos en una maternidad cercana—. Así que no me hagas caso. —Esperando a Adele, él almacenaba la simpatía que se derramaba con prodigalidad de miel, pensando en la cabeza de azucena de Adele. Dody solo lo conocía por saludos y adioses que profería con Adele siempre presente—. Mick ya se ha ido. —Larson señaló con el pulgar al hervidero y el flujo de los que bailaban, olores dulces y el guiso del viernes noche de los perfumes acres enfrentados.

A través de los ritmos desinhibidos, envolventes, del piano, a través de la suspensión de humo azul garza, Dody vio a Mick, patillas oscuras y pelo revuelto, que bailaba una variedad lenta y amplia de baile británico con una chica con un jersey y una falda verde oliva ceñida como piel de rana.

—Tiene el pelo de punta como cuernos de demonio —dijo Dody. Así que todos estarían emparejados, Leonard, Larson. Leonard, venido de Londres para celebrar el lanzamiento de una nueva revista. Impávida, había asumido los rumores de Adele, preguntando indiferente, espiando desde su almena, hasta que Leonard se acercó como único rompedor de estatuas en su imaginación, uno que no conoce estatuas propias—. ¿Esa es la artista de Mick?

Larson sonrió.

—Es la bailarina. Ahora damos clase de ballet. —Una reverencia profunda, agitando la copa, vertió la mitad—. ¿Sabes qué? Mick es satánico. Como dices. ¿Sabes lo que hizo cuando éramos pequeños en Tennessee?

—No. —Los ojos de Dody analizaron la habitación poblada, ojeando las caras, comprobando las cuentas en busca del incógnito beneficio—. ¿Qué hizo?

Ahí. En el rincón más alejado, junto a la mesa de madera, ahora desnuda de copas, la ponchera que ya solo contenía un aguanieve de piel de limón y corteza de naranja, alto. La espalda vuelta, los hombros encorvados en un grueso jersey negro, los codos de la camisa verde de sarga asomando por los agujeros del jersey. Sus manos se dispararon hacia arriba, hacia afuera, y recortaron el aire con tijeras para dar forma a su conversación inaudita. La chica. Claro, la chica. Pálida, pecosa, sin boca, sino con un alhelí rosa, tenue, distante, mimbraba esbelta, ojos de par en par ante el torrente de sus palabras. Sería como se llame. Delores. O Cheryl. O Iris. Compañera descolorida y muda de las horas de tragedia clásica de Dody. Ella. Silenciosa, ojos de cierva. Lista. Enviando su cadáver para que la sustituyera durante las supervisiones. Para leer acerca del problema de Prometeo con una voz susurrante, de polvo bajo la cama. Mientras estaba encerrada a kilómetros de distancia, santuariada y a salvo, se arrodillaba en su sábana ante el mármol en su pedestal. Una adoradora de estatuas. Ella también. Pues.

—¿Quién —preguntó Dody, segura ya— es esa?

Pero nadie respondió.

—Con perros salvajes —dijo Larson—. Y Mick era el rey de los perros salvajes, y nos hacía buscar, y cargar...

—¿Bebes?

Hamish emergió junto a su codo con dos copas. La música se detuvo. Salpicaron los aplausos. Cochambre harapienta en las voces que se levantaban. Llegó Mick, impulsándose entre la multitud con los codos.

—¿Bailas?

—Claro.

Mick sostuvo las horas de Leonard en su mano de marinero. Dody levantó su copa, y la bebida se alzó, para unirse a su boca. El techo vaciló, y las paredes se doblaron. Las ventanas se fundieron, acampanándose hacia dentro.

—Oh, Dody. —Larson sonrió—. Se te ha caído.

Gotas mojadas regaron el dorso de la mano de Dody, se extendió una mancha oscura, ensanchándose en su falda. Un recuerdo.

—Quiero conocer a algunos de estos escritores.

Larson estiró el grueso cuello.

—Aquí está Brian. El mismísimo director. ¿Te vale?

—Hola. —Dody miró desde arriba a Brian, que la miró desde abajo, pelo oscuro, impecable, un coqueto paquetito de hombre.

Sus extremidades empezaron a agigantarse, el brazo chimenea arriba, la pierna por la ventana. Por culpa de uno de esos pastelitos asquerosos. Así que crecía, abarrotando la habitación—. Tú escribiste ese poema de las joyas. La luz de lechuga de la esmeralda. El ojo del diamante. Me pareció...

Junto al ataúd negro pulido del piano, Milton Chubb levantó su saxofón, su gran cuerpo sudando lunas oscuras bajo los brazos. Dilys, cosita tímida, borrosa, había anidado bajo su brazo, parpadeando con sus ojos sin pestañas. Iba a aplastarla. Debía de ser cuatro veces más grande que ella. En el *college* ya se había recaudado un fondo privado entre las chicas para mandar a Dilys a Londres a deshacerse y deshacer su tripita redonda del heredero pujante y no deseado de Milton. Un lloriqueo. Un pum pum.

Los dedos de Mick buscaron los de Dody. Su mano, magra, dura como cuerda, palma callosa, la columpió, y la sacó del libro de su pensamiento, y siguió saliendo, más allá del agarre de la gravedad. En los confines de su cabeza chispeaban planetas. M. Vem. Jaysun Pa. Mercurio. Venus. Tierra. Marte. Lo conseguiré. Júpiter. Saturno. Se pone raro. ¿Urano? Neptuno, tridente, pelo verde. Lejos. Plutón de párpados mongoloides, entonces. Y asteroides innumerables, un zumbido de abejas doradas. Fuera, fuera. Chocando con alguien, rebotando suavemente y regresando a Mick. Al aquí, al ahora.

—No puedo bailar.

Pero Mick no hizo caso, crecieron espirales contra cantos de sirena. Sonriéndole desde lejos, desde más lejos, retrocedió. Cruzando el río y bosque adentro. Su sonrisa de gato de Cheshire pendía luminosa. No oía una palabra en su cielo de plumas de canario.

—Escribiste esos poemas —gritó Dody, por encima del rugido de la música que se hinchaba alta, más alta, como el rugido continuo de los aviones que despegan de la pista al otro lado de la bahía de Boston. Se acercó despacio para un primer plano, la habitación guiñando visto por el lado equivocado de un telescopio. Un chico pelirrojo se inclinó sobre el piano, los dedos bailando *ragtime*, invisibles. Chubb, sudando y colorado, levantó el saxo y berreó, y Bamber, que también estaba, golpeó la guitarra con su huesuda mano de tiza una y otra vez.

—Esas palabras. Las hiciste tú.

Pero Mick, arrugado e ido en sus pantalones holgados de cuadros, la movió hacia atrás, la recogió, con Leonard en ninguna parte. En ninguna ninguna parte. Todas las horas echándose a perder.

Ella, malgastando las horas como granos de salero en el mar salado en su caza. Esa sola caza.

La cara de Hamish se encendió ante ella como una vela súbita entre el anillo de caras que se alejaba dando vueltas, los rasgos borrosos y embadurnados como cera que se calienta. Hamish, vigilante, ángel de la *guardando*, esperaba servicial, sin acercarse. Pero el hombre del jersey negro se acercó. Sus hombros encorvados cerraron la habitación pieza a pieza a pieza. Rosa, luminosa e inútil, la cara de Hamish guiñaba el ojo detrás de la negrura del jersey gastado, roto.

—Hola. —Tenía la cuadrada mandíbula verde y áspera—. Estoy hecho un adán. —Había una barba de musgo en su barbilla. Habitación y voces guardaron silencio en el primer giro débil de un viento que se levantaba. Aire que se había puesto amarillento, la tormenta por venir. Aire sofocante ahora. Hojas volviendo hacia arriba lados de vientre blanco en la extraña luz de azufre. Banderas de caos. Decía su poema.

—Remendar el caos.

Pero los cuatro vientos se levantaron, desabrochados, de la cueva de roca del mundo que daba vueltas. Venid, Norte. Venid, Sur. Este. Oeste. Y soplad.

—Toda su ceremonia no puede remendar el caos.

—¿Te gusta?

El viento daba bofetadas y bramaba en las vigas de acero de la casa del mundo. Peligroso andamio. Si andaba con mucho cuidado. Rodillas que se habían vuelto flojas como gelatina. Veía la habitación de la fiesta como una fotografía de una muerte inminente: Mick que volvía a empezar a bailar con la chica de verde, la sonrisa de Larson que se ensanchaba tanto como la sonrisa de la cabeza de Humpty. Tejiendo la manga de la circunstancia. Se movió. Y se movió a la nueva habitación pequeña.

Una puerta se cerró de golpe. Los abrigos de la gente apilados sobre las mesas, vainas y conchas desechadas. Fantasmas socializando en otra parte. Yo elegí esta rama, esta habitación.

—Leonard.

—¿Coñac?

Leonard sacó una copa empañada del fregadero que amarilleaba. Líquido rojizo crudo chapoteó de la botella a la copa. Sus manos se retiraron, empapadas. Llenas de nada.

—Prueba otra vez.

Otra vez. La copa se alzó y voló, ejecutando primero un arco perfecto, un exquisito salto de la muerte, a la lisa pared de un feo ocre. Una flor de chispas que parpadeaban hizo música repentina, despetalándose entonces en un *glissando* cristalino. Leonard apartó la pared con el brazo izquierdo, y la situó en el espacio entre su brazo izquierdo y su cara. Dody levantó la voz entre el alza de los vientos, pero estos se alzaron más alto en sus oídos. Entonces, salvando el hueco, dio un pisotón. Encierra esos cuatro vientos en sus odres. Pisotón. El suelo retumbó.

—No estás tan mal —dijo Leonard—. ¿No?

—Oye. Tengo una estatua. —Ojos de párpados de piedra se arrugaron sobre una sonrisa. La sonrisa *mueló* alrededor de su cuello—. Tengo que romper una estatua.

—¿Y?

—Pues que hay un ángel de piedra. Solo que no tengo claro que sea un ángel. A lo mejor es una gárgola de piedra. Una cosa desagradable que saca la lengua. —Bajo unas tablas murmuraban y mascullaban tornados descontentos—. A lo mejor estoy loca. —Detuvieron su circo para escuchar—. ¿Puedes hacerlo?

Por toda respuesta, Leonard dio un pisotón. Dio un pisotón, y quitó el suelo. Pisotón, fuera las paredes. Pisotón, salió volando el techo. Quitándole la cinta roja del pelo, se la metió en el bolsillo. Sombra verde, sombra de musgo, le rastrilló la boca. Y en el centro del laberinto, en el sanctasanctórum del jardín, un niño de piedra se quebró, se hizo astillas, un millón de trozos.

—¿Cuándo vuelvo a verte? —Fiebrecurada, estaba de pie, el pie puesto victoriosamente sobre un brazo de piedra con hoyuelos.

Acuérdate, mi gárgola caída, mi príncipe de los guijarros.

—Trabajo en Londres.

—¿Cuándo?

—Tengo obligaciones. —Las paredes se vinieron encima, granos de madera, granos de vidrio, todo en su sitio—. En la habitación de al lado.

Los cuatro vientos tocaron retirada, derrota, marchándose con un alarido por su túnel en la cintura ceñida por el mar del mundo. Oh, hueco, hueco. Hueco en la piedra albergada.

Leonard se inclinó a su última cena. Ella esperó. Esperó, viendo la blancura de su mejilla con su mancha de verdín moviéndose junto a su propia boca.

Dientes extraídos. Y sostenidos. Sal, sal caliente, bañando las papilas gustativas de su lengua. Dientes excavando para encontrar. Un dolor iniciado lejos en su raíz de hueso. Acuérdate, acuérdate. Pero él tembló. La sacudió contra la sustancia de grano sólido de la pared. Dientes cerrados sobre el aire. Sin palabras, sino una espalda negra vuelta, menguada, menguante, a través de una puerta repentina brotada. Granos de moldura de madera, granos de tabla lisa, corrigieron el mundo. El mundo equivocado. Fluyó el aire, llenando el hueco que dejó su forma. Pero nada de nada llenó el hueco de su propio ojo.

La puerta medio abierta atestada de risitas, de susurros. Sobre el aire cargado de humo de la fiesta que se fisuraba a través de la grieta, llegó Hamish, resuelto, tras una brillante máscara rosa de goma.

—¿Estás bien?

—Claro que estoy bien.

—Voy a por tu abrigo. Nos vamos.

Hamish volvió a irse. Un chico pequeño que llevaba gafas y un traje apagado de color mostaza se escabulló de un agujero de la pared de camino al baño. Se la comió con los ojos, apoyada en la pared como estaba, y ella sintió su propia mano, llevada a la boca, sacudida por una convulsión como la de un espástico.

—¿Te traigo algo?

En su ojo brillaba una luz rara, la luz que tiene la gente cuando la sangre de un accidente callejero se agolpa, encharcándose pródiga sobre la acera. Cómo venían a mirar fijamente. Curiosas palestras de ojos.

—Mi cartera —dijo Dody con rigidez—. La he dejado detrás de la cortina del primer alféizar.

El chico se fue. Hamish apareció con su abrigo rojo, toga negra que dejaba colgar su harapo de crepé. Metió dentro los brazos, obediente. Pero le ardía la cara, sin piel, deshecha.

—¿Hay un espejo?

Hamish señaló. Un rectángulo de vidrio empañado, rajado, colgaba sobre el fregadero antaño blanco que amarilleaban cien años de manchas de vómito y alcohol. Ella se inclinó hacia el espejo y una cara cansada, conocida, con ojos marrones vacíos y una cicatriz marrón veteada en la mejilla izquierda, se le acercó nadando a través de la niebla. En la cara no había boca: el lugar de la boca era del mismo color amarillento que el resto de la piel, que definía su forma igual que una pieza de escultura tremendamente chapucera define su forma, mediante sombras bajo las partes alzadas e hinchadas.

El chico estaba de pie junto a ella, sosteniendo una cartera de cuero marrón arañado. Dody la cogió. Con una barra de labios roja siguió la forma de boca e hizo que volviera el color. Gracias, sonrió al chico con su brillante boca roja nueva.

—Ahora, cuídame —le dijo a Hamish—. He estado bastante repugnante.

—No te pasa nada.

Pero eso no era lo que los demás dirían.

Hamish abrió la puerta de un empellón. A la habitación. Nadie miró: un anillo de espaldas vueltas, caras desviadas. Las notas del piano todavía paseaban bajo la conversación. Ahora la gente estaba riendo mucho. Leonard estaba encorvado junto al piano, sosteniendo un pañuelo blanco contra su mejilla izquierda. Alta, pálida, Delores-Cheryl-Iris con las pecas de lirio atigrado mimbró hacia arriba, para ayudarlo a secar la sangre. He sido yo, informó Dody al aire sordo. Pero la obligación se interpuso, sonriendo con suficiencia. Obligaciones. Jabón y agua no lavarían ese anillo de agujeros ni en una semana larga. Dody Ventura. Recuérdame, acuérdate.

Gracias a Hamish, protector, en absoluto enfadado, llegó al umbral de la habitación sin tirar una sola piedra, y sin querer ir y aun así yendo. Empezando a bajar las escaleras de ángulos estrechos, con la cara de Adele, enmarcada por el pelo rubio brillante, subiendo hacia ella, abierta y sincera e inviolable como un nenúfar, esa blanca rubiedad, toda pura, toda doblándose puramente dentro de sí misma. Multihombrada pero virginal, su mera apariencia daba forma a una reprimenda como la presencia silenciosa de una monja. Oswald la respaldaba, y tras él marchaba el alto, desgarbado y depresivo Atherton. Oswald, su cabeza de Neanderthal con entradas cepillada de lado con pelo aceitoso para esconder la brillante cuesta que se retiraba, observó a Dody a través de sus gafas de carey.

—Háblanos de la estructura ósea, Dody.

Los vio, claros en la luz aún inviolada de los minutos venideros, a los tres, juntos, entrando en la habitación rebosante de su número, de versiones y variaciones sobre el tema de su número que para mañana la marcaría como la cicatriz marrón de su mejilla en todos los *colleges* y toda la ciudad. Las madres se pararían en Market Hill, señalándosela a sus hijos: «Esa es la chica que pegó al chico. Él murió al día siguiente». Los pajaritos cantan, las nubes se levantan.

—Eso fue la semana pasada.

La voz de Dody sonó áspera y hueca, como si llegara desde el fondo de un pozo cubierto de malas hierbas. Adele seguía sonriendo con su sonrisa sublime, altruista. Porque ya sabía lo que iba a encontrar en la habitación: no una caja sorpresa de circunstancias enviadas por las estrellas, sino sus escogidos amigos, y Larson, su amigo especial. Que le contaría todo, y mantendría la historia en boca de todos, cambiando, sustituyendo los colores, como un camaleón sobre un territorio embadurnado y escabroso.

Apretándose contra la pared, Dody dejó pasar a Adele, Oswald y Atherton escaleras arriba a la habitación que acababa de dejar y al rojo círculo de marcas de dientes y la obligación de Leonard. Golpeó el aire frío, segándole las espinillas. Pero ninguna cara vino a reconocer a Dody, ni hubo dedos, censores, que la señalaran. Escaparates ciegos y paredes de callejones sin ojos decían: relájate, relájate. Espacios de cielo negro hablaban de la enormidad, la indiferencia del universo. Alfilerazos de estrellas tirando a verdes le dijeron lo poco que les importaba.

Cada vez que Dody quería decirle Leonard a una farola, la llamaba Hamish, porque Hamish estaba tomando el mando, guiándola lejos, a salvo, aunque dañada y con lesiones internas, pero a salvo ahora, a través de las calles sin nombre. En alguna parte, desde el vientre santuarial de St. Mary's, o desde dentro, desde más adentro de la ciudad, un reloj hizo *bong. Bong.*

Calles negras, salvo por la delgada línea de luces en los cruces principales. Todos los ciudadanos en cama. Empezó un juego, un juego del escondite con nadie. Nadie. Hamish la colocó detrás de un coche, avanzando solo, mirando detenidamente en las esquinas, y regresando luego para guiarla tras él. Después, antes de la siguiente esquina, Dody agachándose de nuevo detrás de un coche, sintiendo el parachoques de metal como hielo seco, agarrándole la piel como un imán. Hamish volviendo a dejarla sola, volviendo a alejarse para mirar, y luego regresando, y diciendo que por ahora no había moros en la costa.

—Los *proctors* —dijo— andarán buscándome.

Una neblina húmeda se levantó y se alzó como un chapitel alrededor de sus rodillas, borrando trozos de los edificios y los árboles desnudos, una neblina que volvía azul de fósforo la alta, clara luna, cayendo sobre un arce, un cobertizo en un jardín, aquí, allá, su fino telón dramático de niebla azul y forrada. Tras los callejones de atrás, tras cruzar la esquina de Trumpington Street bajo las ásperas paredes ennegrecidas del Pembroke College, un cementerio a la derecha, torcido con piedras, la nieve amontonada blanca en trozos, y trozos de oscuridad donde se veía el suelo, llegaron a Silver Street. Ahora con arrojo dejaron atrás el armazón de carpintería de la carnicería con su persiana de quirúrgico blanco echada sobre todos los cerdos colgantes enganchados por el talón y los mostradores llenos de pecosas salchichas de cerdo y riñones morado rojizo. A la puerta del Queen's College, cerrada por la noche, cinco chicos con togas negras estaban paseando bajo la luna. Uno empezó a cantar:

Ay, amor mío, eres injusta conmigo.[23]

—Espera. —Hamish colocó a Dody en una esquina al otro lado de las vallas puntiagudas—. Espera, voy a encontrar un sitio para hacerte pasar.

Al desecharme descortésmente.

Los cinco chicos rodearon a Dody. No tenían rasgos, solo lunas pálidas, transparentes por formas de cara, así que jamás los reconocería. Y también su cara daba la sensación de ser una luna sin rasgos. Jamás la identificarían a la luz del día.
—¿Qué haces aquí?
—¿Estás bien?
Las voces susurraron, como murciélagos, alrededor de su cara, sus manos.
—Qué bien hueles...
—Ese perfume.
—¿Podemos besarte?
Sus voces, amables y ligeras como serpentinas, cayeron, amables, tocándola, como hojas, como alas. Voces con alas de telaraña.
—¿Qué haces aquí?
Apoyada en la valla con púas, mirando el blanco campo de nieve más allá de la media luna de los oscuros edificios del Queen's College y a la azulada niebla pantanosa que llegaba a la cintura sobre la nieve, Dody se mantuvo firme. Y los chicos se retiraron, porque había aparecido Hamish. Los chicos empezaron a saltar uno a uno las vallas

---

[23] Primer verso de la canción tradicional *Greensleeves*.

con sus pinchos. Dody los contó. Tres. Cuatro. Cinco. Contando ovejas camino del sueño. Agarrados a la reja, voltearon por encima de los puntiagudos pinchos negros al terreno del Queen's College, de regreso y borrachos, tambaleándose con tiento sobre la nieve dura.

—¿Quiénes eran?

—Nada, unos que llegaban tarde.

Todos los chicos habían saltado ya, y se alejaron cruzando el arqueado puente de madera sobre el estrecho río verde, el puente que antaño Newton montara sin tornillos.

—Vamos a saltar el muro —dijo Hamish—. Han encontrado un buen sitio. Pero no hables hasta que entremos.

—No puedo saltar. Con esta falda tan ceñida, no. Me voy a clavar los pinchos.

—Yo te ayudo.

—Pero me voy a caer.

Aun así, Dody se subió la falda hasta los muslos, hasta la parte de arriba de las medias de nilón, y puso un pie en el muro. Juego, oh, juego. Levantó la pierna izquierda por encima de los pinchos donde estaban más bajos, pero las puntas negras se engancharon y atravesaron la falda. Hamish ayudaba, pero ella estaba atascada, una pierna encima de los pinchos, vacilando. ¿Dolería? ¿Sangraría? Porque los pinchos le estaban atravesando las manos, y tenía las manos tan frías que no se las sentía. Y entonces Hamish estuvo de pronto al otro lado de la valla, juntando las manos en un estribo para que ella pisara, y, sin cuestionarlo ni pensar, ella pisó sin más, dando la vuelta con las manos, y parecía que los pinchos las estaban atravesando.

—Me van —empezó— a sangrar las manos...

—¡Chist! —Hamish le tapó la boca con la mano. Estaba mirando a un lado y a otro en el interior de la medialuna hacia una puerta oscura. La noche estaba quieta, y la luna, lejana y fría con su abrigo de luz prestada, le ponía una boca redonda en forma de *O* a ella, a Dody Ventura, entrando en el patio del Queen's College a las tres de la mañana, porque no había otro sitio, porque era una estación del camino. Un sitio para calentarse, porque tenía mucho frío. Borracha, echándose a perder, su sangre se había ido a enrojecer el círculo de marcas de dientes en la mejilla de Leonard, y ella, cáscara sin sangre, se había quedado a la deriva en el limbo. Aquí con Hamish.

Dody siguió a Hamish por el costado del edificio, recorriendo con los dedos el ladrillo de áspera textura, hasta que llegaron a la puerta, con Hamish furtivo y silencioso sin motivo alguno, porque no había sonido, tan solo el gran silencio de la nieve y el silencio de la luna y los cientos de hombres del Queen's College respirando silenciosos en su profundo sueño de la madrugada antes del alba. El primer peldaño crujió, aunque se habían quitado los zapatos. El siguiente no hizo ruido. Tampoco el siguiente.

Una habitación sola. Hamish cerró la pesada puerta de roble, y luego la fina puerta interior, y encendió una cerilla. La gran habitación saltó a la vista de Dody, con su sillón oscuro de cuero brillante, rajado, y sus gruesas alfombras, y una pared de libros.

—Lo hemos conseguido. Estoy en una entrada buena.

Desde detrás del revestimiento de paneles de madera crujió una cama. Sonó un suspiro reprimido.

—¿Qué es eso? ¿Ratas?

—No son ratas. Es mi compañero. Es buena gente...

Hamish desapareció, y la habitación con él. Chascó otra cerilla, y la habitación regresó. Hamish, en cuclillas, abrió el gas de la chimenea. El sonido silbante se encendió con un zumbido, un fulgor azul, y las llamas de gas, en su fila ordenada detrás del blanco enrejado de amianto, iniciaron sombras que parpadeaban detrás del gran sillón y las sillas pesadas.

—Tengo mucho frío.

Dody se sentó en la alfombra frente al fuego, que le ponía la cara amarillenta a Hamish, en vez de rosa, y los pálidos ojos, oscuros. Se frotó los pies, poniendo sus zapatos rojos, que parecían negros, en el hogar. Los zapatos estaban mojados por dentro, notaba la humedad con el dedo, pero no sentía el frío, solo el dolor entumecido de sus dedos cuando los frotaba, frotando para que volviera la sangre.

Entonces, Hamish la empujó, y cayó boca arriba encima de la alfombra, de manera que su pelo cayó lejos de su cara, y se enredó con los mechones de la alfombra, porque era una alfombra gruesa, que olía a cuero de zapato y a tabaco antiguo. Lo que hago no lo hago. En el limbo una no arde de verdad. Hamish empezó a besarla en la boca, y ella notó que la besaba. Nada se movió. Inerte, yació mirando el alto techo cruzado por las oscuras vigas de madera, oyendo los gusanos de las edades moviéndose en ellas, llenándolas de pasadizos incontables y pequeños laberintos de tamaño de gusano, y Hamish puso todo su peso sobre ella, así que hacía calor. No caeré en desuso, obsoleta, no seré. (Es sencillo, si no heroico, perdurar).

Y luego por fin Hamish estaba tumbado ahí sin más con la cara en el cuello de ella, y ella sentía que su respiración se sosegaba.

—Por favor, ríñeme.

Dody oyó su voz, extraña y constreñida en su pecho, de estar tumbada boca arriba en el suelo, de la sinusitis, del *whisky*. Estoy harta de estatuas etiquetadas. En un mundo gris no arden fuegos. Las caras no visten nombres. No puede haber Leonards, porque no viven Leonards: Leonard no es un nombre.

—¿Por qué?

La boca de Hamish se movió contra el cuello de ella, y volvió a tener la sensación de que tenía el cuello anormalmente largo, de manera que su cabeza asentía lejos de su cuerpo, sobre un largo tallo, como el dibujo de Alicia después de comer la seta, con la cabeza sobre su cuello de serpiente por encima de las hojas de las copas de los árboles. Una paloma voló hacia lo alto, riñendo. Serpientes, serpientes. ¿Cómo proteger los huevos?

—Soy una zorra —escuchó Dody anunciar a su voz desde la caja de muñecas de su pecho, y la escuchó, preguntándose qué cosa absurda iba a decir a continuación—. Soy una puta —dijo sin ninguna convicción.

—No, no lo eres. —Hamish hizo una forma de beso con la boca sobre el cuello de ella—. Pero tendrías que haber aprendido la lección. Te dije cómo son, y tendrías que haber aprendido la lección.

—La he aprendido —mintió la vocecilla.

Pero Dody no había aprendido la lección, a no ser que fuera la lección de este limbo donde nadie se hacía daño, porque nadie tomaba un nombre al que atar el daño como una lata baqueteada. Sin nombre me alzo. Sin nombre e inmaculada.

Ante ella se cernía una última vuelta de su viaje: entrar a salvo por la puerta de Arden, y luego subir a su habitación sin que las escaleras crujieran. Sin que la señorita Michell saliera rabiosa en tromba de su habitación en el rellano entre el primer piso y el segundo, rabiando con su bata de franela roja, el moño para dormir suelto, y el pelo colgando en una trenza negra recta en medio de su espalda, con las mechas grises trenzadas en él, bajando hasta sus nalgas, y sin nadie que lo viera. Nadie que supiera que, suelto, el pelo de la señorita Minchell llegaba hasta sus nalgas. Algún día, algún año más adelante, sería una trenza de gris acorazado, probablemente, para entonces, le llegaría a las rodillas. Y, para cuando creciera hasta tocar el suelo, se habría vuelto blanco puro. Blanco, y echando a perder su blancura en el aire vacío.

—Me voy.

Hamish se levantó, y Dody siguió tumbada indiferente, sintiendo el sitio caliente en el que él había estado, y el sudor caliente secándose y enfriándose con el aire frío a través del jersey.

—Haz lo que yo te diga —dijo Hamish—. O no saldremos jamás.

Dody se puso los zapatos con sus cintas, que se habían puesto tan calientes por el fuego que le abrasaban las plantas de los pies.

—¿Quieres volver a saltar los pinchos? ¿O intentamos el arroyo?

—¿El arroyo? —Dody miró a Hamish, de pie sobre ella, sólido y caliente, como un caballo, respirando heno en su establo—. ¿Es profundo?

Podían haber sido Larson, u Oswald, o incluso Atherton quienes estaban de pie allí, sustituyéndolo con la placentera calidez que los caballos tenían en común. Caballos inmortales, porque uno remplazaba a otro. Así que todo iba bien en una eternidad de caballos.

—¿Profundo? Está helado. Pero yo probaría antes.

—Entonces, el arroyo.

Hamish situó a Dody junto a la puerta. Primero abrió la puerta de dentro, y luego, mirando por el hueco, la puerta de fuera.

—Espera aquí. —La encajó contra la jamba—. Cuando te haga la señal, ven.

Las escaleras piaron débilmente bajo su peso, y luego, tras una pausa, se encendió una cerilla, iluminando la entrada, mostrando el grano de la madera, desgastada en una pátina de satén por las manos de los fantasmas. Dody empezó a bajar. Cómo nos pasamos y repasamos, sin fundirnos nunca, sin hacernos sólidos en las perfectas poses de nuestros sueños. Bajando de puntillas, con la mano derecha deslizándose por el pasamanos, Dody sintió que toda la medialuna del Queen's College se escoraba y se recuperaba, y volvía a escorarse, un barco en un vaivén de mares bravos. Luego, se le clavó una astilla en el índice, pero mantuvo la mano deslizándose hacia abajo sobre el pasamanos, hundiéndola. Sin mueca de dolor. Aquí. Haz diana. La astilla se rompió, empotrada en su dedo con una pequeña punzada fastidiosa. Hamish la situó en el oscuro nicho de la entrada, un maniquí de costurero.

—Espera —susurró, y el susurro subió las escaleras a la carrera, entrelazándose con los pasamanos, y podía haber alguien en el siguiente rellano, receloso, escuchando, con linternas y una chapa oficial—. Si no hay moros en la costa, te hago una señal, y corres como alma que lleva el diablo. Incluso si alguien te sigue, corre, y cruzaremos el arroyo y la carretera, antes de que puedan cogernos.

—¿Y si te arrestan?

—Lo más que harán será expulsarme.

Hamish tiró la cerilla al suelo. La aplastó con el pie. El pequeño mundo amarillo se apagó y el patio floreció, grande, luminoso, azul a la luz de la luna. Hamish salió al patio, su forma negra se recortó clara contra la nieve, una silueta de cartón, moviéndose, menguando, fundiéndose con la oscuridad de los arbustos que bordeaban el arroyo.

Dody miró, oyendo su propia respiración, la de una desconocida de cartulina, hasta que una figura oscura se separó de los arbustos. La figura hizo un movimiento. Ella salió corriendo. Sus pies provocaron un crujido alto, quebrando la corteza de nieve, cada paso restallando, como si alguien estuviera abollando periódicos, uno tras otro. Su corazón latía, y la sangre se le agolpaba en la cara, y las cortezas de nieve seguían rompiéndose y rompiéndose bajo sus pies. Sentía la nieve blanda cayendo como polvo dentro de sus zapatos, en el espacio entre el arco de su pie y el empeine del zapato, seca, y luego derritiéndose fría. Ninguna repentina luz reflectora, ningún grito.

Hamish extendió una mano hacia ella mientras ella avanzaba a trompicones, y se quedaron parados junto al seto. Luego Hamish empezó a abrirse paso a través del arbusto de áspero matorral, haciéndole un camino, y ella lo siguió, pisando, pisoteando las ramas bajas, rozándose y raspándose las piernas con las ramitas quebradizas. Llegaron al otro lado, junto a la orilla del arroyo, y el arbusto cerró tras ellos su verja de zarzas, oscura, intacta.

Hamish se deslizó por la orilla, metido en la nieve hasta el tobillo, y extendió una mano, para que Dody no se cayera al bajar. El hielo cubierto de nieve los sostenía, pero, antes de llegar al otro lado, el hielo empezó a estallar y rajarse en sus profundidades. Saltaron a la orilla opuesta, y empezaron a gatear por el flanco empinado, resbaladizo, perdiendo pie, tratando de alcanzar la cima de la orilla con las manos, las manos llenas de nieve, los dedos les picaban.

Cruzando el campo de nieve hacia la desnuda extensión de Queen's Road, sosegada ahora, silenciosa y aliviada de su trueno diario de camiones y furgonetas de los mercados, anduvieron de la mano, sin decir una palabra. Un reloj que daba la hora rompió el silencio mortal. *Bong. Bong.* Y *bong.* Newnham Village dormía detrás de ventanas vidriadas, un pueblo de juguete hecho de caramelo naranja pálido. No se cruzaron a nadie.

Con la luz del porche y todas las luces apagadas, Arden se alzaba oscura en la débil aguada azul de la luna poniente. Sin decir palabra, Dody metió la llave en la cerradura, la giró y empujó el picaporte. La puerta se abrió con un clic al recibidor negro, denso del tictac del reloj de forma de ataúd, y callado con la respiración inaudita de las chicas que dormían. Hamish se inclinó y puso su boca en la de ella. Un beso con sabor a heno rancio a través de la labor imperfecta de sus caras.

La puerta lo cerró lejos. Una mula que no daba coces. Fue a la alacena justo enfrente de los aposentos de la señora Guinea, y abrió la puerta. El olor del pan y el beicon frío subió al encuentro de su nariz, pero no tenía hambre. Buscó a tientas hasta que su mano encontró la fría forma de cristal de una botella de leche. Volviendo a quitarse los zapatos, y la toga negra y el abrigo, empezó a subir las escaleras, con la botella de leche, cansada, pero preparando, a gran distancia, las mentiras que dirían, si fuera necesario, que había estado en la habitación de Adele, hablando con Adele hasta tarde, y acababa de subir. Pero recordó con calma lúcida que no había mirado en el registro para ver si Adele ya había firmado la vuelta. Probablemente, Adele tampoco había firmado la salida, así que no había forma de saber, a menos que probase la puerta de Adele, si Adele había vuelto de verdad. Pero la habitación de Adele estaba en el primer piso, y ahora era demasiado tarde. Y luego recordó por qué de todas formas no quería ver a Adele en absoluto.

Cuando Dody dio la luz, su habitación saltó para darle la bienvenida, luminosa, acogedora, con su alfombra verde hierba y las dos grandes estanterías repletas de libros que había comprado con su asignación para libros y quizá nunca leería, no hasta tener un año sin nada que hacer, más que sentarse, con una puerta cerrada y comida subida por poleas, y entonces quizá los leería todos. No ha pasado nada de nada, afirmaba la habitación. Yo, Dody Ventura, soy la misma al volver que cuando salí. Dody dejó caer el abrigo al suelo, y la toga rota. La toga yacía en una mancha oscura, como un agujero, una puerta negra a ningún sitio.

Dody puso los zapatos encima del sillón con cuidado para no despertar a la señorita Minchell, que dormía justo debajo, enroscada en su trenza de pelo para pasar la noche. El anillo de gas del hogar, negro y grasiento, tenía pegadas peinaduras, y estaba moteado de polvos para la cara caídos de antiguas sesiones de maquillaje frente al espejo de la repisa de la chimenea. Cogiendo un pañuelo de papel, limpió el anillo de gas y tiró el pañuelo sucio a la papelera de mimbre. La habitación siempre olía a humedad los fines de semana, y en realidad solo se aireaba los martes, cuando la señora Guinea entraba con el aspirador y el ramo de cepillos y plumeros.

Dody sacó una cerilla de la caja con el cisne que tenía en el suelo junto al contador gris del gas, con su miríada de esferas y números estarcidos en negro sobre blanco. Encendió el fuego de gas y luego el anillo de gas, su círculo de llamas ardiendo azul en pos de su mano que se retiraba, saltando para quemarla. Durante un minuto se quedó en cuclillas, absorta, para sacarse la astilla de la mano derecha, donde se había hundido en un bolsillito de carne, negra bajo la cubierta transparente de piel. Con el pulgar y el índice de la mano izquierda pellizcó la carne, y salió la cabeza de la astilla, negra, y cogió la fina astilla entre las uñas, tirando despacio hasta que salió del todo. Luego puso el cacito de aluminio baqueteado encima del anillo de gas, echó la pinta de leche, y se sentó en el suelo con las piernas cruzadas. Pero las medias se le clavaban en los muslos, así que se levantó, y se arrancó la faja como la peladura de una fruta, y se quitó las medias, todavía unidas a la falda con el liguero, porque estaban hechas trizas de las ramitas de los arbustos que rodeaban el Queen's College. Y volvió a sentarse en combinación, meciéndose despacio adelante y atrás, con la mente en blanco y tranquila, los brazos alrededor de las rodillas, y las rodillas apretadas contra los pechos, hasta que en la leche empezó a haber burbujas, alrededor del borde del cazo. Entonces se sentó en la silla cubierta de verde, bebiendo a sorbos de la taza holandesa de cerámica que compró en Londres la primera semana.

La leche le quemó la lengua, pero se la bebió toda. Y supo que mañana la leche no saldría, no toda, de su sistema, extraíble como una astilla, sino que permanecería para convertirse en parte de ella, inextricable, Dody. Dody Ventura. Y luego, despacio, ante este pensamiento, todas las causas y consecuencias vinculadas de sus palabras y acciones empezaron a reunirse en su mente, despacio, como ampollas lentas. El círculo de marcas de dientes colgó su anillo de rosas ensangrentadas, para que Dody Ventura lo reclamase. Y no sería capaz de escupir como cardos los minutos invariables con Hamish, se aferraban, se aferraban firmemente. Ella no era un cordero sin nombre del limbo. Sino manchada, de veta profunda con todas las palabras y las acciones de todas las Dodys desde el llanto natal en adelante. Dody Ventura. Vio. ¿A quién contárselo? Dody Ventura soy.

El último piso de Arden no respondió, siguió silencioso en el amanecer negro. Fuera, nada dolía lo suficiente para igualar la marca de dentro, un círculo de marcas de dientes siamés, apropiado emblema de la pérdida. Viví: aquella vez. Y debo llevar la carga, la carga de mis egos muertos hasta que vuelva a vivir.

Descalza, Dody se quitó la combinación de nilón blanco, y el sujetador y las bragas. Chisporroteó electricidad conforme la seda caliente se separaba de su piel. Apagó la luz y se alejó del muro de llamas, y del anillo de llamas, hacia el rectángulo negro de la ventana. Abriendo un ojo de buey transparente en el vidrio que tapaba el vaho, miró afuera a la mañana, atrapada en una extraña luz de tierra de nadie entre la puesta de luna y la salida del sol. Ninguna parte. Ninguna parte todavía. Pero en alguna parte, en alguna parte en Falcon Yard, los vidrios de las ventanas con rombos de vidrio estaban cayendo en esquirlas serradas a la calle, atrapando la luz de la única farola mientras caían. Crac. Pum. Tintín. Pies con botas atravesaron los vidrios venerables, antes de que amaneciera.

Dody abrió el pestillo de la ventana y la abrió de par en par. El marco chirrió sobre las bisagras, golpeando el tejado con un ruido sordo. Arrodillada desnuda sobre el sofá de dos plazas en el nicho de la ventana, se asomó sobre el jardín seco, muerto. Sobre los tallos sin médula que señalaban las raíces de los lirios, bulbos de narcisos. Sobre las ramas con brotes protuberantes del cerezo, y el intrincado cenador de ramas de codeso. Sobre la gran devastación de la tierra, y bajo la devastación aún mayor del cielo. Orión se alzaba sobre el tejado picudo de Arden, sus articulaciones de oro imperecederas pulidas en el aire frío, hablando como hablaba siempre, sus palabras de cuño brillante saliendo del vasto desperdicio del espacio: espacio en el que, testificaba, espacio en el que las señoritas Minchell, los Hamishes, todos los Athertons extras y los Oswalds no deseados del mundo daban vuelta tras vuelta, como cohetes, echando a perder la ahumada mecha de sus vidas en el limbo del desamor. Remendando el gran agujero del cosmos con tés de las cuatro y bollos y una pasta empalagosa de crema de limón y mazapán.

El frío tomó su cuerpo como la muerte. Sin puño atravesando el cristal, sin pelo arrancado, cenizas esparcidas y dedos ensangrentados. Solo el gesto solitario, pobre para el niño de piedra irrompible del jardín, irónico, con la mirada de Leonard, en equilibrio sobre ese pie esculpido, bien agarrado a su delfín, ojos de párpados de piedra fijos en un mundo más allá del seto de aligustre recortado, más allá de los parterres de boj, y la gravilla rastrillada de los senderos estrechos y formales del jardín. Un mundo sin desperdicios, de ahorro y estima: un mundo encendido por el amor, defendido por el amor. Conforme Orión caminaba remachado a su sendero hacia el borde de aquel país no visto, con su brillo palideciendo en la luz azul subacuática, cantó el primer gallo.

Las estrellas mojaron sus mechas ardientes contra la llegada del sol. Dody dormía el sueño de los ahogados.

Y no vio, no entendió cómo ahora abajo, en la cocina de atrás, la señora Guinea comenzaba otro día. Ahorradora, estimadora. No desperdiciadora. Separando los arenques ahumados llenos de espinas y echándolos a la sartén de hierro negro, la tostada empapada de grasa en el horno, tarareaba chirriante. La grasa saltaba y escupía. El sol floreció virginal en los redondeles enmarcados en acero de sus gafas, y de su pecho viudo brotaba luz clara, devolviendo al día su pureza.

A sus macetas de jacintos, que brotaban en el alfeizar, en su rara tierra etérea de conchas de madreperla, la señora Guinea afirmaba, y afirmaría por siempre, dejando a un lado el invierno, que a fin de cuentas hacía un día muy bueno, maravilloso.

TODOS LOS MUERTOS QUERIDOS
(Relato, 1957-1958)

——Me da igual lo que diga Herbert ——declaró la señora Nellie Meehan, echándose dos cucharadas de azúcar en el té——, una vez vi un ángel. Era mi hermana Minnie, la noche que murió Lucas.

Era tarde, y aquella tarde de noviembre los cuatro estaban sentados alrededor del rojo fuego de carbón en la casa que los Meehan acababan de comprar: Nellie Meehan y su marido, Clifford; Herbert, el primo de Nellie, inquilino de los Meehan desde que su mujer pelirroja lo abandonó en la época de la recolección de heno unos veintisiete años antes; y Dora Sutcliffe, que se había dejado caer para tomar un té de camino a casa, a la vuelta de Caxton Slack, tras visitar a su amiga Ellen, recién salida del hospital, y convaleciente de una operación de cataratas.

El fuego agonizante aún brillaba caliente, la tetera de aluminio baqueteada echaba humo en el hogar, y Nellie Meehan había sacado su mantel de lino bordado a mano, todo rodeado de violetas y amapolas carmesí, en honor a la visita de Dora. Un ventisquero de bizcochitos de grosella y *scones* con mantequilla inclinaba la bandeja *Blue Willow*, y un pequeño cuenco de cristal tallado contenía generosas cucharadas de la mermelada casera de uva espina de Nellie. Fuera, en la noche clara, ventosa, la luna brillaba alta y llena; una niebla azul, luminosa se estaba levantando del fondo del valle, donde el río de montaña corría negro y hondo sobre esas caídas espumosas en las que el cuñado de Dora eligió ahogarse el lunes hará una semana. La casa de los Meehan (comprada a principios de ese otoño a la solterona Katherine Edwards, después de que su madre Maisie muriera a la intrépida edad de ochenta y seis años) se aferraba a media altura en la colina empinada llena de fresnos de frutos rojos y helechos, que se hacía llana en la cumbre, extendiéndose a lo lejos en un páramo silvestre y yermo, cubierto de brezo, y en el que pastaban las ovejas de cara negra del páramo, con sus cuernos rizados, y los locos ojos amarillos que miraban fijamente.

Durante la larga velada, ya habían hablado de los días de la I Guerra Mundial y de los varios finales de quienes habían medrado y quienes habían muerto, Clifford Meehan poniéndose en pie con un crujido en el punto apropiado en el curso de la conversación, como tenía por costumbre, y sacando del último cajón del armario de caoba pulida de la porcelana la caja de cartón de los recuerdos —medallas, lazos, el cuaderno destrozado que providencialmente se hallaba en el bolsillo de la pechera cuando lo alcanzó la bala (trozos de metralla aún incrustados en sus hojas desvaídas)—, para enseñar a Dora Sutcliffe el borroso daguerrotipo ocre, tomado en el hospital la Navidad antes del Armisticio, con los rostros de cinco jóvenes sonrientes, iluminados por el débil sol invernal que se alzó y se puso unos cuarenta años antes.

—Este soy yo —dijo Clifford, y, como si nombrara los destinos de unos personajes en una obra muy conocida, señaló las otras caras con el pulgar, una por una—. Este perdió la pierna. A este lo mataron. Este murió, y este murió.

Y así siguieron cotilleando amablemente, recitando los nombres de los vivos y de los muertos, reviviendo cada acontecimiento pasado como si no tuviera principio ni fin, sino que existiera, vívido e irrevocable, desde el principio de los tiempos, y fuera a seguir existiendo mucho después de que sus propias voces se apagaran.

—¿Qué —preguntó Dora Sutcliffe a Nellie Meehan, ahora en el tono reprimido de ir a la iglesia— llevaba Minnie?

La mirada de Nellie Meehan se volvió soñadora.

—Un blusón blanco estilo Imperio —dijo—. Recogido en la cintura, con cientos y cientos de tablas. Me acuerdo perfectamente. Y alas, grandes alas blancas con plumas que caían sobre las puntas desnudas de los dedos de los pies. Clifford y yo no supimos de los Lucas hasta la mañana siguiente, pero esa fue la noche que tuve el dolor y escuché los golpes. La noche que vino Minnie. ¿Verdad, Clifford?

Clifford Meehan dio una calada meditativa a la pipa, su pelo plateado a la luz del fuego, los pantalones y el jersey gris arrayán; salvo por su nariz vívida, de venas moradas, parecía estar a punto de volverse transparente, como si la repisa de la chimenea, con sus jaeces de latón brillantes, pudiera empezar a verse en cualquier momento a través de su constitución delgada, agrisada.

—Sí —dijo a la postre—. Esa noche fue.

Los innegables destellos de clarividencia de su mujer siempre lo habían maravillado, y, hasta cierto punto, humillado.

El primo Herbert estaba sentado, arisco y escéptico, sus enormes, torpes manos, agrietadas y arrugadas, colgándole sueltas a los lados. Hacía tiempo que la mente de Herbert se había clavado a aquel distante día soleado, el primer día bueno tras una semana de chubascos, cuando los padres de Rhoda, que habían subido de visita para ayudar a segar el heno, se fueron de excursión a Manchester con Rhoda, dejando a Herbert solo con el heno. Al regresar, al anochecer, se habían encontrado las maletas hechas, tiradas al final del campo de la vaca; Rhoda lo dejó entonces, indignada, con sus padres. Obcecado y orgulloso, Herbert nunca le pidió que volviera; y ella, tan obcecada y orgullosa como él, no volvió.

—Me desperté... —A Nellie Meehan se le pusieron los ojos borrosos, como en un trance visionario, y su voz se volvió rítmica. Fuera, el viento azotaba la casa, que crujía y temblaba hasta los cimientos, bajo esas poderosas embestidas del viento—. Me desperté esa noche con un dolor terrible en el hombro izquierdo, oyendo unos golpes fuertes por todas partes, y ahí estaba Minnie, de pie al pie de la cama, pálida y con expresión dulce; yo tendría siete años, el invierno que cogió neumonía; entonces dormíamos en la misma cama. Bueno, mientras miraba, se hacía cada vez más tenue, hasta que desapareció. Me levanté con mucho cuidado para no despertar a Clifford, y bajé a hacer té. El hombro me dolía una barbaridad, y todo el rato oía un toc-toc-toc...

—¿Qué *era*? —rogó Dora Sutcliffe, los ojos azules acuosos abiertos de par en par. Había oído la historia del ahorcamiento de Lucas en incontables ocasiones, de segunda y tercera mano, pero con cada nuevo relato los anteriores se difuminaban, fundiéndose en uno solo, y cada vez, llegados a este punto, preguntaba, ansiosa, curiosa, como si formara parte de un coro que preguntase perpetuamente—: ¿Qué estaba llamando?

—Al principio, pensé que era el carpintero de al lado —dijo Nellie Meehan—, porque a menudo le daban las tantas dando martillazos en el taller del garaje, pero, cuando miré por la ventana de la cocina, estaba como la boca del lobo. Y seguía oyendo el toc-toc-toc, y todo el rato con el dolor que me latía en el hombro. Me senté en la sala de estar, y debí de quedarme dormida, porque ahí me encontró Clifford, cuando bajó para ir a trabajar la mañana siguiente. Cuando me desperté, estaba todo en silencio. El dolor del hombro había desaparecido, y el cartero llegó con la carta de Lucas, con el borde todo negro.

—No era una carta —la contradijo Clifford Meehan.

Sin falta, en algún punto de la historia, Nellie se dejaba arrastrar por imprecisiones de esa clase, improvisando los detalles que se le escaparan de la memoria en ese momento—. Era un telegrama. No habrían podido echar una carta al correo, y que te llegara la misma mañana.

—Pues un telegrama —concedió Nellie Meehan—. Que decía: «Ven, Lucas ha muerto».

—Le dije que debía de ser uno de sus tíos —intervino Clifford Meehan—. Le dije que no podía ser Lucas, con lo joven que era, y un maestro carpintero excelente.

—Pero era Lucas —dijo Nellie Meehan—. Se había ahorcado esa noche. Su hija Daphne se lo encontró en el desván. Imagínate.

—Hay que ver —respiró Dora Sutcliffe.

Su mano, como si fuera independiente del cuerpo inmóvil, atento, cogió un bizcochito de mantequilla.

—Era la guerra —anunció de pronto el Primo Herbert, en tono sepulcral, con la propia voz herrumbrosa por el desuso—. No había madera en ningún sitio.

—Bueno, fuera como fuere, ahí estaba Lucas. —Clifford Meehan le dio unos golpecitos a la pipa contra la chimenea, y sacó la bolsa del tabaco—. Acababa de hacerse socio de la carpintería. Pocos días antes de coger y ahorcarse, había estado donde estaban levantando los pisos nuevos, y le había dicho a su antiguo jefe, Dick Greenwood: «No sé si acabarán de construir estos pisos». Algunos hablaron con él la noche que lo hizo, y no notaron nada raro.

—Fue su mujer, Agnes —mantuvo Nellie Meehan, negando triste con la cabeza al recordar el destino de su hermano fallecido, los ojos marrones tan dulces como los de una vaca—. Lo mató Agnes, tan seguro como si lo hubiera envenenado; nunca le dijo nada amable. Le dejó preocuparse, preocuparse, preocuparse hasta morir. Subastó su ropa, además, inmediatamente, y se compró una confitería con lo que sacó, con eso y con lo que le dejó.

—¡Caramba! —resopló Dora Suttcliffe—. Siempre he dicho que Agnes tenía algo mezquino. Ponía pañuelos encima de la pesa, y todo lo que tenía en la tienda era un poco más caro que en cualquier otro sitio. Le compré una tarta de Navidad hace solo dos años, y a la semana siguiente, en Halifax, pregunté lo que costaba una exactamente igual. La tarta de Agnes costaba media corona más.

Clifford Meehan apisonó el tabaco nuevo en la pipa.

—Lucas se fue de *pubs* con su hija Daphne esa misma noche —dijo despacio. Él también había contado su parte de la historia muchas veces, y cada vez le daba la sensación de que se detenía ahí, expectante, a la espera de que una luz clara brotase de sus palabras, e iluminase los hechos crudos, trillados, de la muerte de Lucas—. Lucas subió después de la cena, y, cuando Daphne lo llamó para marcharse, pasaron unos minutos antes de que bajara; Daphne dijo después que tenía la cara hinchada, rara, y los labios como morados. Bueno, pararon para tomar unas cervezas en el Black Bull, como Lucas solía hacer los jueves por la noche, y, cuando volvió a casa, después de estar sentado abajo un rato con Daphne y Agnes, puso las manos en el reposabrazos del sillón y se puso en pie —lo recuerdo poniéndose de pie así cien veces—, y dijo: «Me parece que voy a prepararme». Daphne subió poco después, y gritó a Agnes: «Papá no está arriba». Daphne subió las escaleras del desván; no había más sitios en los que pudiera estar. Y ahí lo encontró, colgado de una viga, muerto.

—Había un agujero en la viga de en medio —dijo Nellie Meehan—. Lucas puso ahí un columpio cuando Daphne era pequeña, y pasó la cuerda con la que se ahorcó por ese mismo agujero.

—Encontraron arañazos en el suelo —informó Clifford Meehan, fríamente fáctico como la noticia en el periódico amarillento de hacía nueve años, conservada en el álbum familiar de Nellie—, donde Lucas intentó ahorcarse la primera vez, justo antes de salir, solo que la cuerda era demasiado larga. Pero, cuando volvieron, la cortó.

—No me creo que Lucas fuera capaz —suspiró Dora Sutcliffe—. Igual que no me lo creo de mi cuñado Gerald.

—Sí, Gerald era un buen hombre —ofreció Nellie Meehan compasiva—. Fuerte y colorado, fornido como pocos. ¿Qué va a hacer Myra con la granja, ahora que no está?

—Ay, sabe Dios —dijo Dora Sutcliffe—. Gerald se pasó el último invierno entrando y saliendo del hospital. Por los riñones. Myra dijo que el médico acababa de decirle que iba a tener que volver, que seguía mal. Y Myra toda sola ahora. Su hija Beatrice se casó con ese que anda haciendo experimentos con vacas en Suráfrica.

—No entiendo que tu hermano Jake siga tan animado, desde hace treinta años, Nellie —caviló Clifford Meehan, relevándola en esa fuga de fantasmas de familia, con voz tan melancólica como solo podía tenerla un hombre cuyos dos hijos incondicionales lo habían abandonado en la vejez, uno por Australia y las granjas ovinas, el otro por Canadá y una secretaria caprichosa que se llamaba Janeen—. Con esa bruja de mujer que tiene, Esther, y la única hija que le queda, Cora, veintiocho años, y ni siente ni padece. Recuerdo a Jake viniendo de visita, antes de casarse con Esther...

—Aquellos días brillantes de conversación luminosa y divertida —interrumpió Nellie Meehan, su propia sonrisa, pálida y nostálgica, como si ya estuviera congelada en una fotografía de familia antigua.

—... viniendo de visita, y tirándose en el sofá, y diciendo: «No sé si hago bien casándome con Esther; tiene mala salud, está siempre hablando de achaques y hospitales». Y así fue, una semana después de casarse, Esther está en el hospital para una operación que le costó cien libras a Jake; ella se lo guardó hasta que estuvieron casados, para que él tuviera que pagarlo todo.

—Se ha pasado la vida sudando la gota gorda con esa fábrica de algodón, mi hermano Jake. —Nellie Meehan dio vueltas a los posos fríos de su taza de té—. Y ahora tiene una fortuna, y se muere por ver mundo, y Esther no quiere salir de casa; nada más estar sentada y meterse con la pobre tonta de Cora; ni siquiera ha querido que la metieran en una residencia con gente como ella. Siempre está tomando hierbas y pociones, Esther. Cuando Gabriel venía de camino, el único bueno de todos ellos, con la cabeza sobre los hombros, después del raro de Albert, que nació con la lengua descolocada, Jake cogió y le dijo a Esther: «Si estropeas a este, te mato». Y luego la pulmonía se llevó a los dos chicos, al bueno y al malo, ni siete años pasaron.

Nellie Meehan volvió sus tiernos ojos a las ascuas del hogar, como si brillaran allí los corazones de todos esos muertos.

—Pero están esperando. —Su voz bajó, calmante como una nana—. Vuelven. —Clifford Meehan dio unas caladas a la pipa, despacio. El primo Herbert estaba sentado, quieto como una roca; el fuego agonizante tallaba sus rasgos amargados con luz desnuda y sombra, como si fuera de piedra—. Lo sé —susurró Nellie Meehan, casi para sí misma—. Los he visto.

—¿Quieres decir —Dora Sutcliffe se estremeció en la corriente delgada, gélida, que entraba por el marco de la ventana que tenía detrás— que has visto *fantasmas*, Nellie?

La pregunta de Dora Sutcliffe era retórica; no se cansaba de las historias de Nellie Meehan sobre tratos erráticos con el mundo de los espíritus.

—No son fantasmas exactamente, Dora —dijo en voz baja Nellie Meehan, modesta y reservada como siempre respecto de su extraño don—, más bien son *presencias*. Alguna vez he entrado en una habitación, y he sentido que había alguien, como te veo a ti. Y muchas veces, me he dicho: «Si pudieras ver un poco más *fuerte*, Nellie Meehan, los verías perfectamente».

—¡Sueños! —La voz del primo Herbert rugió áspera—. ¡Chismes!

Como si el primo Herbert no estuviera en la habitación, como si sus palabras cayeran en oídos sordos, los otros tres hablaron y gesticularon. Dora Sutcliffe se puso en pie para marcharse.

—Clifford te acompaña hacia Slack —dijo Nellie Meehan.

El primo Herbert se levantó sin decir palabra, encorvado, como si sufriera un dolor enorme, privado, indecible. Dio la espalda al grupo que rodeaba el fuego, y se fue a la cama, sus pisadas fuertes y huecas en las escaleras.

Nellie Meehan acompañó a su marido y a Dora Sutcliffe a la puerta, y los despidió mientras se adentraban en las ráfagas de viento y la neblina lunar. Durante un minuto, se quedó en el umbral, mirando después de que las dos formas desaparecieran en la oscuridad, sintiendo un frío más mortal que cualquier cuchillada en el tuétano. Luego cerró la puerta, y volvió al salón para recoger las cosas del té. Al entrar en el salón, se detuvo, sorprendida. Ahí, enfrente del sofá tapizado de flores, estaba suspendida a unas pulgadas del suelo una columna de resplandor; no tanto una luz encarnada en el aire, cuanto un borrón superpuesto sobre el fondo familiar, una niebla sobre el sofá, y el armario de caoba de la porcelana detrás, y el empapelado con ramos de rosas y nomeolvides. Mientras Nellie Meehan miraba, el borrón empezó a tomar la forma de una silueta vagamente familiar, solidificándose como hielo en el aire vaporoso, hasta que tuvo una masa tan real como la propia Nellie Meehan.

Nellie Meehan siguió de pie, sin pestañear, y con mirada firme fija en la brillante aparición:

—Te conozco, Maisie Edwards —dijo con tono suave, apaciguador—. Estás buscando a tu Katherine. Bueno, aquí ya no está. Ahora vive lejos, abajo, en Todmorden.

Y luego, casi pidiendo disculpas, Nellie Meehan dio la espalda a la forma brillante, que seguía suspendida en el aire, para recoger y fregar el servicio de té, antes de que volviera Clifford. Con una nueva ligereza en la cabeza vio a la mujer pequeña, regordeta, sentada rígida, la boca abierta, los ojos mirando fijamente, inmóvil en la mecedora junto a la mesita del té. Conforme Nellie Meehan se quedaba boquiabierta, sintió que el frío invasor tomaba el último reducto de su corazón; con un suspiro que fue una respiración lenta, vio claramente el delicado dibujo de sauce azul del plato a través de la transparencia de su propia mano, y oyó, como si fuera un eco que viniera de un pasillo abovedado, sibilante de sombras expectantes, cotillas, la voz a su espalda que le daba la bienvenida como una anfitriona contenta que ha esperado mucho tiempo a un invitado que llega tarde:

—Bueno —dijo Maisie Edwards—, ya era hora, Nellie.

LA CAJA DE LOS DESEOS
(Relato, 1956)

Agnes Higgins se dio perfecta cuenta de la causa de la expresión beatífica, ausente, de su marido Harold ante su desayuno de zumo de naranja y huevos revueltos.

—A ver —resopló Agnes, untando mermelada de ciruela en la tostada, con trazos vengativos del cuchillo de la mantequilla—, ¿qué has soñado?

—Me estaba acordando —dijo Harold, que seguía mirando fijamente con expresión dichosa, borrosa, sin ver la forma muy atractiva y tangible de su mujer (con las mejillas sonrosadas y el pelo rubio esponjoso como siempre aquella mañana de principios de septiembre, con su bata de ramos de rosas)— de esos manuscritos de los que estuve hablando con William Blake.

—Pero —protestó Agnes, tratando con dificultad de esconder su irritación—, ¿cómo *sabías* que era William Blake?

Harold pareció sorprenderse.

—Anda, pues por los dibujos, claro.

¿Y qué podía responder a eso Agnes? Tomó el café en silencio y echando humo, luchando contra los extraños celos que crecían en ella como un cáncer oscuro, maligno desde su noche de bodas, tres meses antes, cuando descubrió los sueños de Harold. Aquella primera noche de su luna de miel, de madrugada, Harold despertó a Agnes de un sueño profundo, sin sueños, con un espasmo violento, convulsivo, del brazo derecho. Asustada momentáneamente, Agnes zarandeó a Harold hasta que se despertó, para preguntarle con tono tierno, maternal, qué pasaba; pensaba que podía estar en medio de una pesadilla. Harold no.

—Estaba empezando a tocar el Concierto Emperador —explicó somnoliento—. Debía de estar levantando el brazo para tocar el primer acorde cuando me has despertado.

Al principio de su matrimonio, los vívidos sueños de Harold divertían a Agnes. Cada mañana le preguntaba a Harold qué había soñado la noche anterior, y él se lo contaba con tanto detalle como si estuviera describiendo algo significativo que hubiera sucedido de verdad.

—Me estaban presentando a un grupo de poetas estadounidenses en la Biblioteca del Congreso —informaba con gusto—. Estaba William Carlos Williams con un gran abrigo áspero, y ese que escribe sobre Nantucket, y Robinson Jeffers con pinta de indio, como en la fotografía de la antología; y luego llegó Robert Frost conduciendo una berlina, y dijo algo ingenioso que me hizo reír.

O bien:

—He visto un desierto precioso, todo rojos y morados, con cada grano de arena como un rubí o un zafiro que emitía luz. Un leopardo blanco con las manchas doradas estaba erguido junto a un río azul brillante, las patas traseras en una orilla, las delanteras en otra, y una pequeña hilera de hormigas estaba cruzando el río por encima del leopardo, subiendo la cola, por la espalda, entre los ojos, y bajando al otro lado.

Los sueños de Harold eran obras de arte meticulosas. Era innegable que, para ser un contable con inclinaciones literarias (en el tren leía a E. T. A. Hoffman, a Kafka y las revistas astrológicas en lugar del periódico), Harold tenía una imaginación sorprendentemente rápida, colorida. Pero, poco a poco, la peculiar costumbre de Harold de aceptar sus sueños como si de verdad fueran parte de su experiencia de vigilia empezó a enfurecer a Agnes. Se sentía excluida. Era como si Harold pasase un tercio de su vida entre famosos y fabulosas criaturas legendarias en un mundo estimulante del que Agnes se hallaba perpetuamente exiliada, salvo de oídas.

Y, a medida que pasaban las semanas, Agnes empezó a amargarse. Aunque rehusaba decírselo a Harold, sus propios sueños, cuando los tenía (y eso, ay, era bastante poco frecuente), la horrorizaban: paisajes oscuros, amenazantes, poblados de formas ominosas irreconocibles. Nunca conseguía recordar esas pesadillas en detalle, perdía sus formas mientras luchaba por despertar, guardando solo una sensación aguda de su atmósfera sofocante, que auguraba una tormenta, y que la perseguiría oprimente el día siguiente. A Agnes le daba vergüenza hablar a Harold de esas escenas fragmentarias de horror, por temor a que fueran un reflejo poco halagador de los poderes de su imaginación. Sus sueños —escasos y espaciados— sonaban muy prosaicos, muy tediosos en comparación con el barroco esplendor regio de los de Harold. No sabía cómo podía decirle sin más: «Estaba cayendo», o «Mamá murió, y yo estaba tristísima», o «Algo me estaba persiguiendo y no podía correr». Agnes se dio cuenta de que lo cierto era que su vida onírica llevaría incluso al psicólogo más diligente a reprimir un bostezo.

¿Dónde, cavilaba triste Agnes, estaban esos días fértiles de la infancia, cuando creía en las hadas? Entonces, al menos, nunca había dormido sin soñar, y sus sueños no eran aburridos y feos. Recordó con tristeza que en su séptimo año soñó con el país de las cajas de los deseos, encima de las nubes, donde las cajas de los deseos crecían en los árboles, y se parecían mucho a los molinillos de café; cogías una caja, le dabas nueve vueltas a la manivela, mientras susurrabas tu deseo en un agujerito del costado, y el deseo se hacía realidad. Otra vez, soñó que encontraba tres hojas de hierba mágicas que crecían al lado del buzón, al final de su calle: las hojas de hierba brillaban como espumillón navideño, una roja, una azul y otra de plata. En otro sueño, ella y su hermano pequeño, Michael, estaban de pie enfrente de la casa de Dody Nelson con sus tablas blancas y llevaban buzos para la nieve; nudosas raíces de arce serpenteaban sobre el suelo duro, marrón; ella llevaba manoplas con rayas rojas y blancas; y, de repente, mientras extendía una mano ahuecada, empezó a nevar chicle de color turquesa. Pero más o menos esos eran los sueños que Agnes recordaba de su infancia infinitamente más creativa. ¿A qué edad la habían expulsado esos mundos de sueños pintados benevolentes? ¿Y por qué motivo?

Mientras tanto, infatigable, Harold seguía contándole sus sueños en el desayuno. En una ocasión, en una época deprimente y con mal horóscopo en la vida de Harold, antes de conocer a Agnes, Harold soñó que un zorro rojo corría por su cocina, gravemente quemado, la piel carbonizada y negra, sangrando por varias heridas. Más tarde, confesó Harold, en un momento más propicio, poco después de casarse con Agnes, el zorro rojo volvió a aparecer, milagrosamente curado, con la piel floreciente, para regalar a Harold un bote de tinta indeleble negra marca Quink. A Harold le gustaban especialmente los sueños de zorros; eran muy recurrentes. También, curiosamente, el sueño del lucio gigante.

—Había un estanque —informó Harold a Agnes, una sofocante mañana de agosto—, donde mi primo Albert y yo pescábamos; estaba hasta arriba de lucios. Bueno, anoche estaba pescando ahí, y saqué el lucio más enorme que puedas imaginar; debía de ser el tatarabuelo de los demás; tiré y tiré y tiré, pero seguía saliendo del estanque.

—Una vez —replicó Agnes, malhumorada, dando vueltas al azúcar en la taza de café solo—, cuando era pequeña, soñé con Superman, todo en tecnicolor. Iba de azul, con la capa roja y el pelo negro, guapo como un príncipe, y fui volando por el aire con él; sentía el viento silbando, y se me saltaban las lágrimas. Volamos sobre Alabama; sabía que era Alabama, porque la tierra parecía un mapa, con «Alabama» escrito en cursiva encima de unas grandes montañas verdes.

Harold estaba visiblemente impresionado.

—¿Qué —preguntó entonces a Agnes— soñaste anoche?

El tono de Harold era casi contrito: a decir verdad, su propia vida onírica lo obsesionaba tanto que sinceramente nunca se le había ocurrido hacer de espectador, e investigar la de su mujer. Miraba su semblante hermoso, afligido con nuevo interés: Harold se detuvo a observar, quizá por primera vez desde los primeros días de casados, unas vistas extraordinariamente atractivas al otro lado de la mesa del desayuno.

Por el momento, se quedó perpleja ante la pregunta bienintencionada de Harold; hacía mucho tiempo que había superado la etapa en que sopesó seriamente esconder un ejemplar de los escritos de Freud sobre los sueños en su armario, y tomar fuerzas con un relato vicario de un sueño mediante el cual captar el interés de Harold por las mañanas. Ahora, deshaciéndose de la reticencia, se decidió en su desesperación a confesarle su problema.

—No sueño nada —admitió Agnes con tono bajo, trágico—. Ya no.

Harold se quedó claramente preocupado.

—A lo mejor —la consoló— solo tienes que usar más la imaginación. Tendrías que practicar. Cierra los ojos.

Agnes cerró los ojos.

—Ahora —preguntó Harold esperanzado—, ¿qué ves?

Agnes sintió pánico. No veía nada.

—Nada —balbuceó—. Nada más que una especie de manchón.

—Bueno —dijo Harold, adoptando maneras de médico que trata una enfermedad que, aunque preocupante, no es necesariamente fatal—, imagina un cáliz.

—¿Qué *tipo* de cáliz? —suplicó Agnes.

—Es cosa tuya —dijo Harold—. *Tú* me lo describes *a mí*.

Con los ojos todavía cerrados, Agnes dragó de forma salvaje las profundidades de su cabeza. Con gran esfuerzo, logró evocar un vago, reluciente cáliz de plata que flotaba en algún lugar, en las regiones nebulosas de las profundidades de su mente, parpadeando como si en cualquier momento pudiera apagarse como una vela.

—Es de plata —dijo, casi desafiante—. Y tiene dos asas.

—Bien. Ahora imagina que tiene grabada una escena.

Agnes obligó a un reno a figurar en el cáliz, rodeado por hojas de parra, arañado en un contorno desnudo en la plata.

—Es un reno dentro de una corona de hojas de parra.

—¿De qué color es la escena? —Agnes pensó que Harold era inmisericorde.

—Verde —mintió Agnes, al tiempo que esmaltaba rápidamente las hojas de parra—. Las hojas de parra son verdes. Y el cielo es negro… —Casi estaba orgullosa de ese toque original—. Y el reno es rojizo moteado de blanco.

—Muy bien. Ahora pule el cáliz por todas partes hasta que brille mucho.

Agnes pulió el cáliz imaginario, sintiéndose una impostora.

—Pero está en lo *hondo* de mi cabeza —dijo dubitativa, abriendo los ojos—. Lo veo todo muy en lo hondo de mi cabeza. ¿Ahí ves tú *tus* sueños?

—Bueno, no —dijo Harold, perplejo—. Veo mis sueños enfrente de mis párpados, como en una pantalla de cine. Vienen sin más; no tengo nada que ver con ellos. Ahora, por ejemplo —cerró los ojos—, veo unas coronas brillantes que vienen y van, colgando de un gran sauce.

Agnes se quedó callada con gravedad.

—No pasa nada —Harold trató, jocosamente, de levantarle el ánimo—. Practica imaginando cosas diferentes todos los días, como te he enseñado.

Agnes dejó correr el asunto. Mientras Harold estaba trabajando, empezó a leer mucho de repente; leer le llenaba la mente de imágenes. Dominada por una especie de histeria voraz, leyó a la carrera novelas, revistas de mujeres, periódicos, e incluso las anécdotas de su *Recetas de cocina*; leyó folletos de viajes, circulares de electrodomésticos, el catálogo de Sears Roebuck, las instrucciones de las cajas de detergente, los elogios en las fundas de los discos; lo que fuera, con tal de no enfrentarse al vacío de su propia cabeza, del que por culpa de Harold era dolorosísimamente consciente. Pero, en cuanto separaba los ojos del impreso que fuera, era como si un mundo protector se hubiese extinguido.

La realidad totalmente suficiente, inmutable, de las *cosas* que la rodeaban empezó a deprimir a Agnes. Con una admiración celosa, su mirada asustada, casi paralizada, abarcaba la alfombra oriental, el empapelado Williamsburg azul, los dragones dorados del jarrón chino de la repisa de la chimenea, el dibujo de medallones azules y dorados del sofá tapizado en el que estaba sentada. Se sentía ahogada, asfixiada por esos objetos cuya aparatosa existencia pragmática amenazaba de alguna manera las raíces más hondas, más secretas, de su efímero ser. Harold, lo sabía muy bien, no toleraría semejantes estupideces jactanciosas en las mesas y las sillas; si no le gustaba la escena que tocaba, si lo aburría, la cambiaba como le viniera en gana. Si, se lamentó Agnes, en una dulce alucinación un pulpo llegase reptando hacia ella, con un estampado morado y naranja de cachemira, lo recibiría con los brazos abiertos. Lo que fuera, con tal de probar que sus poderes de dar forma con la imaginación no estaban irremediablemente perdidos; que su ojo era más que un objetivo abierto que registraba sin más los fenómenos que la rodeaban. «Una rosa —se sorprendió repitiendo huecamente, como un canto fúnebre—, es una rosa es una rosa...».

Una mañana que Agnes estaba leyendo una novela, se dio cuenta de pronto, con terror, de que sus ojos habían recorrido cinco páginas sin entender una sola palabra. Volvió a intentarlo, pero las letras se separaban, retorciéndose como malvadas, pequeñas serpientes negras sobre la página, en una especie de jerga sibilante, intraducible. Fue entonces cuando Agnes empezó a ir al cine cercano cada tarde. Daba igual si ya había visto la película varias veces; el fluido caleidoscopio de formas la acunaba en un trance rítmico: las voces, que hablaban un código relajante, ininteligible, exorcizaban el silencio muerto de su cabeza. A la postre, mediante no pocas zalamerías, Agnes convenció a Harold para comprar a plazos una televisión. Era mucho mejor que el cine; mientras veía la televisión, en las largas tardes, podía beber jerez. Los últimos días, cuando Agnes saludaba a Harold a su vuelta a casa cada tarde, encontraba, con cierta satisfacción maliciosa, que tenía la cara borrosa, de modo que podía cambiarle los rasgos a voluntad. A veces le daba una complexión verde guisante, a veces espliego; a veces una nariz griega, a veces un pico de águila.

—Pero *me gusta* el jerez —le dijo Agnes a Harold testaruda, cuando este, conforme su costumbre de beber por las tardes se hizo evidente incluso a sus ojos indulgentes, le pidió que bebiera menos—. Me relaja.

Sin embargo, el jerez no relajaba a Agnes tanto como para dormirse. Cruelmente serena, desvanecida la neblina visionaria del jerez, yacía rígida, dando vueltas a los dedos como garras nerviosas en las sábanas, mucho después de que Harold estuviese respirando en paz, regularmente, en medio de alguna aventura única, maravillosa. Con un pánico frío, creciente, Agnes estaba tumbada sin dormir noche tras noche. Peor aún, ya ni siquiera se cansaba. Finalmente, tuvo una conciencia clara, deprimente, de lo que estaba pasando: las cortinas del sueño, de la oscuridad refrescante, olvidadiza, que dividía cada día del día anterior, y el día siguiente, estaban corridas para Agnes eternamente, irrevocablemente. Se abrió ante ella una perspectiva intolerable de días y noches de vigilia, sin visiones, extendiéndose ante ella sin solución de continuidad, su mente condenada a una vacuidad perfecta, sin una sola imagen propia que mantuviera a raya el aplastante asalto de las mesas y las sillas petulantes, autónomas. Quizá, pensó Agnes enfermiza, llegara a los cien años: todas las mujeres de su familia eran longevas.

El doctor Marcus, el médico de cabecera de los Higgins, trató a su manera jovial de tranquilizar a Agnes, cuando esta se quejó de que tenía insomnio:

—Es un poquito de nervios, nada más. Tómate una de estas cápsulas por la noche una temporada, y ya verás qué bien duermes.

Agnes no preguntó al doctor Marcus si las pastillas la harían soñar; se metió la caja de cincuenta pastillas en el bolso, y cogió el autobús para volver a casa.

Dos días después, el último viernes de septiembre, cuando Harold volvió del trabajo (había cerrado los ojos durante la hora de trayecto del tren de vuelta, fingiendo que dormía, pero en realidad viajando en un *dhow* de velas color cereza que remontaba un río luminoso en el que elefantes blancos se acercaban y paseaban sobre la superficie cristalina del agua, a la sombra de torretas moriscas fabricadas por completo con vidrio multicolor), encontró a Agnes tumbada en el sofá del salón, vestida con su traje de noche favorito, de estilo princesa y tafetán esmeralda, pálida y preciosa como un lirio en flor, con los ojos cerrados, un pastillero vacío y una jarra de agua caída sobre la alfombra a su lado. Sus rasgos tranquilos estaban fijos en una leve, secreta sonrisa de triunfo, como si, en un país lejano inaccesible a los mortales, estuviera por fin bailando con el príncipe oscuro de roja capa de sus sueños tempranos.

EL DÍA QUE MURIÓ EL SEÑOR PRESCOTT
(Relato, 1956)

El día que murió el anciano señor Prescott fue un día soleado, un día caluroso. Mamá y yo estábamos sentadas en el asiento lateral del desvencijado autobús verde que iba de la parada del metro a Devonshire Terrace, y dimos botes y más botes. Notaba el sudor que me bajaba por la espalda, y la ropa de luto se me había quedado pegada al asiento. Cada vez que la movía, se soltaba con un ruido de rotura, y yo lanzaba una mirada enfadada que decía «Mira», como si fuera culpa suya, que no era el caso. Pero ella seguía sentada sin más, con las manos dobladas sobre el regazo, rebotando, y no decía nada. Parecía resignada, nada más.

—Oye, Mamá —le dije esa mañana, después de que llamara la señora Mayfair—, pase que vayamos al funeral, aunque no creo en los funerales, pero... ¿cómo es que tenemos que acompañarlos en el velatorio?

—Es lo que hay que hacer cuando muere alguien cercano —dijo Mamá, muy razonable—. Vas y los acompañas. Es un mal trago.

—Vale, es un mal trago —repliqué—. ¿Y qué hago yo? No veo a Liz y a Ben Prescott desde que era niña, excepto una vez al año en casa de la señora Mayfair, en Navidades, para los regalos. ¿Tengo que estar ahí sentada, pasar los pañuelos, o qué?

Con ese comentario, Mamá me dio una bofetada, como no lo había hecho desde que era muy pequeña e impertinente.

—Tú vienes conmigo —dijo con el tono digno que quiere decir que ni una tontería más.

Así es como acabé sentada en este autobús en el día de más calor del año. No estaba segura de cómo hay que vestirse para un velatorio, pero supuse que, mientras fuera de negro, iba bien. Así que llevaba un vestido negro muy elegante de lino, y un sombrerito con velo, como voy a la oficina cuando salgo a cenar, y estaba preparada para lo que fuera.

Bueno, el autobús avanzaba despacio, y cruzamos las partes malas-malas de East Boston que no había visto desde que era niña. Desde que nos mudamos al campo con la tía Myra, no había vuelto a mi ciudad. Lo único que eché de menos de verdad cuando nos mudamos fue el mar. Aun hoy en este autobús me descubrí esperando la primera raya azul.

—Mira, Mamá, la antigua playa —dije, señalando.

Mamá miró y sonrió.

—Sí. —Luego se volvió hacia mí, y su delgada cara se puso muy seria—. Hoy quiero estar orgullosa de ti. Si hablas, hablas. Pero habla bien. Nada de esas fantasías de quemar a la gente como cochinillos asados. No está bien.

—Oh, Mamá —dije, muy cansada. Me pasaba la vida dando explicaciones—. ¿No tengo dos dedos de frente o qué? Aunque lo del anciano señor Prescott estuviera cantado. Aunque nadie lo sienta, no te pienses que no voy a ser amable y correcta.

Sabía que Mamá iba a saltar con eso.

—¿Cómo que nadie lo siente? —me siseó, después de cerciorarse de que no nos estaba escuchando nadie—. ¿Por qué te pones tan desagradable?

—A ver, Mamá —dije—, sabes que el señor Prescott tenía veinte años más que la señora Prescott, y que ella estaba esperando a que se muriera, para pasarlo bien. Esperando. Era un viejo cascarrabias desde que tengo recuerdo. Tenía una palabra hiriente para todo el mundo, y no paraba de brotarle esa enfermedad de la piel en las manos.

—Eso era una pena, y el pobre no podía hacer nada —dijo Mamá, piadosamente—. Tenía derecho a ponerse de mal humor, si le picaban las manos todo el rato, frotándoselas como hacía.

—¿Te acuerdas de cuando vino a la cena de Nochebuena el año pasado? —proseguí testaruda—. Se sentó a la mesa, y venga a frotarse las manos, tan fuerte que no se oía nada más, solo la piel como lija descamándose en trozos pequeños. ¿Te gustaría vivir con *eso* todos los días?

Ahí la derroté. Sin duda alguna, la muerte del señor Prescott no iba a lamentarla nadie. Era lo mejor que podía haber pasado por muchos motivos.

—Bueno —respiró Mamá—, por lo menos nos podemos alegrar de que se fuera tan rápido y tan fácilmente. Espero irme así, cuando me llegue la hora.

Luego las calles empezaron a apiñarse de repente, y ahí estábamos al lado de Devonshire Terrace, y Mamá estaba tirando del timbre. El autobús paró con una sacudida, y agarré la barra cromada de desportillada detrás del conductor, justo antes de salir volando por la luna delantera.

—Gracias, señor —dije en mi mejor tono glacial, y me apeé con delicadeza.

—No te olvides —dijo Mamá mientras andábamos por la acera, en fila india donde había bocas de incendios, de lo estrecho que era—, no te olvides de que nos quedamos todo lo que necesiten. Y sin quejarte. Friega los platos, o habla con Liz, o lo que sea.

—Pero, Mamá —me quejé—, ¿cómo voy a decir que lo siento por el señor Prescott si no lo siento para nada? ¿Si en realidad pienso que es mejor?

—Puedes dar gracias a Dios por que se muriera con tanta paz —dijo Mamá, severa—. Así dices la verdad.

Solo me puse nerviosa cuando enfilamos el pequeño acceso de grava junto a la vieja casa amarilla que los Prescott tenían en Devonshire Terrace. No estaba nada triste. El toldo naranja y verde estaba desplegado sobre el porche, tal como recordaba, y diez años después no parecía en absoluto diferente, solo más pequeño. Y los dos chopos a ambos lados de la puerta habían encogido, pero nada más.

Según ayudaba a Mamá a subir los peldaños de piedra del porche, oí un crujido, y efectivamente, ahí estaba Ben Prescott, sentado y columpiándose en la hamaca del porche, como si fuera un día cualquiera, y no el día que había muerto su padre. Estaba sentado, nada más, alto y desgarbado. Lo que sí me sorprendió es que tenía su guitarra favorita al lado, en la hamaca. Como si acabase de tocar *The Big Rock Candy Mountain*,[24] o algo así.

—Hola, Ben —dijo Mamá tristemente—. Lo siento mucho.

Ben parecía avergonzado.

---

[24] Canción tradicional estadounidense.

—Diantres, no pasa nada —dijo—. Todo el mundo está en el salón.

Crucé la mosquitera detrás de Mamá, dedicando una sonrisa a Ben. No sabía si podía sonreír, porque Ben era buen tipo, o no, por respeto a su padre.

El interior de la casa también era como recordaba, muy oscuro, de modo que apenas se veía, y las persianas verdes no ayudaban. Estaban bajadas. No sabía si era por el calor o por el funeral. Mamá fue a tientas hasta el salón y tiró del portier.

—¿Lydia? —llamó.

—¿Agnes? —Hubo un pequeño movimiento en la oscuridad del salón, y la señora Prescott salió a recibirnos. Nunca la había visto con mejor aspecto, aunque tenía los polvos de la cara corridos de llorar.

Yo me quedé de pie, mientras ellas dos se daban abrazos y besos, e intercambiaban palabras de afecto. Luego la señora Prescott se volvió hacia mí, y me ofreció su mejilla para que la besara. Volví a tratar de poner cara triste, pero no me salió, así que dije:

—No sabe lo que nos ha sorprendido la noticia.

Pero en realidad no sorprendió a nadie, porque el anciano solo necesitaba otro ataque al corazón y sería el fin. Pero era lo que había que decir.

—Ah, sí —suspiró la señora Prescott—. No pensaba que llegaría este día hasta dentro de muchos años.

Y nos llevó al salón.

Cuando me acostumbré a la penumbra, distinguí a la gente que estaba sentada aquí y allá. Estaba la señora Mayfair, la cuñada de la señora Prescott, y la mujer más enorme que he visto en mi vida. Estaba en el rincón, junto al piano. Luego estaba Liz, que apenas me dijo hola. Llevaba pantalones cortos y una camisa vieja, fumaba un cigarrillo tras otro. Para ser una chica que acababa de ver morir a su padre, estaba muy tranquila, un poco pálida, y nada más.

Bueno, cuando todas estuvimos sentadas, nadie dijo nada durante un rato, como si esperasen al apuntador. La señora. Mayfair, sentada en capas de grasa, se secaba los ojos con un pañuelo, y yo estaba casi segura de que lo que le caía era sudor, y no lágrimas.

—Qué pena —empezó Mamá entonces, muy bajo—. Qué pena que haya tenido que pasar así. He venido tan rápido que ni siquiera sé quién lo encontró.

Mamá pronunció «lo» como si llevara una *L* mayúscula, pero supuse que ya no había peligro, ahora que la señora Prescott no iba a volver a molestar a nadie con ese mal genio y sus manos ásperas. Fuera como fuere, era la señal que la señora Prescott estaba esperando.

—Oh, Agnes —empezó, y en su cara brillaba una luz peculiar—. Ni siquiera estaba en casa. Lo ha encontrado Liz, pobre.

—Pobrecilla —resopló la señora Mayfair en su pañuelo. Su enorme cara roja se llenó de grietas como una sandía rota—. Se murió en su brazos.

Liz no dijo nada, apagó un cigarrillo a medias, y encendió otro. Ni siquiera le temblaban las manos. Y créanme, miré con atención.

—Estaba viendo al rabino —retomó la señora Prescott. La pierden las nuevas religiones. Cuando no tiene a un nuevo ministro cenando en su casa, es un nuevo predicador. Y ahora, un rabino—. Estaba viendo al rabino, y Liz estaba en casa haciendo la comida, cuando Papá volvió de nadar. Ya sabes que siempre le gustó nadar, Agnes.

Mamá dijo que sí, que sabía que siempre le gustó nadar.

—Bueno —prosiguió la señora Prescott, tranquila como el tipo de la serie *Dragnet*—, no eran más de las once y media. A Papá siempre le gustó darse un chapuzón por la mañana, incluso cuando el agua estaba helada, y subió, y estaba secándose en el jardín, hablando con el vecino por encima de la valla de malvarrosa.

—Acababa de poner la valla, hace un año —interrumpió la señora Mayfair, como si fuera una pista importante.

—Y el señor Grove, ese señor tan agradable de al lado, pensó que Papá tenía una pinta rara, apenada, dijo, y Papá no contestó, se quedó sonriendo con una sonrisa boba.

Liz estaba mirando por la ventana de delante, por donde aún llegaba el sonido de la hamaca que crujía en el porche. Estaba haciendo anillos de humo. Ni una palabra en todo ese rato. Nada más que anillos de humo.

—Con que el señor Grove le grita a Liz, y ella sale corriendo, y Papá se cae al suelo como un árbol, y el señor Grove va corriendo a casa a traer coñac, mientras Liz tiene a Papá en brazos...

—¿Y qué pasó entonces? —no pude evitar preguntar, igual que cuando era niña y Mamá me contaba historias de ladrones.

—Entonces —nos dijo la señora Prescott—, Papá... falleció, en brazos de Liz. Sin siquiera acabarse el coñac.

—Oh, Lydia —gritó Mamá—. Lo que has sufrido.

La señora Prescott no tenía pinta de haber sufrido tanto. La señora Mayfair empezó a sollozar en su pañuelo e invocar el nombre del Señor. Debía de tenérsela jurada al viejo, porque no dejaba de rezar: «Oh, perdónanos nuestros pecados», como si hubiera cogido y lo hubiera matado ella.

—Saldremos adelante —dijo la señora Prescott, sonriendo valiente—. Papá habría querido que saliéramos adelante.

—Es lo único que podemos hacer —suspiró Mamá.

—Solo espero irme con tanta paz —dijo la señora Prescott.

—Perdónanos nuestros pecados —sollozó la señora May-fair a nadie en concreto.

En ese momento, cesó el crujido de la hamaca, y Bob Prescott apareció en el umbral, guiñando los ojos tras las gruesas gafas, y tratando de ver dónde estábamos todas en la oscuridad.

—Tengo hambre —dijo.

—Me parece que tendríamos que comer todos —nos sonrió la señora Prescott—. Los vecinos han traído comida para una semana.

—Pavo y jamón, sopa y ensalada —comentó Liz con tono de aburrimiento, como si fuera una camarera recitando el menú—. No sabía dónde poner todo.

—Oh, Lydia —exclamó Mamá—, *nosotras* lo preparamos. Déjanos echar una mano. Ojalá no sea mucha molestia...

—Molestia ninguna. —La señora Prescott lució su nueva sonrisa radiante—. Que se ocupen los jóvenes.

Mamá se volvió hacia mí con uno de sus gestos intencionados, y yo salté como si me hubiera dado calambre.

—Enséñame dónde están las cosas, Liz —dije—, y lo tenemos preparado en un santiamén.

Ben nos siguió a la cocina, donde estaban la vieja cocina de gas y el fregadero, lleno de platos sucios. Lo primero que hice fue coger un vaso grande y pesado que estaba en remojo en la pila, y echarme agua.

—Qué sed tengo —dije, y me la bebí de un trago.

Liz y Ben me estaban mirando fijamente, como si estuvieran hipnotizados. Luego me di cuenta de que el agua sabía raro, como si no hubiera lavado bien el vaso, y unas gotas de una bebida fuerte se hubieran mezclado con el agua.

—Ese —dijo Liz después de dar una calada a su cigarrillo— es el último vaso del que bebió Papá. Pero no pasa nada.

—Oh, Dios mío, lo siento —dije, dejándolo rápidamente. De pronto me entraron muchas ganas de vomitar, porque me imaginé al señor Prescott bebiendo por última vez del vaso y poniéndose azul—. Lo siento de veras.

Ben sonrió.

—Alguien tenía que beber de ahí algún día.

Me gustaba Ben. Era un tío práctico cuando quería.

Liz subió para cambiarse de ropa entonces, después de enseñarme lo que tenía que preparar para cenar.

—¿Te importa si me traigo la guitarra? —preguntó Ben, mientras yo empezaba a preparar la ensalada de patata.

—Claro, por mí bien —dijo—. Pero... ¿los mayores no dirán algo? ¿Porque las guitarras son para las fiestas y eso?

—Pues que digan. Tengo ganas de tocar.

Anduve de un sitio a otro por la cocina, y Ben no dijo gran cosa, se quedó sentado y tocó antiguas canciones *country* muy bajo.

—¿Sabes, Ben? —dije, cortando una bandeja de pavo frío—. No sé si lo sientes de verdad.

Ben sonrió de esa manera suya.

—Ahora no lo siento de verdad, pero podía haber sido más amable. Podía haber sido más amable, ya está.

Pensé en Mamá, y de repente toda la parte triste que no fui capaz de encontrar durante todo el día se me subió a la garganta.

—Nos llevaremos mejor que antes —dije. Y a continuación cité a Mamá, lo cual nunca pensé que ocurriría—: Es lo único que podemos hacer.

Y fui a apartar el puré de guisantes del fuego.

—Es raro, ¿verdad? —dijo Ben—. Cómo crees que algo está muerto y eres libre, y te lo encuentras sentado en tus propias tripas riéndose de ti. O sea, no tengo la sensación de que Papá haya muerto de verdad. Está ahí abajo, en algún lugar, dentro de mí, viendo lo que pasa. Y sonriendo.

—Eso puede ser la parte buena —dije, sabiendo de repente que podía serlo—. La parte de la que no tienes que huir. Sabes que la llevas contigo, y así, cuando vas adonde sea, no es huir. Es solo crecer.

Ben me sonrió, y fui a llamar a las mayores. La cena fue tranquila, con montones de jamón frío bueno y pavo. Hablamos de mi trabajo en la aseguradora, y hasta hice reír a la señora Mayfair, hablándole de mi jefe, el señor Murray, y sus puros de broma. Liz estaba a punto de prometerse, dijo la señora Prescott, y, cuando no estaba Barry, era una sombra de sí misma. Nadie mencionó al señor Prescott.

La señora Mayfair se tomó tres postres, y no dejaba de decir: «Una miaja solo. ¡Una miaja!», cuando circulaba la tarta de chocolate.

—Pobre Henrietta —dijo la señora Prescott mirando a su enorme cuñada atiborrarse de helado—. Es esa hambre psicosomática de la que siempre están hablando. Hace que coma así.

Después del café, que Liz hizo con el molinillo, para que se oliera lo bueno que era, hubo un breve silencio incómodo. Mamá no dejaba de levantar la taza y beber, aunque yo sabía que no le quedaba café. Liz estaba fumando otra vez, así que tenía una nubecita de niebla alrededor. Ben estaba haciendo un planeador con la servilleta de papel.

—Bueno... —La señora Prescott carraspeó—. Me parece que voy a la funeraria con Henrietta. No me entiendas mal, Agnes, no me voy a poner anticuada con esto. Decía que absolutamente nada de flores, y nadie tiene obligación de venir. Es solo que algunos socios de Papá lo esperan.

—Voy —dijo Mamá firmemente.

—Los niños no vienen —dijo la señora Prescott—. Ya han tenido suficiente.

—Barry viene luego —dijo Liz—. Tengo que arreglarme.

—Yo friego los platos —ofrecí sin mirar a Mamá—. Ben me ayuda.

—Bueno, pues ya estamos todos organizados.

La señora Prescott ayudó a la señora Mayfair a levantarse, y Mamá la cogió del otro brazo. Lo último que vi fue que estaban sujetando a la señora Mayfair según bajaba de espaldas las escaleras de delante, resoplando. Dijo que no podía bajar segura de otra manera, sin caerse.

LA VIUDA MANGADA
(De los cuadernos, verano de 1956)

Benidorm: 15 de julio
La casa de la viuda Mangada: estuco pálido, marrón melocotón en la avenida principal paralela a la orilla, mirando a la playa de arena amarillo rojizo, con todos los toldos pintados alegremente, haciendo un laberinto de postes de madera azul brillante y cuadraditos de sombra. El equilibrio continuo y la salpicadura de las olas que vienen marcan una línea blanca irregular de espuma, más allá de la cual el mar matinal brilla en el sol temprano, alto y caliente a las diez y media; el mar es cerúleo hacia el horizonte, de un azur vívido más cerca de la orilla, azul y brillante como plumas de pavo real.

El sol cae en líneas titilantes y trozos sobre la terraza del primer piso, a través de abanicos de palmas que se mecen y de los listones del toldo de bambú. Debajo está el jardín de la viuda, con tierra seca, polvorienta, de la que brotan geranios color rojo brillante, margaritas blancas, y rosas; cactus con pinchos en tiestos rojos de loza flanquean los caminos de losas. Dos sillas pintadas de azul y una mesa están colocadas debajo de una higuera en el jardín de atrás, a la sombra; detrás de la casa, se alza la cadena accidentada más o menos morada de colinas montañosas, tierra seca, arenosa, cubierta de matorrales de hierba.

A primera hora de la mañana, cuando el sol aún es fresco y la brisa es húmeda, y viene fresca y salada del mar, las nativas, vestidas de negro, con medias negras, van al mercado del centro del pueblo con sus cestas de mimbre para regatear, y comprar fruta y verdura fresca en los puestos: ciruelas amarillas, pimientos verdes, grandes tomates maduros, ajos trenzados, racimos de plátanos amarillos y verdes, patatas, judías verdes, calabacines y melones. Toallas de playa a rayas chillonas, manteles y alpargatas están colgados a la venta contra las casas blancas de adobe. Dentro de las oscuras cavernas de las tiendas hay grandes tinajas de vino, aceite y vinagre envueltas en paja trenzada. Toda la noche las luces de los sardineros suben y bajan en la bahía, y, a primera hora de la mañana, hay pilas de pescado fresco en la lonja: las sardinas plateadas solo cuestan ocho pesetas el kilo, y están amontonadas encima de la mesa, con algunos cangrejos raros, estrellas de mar y calamares.

Las puertas están hechas de cortinas de tiras de cuentas que se mecen, que traquetean al apartarse para franquear el paso de cada nuevo cliente, y dejan pasar la brisa, pero no el sol. La panadería siempre huele a pan recién hecho, dado que, en la trastienda sin ventanas, oscura, hombres sin camisa atienden los hornos resplandecientes. El chico del lechero reparte la leche a primera hora de la mañana, sirviendo por litros del cántaro grande que lleva en la bicicleta en el cazo de cada ama de casa, que esta deja en la puerta. Mezclándose con los escúteres, las bicicletas y los grandes, relucientes, lujosos coches de los turistas, hay carretas nativas tiradas por burros, cargadas de verduras, paja o tinajas de vino. Los trabajadores llevan sombrero, echan la siesta de dos a cuatro a la sombra de un muro, o un árbol, o de sus propias carretas.

La casa de la viuda solo tiene agua fría, y no hay nevera; la despensa oscura, fresca, está llena de hormigas. Un surtido reluciente de cazos de aluminio, sartenes y utensilios de cocina cuelga de la pared; una lava los platos y las verduras en grandes lavabos de mármol, frotándolos con pequeños manojos enmarañados de paja. Todo lo que se cocina —sardinas frescas fritas en aceite, tortillas de patata y cebolla, café con leche— se hace en la llama azul de un hornillo de gasolina anticuado.

Benidorm: 15 de julio

Conocimos a la viuda Mangada un miércoles por la mañana en el autobús caliente, abarrotado, que iba dando tumbos por las carreteras cubiertas de polvo del desierto entre Alicante y Benidorm. Nos oyó exclamar ante la bahía azul, y se dio la vuelta en el asiento de delante, para preguntar si hablábamos francés. Un poco, dijimos, ante lo cual rompió a describir explosivamente su maravillosa casa junto al mar, con jardín y terraza en el balcón, y derecho a cocina. Era una mujer pequeña, oscura, de mediana edad, vestida con elegancia con encaje blanco de punto sobre una combinación negra, sandalias blancas de tacón, muy *comme il faut*; llevaba el pelo negro como el carbón en múltiples ondas y rizos, los enormes ojos negros estaban subrayados por la sombra de ojos azul y dos sorprendentes cejas negras dibujadas rectas e inclinadas hacia arriba desde el puente de la nariz a las sienes.

Se movía afanosamente, para que los nativos pusieran su equipaje en sus carretillas, y nos llevó a empujones a la carretera principal, trotando un poco más adelante, y parloteando en su francés peculiar sobre la casa, y que estaba sola y quería alquilar apartamentos, y que se dio cuenta inmediatamente de que éramos «*gentil*». Cuando le dijimos que éramos escritores y queríamos un sitio tranquilo junto al mar para trabajar, le faltó tiempo para estar de acuerdo, porque sabía exactamente cómo eran las cosas: «Yo también soy escritora; de historias y poemas de amor».

Su casa, frente a la neblina fresca azul de la bahía, era más de lo que habíamos soñado; nos enamoramos inmediatamente de la habitación más pequeña, con la cristalera que daba a la terraza con balcón, perfecta para escribir: la barandilla tenía hojas verdes de vid entrelazadas; al lado crecían una palmera y un pino, que daban sombra en un lado y un toldo de tablillas de bambú que se podía correr para formar un pequeño techo a modo de abrigo contra el sol del mediodía. Conseguimos que rebajara el precio inicial a cien pesetas por noche, en el entendido de que ahorraríamos mucho haciendo la compra y cocinando. De su rápida cháchara en francés, destrozada por un fuerte acento español, dedujimos que quería cambiar clases de inglés por clases de español, que había sido profesora, y que había vivido tres años en Francia.

En cuanto nos instalamos, quedó claro que Madame no estaba acostumbrada a llevar una *maison* de huéspedes. En el piso superior, había otras tres habitaciones vacías que al parecer tenía la esperanza de alquilar, dado que hablaba constantemente de cómo tendríamos que tener en cuenta a «*les autres*», cuando llegaran. Había reunido una gran cantidad de platos, tazas, y platillos de porcelana blanca en el comedor formal, y una cantidad igualmente imponente de cazos y sartenes de aluminio colgaba de ganchos cubriendo las paredes de la cocina, pero no había cubiertos en ninguna parte. *La señora*[25] se sorprendió mucho de que no llevásemos encima cuchillos, tenedores y cucharas a todas partes, pero finalmente sacó tres elaborados servicios de su mejor plata, que colocó, diciendo que eran solo para nosotros tres, y que pronto iría a Alicante a comprarnos unos cubiertos sencillos, y guardaría la plata buena. Tampoco parecía haberse planteado el problema que suponía un baño pequeño, que a nosotros nos venía bien, pero que no estaba tan bien preparado para ocho, ni el problema de encajar horarios de comidas y cenas en un solo quemador de gasolina.

Cruzamos los dedos, y deseamos fervientemente que no consiguiera clientes cuando puso el cartel de SE ALQUILAN APARTAMENTOS en nuestro balcón. Por lo menos, nos habíamos asegurado de que no usara nuestro balcón, al que daba otra habitación, más grande, como reclamo, explicándole que era el único sitio en el que podíamos escribir tranquilos, dado que en nuestra habitación no cabía una mesa, y que la playa y el jardín estaban muy bien para los que iban de vacaciones, pero no para escritores que iban a trabajar. De cuando en cuando, desde nuestra terraza (donde pronto nos acostumbramos a comer: tazas humeantes de *café con leche*[26] por la mañana, un tentempié de pan, queso, tomates y cebollas, fruta y leche a mediodía, y una cena cocinada de carne o pescado con verduras, y vino, en el crepúsculo, bajo la luna y las estrellas), oíamos a la *señora* guiando a gente por la casa, hablando en su rápido francés *staccato*. Pero, durante la primera semana, aunque llevó a varios posibles clientes, no llegó nadie. Nos divertimos aventurando las pegas que podían poner: no hay agua caliente, hay un solo baño, y es pequeño, solo hay un hornillo de gasolina anticuado. Con hoteles tan modernos en el pueblo, probablemente cobraba demasiado: ¿qué ricos estarían dispuestos a hacer la compra y cocinar? ¿Quién, si no estudiantes y escritores sin blanca como nosotros? Tal vez los inquilinos decidieran comer fuera en los restaurantes caros; era posible. También descubrimos que, aunque hizo gestos locos y extravagantes al enseñarnos la casa —señalando un congelador vacío, sin hielo, describiendo por señas una máquina eléctrica imaginaria para calentar el agua helada de la ducha—, no se preveía la introducción a corto plazo de ninguna de estas comodidades. Descubrimos que

---

[25] En español en el original.
[26] En español en el original.

el agua del grifo era intragable y sabía raro; cuando la *señora* sacó milagrosamente una jarra llena de agua clara para nuestra primera cena, preguntamos incrédulos si venía del grifo. Balbuceó de forma evasiva acerca de las cualidades salutíferas del agua, y pasó un día entero antes de que la pillara sacando un cubo lleno de una cisterna honda de la cocina, tapada con una tabla azul. Resultó que el agua del grifo era *non potable*.

La *señora* era una fanática en lo tocante a tener la casa *propre* para sus posibles inquilinos: teníamos que fregar los platos después de cada comida, guardarlos, tener el baño limpio. Nos dio dos paños, para que los colgáramos detrás de la puerta, y colgó varias toallas limpias de reclamo para «*les autres*». También teníamos que tener nuestro propio hornillo de gasolina, otra mella en nuestro desesperado presupuesto para comida de cuarenta pesetas al día para los dos. A pesar de su la *señora* pación por que la casa estuviera en condición «*propre*», Señora fregaba sus platos grasientos en agua fría estancada, a menudo más sucia que los propios platos, frotándolos con manojos de pajas desgastados.

Nuestra primera mañana fue una pesadilla. Me desperté temprano, exhausta todavía por viajar continuamente, inquieta en la cama novedosa, y no había agua en los grifos. Bajé las escaleras de piedra de puntillas, para encender la peculiar máquina con extrañas espitas pintadas de azul y cables salidos que la *señora*, al encender el interruptor el día anterior, había dicho que «hacía agua», tras lo cual hubo un borboteo convincente conforme una maquinaria complicada se ponía en movimiento. Encendí el interruptor; hubo un destello azul, y de la caja empezó a salir un humo acre. Rápidamente, apagué el interruptor, y fui a llamar a la puerta de la *señora*. No respondió. Subí y desperté a Ted, que estaba como un cangrejo por el sol que le había dado el día anterior.

Somnoliento, Ted bajó en bañador para encender el interruptor. Hubo otro destello azul; no sonó nada. Probó el interruptor de la luz. No había electricidad. Aporreamos la puerta de la *señora*. No respondió.

—O ha salido, o está muerta —dije, deseando que hubiera agua para hacer café; todavía no había llegado la leche.

—No, si hubiera salido, habría dejado el agua encendida. Seguro que está tumbada y se niega a levantarse.

Por fin, de mal humor, volvimos a la cama. Hacia las nueve oímos que se abría la puerta principal.

—Seguro que ha salido a hurtadillas por la puerta de atrás para entrar como si llevara fuera toda la mañana.

Bajé descalza sin hacer ruido, y la *señora*, impecable en su vestido blanco de punto, con las cejas negras recién pintadas, me saludó alegre.

—¿Ha dormido usted bien, *Madame*?

Yo todavía echaba humo.

—No hay agua —dije sin preámbulo—. No hay agua para lavarnos ni para hacer café.

Rio de forma rara y profunda, con la risa que usaba cuando algo no funcionaba, como si yo o el suministro de agua fuéramos muy infantiles y bobos, pero ella fuera a solucionarlo. Probó el interruptor de la luz.

—No hay luz —exclamó triunfante, como si eso arreglara todo—. Es así en todo el pueblo.

—¿Pasa mucho por las mañanas? —pregunté con frialdad.

—*Pas de tout, pas de tout* —dijo de un tirón bajo sus cejas levantadas, al parecer dándose cuenta en ese momento de mi fría ironía—. No se lo tome tan mal, *Madame*.

Se afanó en la cocina, levantó la tapa pintada de azul junto a la pila, bajó un cubo con una cuerda y lo sacó lleno a rebosar de agua clara.

—Hay mucha agua —gorgoteó—, siempre.

Así que ahí guardaba el agua salutífera; asentí con gravedad, y empecé a hacer el café, mientras ella iba corriendo a la casa de al lado para investigar lo que ocurría. Yo estaba segura de que con mi incapacidad innata para manejar máquinas, había «fundido» algo y reventado todo el suministro de agua y luz de la ciudad. Por lo visto estaba muy localizado, porque la *señora* manipuló la máquina, alardeó de que estaba llegando el agua a todas partes, y dijo que nunca nunca tocásemos la máquina, y la llamásemos inmediatamente cuando nos preocupase el agua. Ella arreglaría lo que fuera.

También tuvimos problemas con el hornillo de gasolina. Para nuestra primera cena, tenía pensado uno de los platos favoritos de Ted: una bandeja de judías verdes, y sardinas fritas, que habíamos comprado temprano en la lonja a ocho pesetas el kilo, y guardado frescas en un recipiente de agua casero, hecho con varios cazos tapados con un trapo mojado y un plato. Puse las judías en el fuego, y al cabo de veinte minutos seguían tan duras como al principio, y vi que el agua ni siquiera estaba hirviendo; Ted dudaba de que estuviera calentando algo, y dijo que tal vez no quedaba gasolina; subió el calor, y salió una llamita verde que echaba humo. «*Señora*», llamamos. Vino cloqueando a toda prisa del salón, apartó la olla de las judías, el anillo y el quemador, revelando la imagen incriminatoria de más de una pulgada de mecha deshilachada, quemada. Lo habíamos puesto demasiado fuerte, y la mecha se había quemado por falta de gasolina. Después de rellenar el depósito con gasolina, enredar con la mecha, levantar la parte intacta que quedaba, la *señora* volvió a encender el hornillo, probó las judías. No se quedó nada contenta; salió corriendo de la habitación, volvió y echó un puñado de polvos, que burbujearon e hicieron espuma. Le pregunté qué era, pero se rio por lo bajo y me dijo que llevaba mucho más tiempo cocinando que yo, y que sabía algunas «*petites choses*». Polvos mágicos, pensé. Veneno.

—Bicarbonato de sodio —me tranquilizó Ted.

Empezamos a darnos cuenta de que la *señora* estaba acostumbrada a un estilo de vida mucho más lujoso que sus actuales circunstancias. Cada tarde, iba a la ciudad para encontrar una «*bonne*» que limpiara la casa; la chiquita que estaba fregando los suelos el día que llegamos no volvió a aparecer.

—Es por los hoteles —nos dijo la Señora—. Todas las chicas se van a los hoteles, pagan muy bien. Hoy en día, si tienes chica, tienes que ser muy amable y no herir sus sentimientos; si te rompe la mejor fuente de porcelana, sonríes y dices: no se preocupe, *mademoiselle*.

La segunda mañana, bajé a hacer el café, encontré a la *señora* con un albornoz manchado, las cejas sin pintar aún, fregando los suelos de piedra con una fregona mojada.

—No estoy acostumbrada —explicó—. Estoy acostumbrada a tener tres chicas: cocinera, limpiadora... Tres chicas. No trabajo cuando está abierta la puerta principal, me puede ver cualquiera. Pero, cuando está cerrada —se encogió de hombros, abarcó todo con un gesto de las manos—, hago todo todo.

Un día, estábamos en la lechería intentando explicar dónde queríamos que nos entregaran dos litros de leche por las mañanas. Las casas de la avenida no estaban numeradas, y era imposible lograr que el mozo del reparto entendiese nuestro español rudimentario; finalmente, llamaron a una vecina que hablaba francés.

—Oh —sonrió—, viven con la viuda Mangada. Aquí la conoce todo el mundo. Va muy elegante, con mucho maquillaje. —La mujer sonrió, como si la viuda Mangada fuese un personaje en la ciudad—. ¿Les cocina? —preguntó con curiosidad.

Me brotó una especie de lealtad instintiva hacia la *señora* y sus apuros.

—Oh, claro que no —exclamé—. Nosotros nos cocinamos todo.

La mujer asintió, y sonrió como un gato bien alimentado.

AQUELLA VIUDA MANGADA
(Relato, otoño de 1956)

Era una abrasadora mañana española cuando la conocieron. El autobús de Alicante a Villaviento, abarrotado de españoles que parloteaban, iba dando tumbos por la carretera estrecha, levantando una nube de polvo rojo. Sentada al lado de Mark, su marido, Sally trataba de impedir que la pesada sandía verde que llevaba encima del regazo saliera por los aires. La mochila de Mark y su antigua máquina de escribir portátil con su funda negra daban botes en el estante sobre sus cabezas. Estaban buscando casa otra vez.

—Eso es lo que necesitamos. —Mark señaló por la ventana a una casa blanca y cuadrada, situada en la falda yerma de una colina—. Tranquilo. Sencillo. Nadie que lleve rodando los barriles de aceite calle abajo, y llamando a la puerta toda la noche como hacían en Alicante.

—No te precipites —repuso Sally. La experiencia estaba empezando a volver cautelosa incluso a Sally—. Esto está tan lejos que probablemente no hay ni electricidad. Ni agua corriente. Además, ¿cómo llego yo al mercado?

El autobús siguió avanzando pesadamente a través de áridas colinas rojizas en terrazas con olivares, sus hojas oscuras blanqueadas por el polvo. Llevaban casi una hora en la carretera, cuando, haciendo una carambola para tomar una curva, el autobús empezó a caer en picado hacia un pueblecito que bordeaba una bahía azul pavo real. Sus casas blancas brillaban al sol como cristales de sal.

Sally estaba inclinada sobre el asiento de delante, lanzando exclamaciones ante el mar brillante, cuando de pronto la mujer pequeña de pelo negro de dicho asiento se dio la vuelta. Iba muy maquillada, y llevaba unas gafas de sol negras.

—¿Habla español? —preguntó a Sally.

Tomada ligeramente por sorpresa, Sally respondió:

—Un poco.

Entendía el español bastante bien, pero todavía titubeaba al hablar. Mark hablaba español con soltura, aquel verano estaba traduciendo algo de poesía española moderna para una antología.

—¿A que es bonito esto? —La mujer entendió rápidamente por dónde iban las últimas frases de Sally. Señaló la bahía con una inclinación de la cabeza—. Yo tengo una casa en Villaviento —prosiguió—. Una casa preciosa, con jardín y cocina. Justo al lado del mar...

—Qué bien —dijo Sally.

Se preguntó vagamente si sería un hada madrina disfrazada, a punto de ofrecerles una mansión para el verano. Sally nunca se había desprendido del todo de su convicción infantil de que aún había agentes mágicos, caprichosos, que operaban en el mundo cotidiano.

—En verano, alquilo habitaciones —continuó la mujer, agitando la mano con su cara manicura, en la que varios anillos titilaban y relumbraban—. Bonitas. Cómodas. Con derecho a cocina. Con derecho a jardín. Con derecho a balcón...

Sally renunció a su sueño de castillos gratis en España.[27]

—¿De verdad está cerca del mar? —preguntó con entusiasmo.

Cansada ya de los paisajes secos españoles, no lograba dejar atrás la nostalgia de su gran mar azul sincero, golpeando a lo largo de Nauset Beach.

—¡Claro! Les voy a enseñar todo. ¡Todo! —prometió la mujercita oscura. Dejándose llevar por la inercia de su propio discurso veloz, parecía incapaz de detenerse, y siguió hablando del tirón, en frases entrecortadas, puntuadas con gestos bruscos, dramáticos—. Soy la *señora* Mangada. Aquí me conocen. Pregunten a quien quieran: ¿quién es la viuda Mangada? Se lo dirán. Claro...

—Se encogió de hombros con elocuencia, como si Mark y Sally,

---

[27] La expresión *«castles in Spain»*, «castillos en España», aunque ya poco habitual, equivale a «castillos en el aire».

después de todo, pudieran no ser lo bastante sabios para apreciar el privilegio que les estaba ofreciendo—. Claro, juzguen ustedes mismos. Es cosa suya...

El autobús estaba parando en el centro de Villaviento. Una gran palmera polvorienta crecía en medio de la placita, rodeada de escaparates de tiendas blancas y casas particulares, con las contraventanas de tablillas blancas bajadas firmemente.

—¡Villaviento! —proclamó la viuda Mangada con un gesto de propietaria con su mano de rojas uñas.

Se levantó afanosamente del asiento, y los precedió en el pasillo, baja y grumosa como un bizcocho de fruta. Su elegante vestido de encaje blanco dejaba ver una combinación negra; su pelo negro azulado estaba elegantemente ondulado en un caldo de pequeñas olas y rizos.

Mark la siguió meditativo con la mirada, mientras bajaba los escalones contoneándose, y salía a la calle con aire importante.

—Cualquiera diría —musitó— que la está esperando una fila de fotógrafos.

Un grupo variopinto de niños morenos del lugar se peleó por llevar el equipaje de la viuda. Ella anduvo deprisa de uno a otro, eligiendo por fin a un joven con un carro en el que cargar su abultada maleta de lona y una inmensa bolsa de arpillera llena de protuberancias.

Luego regresó, con el chico y el carro cargado a la zaga, cotorreando y gesticulando, como si no se hubiera movido. Mark se echó la mochila al hombro, y Sally colocó en equilibrio precario la máquina de escribir y la sandía.

—Por aquí —dijo la viuda, deslizando la mano bajo el brazo de Sally de forma íntima, amistosa, y acompañándolos al trote con sus zapatos chatos calados.

Hoteles modernos flanqueaban la avenida principal, con balcones de rojo, amarillo y verde brillantes, tan chillones como si estuvieran pintados al azar con pinturas de una caja infantil.

—¡Hoteles! —La viuda cloqueó con desaprobación, y les metió prisa—. ¡Terribles! ¡Caros! Cien pesetas la noche por una persona. Y luego todo lo que cobran aparte. Tabaco. Teléfono.

Meneó los crespos rizos negros.

Mark lanzó a Sally una mirada de aviso por encima de la cabeza de la viuda Mangada. La viuda ya se había lanzado a una entusiasta charla de vendedora.

—¡Miren! —Extendió un brazo en triunfo cuando doblaron la esquina para recorrer el paseo marítimo. La bahía se extendía ante ellos, vívida, azul, bordeada por una cadena de colinas naranjas—. Y ya hemos llegado.

La viuda Mangada estaba abriendo la puerta de una casa estucada color crema.

Sally se quedó con la boca abierta.

—Esto sí que es un sueño —dijo a Mark.

La casa, con una terraza cubierta de vid en el piso superior, estaba metida en un palmar. Macizos de geranios y margaritas blancas ardían como hogueras en el jardín; cactos llenos de pinchos flanqueaban el camino de losas.

Sin dejar de parlotear sobre la belleza natural, la viuda los llevó a la parte de atrás, para enseñarles el cenador emparrado, su higuera cargada de frutos verdes, y las espléndidas vistas con las colinas moradas al fondo, suspendidas en un telón de bruma.

Dentro, la casa de baldosas de piedra estaba fresca y oscura. La viuda volaba de un sitio a otro, abriendo las contraventanas de par en par, y señalando las filas relumbrantes de sartenes de aluminio de la cocina con su hornillo de gasolina renegrido de un solo anillo, las pilas de platos y copas de vino que se amontonaban en el comedor. Tiró de cajones, hurgó en armarios. Sally, encantada ya con las posibilidades domésticas, se convenció por completo al ver el cuartito del piso de arriba. Junto a una de las habitaciones más grandes, daba a un balcón y una vista del Mediterráneo azul enmarcada por palmas.

—Oh, Mark —rogó Sally—. Vamos a quedarnos.

Los ojillos negros de la viuda iban deprisa de uno a otro.

—Imbatible. Perfecta. —Sus palabras se propagaron sobre sí mismas, lisas como el aceite—. Voy a enseñarles la ciudad. El mercado. Todo. Vamos a hacernos amigos. Nada impersonal como en los hoteles...

—¿Cuánto —preguntó Mark sin rodeos— pide?

La viuda se detuvo, dubitativa, como si hubiera mencionado algo poco delicado.

—Cien pesetas la noche —dijo por fin. Luego, siguió deprisa—: Por los dos. Más el servicio. Tendrán toda la comodidad...

—¿Servicio? —la interrumpió Mark—. ¿Cuánto es eso?

—Ciento diez en total.

Mark y Sally se miraron.

—Es más de lo que podemos pagar por dos meses —dijo él sencillamente.

Sally recordó con melancolía los batidores de alambre y los cucharones de la cocina.

—Pero cocinaré yo —ofreció, aunque seguía consternada por el aspecto pertinaz del hornillo de gasolina desconocido—. Iremos al mercado, y con eso ahorraremos mucho.

—Somos escritores. —Mark se volvió hacia la viuda—. Solo queremos un sitio tranquilo donde podamos pasar el verano escribiendo. No podemos permitirnos ciento diez pesetas la noche.

—¡Ah! ¡Son escritores! —La viuda Mangada se puso efusiva—. Yo también soy escritora. Cuentos. Poemas. Muchos poemas. —La viuda se vino abajo entonces, abatiendo los párpados con sombra azul—. Por ser ustedes —dijo enfatizando las palabras—, no cobraré el servicio. Pero comprendan… —Levantó la mirada rápidamente— que no se lo deben decir a nadie. Los Otros pagarán el servicio. Lo exige el Gobierno. Pero ustedes y yo vamos a hacernos amigos. —Les dedicó una sonrisa cegadora, exhibiendo una fila de dientes amarillos grandes, protuberantes—. Los trataré como a mis propios hijos.

Mark cambió intranquilo el peso de un pie a otro, mirando la cara entusiasta de Sally. Suspiró.

—Vale, muy bien —dijo al fin—. Nos quedamos.

Poco después de las tres, esa misma tarde, Mark y Sally estaban tumbados en la playa desierta enfrente de la casa de la viuda, secándose después de nadar en las suaves olas verdes. Habían pasado el resto de la mañana en el mercado campesino haciendo la compra.

Sally echó un vistazo al balcón del otro lado de la calle, y rio.

—La viuda está moviéndose con delicadeza por nuestra habitación, poniendo esas sábanas bordadas y las colchas valiosas en las camas. «Especial para ustedes».

Mark gruñó con escepticismo, tendido boca abajo en la toalla de playa.

—Sigo pensando que tiene algo raro que alquile habitaciones después de todo lo que nos ha contado en la comida sobre su noble cuna y sus licenciaturas y su brillante marido médico y difunto.

—¿Cómo serán sus poemas? —caviló Sally, contemplando la isla yerma en mitad de la bahía. Una compleja goleta blanca estaba cruzando despacio la línea del horizonte, como la reliquia fabulosa de una vieja leyenda—. Me ha dicho que tiene escrita una descripción exquisita de la luz de la luna sobre el agua de Villaviento. «Un brillo de perlas», lo ha llamado.

—No te dejes engañar por el oropel —la previno Mark—. Probablemente escribe tórridas historias de amor españolas para la prensa amarilla.

Aquella tarde, a Sally le costaba encender el quemador de gasolina humeante, mientras Mark estaba echado arriba, quemado por el sol de la tarde, irradiando calor como un asado dominical. Acababa de empezar a calentar la sartén con el aceite de oliva, cuando la viuda Mangada se materializó en el umbral. En un abrir y cerrar de ojos, la viuda estaba junto al fogón, bajando la mecha del quemador de gasolina.

—No tan alto —regañó a Sally—. O se echa a perder la mecha. ¿Qué está cocinando?

Examinó con curiosidad el montón de patatas en rodajas y cebolla que Sally pensaba freír.

—¡Ah! —exclamó la viuda—. ¡Voy a enseñarle cómo lo hacemos nosotros!

Sally descansó con paciencia contra el gran fogón negro, mientras la viuda ponía la sartén llena de aceite a humear, y echaba las patatas y la cebolla, cotorreando a toda velocidad todo el rato sobre cómo Sally tenía que encargar que les llevaran la leche a diario, ir temprano a la lonja a comprar pescado fresco, y no olvidarse de mirar atentamente la balanza para que no la timaran; los astutos campesinos no tenían reparos en utilizar piedras en lugar de pesas y medidas de verdad.

Cuando las patatas y la cebolla estuvieron dorándose, la viuda batió dos huevos en una taza, y los echó a la sartén.

—Han venido a ver la habitación de delante mientras su marido y usted estaban en la playa esta tarde —dijo alegre, clavando una cuchara de madera en la sartén como si solo pensara en el bienestar de la cebolla y las patatas—. Han preguntado por el balcón que sale de la habitación principal y, claro, les he dicho que el balcón es para uso de todos.

A Sally le dio un vuelco el corazón, como si le hubieran clavado un puñal en la espalda. Pensó a toda prisa. Las únicas ventanas de su cuarto diminuto, en el que ni siquiera cabía una mesa en la que escribir, estaban en la cristalera que daba a ese balcón. Si se sentaba alguien fuera, Mark y ella no tendrían intimidad ninguna.

—Vaya... —Sally ocultó su incredulidad con un tono calmado, razonable—. Eso sería insufrible.

La viuda parecía completamente absorta, deslizando la tortilla a un plato. Conforme Sally hablaba, le dio la vuelta como una experta, volviendo a echar la tortilla a la sartén, para que se dorase por el otro lado.

—Los demás turistas pueden tomar el sol en la playa o en el jardín —prosiguió Sally—, pero nosotros no podemos escribir en público. Solo podemos escribir cuando hay tranquilidad, en nuestro balcón. Como escritora que es... —Sally recurrió a las palabras de la viuda, sorprendida por su repentino recurso al halago—. No me cabe duda de que entiende que este trabajo requiere una paz absoluta.

La viuda lanzó a Sally una sonrisa que escondía una mirada de reojo resuelta. A continuación, casi de inmediato, rompió a reír con carcajadas ricas, profundas, como si riese de una broma que les hubieran gastado a ambas.

—Pues claro. Claro que lo entiendo —dijo de forma tranquilizadora—. Al próximo que venga a preguntar por el balcón, le diré: «Ah, se lo he alquilado a dos escritores de Estados Unidos. Es solo para ellos».

Triunfal, Sally subió la sabrosa tortilla junto con una botella de vino. Tenía la sensación de que había derrotado a la viuda con elegancia en un juego que aún era nuevo para ella.

Mientras cerraba la puerta de la habitación, Mark gruñó:
—¡Escucha!
—¿Qué pasa? —preguntó Sally, preocupada.

Siguió hasta el balcón, para dejar la bandeja en la mesa. Ya era el crepúsculo, y una brillante luna blanca estaba saliendo del mar. De debajo de su balcón, en el paseo marítimo, llegaba un murmullo ruidoso, como de masas que se reunieran antes de un tumulto.

Sally miró fijamente. Multitudes de veraneantes magníficamente vestidos paseaban abajo, mirando con curiosidad al balcón. Junto al muro bajo que flanqueaba la playa, doncellas españolas con uniformes blancos estaban sentadas cuidando de niños que berreaban. Pasó un burro tirando de un organillo. Los vendedores empujaban carretas de cocos y helado.

—Es el deporte vespertino de la ciudad —lamentó Mark—. Los ricos ociosos. Charlando y mirando boquiabiertos. Por la tarde echan la siesta. No me extraña que la playa estuviera tan vacía hoy.

—Bueno, si solo es a esta hora —lo consoló Sally—, podemos levantarnos y empezar a trabajar al amanecer.

Pero ella también se sentía un poco observada sirviendo el vino, tratando de evitar las miradas inquisitivas de abajo. Esa tarde la viuda había colocado un cartel de SE ALQUILAN HABITACIONES en el balcón.

—Me siento como un anuncio viviente de Residentes de los Balcones de Villaviento —refunfuñó Mark.

—Oh, es una hora o así, nada más —dijo Sally, mirando mientras Mark tomaba el primer bocado de tortilla. Murmuró su aprobación—. Espera a que te cuente el golpe de Estado que acabo de dar —prosiguió orgullosa, y le contó que ahora el balcón era exclusivamente suyo.

—Estaba empezando a preocuparme lo del balcón —dijo Mark—. Menuda señora sutil...

A la mañana siguiente, Sally se despertó temprano, escuchando el borboteo y las carreras de las olas en la playa. Saliendo con cuidado de la cama para no despertar a Mark, que seguía dormido, rojo como un cangrejo, en un lío de sábanas, cruzó el pasillo para lavarse en el baño. Del grifo del agua fría, el único que había, no salía agua. Recordó vagamente que la víspera, en el frenesí de instrucciones e información útil, la viuda había movido la palanca de una extraña caja pintada de azul de la cocina, afirmando que el motor hacía agua.

Sally bajó de puntillas por la casa silenciosa. La cocina tenía las contraventanas cerradas, y estaba oscura. Después de abrir las contraventanas, Sally observó la caja azul con desconfianza, con sus extrañas espitas azules y sus cables pelados. La electricidad le producía un respeto ciego. Conteniendo el aliento, tiró de la palanca. Un destello de chispas azules salió disparado de la caja, y una delgada columna de humo acre que salía del corazón de la máquina empezó a retorcerse.

Sintiéndose culpable, Sally volvió a accionar la palanca. El humo paró. Llamó a la puerta de la viuda, al lado de la cocina. No hubo respuesta. Llamó suave, luego más fuerte. Seguía sin haber respuesta. «Esto es ridículo», pensó Sally, cambiando el peso de un pie desnudo a otro: ni agua, ni Viuda. Ni café, añadió a la lista de agravios. Durante un instante tuvo la absurda certeza de que la viuda había salido a hurtadillas por la noche, dejándolos con un inmanejable mastodonte de casa. Subió a despertar a Mark.

—No hay agua —anunció Sally con tono trágico. Mark la miró con los ojos entornados, los párpados rosas e hinchados—. Y la viuda ha desaparecido.

Somnoliento, Mark se puso el bañador y acompañó a Sally al piso de abajo. Movió la palanca de la máquina que hacía agua. No pasó nada. Probó el interruptor de la luz. No había electricidad.

—Se ha fundido algo —dijo—. Seguro que toda la casa es una gran maraña de cableado defectuoso.

—Llama *tú* a la puerta de la viuda y di algo —dijo Sally—. Tienes la voz más fuerte. Si nos alquila la casa, lo menos que puede hacer es tener agua.

Mark llamó a la puerta. Llamó a la viuda. La casa estaba totalmente silenciosa, salvo por el reloj de pared del pasillo, que hacía tictac como un corazón metido en un ataúd.

—A lo mejor se ha muerto ahí dentro —dijo Sally—. Tengo la sensación rarísima de que detrás de esa puerta no respira nadie.

—A lo mejor ha salido temprano —bostezó Mark—. Echo de menos el café.

Finalmente decidieron volver a la cama y esperar a la viuda. Justo cuando Sally estaba cerrando los ojos, oyó el crujido de las bisagras de la puerta de la verja, y unos veloces pasos entrecortados que subían por el camino. Poniéndose la bata de un salto, bajó silenciosamente para ver a la viuda, fresca y delicada como una margarita con su vestido blanco, entrando por la puerta con un hato de paquetes.

—Ah —cacareó alegremente la viuda al ver a Sally—. ¿Ha dormido bien?

Sally, mirando a la viuda con ojos más hostiles que la víspera, se preguntó si había una nota irónica velada en el tono meloso.

—No hay agua —declaró Sally sombría—. No hay agua para lavarnos. Ni para el café.

La viuda rio animada, como si Sally fuera una niña encantadora pero bastante torpe.

—Claro que hay agua —dijo, dejando los paquetes encima de una silla, y dando una carrerita a la cocina—. ¡Es sencillísimo!

Siguiéndola, Sally se sintió tristemente segura de que la máquina estaba trucada para funcionar solo con la viuda. Con cierta satisfacción, vio a la viuda mover la palanca. No hubo resultados.

—Yo también he intentado eso —le dijo Sally, apoyándose indiferente en la jamba de la puerta—. Y no ha pasado nada.

La viuda probó el interruptor de la luz.

—¡No hay luz! —exclamó triunfante, y soltó otra de sus risotadas profundas, confidenciales, con una larga, astuta mirada a Sally escondida en medio de todo aquello.

—Es igual en todo el pueblo —dijo entonces la viuda—. Sin luz, no hay máquina.

—Entonces, ¿esto pasa mucho por las mañanas? —preguntó Sally, con frialdad.

Dio la impresión de que la viuda se daba cuenta en ese momento de que Sally estaba molesta.

—Ah, no es bueno que se tome las cosas tan en serio. —Meneó la cabeza oscura con desaprobación—. Aquí siempre hay agua. Mucha agua.

Sally esperó, con lo que confiaba fuera una expresión escéptica, retadora.

Con el aire altivo de una mujer muy por encima de las emergencias mundanas, la viuda se deslizó hasta la pila, levantó de la encimera una tapa de madera que Sally había usado como tabla de cortar la noche anterior, y reveló un agujero negro sin fondo. Sacando un cubo y una cuerda larga de uno de los múltiples armarios, la viuda dejó caer el cubo en el agujero. Hubo un chapoteo que retumbó. La viuda dio una serie de tirones breves, enérgicos, a la cuerda y sacó un cubo rebosante de agua clara.

—Ya ve —sermoneó a Sally—. Mucha agua. Siempre. —Empezó a llenar tres jarras de varios tamaños—. Agua maravillosa. Beneficiosa para el estómago. —Señaló el grifo del agua fría, frunciendo la nariz en una mueca de asco, y meneando la cabeza—. Esa agua es mala —le dijo a Sally—. *Non potable.*

Sally resolló. Por suerte, Mark y ella habían bebido vino la noche pasada. Sin duda el agua del grifo era un veneno lento. ¿A la viuda se le había pasado mencionarlo antes? ¿O quizá no había querido señalar una desventaja hasta que estuvieran instalados en su casa? Sally se preguntó entonces, con intranquilidad creciente, si la viuda les habría hablado *en algún momento* de su reserva secreta de agua potable, salutífera, si la máquina no se hubiera estropeado esa mañana.

Con una nueva circunspección, Sally cogió una jarra de agua de manos de la alegremente voluble viuda, y subió a lavarse. En pocos minutos, la viuda trinó que había vuelto la luz, y que el agua estaba llegando a todas partes.

—Seguro que ha estado brincando en el jardín de atrás con una varita de zahorí —dijo Mark de mal humor.

Bajó a poner a calentar agua en el quemador de gasolina para afeitarse.

Sentados en el balcón, a la sombra de la marquesina de tablillas de bambú, dando sorbitos de sus tazas de café humeante, Sally siguió divagando acerca de las excentricidades domésticas españolas.

—Date cuenta —le dijo a Mark—, la viuda no tiene jabón y friega los platos en agua fría con unos atados de paja. Acaba de leerme la cartilla, voy a tener que ser muy aseada cuando vengan los Otros. Bueno, tendrías que ver su propia despensa; todo manga por hombro, con sobras de judías verdes y pescado muerto, y un montón de hormigas llevándose el azúcar grano a grano. Mañana no quedará nada.

Mark se echó a reír.

—Daría lo que fuera por saber lo que piensa de ella la gente de Villaviento. Seguro que nos hemos ido a juntar con la bruja del pueblo.

Sally escribió a máquina unas cartas a su familia, mientras Mark se apoyaba en las almohadas en la habitación, cuidándose la insolación, y escribiendo una fábula de animales. De la calle llegó el grito de la panadera, pasando con una canasta de panecillos fritos en un brazo; el mozo del lechero pasó en bicicleta con un cántaro de varios litros en la cesta. Mientras Sally ganduleaba, los dedos retrasándose en las teclas, le llegó el sonido de las voces.

La viuda Mangada le estaba enseñando el jardín a una pareja joven española, gesticulando con grandilocuencia hacia los geranios, las vistas del mar. Sally los miró detenidamente a través del emparrado. Casi tenía la esperanza de que la viuda no tuviese más inquilinos, con lo tranquilo y lo agradable que era estar en la casa oscura solos Mark y ella.

Preparando la comida ese mediodía, Sally puso a hervir una olla de judías verdes, y empezó a cortar embutido. Diez minutos después, miró las judías. Estaban tan duras como al empezar, y el agua ni siquiera estaba caliente. Sally subió la mecha, esperando que así saliera más calor del hornillo. Salió una llama enfermiza que echaba humo verde.

En ese momento, como si la hubiera convocado una señal oculta, la viuda Mangada apareció en el umbral, echó un solo vistazo al humo que salía del hornillo, y fue corriendo y lamentándose al fogón. Quitando la olla de las judías y el plato del hornillo de gasolina, reveló con un gesto ampuloso la prueba criminal de más de una pulgada de mecha deshilachada, carbonizada.

—¡No hay gasolina! —anunció, con todo el drama de un médico que diagnostica un cáncer.

Corrió a su despensa, sacó una botella de un líquido transparente y lo echó al depósito del hornillo. Luego enredó con la mecha, cortando las puntas carbonizadas con los dedos, subiendo la mecha en el casco. Volvió a encender la mecha y puso las judías. No contenta con eso, probó una judía, y meneó la cabeza triste, mirando a Sally.

—Espere un minuto —dijo, y salió corriendo de la cocina. Volvió con un puñado de polvos que echó a las judías, que empezaban a hervir en ese momento. El agua burbujeó e hizo espuma.

—¿Qué es eso? —preguntó Sally con suspicacia.

La viuda le echó una miradita falsamente modesta, y dijo con el dedo como a una niña mala.

—Es algo, nada más. —Sonrió evasiva—. Llevo cocinando mucho más tiempo que usted, y me sé algunos trucos.

Luego, como si acabara de pensarlo por casualidad, la viuda prosiguió:

—Oh, por cierto, un médico ha alquilado la habitación de arriba unos días. —Estaba en el umbral, tensa como una gaviota blanca a punto de echar a volar—. Viene dentro de una hora más o menos.

—Oh, solo es *uno* —observó Sally en tono prosaico. Estaba empezando a disfrutar haciéndose la tonta, y obligando a la viuda a detallar sus maniobras a ritmo más lento.

—No —dijo la viuda, claramente molesta—. Tiene mujer. Y dos amigos. —Vaciló—. La otra pareja tiene un bebé.

—Oh —dijo Sally de manera elocuente, inclinándose sobre las judías humeantes.

La viuda, a punto de retirarse, se lo pensó dos veces y volvió a acercarse al hornillo.

—Entiéndame. —Su tono lúdico con Sally cambió, erizado ahora con una extraña intensidad emocional—. Me da igual cuánta gente haya en la casa, siempre y cuando esté llena siempre. Tienen que aprender a compartir. Los armarios, el hornillo, no son solo para ustedes. También son para los Otros.

Esbozó su relumbrante sonrisa llena de dientes amarillos, como tratando de hacer sombra a su franqueza.

—¡Faltaría más! —dijo Sally a la viuda, con moderado asombro.

Pero al parecer a la viuda la inquietaba algo más.

—Los españoles, *señora* —le dijo con gravedad a Sally—, son muy diferentes de ustedes, los de Estados Unidos. —Su tono no pretendía ocultar de qué lado estaban sus simpatías—. Cantan sin parar. Ponen la radio alta. Dejan cosas aquí y allá. —Dejándose llevar por su propio discurso, la viuda empezó a mecer su cuerpecillo regordete de forma dramática, representando todo ello en una especie de pantomima—. Vuelven tarde por la noche. Y sus niños lloran. Es muy natural.

Sally no pudo evitar sonreír al imaginar un rebaño de españoles vociferando arias en la ducha fría, y ejecutando bailes flamencos en torno al quemador de gasolina.

—Lo entiendo perfectamente —aseguró a la viuda.

—Tal vez —dijo con renovado ánimo la viuda, como si acabase de ocurrírsele un nuevo plan maravillosamente ventajoso para Sally— les gustaría sacar sus trastos de cocinar de ese armario de allí. Así no les molestaría el armario, abarrotado de platos españoles.

Sally siguió el gesto desenfadado con la mirada. Estaba señalando a un estante abierto encima del cubo de basura.

Así que era eso. Las intuiciones de Sally se estaban acelerando; se sentía dispuesta a actuar.

—Caramba, pues estoy totalmente encantada con mi situación —le dijo a la viuda con tono modesto pero firme—. No se me ocurriría molestarme.

La viuda desapareció de la cocina con una falsa sonrisa deslumbrante, que Sally sintió después de que se marchara, mientras preparaba la comida, inquietante como la sonrisa del gato de Cheshire.

Mientras Mark y Sally comían en el balcón, un coche aparcó enfrente de la casa. La pareja española que Sally había visto esa mañana salió, con otra pareja y una niñita, llena de volantes como una peonía con sus enaguas almidonadas.

La viuda salió corriendo a recibirlos, abriendo la verja de par en par, como si estuviese recubierta de oro y gemas valiosas, casi haciendo reverencias según los cuatro españoles entraban, llevando a la niña en brazos.

A las tres, Mark y Sally salieron de la habitación para ir a nadar. A Mark no le gustaban las multitudes de mujeres gordas, atezadas y los dandis aceitados que se apiñaban en la playa a mediodía, y durante la siesta, de tres a cinco, tenían la playa para ellos. En el pasillo de arriba, todas las contraventanas estaban cerradas, y las demás habitaciones estaban oscuras y silenciosas como en un hospital. Sally cerró la puerta al salir. El sonido retumbó sepulcralmente.

—¡*Sssh!*

Con un siseo venenoso, la viuda Mangada estaba al final de la escalera. Con una diatriba de gestos y susurros exagerados, anunció que los españoles estaban durmiendo, y ordenó a Mark y Sally que fuesen más considerados.

—¡Vaya! —exclamó Mark, cuando estuvieron a salvo en la playa—. Menudo cambio de tono...

Se supo que los españoles iban a comer en un hotel de la ciudad. Sally estaba de pie junto al hornillo de gasolina esa noche, removiendo atún con una salsa espesa de nata, y tratando de oír las pisadas ligeras, casi inaudibles de la Viuda. Había empezado a temer esos pasos. Ahora, fuera de su cuarto, se sentía vulnerable como el blanco de un francotirador en territorio enemigo.

Después de apagar el hornillo de gasolina, oyó el fuego que aún ardía en el plato para vientos. Agachándose, sopló para apagarlo. Con un puf ruidoso, una larga llama saltarina se bifurcó hacia ella. Asustada, Sally saltó hacia atrás. «Me apuntaba a los ojos», pensó intranquila, mientras se enjugaba las lágrimas que le había saltado el humo picante.

Mientras dejaba correr el agua en abundancia sobre los platos con los que había cocinado, la viuda entró a la carrera, cruzó hasta la pila, y puso el tapón para tapar el desagüe.

—Aquí no se puede derrochar el agua —sermoneó a Sally—. Es muy escasa.

Sally esperó hasta que la viuda salió de la cocina, quitó el tapón, y abrió el agua al máximo con una rica sensación de extravagancia ilícita.

La mañana siguiente, Sally despertó, y oyó la voz de la viuda en el pasillo. De su tono inusualmente conmocionado, lleno de disculpas, Sally dedujo que algo iba mal. Curiosa, fue de puntillas hasta la puerta. Como si estuviera desarrollando síntomas de las tácticas de la viuda como una enfermedad contagiosa, se detuvo para mirar por el agujero de la cerradura. Entonces, riendo, pinchó a Mark hasta que se despertó.

—Adivina —informó—. Los cinco están haciendo cola delante del baño, y la viuda está en bata subiendo grandes tinajas de agua. El médico está dentro afeitándose.

La máquina del agua se había estropeado por completo.

—Por el exceso de trabajo —aventuró Mark—. Probablemente toda esta casa tan elegante se tambalea al borde de un pozo de arenas movedizas.

Cuando Sally bajó a sacar agua del pozo para el café, encontró a la Viuda en el pasillo, envuelta en un embalaje de satén amarillo, fregando las baldosas de piedra. En la franca luz de la mañana, su rostro parecía demacrado y ligeramente verde; aún no se había pintado las cejas, y la boca le colgaba flácida y como de rana sin lápiz de labios.

—¡Ah! —balbuceó la viuda, apoyándose en la fregona y hablando en tono ronco, irritable—. Esta mañana voy a la ciudad a buscar una doncella. No estoy acostumbrada a esto. En casa, en Alicante, tenía tres doncellas...

Sally murmuró solidaria. Con dignidad, la viuda se enderezó cuan larga era, y su barbilla no llegaba mucho más alto del mango de la fregona.

—Cuando voy a la ciudad —dijo, con la mirada borrosa fija más allá de Sally, perdida en una lejana visión luminosa—, soy una *grande dame*. No trabajo cuando está abierta la puerta principal, cuando la gente me puede ver. ¿Entiende? Pero... —La Viuda clavó en Sally una mirada severa, orgullosa—. Cuando la puerta está cerrada... —Se encogió de hombros y extendió los brazos abarcando todo—. Lo hago todo. Todo.

La viuda volvió aquella mañana con una doncella vestida de negro a la zaga. Supervisó imperiosamente durante una hora, mientras la doncella barría, frotaba y quitaba el polvo. Luego la doncella volvió a la ciudad.

—Es muy difícil —confió la viuda a Sally, con aires de duquesa de cuna que pasa una mala racha— encontrar doncellas en Villaviento. En verano son carísimas. Los hoteles les pagan demasiado. Hoy en día, si tienes doncella, tienes que llevar mucho cuidado de no herir sus sentimientos.

La viuda se recuperó lo suficiente para imitar el trato tierno que había que dar a una doncella. Asintió, anduvo con delicadeza, sonrió con dulzura exagerada.

—Si te rompe el jarrón de cristal carísimo, tienes que reírte y decir: «Ah, no se preocupe, *mademoiselle*».

Sally sonrió. La viuda siempre andaba quejándose de los gastos; en verdad, Sally no sabría decir hasta qué punto sus quejas eran impostadas.

Esa mañana, desde el balcón, Sally y Mark miraron a la viuda atareada con los técnicos, un jardinero y tres obreros del lugar con un carro y un burro que empezaron a llevarse las piedras y los escombros que ahogaban el acceso que no usaba.

—Supongo que eso es una marca de aristocracia —dijo Mark—, tener un equipo de hombres dejándose la piel por ti constantemente. Y uno o dos burros.

—Está desesperadísima por mantener las apariencias regias ante Villaviento —dijo Sally.

—Apariencias regias —se burló Mark—. Son patrañas rancias. No digo que no le haya enseñado español a la mujer del gobernador de Gibraltar, pero aún no he conseguido que me dé ni una de las lecciones que prometió.

—Espera a que tenga la casa organizada —lo tranquilizó Sally—. Todavía no ha encontrado quien alquile la habitación de delante, y seguro que eso le molesta.

—Estoy seguro de que no puede alquilarla porque el balcón está cerrado. Sin duda está furiosa con nosotros por quitarle el mejor argumento comercial.

—Sabe que nos habría perdido si no hubiera cedido —le recordó Sally.

Mark negó con la cabeza.

—Todavía intentará engañarnos.

—No creo que lo logre —dijo Sally—. Si nos mantenemos firmes.

Mientras Sally pelaba las patatas para la comida, la viuda Mangada entró en la cocina. Se abalanzó sobre la patata que Sally tenía en la mano, y cogió el cuchillo.

—A ver, ¡las patatas se pelan *así*!

Enseñó a Sally con condescendencia. Sally suspiró. Cada vez le molestaban más las pequeñas incursiones de la viuda en la cocina para entrometerse. La viuda había llegado a reordenar su despensa a hurtadillas, mezclando las cebollas en el plato de los huevos, para dejar libre otro cuenco para las raciones pringosas de potaje frío, maloliente, que dejaba en los estantes durante días.

Mientras la viuda cogía otra patata, Sally se dio cuenta de que estaba usando una oratoria más florida que de costumbre.

—Cada dos veranos, claro está —estaba diciendo la viuda—, alquilo la casa a una familia. Entera. Por veinte mil, treinta mil pesetas. Pero... —El cuchillo voló desnudando la patata—. Este verano por primera vez me he quedado para alquilar habitaciones. Solo que está resultando imposible.

Sally tuvo un escalofrío de premonición. Esperó.

—El Gobierno... —La viuda Mangada sonrió obsequiosa con un gesto de impotencia dirigido a Sally, sin dejar de pelar la patata con un hábil juego de manos—. El Gobierno nos obliga a llenar todas las habitaciones. Y hoy el alcalde de Villaviento me ha dicho que tengo que alquilar toda la casa, puesto que no consigo llenar todas las habitaciones.

Sally tomó aire, y por primera vez vio con claridad a la viuda. La ornada máscara pintada se resquebrajó, dejando ver una mueca lobuna. Los ojos dejaron ver un estanque negro, sin fondo, en el que había desaparecido una piedra, anillo tras anillo propagándose hacia fuera en la superficie.

Dejando a la viuda con la patata blanca raspada en la mano, boquiabierta, en mitad de una frase, Sally se volvió y salió corriendo. Respirando con dificultad, entró violentamente a ver a Mark.

—Oh, detenla —lloró, tirándose en la cama. Oyeron el golpeteo de los pasos rápidos que la seguían escaleras arriba—. Detén a esa mujer —rogó Sally, ahora casi histérica—. Nos va a echar.

—*Señora* —llamó la viuda en tono dulce al otro lado de la puerta.

Sally oyó la cucaracha que correteaba en el armario, la araña que tejía conjuros sobre el pozo.

Mark entreabrió la puerta, y miró a la viuda Mangada.

—Dígame —dijo.

La viuda Mangada practicó sus encantos. Con ojos implorantes, miró a Mark, arrullando:

—Ah, *señor*. La *señora* es muy excitable. Ni siquiera escucha lo que voy a decir. Los hombres son... —balbuceó con gracia—, mucho más prácticos que las jóvenes para estas cosas.

Mark hizo una señal a Sally, que los estaba mirando enfadada desde la cama.

—Vamos otra vez a la cocina, y acaba de hacer la comida —dijo—. Hablaremos ahí.

En la cocina, la viuda habló de forma seductora a Mark, mientras Sally freía las patatas, aún afectada, avergonzada por bajar la guardia delante de la viuda.

—Veamos, por supuesto —aseguraba la viuda a Mark en tono melifluo—, no quiero que usted y la *señora* se marchen. No estoy buscando a alguien que alquile la casa entera. Pero... —Se encogió de hombros con mimosa filosofía—. Si el Alcalde manda a alguien, ¿qué puedo hacerle?

—Pregúntale cuánto preaviso nos va a dar —le dijo Sally a Mark en inglés, mohína.

Ahora se negaba a hablar en español con la viuda, retirándose como para protegerse al idioma que la viuda no hablaba, y poniendo a Mark entre ambas como intérprete.

—¿Cuánto preaviso? —preguntó Mark a la viuda.

Pareció sorprendida por que Mark se refiriese a preocupaciones tan banales.

—Ah, dos o tres días... —dijo por fin, arrastrando las palabras, como si estuviera concediendo un gran favor.

Sally se quedó horrorizada.

—¿Y dónde vamos entonces? —estalló hacia Mark—. ¿A la calle?

Se ponía enferma ante la idea de hacer las maletas y volver a trasladarse, furiosa por los cambios taimados de la voluble viuda.

—Hablamos sobre esto más tarde —zanjó Mark el asunto.

Silenciada por el momento, la viuda se retiró.

—Si se piensa —rabiaba Sally durante la comida— que vamos a vivir aquí mientras le venga bien, pagándole hasta que encuentre a alguien para que no pierda una sola peseta... Y encima poniendo al Gobierno como excusa para sus propios caprichos...

—Tranquila —aplacó Mark—. Es retorcida, nada más. Hazte a la idea.

Decidieron ir a buscar casa por Villaviento esa misma tarde, sin decirle a la viuda que se marchaban.

Esa noche, cenando en el balcón, Sally estaba exultante:

—Hemos comprado una casa. Una casa entera. Voy a tener mi propia cocina. Y mis propios atados de paja para fregar.

—Oh, la nueva casera debe de estar celebrando ahora mismo que le hayamos dejado subir el alquiler.

Mark estaba reservado, como solía, pero ni siquiera él podía ocultar lo contento que estaba. Pagaban casi mil pesetas menos por una casa tranquila en el barrio antiguo que por la habitación minúscula, ruidosa, de la viuda Mangada. E iban a mudarse a la mañana siguiente.

Mark y Sally bebieron el vino despacio, brindando por su éxito, relajándose fácil y completamente por primera vez desde su llegada a casa de la viuda Mangada.

Sally rio feliz mientras se acababan la botella de vino.

—Es como librarse de un maleficio —dijo.

Mientras Mark ayudaba a Sally a fregar los platos, la viuda entró en la cocina dando tropezones y con despreocupación.

—Ah —gorjeó con una brillante sonrisa de nuevo cuño—, ¿han paseado bien? Espero —prosiguió— que no estén preocupados por lo que dijo el alcalde. —Los miró con zalamería—. Qué verano tan maravilloso vamos a pasar... Probablemente nadie pregunte por la casa siquiera. Ahora bien, si fueran ustedes españoles... —Echó una mirada traviesa a Mark—. Ni se les ocurriría ponerse tan serios por semejante minucia...

—Creo que es nuestra obligación decirle —dijo Mark sin preámbulos, haciendo caso omiso de los gestos de Sally, que le pedía que se callase— que hemos encontrado otro sitio. Con un contrato para todo el verano. Y nos mudamos mañana.

Sally perdonó a Mark por soltar la sorpresa un día antes. La viuda Mangada se quedó con la boca abierta. Su cara se puso de un feo tono morado.

—¿Qué? —Su voz subió una octava, incrédula. Empezó a temblar, como a merced de un viento fuerte—. ¡Con todo lo que he hecho por ustedes! —Su voz se deshilachó hasta quedar en un graznido ronco.

—Sin el balcón, nuestro cuarto es demasiado pequeño para vivir, y lo sabe —insertó Sally con honradez.

La viuda Mangada la atacó como una avispa enloquecida, blandiendo un dedo furioso ante la cara de Sally.

—¡Es culpa suya, suya! —acusó despechada, desechando toda ficción de decoro—. Siempre quejándose. ¡El cuarto es demasiado pequeño! ¡Que si esto, que si lo otro! Su marido jamás se queja... —La viuda cambió de enfoque en un último intento desesperado de halagar a Mark.

—Mi mujer se ocupa de las cosas de casa a petición mía —cortó a la viuda con firmeza—. Suscribo todo lo que ha dicho.

—¡Bueno! —La viuda echaba humo, indignada—. Después de toda mi consideración, mi generosidad, mi franqueza... —Hizo una pausa, sin aliento.

A continuación, a medida que recuperaba su instinto para la retórica, empezó a reunir los harapientos restos de la ceremonia.

—Como deseen —logró decir finalmente, con una sonrisa vacilante. Los dientes amarillos relucieron—. ¿Ha dicho que se van mañana? —preguntó, y la luz metálica de la caja registradora había regresado ya a su mirada.

Giró sobre sus tacones. La puerta principal se cerró con un portazo tras ella.

Aquella noche, a última hora, la puerta de la verja se abrió con un chirrido. Mark y Sally oyeron a la viuda murmurando en el pasillo de abajo. Empezó a subir las escaleras, sin dejar de rezongar de forma audible e incoherente. Sally se tapó la cabeza con la sábana, convencida de que estaba a punto de montar una escena. Salvajemente, la viuda recorrió el pasillo del piso superior pisoteando y escupiendo palabrotas y gruñidos. Sally vio su silueta achaparrada y torpe recortada contra la luz de la luna, atareada junto a la barandilla del balcón.

—Está arrancando el cartel de se alquila —susurró Mark.

Llevando el cartel como si fuera una cabeza humana cortada, la viuda bajó en tromba.

La mañana siguiente, mientras Sally hervía montones de patatas y huevos para llevar un pícnic a su nuevo hogar, agradablemente consciente de que estaba usando demasiada gasolina de la viuda, la viuda Mangada apareció en la cocina. Su humor de la víspera había cambiado por completo. Estaba suave como la seda.

—Anoche conocí a la dueña del sitio al que se mudan —informó a Sally—. Me dijo lo que pagan exactamente por el verano. —La viuda pronunció la suma con algo parecido a la reverencia—. ¿Es correcto?

—Sí —dijo Sally, de forma un poco brusca.

Le molestaba que la viuda Mangada hubiese averiguado esos detalles. Pero era consciente de que la viuda no podía acusarlos de engañarla: ella misma les estaba cobrando más por mucho menos.

—Es una casa grande y preciosa —añadió Sally, sin poder resistirse.

Sacó los huevos duros del calentador humeante.

La viuda puso cara burlona.

—No lo sé. Nunca voy a esa parte de la ciudad. Tan lejos de la playa y eso.

La casa estaba a diez minutos escasos del mar.

—A Mark y a mí nos encanta andar —respondió Sally con dulzura.

—Le dije a la señora —prosiguió la viuda, toqueteando el cuello de encaje de su vestido— que usted y su marido son buena gente. Le dije que por supuesto se habrían quedado aquí todo el verano, si el alcalde no me hubiese obligado de repente a alquilar la casa entera a una sola familia.

Sally se quedó callada, dejando que la mentira esperase en el aire vacío.

—Seguiremos siendo amigas —proclamó entonces la viuda con sonrisa magnánima—. Si necesita cualquier cosa, no tiene más que venir y pedirla. ¿Acaso no le he enseñado todos los secretos de la cocina española?

Se balanceó de puntillas, mirando casi implorante a la cara de Sally.

Antes de irse, la viuda concertó con entusiasmo una cita para una clase de inglés con Mark en su casa la tarde siguiente.

—Quiero saberlo todo. ¡Todo! —repitió, acompañándolos a la puerta, sus enormes ojos negros desbordantes de sed de erudición.

Mark y Sally se despertaron a la mañana siguiente en su espaciosa casa nueva, y oyeron un débil tintineo de cencerros conforme un rebaño de cabras negras subía la calle con delicadeza de camino a los pastos. Un viento fuerte, raro, soplaba desde las lomas. En el mercado, el viejo que vendía plátanos afirmó que Villaviento no había tenido un viento así desde hacía ochenta años.

El día se puso oscuro, cuajado de nubes. Sally trató de leer a la luz insalubre y amarilla, esperando a que Mark volviese de su clase de inglés vespertina con la viuda Mangada.

El viento aullaba alrededor de la casa, levantando remolinos de polvo, y sacudiendo los marcos de las ventanas. Trozos de papel y hojas de vid arrancadas golpearon los cristales. Se avecinaba una tormenta imponente.

Mark volvió veinte minutos después de marcharse.

—Se ha esfumado —dijo, entrando pesadamente, y limpiándose el polvo de la chaqueta—. Ahora vive allí una familia alemana. Le ha debido de faltar tiempo para volver a Alicante en cuanto nos fuimos ayer por la mañana.

Empezaron a caer grandes gotas de lluvia sobre la acera polvorienta.

—¿Crees que de verdad tenía todos esos títulos universitarios? —preguntó Sally—. ¿Y el marido médico?

—A lo mejor —dijo Mark—. O a lo mejor no es más que una charlatana lista.

—O una Parca.

—¿Quién sabe?

El viento chillaba en las esquinas de la casa, arremolinándose aquí y allá, cegando con lluvia los cristales de las ventanas, y tapando el laberinto de esas colinas oscuras, malignas.

NOTAS DE CAMBRIDGE
(De los cuadernos, febrero de 1956)

19 de febrero, domingo por la noche

A quien corresponda: De cuando en cuando, llega un momento en que las fuerzas neutras e impersonales del mundo se reúnen en un trueno de juicio. No hay motivo para el terror repentino, la sensación de condena, pero las circunstancias reflejan la duda interior, el miedo interior. Ayer, cruzando tranquilamente el puente de Mill Lane, después de dejar mi bicicleta en el taller (sintiéndome perdida, peatona, impotente), sonriendo con esa sonrisa que recubre con una laca benévola el miedo estremecedor que causan las miradas de los desconocidos, me atacaron de pronto los niños que hacían bolas de nieve en la presa. Empezaron a tirármelas, abiertamente, sinceramente, tratando de acertar. Fallaron, y, con ese juicio cansado que acompaña a la experiencia, miré acercarse las bolas sucias, por detrás y por delante, y, enferma de asombro, seguí andando despacio, preparada para esquivar un buen tiro antes de que me acertase. Pero ninguno acertó, y con una sonrisa tolerante que era una gran mentira, seguí andando.

Hoy mi diccionario de sinónimos, con el que preferiría vivir en una isla desierta antes que con una biblia, como he presumido tan inteligentemente y tan a menudo, estaba abierto después de escribir un primer borrador de poema malo, enfermo, por el 545: Engaño; 546: Falsedad; 547: Crédulo, crédula; 548: Impostor, impostora. El sagaz crítico y escritor que está aliado con las generosas fuerzas creativas opuestas grita con mortal precisión: «Fraude, fraude». Lo cual lleva gritando sin interrupción desde hace seis meses durante este año oscuro de infierno.

Ayer noche: al llegar a la fiesta en Emmanuel (ah, sí) estaban hipnotizando a un tal Morris en la habitación oscura, abarrotada, iluminada con bohemia consciente mediante velas encajadas en botellas viejas de vino. El chico gordo pero fuerte, feo, estaba diciendo con dominio y poder imponentes: «Cuando intentes cruzar la puerta habrá un cristal. No puedes cruzar la puerta, habrá un cristal. Cuando diga "gramófono" volverás a dormir». A continuación, sacó a Morris del trance, y Morris trató de cruzar la puerta, pero se paró. No podía cruzar la puerta, había un cristal. El gordo dijo «gramófono», y dos chicos nerviosos, riendo, cogieron a Morris según caía. Luego hicieron que Morris se quedara tan rígido como una barra de acero; él parecía saber cuán rígido era eso exactamente, y se quedó tieso en el suelo.

Y yo hablé y hablé con Win: sonrosado, ojos azules, rubio, seguro, en los inicios del enamoramiento por una chica que conoció esquiando, que está prometida, y va a casa para ver cómo romper, y volver, y quizá vivir y viajar con él. Y me enteré de que no me había equivocado con L., y de que ambos amamos a N., y yo hablé de R.[28] Juegos de ese tipo. Hablé de R. como si estuviera muerto. Con una nobleza mortal. Y el alto, apuesto John me puso la mano cálida sobre el hombro, y le pregunté intensamente por el hipnotismo, mientras la cara de bebé de Chris, impaciente, radiante, de mejillas sonrosadas, y su pelo rizado flotaban en el borde, y con amabilidad inapropiada rehusé ir a la habitación desnuda que rezumaba música de baile con John, y fui a hablar castamente con Win, y a beber y a decirle a Rafe, que era el anfitrión, con el rostro radiante y un cuenco perpetuamente lleno de fruta y de alcohol de un color diferente cada vez: «Eres un anfitrión maravilloso».

Luego Chris se fue, y detrás de las conversaciones se puso de rodillas para abrazar a la pequeña miniatura de Sally Bowles vestida de negro con diminutos pantalones y jersey negros, y el pelo rubio corto de Juana de Arco, y una larga boquilla malvada (que hacía juego exactamente con su hombre muy pequeño, Roger, que iba todo de negro, como un bailarín pálido y muy bajo, con una reseña de Yeats que acababa de publicar en una revista que se llama *Khayyam*, por

---

[28] Seguramente, Richard Sassoon.

Omar). Luego, Chris se sentó en el regazo a una chica con un vestido rojo, y luego los dos se fueron a bailar. Mientras tanto, Win y yo hablamos con mucha sabiduría, y la abominable facilidad de todo ello me golpea: podría pasar de todo, y entrarle a John, que ahora le entra a lo que tiene más cerca y es más fácil. Pero todo el mundo tiene exactamente la misma cara sonriente, asustada, con esa mirada que dice: «Soy importante. Con solo llegar a conocerme, verás lo importante que soy. Mírame a los ojos. Bésame, y verás lo importante que soy».

Yo también quiero ser importante. Siendo diferente. Y todas estas chicas son iguales. Lejos de ellas, voy con Win a por mi abrigo; me trae la bufanda, mientras espero en la escalera, y Chris está colorado y dramático y sin aliento y penitente. Es demasiado fácil. Es lo que queremos todos. Quiere que le regañen y lo castiguen.

Estoy bastante alterada, y distante, y es muy cómodo que me lleven a casa por los campos nevados. Hace mucho frío, y toda la vuelta voy pensando: Richard, vives en este momento. Vives ahora. Te llevo en las tripas, y actúo porque estás vivo. Y, mientras tanto, probablemente estás durmiendo exhausto y feliz en brazos de una puta brillante, o a lo mejor incluso de la chica suiza que quiere casarse contigo. Te llamo a gritos. Quiero escribirte, sobre mi amor, esa absurda fe que me mantiene casta, tan casta que todo lo que he tocado o dicho a otros se convierte tan solo en el ensayo para ti, y preservado solo para eso. Estos otros ahora pasan el tiempo, y a muy poca distancia de la raya, en los besos, el tacto, pido clemencia y me alejo, congelada. Voy de negro, cada vez visto más de negro. Perdí uno de mis guantes rojos en una fiesta. Solo me quedan negros, y son fríos y nada cómodos.

«Richard», digo, y le digo a Nat, y le digo a Win, y le digo a Chris, como le he dicho a Mallory, y a Iko, y a Brian, y a Martin, y a David: Hay Un Chico En Francia. Y hoy le he dicho a John, que escucha muy bien, y está dispuesto a sentarse y oírme decir que en una ocasión he sido feliz, y en una ocasión he sido lo máximo en mí, y me he convertido con la edad en la mujer que soy ahora, todo por un chico que se llama Richard. Y John dice: «Podría amarte violentamente, si me dejo». Pero no se ha dejado. ¿Por qué? Porque no lo he tocado, no lo he mirado a los ojos con la imagen que quiere ver en ellos. Y podría. Pero estoy demasiado cansada, soy demasiado noble, de manera perversa. Me pone enferma. No lo desearía, aunque es la víctima. Así que le digo sin mucho interés que no voy a permitirlo, jugando, porque es un niño que nace muerto. He dado a luz a muchos.

Y luego digo con amargura: ¿quiero a Richard? ¿O lo uso como excusa para una postura noble, solitaria, sin amor, debajo de la perversa etiqueta de la fe? ¿Lo uso así, lo querría aquí, flaco, nervioso, pequeño, voluble, enfermizo? ¿O prefiero amar solo la mente y el alma fuertes, y la potencia abrasadora, refinada, de los dañinos detalles del mundo real? Cobarde.

Y entrando en el comedor inesperadamente a desayunar, las tres brillantes se vuelven con aspecto raro, y siguen hablando igual que cuando entra la señora Milne, con aparente continuidad, velando el asunto de sus palabras: «Qué raro, mirando al fuego sin más». Y ya te han condenado por estar loca. Como quien no quiere la cosa. El miedo a que todos los filos y las formas y los colores del mundo real que han sido reconstruidos con tanto dolor y con un amor tan real puedan mermar en un momento de duda, y «de pronto apagarse», igual que la luna en el poema de Blake.

Un miedo morboso: que protesta demasiado. Al médico. Voy al psiquiatra esta semana, solo para conocerlo, para saber que está. E, irónicamente, tengo la sensación de que lo necesito. Necesito un padre. Necesito una madre. Necesito un ser mayor, más sabio, a quien llorarle. Hablo a Dios, pero el cielo está vacío, y Orión pasa de largo, y no habla. Me siento como Lázaro: cuánta fascinación tiene esa historia. Estando muerta, volví a levantarme, e incluso recurro al mero valor sensacional de estar suicida, de quedarme tan cerca, de salir de la tumba con las cicatrices y la marca dañina en la mejilla que (es imaginario) se hace más prominente: palideciendo como un punto muerto en la piel roja, curtida por el viento, poniéndose marrón oscuramente en las fotos, contra mi sepulcral palidez invernal. Y me identifico demasiado con lo que leo, con lo que escribo. *Soy* Nina en *Extraño interludio*; *quiero* tener marido, amante, padre e hijo, todo a la vez. Y dependo demasiado desesperadamente de que *The New Yorker* acepte mis poemas, mis poemitas superficiales, tan arreglados, tan pequeños. Para vengarme de la rubia, como si los diques de papel de la letra impresa pudiesen contener la inundación creativa que aniquila la envidia, los celos exasperantes, temibles. Sé generosa.

Sí. Es lo que Stephen Spender echa de menos en la crítica de Cambridge. Y lo que yo echo de menos en los chismes miserables que hacen bromas y critican *grotesqueries*. Y nosotras qué: Jane, haciendo gestos torpes con cuchillos, tirando tostadores y cubiertos, rompiendo el collar de Gordon con extraña alegría, aceptando la cena de Richard, el sueño y una habitación y una llave de mí, y sin que llegue a importarle, completamente indiferente. ¿Se puede ser más simbólica? El resentimiento come y mata la comida que come. ¿Ella es capaz de resentimiento? Está de parte de los chicos grandes, conquistadores, los creativos. Nosotras tenemos los cachorros impetuosos. ¿Podríamos encontrar a aquellos otros? Tenemos a nuestro Chris, nuestro Nat. Pero... ¿los tenemos de verdad?

Generosa. Sí, hoy he perdonado a Chris. Por abandonarme, y hacerme un poco de daño, igual que las dos chicas sin cara que ha conocido me hicieron daño, solo porque, como mujer, lucho por mis hombres contra todas las mujeres. Mis hombres. Soy mujer, y no hay lealtad, ni siquiera entre madre e hija. Ambas pelean por el padre, por el hijo, por la cama de cuerpo y mente. También perdoné a John por tener un diente podrido, y una palidez horrible, porque era humano, y sentí que «necesito humanidad». Hasta John, ahí sentado, distanciado por esas sabias palabras nuestras, hasta él podría ser padre. Y cómo lloro por que me abrace un hombre; cualquier hombre, que sea padre.

Así que ahora hablaré todas las noches. A mí misma. A la luna. Andaré, como esta noche, celosa de mi soledad, en el azul plateado de la luna, reluciendo brillante en las pilas de nieve recién caída, con la miríada de destellos. Hablo conmigo misma, y miro los árboles oscuros, benditamente neutros. Mucho más fácil que afrontar a la gente, que tener que parecer feliz, invulnerable, lista. Sin máscaras, ando, hablando a la luna, a la fuerza neutra impersonal que no oye, que tan solo acepta mi ser. Y no me fulmina. Fui al niño de bronce que amo, en parte porque a nadie le gusta de verdad, y quité un coágulo de nieve de su delicada cara sonriente. Estaba ahí, a la luz de la luna, oscuro, con nieve grabando sus extremidades de blanco, en el semicírculo del seto de aligustre, llevaba su delfín ondulante, sonriendo todavía, en equilibrio sobre un pie con un hoyuelo.

Y se convierte en el niño de *Cuando despertamos los muertos*. Y Richard no me va a dar un niño. Y su niño es el que podría querer. Llevar, tener creciendo. El único con el que podría soportar tener un niño. Todavía. También tengo miedo de tener un niño deforme, un cretino, creciendo oscuro y feo en mi vientre, como esa antigua corrupción que siempre he temido que brote de detrás de las burbujas de mis ojos. Imagino a Richard aquí, conmigo, y yo agrandando con su niño. Pido cada vez menos. Lo miraría, y diría tan solo: me entristece que no seas fuerte, y no nades y navegues y esquíes, pero tienes un alma fuerte, y yo creeré en ti, y te haré invencible en esta tierra. Sí, tengo ese poder. Casi todas las mujeres lo tienen, en uno u otro grado. Pero el vampiro también está ahí. El odio viejo, primigenio. Ese deseo de ir por ahí castrando a los arrogantes que se vuelven tan infantiles en el momento de la pasión.

¡De qué manera los pasos circulares en la torre espiral nos devuelven a donde estábamos! Añoro a Mamá, incluso a Gordon, aunque sus debilidades… me ponen enferma. Y tendrá comodidad financiera. Y es guapo y fuerte. Esquía, nada, pero todos los atributos de Dios no podrían consolarme por su mente débil y su debilidad física. Dios, casi lo aceptaría, solo para probar que es débil, aunque mi duda no le dejaría tener oportunidad de ser fuerte. A menos que yo llevase mucho cuidado. Me gustaría que él también fuera fuerte. Solo que hay muy pocas esperanzas, es muy tarde.

El único amor perfecto que tengo es por mi hermano. Porque no puedo amarlo físicamente, lo amaré siempre. Y también tendré celos de su mujer, un poco. Es raro que, habiendo vivido en semejante pasión, semejantes golpes y lágrimas, semejante felicidad feroz, pueda volverme tan fría, tan asqueada, ante todos los juegos superfluos con los demás, esas atracciones momentáneas que parecen ser mi perdición, ahora, porque cada una de ellas me acerca tanto más a Richard. Y todavía espero que haya un hombre en Europa que conozca y ame, y que me libre de este ídolo fuerte. Al que acepto hasta en el corazón de su debilidad, a quien puedo hacer fuerte, porque me da un alma y una mente con las que trabajar.

Y ahora se hace tarde, tarde. Y tengo el viejo pánico de principio de la semana, porque no puedo leer y pensar lo suficiente para estar a la altura de mis pocas obligaciones académicas, y no he escrito nada desde el relato de Vence (que será rechazado con el rechazo de mis poemas de *The New Yorker*, y en el mismo momento en que lo digo con valentía, espero estar mintiendo, porque mi amor por Richard está en el relato, y mi ingenio, un poco, y quiero tenerlo congelado en letra impresa, y no rechazado: ¿ves?, ¡qué peligroso, vuelvo a identificarme demasiado con los rechazos!). Pero cómo puedo seguir callada, sin un alma a quien hablar totalmente aquí, que no esté de alguna manera dramáticamente implicada, o lo bastante cerca para por lo menos alegrarse de que no esté feliz. Quiero llorarle a Richard, a todos mis amigos de casa, para que vengan y me rescaten. De mi inseguridad, de la que debo salir yo sola. Acabar el año que viene aquí, disfrutar la presión de leer y pensar, mientras a mi espalda siempre está la garrapata burlona: Pasa Una Vida. Mi Vida.

Es así. Y yo echo a perder mi juventud y mis días de brillo en terreno yermo. Cómo lloré aquella noche que quería acostarme, y no había nadie, solo mis sueños de Navidad, y el año pasado con Richard, a quien tanto he amado. Y acabé el jerez malo, y abrí unas nueces, que dentro estaban agrias y marchitas, y el mundo material, inerte, se burlaba de mí. ¿Mañana qué? Siempre remendando máscaras, pidiendo perdón por haber leído apenas la mitad de lo que me proponía. ¡Pero pasa una vida!

Anhelo traspasar la materia de este mundo: pasar a estar anclada en la vida mediante la colada y las lilas, el pan de cada día y los huevos fritos, y un hombre, el desconocido de ojos oscuros, que coma mi comida y mi cuerpo y mi amor, y dé la vuelta al mundo todo el día, y vuelva por la noche para encontrar consuelo en mí. ¿Quién me dará un niño, que hará que vuelva a ser miembro de la raza que me tira bolas de nieve, quizá percibiendo la podredumbre a la que atacan?

Bueno: Elly viene este verano (y Mamá y la señora Prouty) y Sue en otoño. Las quiero a las dos y por una vez, con ellas puedo ser mujer completamente, y podemos hablar, y hablar. Tengo suerte. No tengo que esperar mucho. Pero ahora, ¿cuánto doy? Nada. Soy egoísta, estoy asustada, lloro demasiado para salvarme de mi escritura fantasma. Pero en todo caso es mejor que el último cuatrimestre, cuando enloquecía noche tras noche, puta que gritaba con un vestido amarillo. Una poeta loca. Qué listo fue Dick Gilling; pero es muy intuitivo. No tuve corazón, corazón flexible, ni tripas. Pero me negué a seguir, sabiendo que no podía ser grande, y negándome a ser pequeña. Me retiré al trabajo. Y *ha sido* mejor: quince obras a la semana en vez de dos. ¿Número? No solo eso, también una sensación real de dominio, de penetración ocasional. Y eso esperamos.

¿Volverá Richard a necesitarme? Parte de mi trato es que guardaré silencio hasta que lo haga. ¿Por qué tantas veces tiene que tomar la iniciativa el hombre? Las mujeres podemos hacer lo mismo, pero separados así, no puedo hacer nada, sin posibilidad de escribirle por una especie de honor y orgullo (me niego a seguir balbuceando cuánto lo amo), y tengo que esperar hasta que me necesite. Si llega a hacerlo, en los próximos cinco años. Y tratar, con amor y fe, sin volverme agria ni fría ni amarga, de ayudar a los demás. Eso es la salvación. Dar del amor interior. Mantener el amor a la vida, a pesar de todo, y dar a los demás. Generosamente.

20 de febrero, lunes

Querido doctor: Me encuentro muy enferma. Tengo un corazón en el estómago que palpita y se burla. De repente los sencillos rituales del día se resisten como un caballo obstinado. Mirar a la gente a los ojos se vuelve imposible: ¿y si vuelve a brotar la corrupción? Quién sabe... La conversación se vuelve desesperada.

Además, la hostilidad crece. Ese veneno peligroso, mortal, que proviene de un corazón enfermo. Mente enferma, también. La imagen de identidad que cada día debemos luchar por grabar en el mundo neutro u hostil se derrumba hacia dentro; nos sentimos aplastados. Haciendo cola en la sala, esperando una cena espantosa de huevos duros en salsa de crema de queso, puré de patatas y chirivías amarillas, escuchamos a una chica que le decía a otra: «Betsy está deprimida hoy». Casi parece un alivio increíble saber que aparte de una misma hay alguien que no está feliz todo el rato. Debemos de estar en bajamar cuando hemos entrado tanto en el negro: que todos los demás, tan solo porque son «otros», son invulnerables. Es mentira.

Pero otra vez estoy revolviéndome en la relatividad. Insegura. Y es la hostia de incómodo: con los hombres (no está Richard, nadie a quien amar), con la escritura (demasiado nerviosa con los rechazos, demasiado desesperada y asustada por los poemas malos; pero tengo ideas para relatos; solo hay que ponerse a ello pronto), con las chicas (la casa está erizada de sospecha y frialdad; ¿cuánto es transferencia paranoica? Lo detestable es que sienten la inseguridad y la ruindad como los animales huelen la sangre), con la vida académica (he dejado el francés, y temporalmente me siento mala y vaga, debo expiarlo; además, me siento estúpida en la discusión; ¿qué coño es la tragedia? Soy yo).

Así que eso. Con la bici en el taller, bebí de un trago el café con leche, beicon y repollo mezclados con puré de patata y tostadas, leí dos cartas de Mamá que me alegraron bastante: es muy valiente, ocupándose de la Yaya y de la casa, y construyendo una vida nueva, con la esperanza puesta en Europa. Quiero darle días felices aquí. También tenía palabras de ánimo sobre la enseñanza. Una vez empezase a *hacerlo* no me sentiría tan enferma. Esa inercia congelada es mi peor enemigo; la duda me pone sumamente enferma. Tengo que atravesar límite tras límite: aprender a esquiar (¿con Gordon y Sue el año que viene?), y a lo mejor dar clase en una base militar este verano. Me vendría de puta madre. Si fuese a África o a Estambul, también podría escribir artículos sobre los sitios. Basta de romance. Ponte a trabajar.

Gracias a Dios, el *Christian Science Monitor* ha comprado el artículo y el dibujo de Cambridge. Además, deberían escribir una carta sobre mi petición de escribir más. El rechazo de poemas del *New Yorker* puede golpearme en el estómago cualquier mañana. Dios, qué pena de vida que depende de presas fáciles tan ridículas como esos poemas, preparados para la metralla del redactor...

Esta noche tengo que *pensar* sobre las obras de O'Neill; a veces, por el pánico, se me queda la mente en blanco, el mundo se aleja en el vacío, y siento que tengo que correr, o seguir andando hacia la noche durante millas hasta caer exhausta. ¿Tratando de escapar? O de estar sola lo suficiente para desentrañar los acertijos de la esfinge. Los hombres olvidan. Dijo Lázaro el que Ríe. Y olvido los momentos de fulgor. Tengo que ponerlos en letras de molde. Inventarlos en letras de molde. Sé sincera.

Bueno, después de desayunar, me vestí a toda prisa, y salí trotando sobre la nieve a clase de Redpath, en Grove Lodge. Día gris, momento de alegría conforme la nieve se enredaba en el pelo que soplaba, y me sentía colorada y sana. Quise haber salido antes para quedarme un poco. Vi grajos negros inclinados sobre un pantano blanco de nieve, cielo gris, árboles negros, agua verde ánade. Impresionada.

Gran multitud de coches y camiones en esquina junto a Royal Hotel. Corriendo a Grove Lodge, caí en gris amenidad de piedra; me gustó el edificio. Entré, me quité el abrigo, y me senté entre chicos, ninguno de los cuales habló. Me puse enferma mirando con aplicación el pupitre como una yogui femenina. Chico rubio entra con prisas y anuncia que Redpath tiene gripe. Y anoche nos quedamos leyendo *Macbeth* virtuosamente hasta las dos. Así que bien. Me quedé alucinada con los viejos parlamentos: «cuento de ruido y furia», en especial. Qué irónico: recojo identidades poéticas de personajes que se suicidan, cometen adulterio, o los matan, y creo completamente en ellos una temporada. Lo que dicen es Cierto.

Bien, un paseo a la ciudad, contemplando como siempre las torres de la capilla del King's College, feliz en Market Hill, pero todas las tiendas estaban cerradas, menos Sayle's, donde compré un par de guantes rojos idéntico para sustituir el que perdí. No puedo ir completamente de luto. ¿Es posible amar el mundo neutro, objetivo, y tener miedo a la gente? Peligroso a largo plazo, pero posible. Amo a gente que no conozco. Sonreí a una mujer volviendo por el camino del pantano, y dijo, con un eufemismo irónico: «Qué tiempo más bueno». La amé. No leí locura ni superficialidad en la imagen que reflejaban sus ojos. Por una vez.

Los desconocidos son los más fáciles de amar en estos tiempos duros. Porque no exigen, y miran, siempre miran. Estoy harta de Mallory, Iko, John, hasta de Chris. Ahí no hay nada para mí. Estoy muerta para ellos, aunque antaño florecía. Ese es el miedo latente, un síntoma: de repente es todo o nada: o rompes la cáscara de la superficie, y entras al vacío que silba, o no. Quiero volver a mi camino intermedio más normal en el que mi ser permea la *sustancia* del mundo: comer comida, leer, escribir, hablar, ir de compras: para que todo esté bien en sí mismo, y no sea solo una actividad frenética que esconda el miedo que debe enfrentarse a sí mismo, y batirse en duelo a muerte consigo mismo, diciendo: ¡Pasa Una Vida!

El horror es el recoger y guardar repentino del mundo fenomenal, sin dejar nada. Solo harapos. Grajos humanos que dicen: Fraude. Gracias a Dios que me canso y puedo dormir; si es así, todo es posible. Y me gusta comer. Y me gusta caminar, y me encanta el campo aquí. Solo que estas preguntas eternas no dejan de llamar a la puerta de mi realidad diaria, a la que me aferro como un amante loco, preguntas que traen el oscuro mundo peligroso en el que todo es lo mismo, no hay diferencias, no hay discriminaciones, no hay espacio, ni tiempo: el aliento que silba de la eternidad, no de Dios, sino del diablo que deniega. Así que nos dedicaremos a unas cuantas reflexiones sobre O'Neill, nos armaremos de valor para hacer frente a las acusaciones a propósito del francés, un rechazo del *New Yorker*, y la hostilidad o, peor todavía, la absoluta indiferencia de la gente con la que compartimos el pan.

He escrito un Buen Poema: «Paisaje de invierno con grajos»: se mueve, y es atlético: un paisaje psíquico. He empezado otro grande, más abstracto, escrito desde la bañera: ten cuidado de que no se vuelva demasiado general. Buenas noches, dulce princesa: sigues estando a tu suerte: sé estoica; que no te entre el pánico; cruza este infierno, y llega al generoso dulce desbordante *desinteresado* amor de la primavera.

PD: Ganar o perder una discusión, recibir aceptación o rechazo, no prueba la validez o el valor de la identidad personal. Una puede equivocarse, confundirse, ser mala artesana o ignorante sin más; pero eso no es señal del verdadero valor de la identidad humana total de una: ¡pasada, presente y futura!

¡Crac! Soy vidente, pero no lo bastante drásticamente. Mi bebé «La Capilla Matisse», que últimamente ha rentado dinero imaginario que ya he gastado, y que también he abordado con modesto egoísmo, ha sido rechazado por *The New Yorker* esta mañana sin siquiera una marca de lápiz en la maldición blanca y negra del rechazo impreso. Lo he escondido debajo de un montón de papeles como un niño nacido muerto. El anticlímax que contiene me da escalofríos. Sobre todo después de leer la rutilante, reciente *Siesta de un fauno* de Pete de Vries. Hay maneras y maneras de tener un lío amoroso. Sobre todo, una no debe tomárselo en serio.

Aun así, la acomodaticia mente imagina que los poemas, enviados una semana antes, deben de estar sometidos a escrutinio minucioso. Sin duda me los devolverán mañana. A lo mejor hasta con una nota.

25 de febrero, sábado

Así que estamos limpitas, con el pelo recién lavado, nos sentimos destripadas y temblorosas; ha pasado una crisis. Reunimos las fuerzas, ordenamos un imponente escuadrón de optimismo, y caminamos. Sin parar. A principios de semana empecé a pensar qué tonta era por tener que hacer todas aquellas declaraciones finales a todos aquellos chicos el cuatrimestre pasado. Es ridículo, no debería ser así. No es que no pueda elegir a la gente con la que quiero pasar tiempo, pero tiene que haber habido alguna razón, si me metí en una situación en la que no había más remedio que ser final y obvia.

Probablemente fue porque fui demasiado intensa con un chico tras otro. Con ellos vino el mismo horror que viene cuando la parafernalia de la existencia se aleja zumbando, y no hay más que luz y oscuridad, noche y día, sin todas las pequeñas peculiaridades físicas y las verrugas y los nudillos protuberantes que conforman la sustancia de la existencia: o eran todo o nada. Ningún hombre es todo, así que, *ipso facto*, ninguno fue nada. Eso no debería ocurrir.

Además, muy obviamente no eran Richard; acabé diciéndoselo, como si tuvieran una enfermedad mortal, y yo lo sintiera mucho. Tonta: ahora sé didáctica; acepta a chicos llamados Iko y Hamish como son, que puede ser café y ron o *Troilo y Crésida* o un sándwich en el caz del molino. Estas cositas concretas son buenas en sí mismas. No tengo que hacerlas con la Única Alma del mundo en el Único Cuerpo que es mío, el de verdad. Hay cierta necesidad de vida práctica maquiavélica: una indiferencia que hay que cultivar. Era demasiado seria para Peter, pero eso fue fundamentalmente porque no participaba en la seriedad con la profundidad suficiente para encontrar la alegría que hay más allá. Richard conoce esa felicidad, esa felicidad trágica. Y ya no está, y probablemente debería alegrarme. Por lo que sea, ahora me daría más vergüenza que quisiera casarse conmigo. Creo que probablemente le diría que no. ¿Por qué? Porque ambos estamos yendo hacia la seguridad, y de alguna manera, aceptándolo, podría ahogarlo, aplastarlo, la sencilla vida burguesa de la que provengo, con sus ideales de hombres grandes, hombres convencionales: nunca podría vivir en Estados Unidos con alguien así. A lo mejor algún día querrá un hogar, pero ahora está muy lejos. Nuestra vida sería muy privada: a lo mejor él echaría de menos el telón de fondo de sangre y los estratos sociales de los que yo no provengo; yo echaría de menos la sana grandeza física. ¿Cuánto importa esto? No lo sé: cambia, como mirar por lados diferentes de un telescopio.

Bueno, estoy cansada, y es sábado por la tarde, y tengo por hacer todas las lecturas académicas y los trabajos que debería haber hecho hace dos días, si no hubiera estado tan mal. Una espantosa sinusitis que me embotó los sentidos, la nariz tapada, no podía oler saborear ver con ojos llorosos, ni siquiera oír, que casi era lo peor. Y, además de lo anterior, durante toda la infernal noche en vela de vueltas y sorbos febriles, los macabros calambres de la regla (maldición, sí) y el chorro mojado, sucio, de sangre.

Llegó el amanecer, blanco y negro agrisándose en un infierno helado. No podía descansar, dormir, nada. Esto fue el viernes, lo peor, lo peorcísimo. Ni siquiera podía leer, hasta arriba de medicinas que peleaban y chocaban en mis venas. Oía campanas por todas partes, teléfonos que no eran para mí, timbres y rosas para todas las demás chicas del mundo. Completa desesperación. Nariz fea, roja, sin fuerzas. Cuando estaba más triste físicamente, crac, el cielo cae y el cuerpo me traiciona.

Ahora, a pesar de los espasmos de un catarro camino de secarse, estoy limpia, y otra vez estoica, graciosa. He hecho algunas críticas de acción, y he tenido ocasión de demostrar algunas cosas esta semana. He consultado listas de hombres que he conocido aquí, y me he quedado horrorizada: sí, aquellos a los que les dije que se largaran no merecían la pena (¿qué?, es verdad), pero... ¡qué pocos de los que he conocido la merecían! Y qué pocos he conocido. Así que he vuelto a decidir que es hora de aceptar la fiesta, la merienda. Y Derek me invitó a una fiesta el miércoles. Me bloqueé, como siempre, pero dije que probablemente, y fui. Fue, pasado el susto inicial (siempre tengo la sensación de que me convierto en gárgola cuando paso demasiado tiempo a solas, y de que la gente me va a señalar), fue bien. Habían encendido un fuego, había cinco guitarristas, tíos majos, chicas guapas, una noruega rubia que se llamaba Gretta, que cantó *On Top of Old Smokey* en noruego, y un vino caliente divino, y ponche de ginebra con limón y nuez moscada que estaba rico, y alivió los temblores que tenía antes de que irrumpiese el catarro. Luego, además, un chico que se llama Hamish (que probablemente es otro Ira) me invitó para la semana que viene, y, por casualidad, me dijo que me llevaría a la fiesta de St. Botolph's (esta noche).

Con eso bastó. Había hecho algo, y sucedió esta Cosa Buena. También soy víctima del prestigio. Es decir, de la percepción del prestigio. Y la superficialidad sobre la que he escrito, la pequeñez simplista, petulante, es evidente. Pero, para mí, no. No del todo. Y siento punzadas cuando veo cosas tan magníficas. No porque crea que tengo celos, por la rubia que está Dentro. El miedo es el peor enemigo. ¿Y ella tiene miedo? Si la suponemos humana, sí. Pero, como Hunter, los huesos y la complexión lo soportan. Y lo esconden. Si lo hay.

Y he aprendido algo de E. Lucas Myers, aunque no me conoce, y nunca sabrá que lo he aprendido. Su poesía es grande, atraviesa la técnica y la disciplina para dominarlas, y someterlas dúctiles a su voluntad. También hay ahí una alegría brillante, casi de atleta, corriendo, usando todas las divinas flexiones de sus músculos en el acto. Luke escribe a solas, mucho. Se lo toma en serio; no habla mucho de ello. Se hace así. Es una manera, y creo en no ser la fulana del diccionario de sinónimos, exhibiendo palabras, y soltando bravatas para el público.

Ahora el amigo C. escribe también, y de él se ha aprendido cierto punto de vista social y público. Pero, como le observé esa noche helada de invierno, su ego es como un cachorro sin entrenar: correteando por todas partes, echando chorros efusivamente encima de todo, sobre todo si Todo lo admira. Vuela socialmente, de chica en chica, de fiesta en fiesta, de té en té; sabe Dios cuándo le da tiempo a escribir. Aunque, en justicia, tiene poemas muy buenos; pero no tiene la fuerza atlética de Luke, menos en uno o dos poemas, y no puede mantener la disciplina en los menos buenos, cae en facilidades del discurso que se dejan ver como un dobladillo que tira en un vestido bueno. Luke está tenso y apretado, y es sutil y abrasador. Será grande, más grande que nadie de mi generación que haya leído hasta la fecha.

Así que, sin embargo, no me merezco los chicos buenos de verdad; ¿o es cosa mía? Si los poemas fueran buenos de verdad, a lo mejor habría posibilidades; pero, hasta que haga algo tenso y que traspase los límites de las dulces sextinas y el soneto, lejos del reflejo de mí misma en los ojos de Richard y la inevitable cama estrecha, demasiado pequeña para un acto de amor estremecedor, hasta entonces, pueden ignorarme y hacer chistes. La única cura para los celos que se me ocurre es la forja continua, firme, positiva, de una identidad y un juego de valores personales en los que crea; en otras palabras, si creo que ir a Francia está bien, es absurdo que me duela que Otra Persona vaya a Italia. No hay comparación.

Probablemente, el miedo a que mi sensibilidad sea roma, inferior, esté justificado; pero no soy estúpida, aunque sea ignorante de muchas maneras. Endureceré mi programa aquí, a sabiendas de que para mí es importante hacer bien una pequeña cantidad de cosas, antes que dejar a medias una cantidad amplia. Todavía tengo ese perfeccionismo. En este juego diario de elección y sacrificio, una necesita un ojo infalible para lo superfluo. Además, cambia todos los días. Unos días la luna es superflua, otros, claramente, no.

Anoche, embotada por la agonía, cuando me daban asco la comida y el sonido lejano, torpe, de la conversación y las risas, salí corriendo del comedor, y volví andando sola a casa. ¿Qué palabra azul podría capturar esa poción cegadora de la luz azul de la luna sobre el campo llano, luminoso, de nieve blanca, con los árboles negros contra el cielo, cada uno con su propia configuración de ramas? Me sentí encerrada, presa, consciente de que estaba bien y era tan hermoso que daba escalofríos, pero demasiado alejada por el dolor para responder y convertirme en parte de ello.

El diálogo entre mi Escritura y mi Vida siempre corre el riesgo de convertirse en un traspaso serpenteante de responsabilidad, de racionalización evasiva; en otras palabras: justificaba el follón de mi vida diciendo que iba a darle orden, forma, belleza, escribiendo sobre ella; justificaba mi escritura diciendo que publicaría, me daría vida (y prestigio a la vida). Ahora bien, por algún sitio hay que empezar, y, ya puestos, que sea por la vida; creer en mí, con mis limitaciones, y una determinación fuerte y contundente de pelear para superarlas una a una: como los idiomas, aprender francés, ignorar el italiano (un conocimiento torpe de tres idiomas es diletantismo), revivir el alemán, para construir cada uno sólidamente. Construir todo sólidamente.

He ido al psiquiatra esta mañana, y me gusta: atractivo, tranquilo y atento, con esa agradable sensación de reserva, edad y experiencia; sentí: Papá, ¿por qué no? Quería romper a llorar y decir; Papá, Papá, consuélame. Le he hablado de mi ruptura, y me he descubierto quejándome fundamentalmente de que aquí no conozco a gente madura: ¡y es eso! ¡Aquí no hay una sola persona a la que admire que sea mayor que yo! En un sitio como Cambridge, es un escándalo. Quiere decir que hay mucha gente estupenda que no he conocido; probablemente muchos catedráticos y hombres jóvenes son maduros. No sé (y siempre pregunto: ¿querrían conocerme?). Pero en Newnham no hay un solo catedrático al que admire *personalmente*. Probablemente los hombres son mejores, pero es imposible tenerlos de supervisores, y son demasiado brillantes para permitirse esa clase de comercio amistoso por la que el señor Fisher, el señor Kazin y el señor Gibian eran tan estimados.

Bueno, buscaré a la amiga de Beuscher, y tengo pensado ver a los Clarabut en Semana Santa. Puedo ofrecerles juventud, entusiasmo y amor para compensar las ignorancias. A veces, me siento tontísima; pero, si lo fuera, ¿no sería feliz con algunos de los hombres a los que he conocido? O no lo soy porque soy tonta; no creo. Deseo que alguien aplaste a Richard; lo merezco, ¿no?, un amor abrasador con el que pueda vivir. Dios mío, me encantaría cocinar, y llevar la casa, e introducir fuerza en los sueños de un hombre, y escribir, si él pudiese caminar y trabajar y querer hacer su carrera apasionadamente. No soporto pensar que este potencial para el amor y la generosidad se me ponga marrón y marchito. Pero la elección es tan importante que me da un poco de miedo. Mucho.

Hoy he comprado ron y he buscado clavos, limones y nueces, y he conseguido la receta del ron caliente a la mantequilla, que debería haber tenido para que me sostuviese al principio del catarro; pero lo haré pronto. Hamish se aburre tanto que bebe. Qué horrible... Y yo bebo jerez y vino a solas, porque me gusta y me da esa sensación sensual de darme un capricho que tengo cuando tomo nueces saladas o queso: lujo, felicidad, con tintes eróticos. Supongo que si se me diera la oportunidad sería alcohólica.

Lo que más temo, me parece, es la muerte de la imaginación. Cuando fuera el cielo es solo rosa, y los tejados, solo negros: esa mente fotográfica que paradójicamente dice la verdad, pero la verdad sin valor, del mundo. Lo que deseo es ese espíritu sintetizador, esa fuerza «que da forma», la que brota prolíficamente e inventa sus propios mundos con más inventiva que Dios. Si me quedo quieta y no hago nada, el mundo sigue golpeando como un tambor flojo, sin significado. Tenemos que estar en movimiento, trabajar, soñar cosas a las que dirigirnos a toda prisa; la pobreza de la vida sin sueños es demasiado horrible de imaginar: ese tipo de locura es el peor: el que tiene caprichos y alucinaciones sería un alivio propio del Bosco. Siempre escucho queriendo oír pasos que suben las escaleras, y los odio cuando no suben a por mí. Por qué, por qué no puedo ser asceta una temporada, en vez de vacilar siempre entre querer una soledad completa para trabajar y leer, y ansiar tanto, tanto los gestos de las manos y las palabras de otros seres humanos. Bueno, después de este trabajo sobre Racine, este purgatorio de Ronsard, este Sófocles, escribiré: cartas y prosa y poesía, a finales de la semana; hasta entonces tengo que ser estoica.

LENGUAS DE PIEDRA
(Relato, 1955)

El sencillo sol de la mañana brillaba a través de las hojas verdes de las plantas en el pequeño invernadero, creando una imagen limpia, y el dibujo de flores del sillón tapizado con cretona era naíf y rosa en la luz temprana. La chica estaba sentada en el sofá, con el cuadrado rojo irregular del punto en las manos, y se echó a llorar porque la labor estaba mal. Había agujeros, y la pequeña mujer rubia con el uniforme blanco de seda que dijo que cualquiera puede aprender a hacer punto estaba en el cuarto de costura enseñando a Debby a hacer una blusa negra con peces morados estampados.

La señora Sneider era la otra persona que había en el invernadero, donde la chica estaba sentada en el sofá con las lágrimas bajando como insectos lentos por las mejillas, cayendo húmedas e hirviendo en sus manos. La señora Sneider estaba junto a la mesa de madera, al lado de la ventana, haciendo una señora gorda de arcilla. Estaba sentada, encorvada sobre la arcilla, mirando enfadada a la chica de cuando en cuando. Por fin la chica se puso de pie, y se acercó a la señora Sneider para ver la señora hinchada de arcilla.

—Haces cosas de arcilla muy bonitas —dijo la chica.

La señora Sneider puso mala cara, y empezó a hacer pedazos a la señora, arrancándole los brazos y la cabeza, y escondiendo los trozos debajo del periódico sobre el que estaba trabajando.

—No hace falta, de verdad, ¿sabes? —dijo la chica—. Era una señora muy buena.

—Te conozco —siseó la señora Sneider, aplastando el cuerpo de la señora gorda, y volviendo a hacer con ella un pegote informe de arcilla—. Te conozco, siempre cotilleando y espiando.

—Pero si solo quería verla —intentaba explicarse la chica cuando la mujer de seda blanca volvió, y se sentó en el sillón chirriante, pidiendo:

—Déjame ver tu labor.

—Está llena de agujeros —dijo la chica apagada—. No me acuerdo de lo que me dijiste. Mis dedos se niegan a hacerlo.

—Qué va, está perfecta —repuso la mujer, animada, poniéndose de pie para irse—. Me gustaría verte trabajar un poco más en ella.

La chica cogió el cuadrado rojo de punto, y le dio una vuelta despacio a la lana alrededor de su dedo, pinchando un punto con la resbaladiza aguja azul. Había cogido el punto, pero tenía el dedo rígido y lejos, y no quería hacer pasar la lana sobre la aguja. Las manos le parecían de arcilla, y dejó que el punto le cayera en el regazo, y volvió a echarse a llorar. Una vez se echaba a llorar, no podía parar.

Durante dos meses no había llorado ni dormido, y ahora seguía sin dormir, pero lloraba cada vez más, todo el día. A través de las lágrimas, miró por la ventana al borrón que la luz del sol hacía en las hojas, que se estaban poniendo rojo brillante. Era octubre; hacía tiempo que había perdido la cuenta de los días, y en realidad daba lo mismo, porque eran iguales, y no había noches que los separaran, porque ya no dormía nunca.

Ya solo tenía el cuerpo, una marioneta aburrida de piel y hueso que había que lavar y alimentar día tras día tras día. Y su cuerpo viviría sesenta y tantos años o más. Después de un tiempo se cansarían de esperar y tener esperanzas y decirle que Dios existía, o que un día contemplaría aquello como si fuera una pesadilla.

Luego se le pasaban las noches y los días encadenada a la pared en una oscura celda solitaria con suciedad y arañas. Los que estaban fuera del sueño estaban a salvo así que podían hablar y hablar. Pero ella estaba atrapada en la pesadilla del cuerpo, sin mente, sin nada, solo la carne sin alma que engordaba con la insulina, y se ponía amarilla a medida que desaparecía el bronceado.

Esa tarde, como siempre, salió sola al patio cercado por muros detrás de la sala, llevando consigo un libro de cuentos que no leyó porque las palabras no eran más que negros jeroglíficos muertos que ya no podía traducir a imágenes coloreadas.

Llevó la cálida manta de lana blanca con la que por lo que fuera le gustaba envolverse a veces, y fue a echarse en un saliente de piedra bajo los pinos. Casi nadie iba hasta allí. Solo las pequeñas ancianas vestidas de negro de la tercera planta andaban fuera, al sol, de vez en cuando, y se sentaban tiesas, apoyadas contra la lisa valla de tablas, mirando al sol con los ojos cerrados como escarabajos negros secos, hasta que las estudiantes de enfermería iban a llamarlas para cenar.

Mientras estaba sentada en la hierba, las moscas volaban a su alrededor, zumbando monótonamente al sol, y ella las miraba como si mediante la concentración pudiera reducirse a los límites del cuerpo de una mosca, y convertirse en parte orgánica del mundo natural. Envidiaba incluso a los verdes saltamontes que brincaban en la hierba larga a sus pies, y una vez atrapó un grillo negro reluciente, sosteniéndolo en la mano, y odiando al pequeño insecto, porque parecía tener un lugar creativo al sol, mientras ella no lo tenía, sino que estaba tumbada como una agalla parasítica sobre la faz de la tierra.

También odiaba al sol, porque era traicionero. Pero el sol era el único que seguía hablándole, porque la gente tenía lenguas de piedra. Solo el sol la consolaba un poco, y las manzanas que cogía en el huerto. Escondía las manzanas debajo de la almohada, para poder meterse en el baño con una manzana en el bolsillo, y cerrar la puerta, y comer a grandes, voraces bocados, cuando las monjas iban a cerrar con llave el armario y los cajones durante el tratamiento de insulina.

Si al menos el sol se detuviera en lo más alto de su fuerza y crucificase el mundo, lo devorase de una vez por todas con ella ahí tumbada boca arriba... Pero el sol se inclinaba, se debilitaba, y la traicionaba, y se deslizaba cielo abajo, hasta que volvía a sentir la eterna salida de la noche.

Ahora que tomaba insulina, las enfermeras la hacían ir temprano para preguntarle cada quince minutos cómo se encontraba, y ponerle las manos frías en la frente. Todo era una farsa, así que cada vez decía tan solo lo que querían saber: «Me siento igual. Igual». Y era cierto.

Un día le preguntó a una enfermera por qué no podía quedarse fuera hasta que se pusiera el sol, porque no quería moverse, y solo estaba ahí tumbada, y la enfermera le dijo que era peligroso, porque podía tener una reacción. Solo que jamás tuvo una reacción. Tan solo estaba sentada y miraba o a veces bordaba el pollo marrón que estaba haciendo en un delantal amarillo, y se negaba a hablar.

No tenía sentido cambiarse de ropa, porque cada día sudaba al sol, y empapaba la camisa de algodón de tela escocesa, y su largo pelo negro se ponía cada día más grasiento. Cada día estaba más oprimida por la sensación sofocante de que su cuerpo envejecía.

Sentía la sutil, lenta, inevitable corrupción de su carne, que se ponía más amarilla y blanda con cada hora que pasaba. Imaginaba los desechos que se apilaban en su interior, llenándola de venenos que se dejaban ver en la vacua oscuridad de sus ojos, cuando se miraba en el espejo, odiando la cara muerta que la saludaba, la cara estúpida con la fea cicatriz morada en la mejilla izquierda que la marcaba como una letra escarlata.

En cada comisura de la boca empezó a hacérsele una pequeña costra. Estaba segura de que era una señal de su inminente desecación, y de que las costras no se curarían nunca, se extenderían por su cuerpo, de que los remansos de su mente se romperían en su cuerpo en una lepra lenta, consumidora.

Antes de la cena, la estudiante de enfermería sonriente llegaba con una bandeja y un zumo de naranja con mucha azúcar para que lo bebiera la chica y acabar el tratamiento. Luego sonaba la llamada a la cena, y entraba sin decir palabras en el pequeño comedor con las cinco mesas redondas con manteles de hilo blanco. Se sentaba rígida enfrente de una mujer grande y huesuda, licenciada por Vassar, que siempre estaba haciendo crucigramas. La mujer trataba de hacer hablar a la chica, pero esta solo contestaba con monosílabos y seguía comiendo.

Debby llegó tarde a la cena, sonrosada y sin aliento de andar, porque tenía permiso para salir al jardín. Debby parecía simpática, pero sonreía de forma taimada, y estaba conchabada con las demás, y no quería decirle a la chica: eres una cretina, y lo tuyo no tiene remedio.

Si alguien le dijese eso una vez, la chica lo creería, porque sabía desde hacía meses que era cierto. Había seguido dando vueltas en el borde del remolino, fingiendo ser lista y alegre, mientras esos venenos se acumulaban en su cuerpo, preparados para derramarse detrás de las burbujas brillantes, falsas, de sus ojos en cualquier momento, gritando: ¡Idiota! ¡Impostora!

Luego llegó la crisis, y ahora estaba sentada, atrapada durante sesenta años dentro de su cuerpo decadente, sintiendo su cerebro muerto guardado como un murciélago gris, paralizado en la caverna oscura de su cráneo vivo.

Una señora nueva con un vestido morado estaba en el ala esa noche. Era amarillenta como un ratón, y sonreía en secreto para sí misma, mientras andaba con precisión por el pasillo al comedor, pisando con un pie detrás de otro, siguiendo una rendija entre las tablas. Cuando llegó a la puerta, se volvió de lado, con los ojos fijos recatadamente en el suelo, y levantó primero el pie derecho, luego el izquierdo, sobre la rendija, como si pasase por encima de un pequeño escalón invisible.

Ellen, la gorda doncella irlandesa que reía, no dejaba de sacar platos de la cocina. Cuando Debby pidió fruta de postre en vez de tarta de calabaza, Ellen le llevó una manzana y dos naranjas, y ahí mismo, en la mesa, Debby empezó a pelarlas, y cortarlas, y a echar los trozos en un cuenco de cereales. Clara, la chica de Maine con el pelo rubio a lo *garçon*, estaba discutiendo con la alta, pesada Amanda, que ceceaba como una niña pequeña, y se quejaba constantemente de que en la habitación olía a gas de carbón.

Las otras estaban todas juntas, calientes, activas y ruidosas. Solo la chica estaba sentada, congelada, retirada a su interior como una semilla dura, reseca, que nada pudiera despertar. Tenía el vaso de leche agarrado con una mano, pidiendo otro trozo de tarta para poder posponer un poco más el comienzo de la noche insomne que se aceleraría de la misma forma precipitada, sin detenerse, hasta el día siguiente. El sol corría cada vez más rápido alrededor del mundo, y sabía que sus abuelos morirían pronto, y que su madre moriría, y que finalmente no quedarían nombres familiares que invocar contra la oscuridad.

Durante esas últimas noches antes del apagón la chica había estado echada despierta escuchando el débil hilo de la respiración de su madre, queriendo levantarse y retorcer la frágil garganta hasta matarla, para acabar de una vez por todas con el proceso de lenta desintegración que le sonreía como una calavera allá donde fuera.

Se había metido en la cama con su madre, y sentía con terror creciente la debilidad de la forma que dormía. No quedaban refugios en el mundo. Volviendo entonces a su propia cama, levantó el colchón, encajándose en el hueco entre el colchón y el somier, deseando que la aplastase el pesado bloque.

Luchó contra la oscuridad para defenderse, y perdió. La habían vuelto a llevar dando tumbos al infierno de su cuerpo muerto. La habían levantado como a Lázaro de entre los muertos sin mente, corrupta ya con el aliento de la tumba, la piel amarilla, con moratones que se hinchaban en sus brazos y muslos, y una cicatriz en carne viva abierta en su mejilla, que convertía la mitad izquierda de su cara en una masa distorsionada de costras marrones y pus amarillo, de manera que no podía abrir el ojo izquierdo.

Al principio pensaron que se quedaría ciega de ese ojo. Había estado tumbada despierta la noche de su segundo nacimiento al mundo de la carne, hablando con una enfermera que estaba sentada con ella, volviendo el rostro invidente hacia la voz amable, y diciendo una y otra vez: «Pero no veo, no veo».

La mujer, que también creía que estaba ciega, intentó consolarla, diciendo: «Hay muchas más personas ciegas en el mundo. Un día conocerás a un ciego estupendo, y te casarás».

Y luego, el entendimiento completo de su condena empezó a retornar a la chica desde la oscuridad final en la que había buscado perderse. De nada servía preocuparse por sus ojos si no no era capaz de pensar o leer. Daba igual si ahora sus ojos eran ventanas vacuas, ciegas, porque no podía leer ni pensar.

Nada en el mundo podía tocarla. Hasta el sol brillaba lejos en una cáscara de silencio. El cielo y las hojas y la gente retrocedían, y ella no tenía nada que ver con ellos, porque dentro estaba muerta, y toda su risa y todo su amor ya no podían llegarle. Como desde una luna distante, extinguida y fría, veía sus rostros suplicantes, afligidos, sus manos que se extendían hacia ella, congeladas en actitudes de amor.

No había donde esconderse. Se hizo más y más consciente de los rincones oscuros y la promesa de los sitios secretos. Pensaba con anhelo en cajones y armarios y las negras gargantas abiertas de retretes y desagües de bañeras. Cuando salía a pasear con la terapeuta gorda, pecosa, anhelaba pozas lisas de agua estancada, la sombra seductora bajo las ruedas de los coches que pasaban.

Por las noches se sentaba en la cama envuelta con la manta, haciendo que sus ojos recorriesen una y otra vez las palabras de los relatos en las revistas destrozadas que llevaba consigo, hasta que entraba la enfermera de noche con su linterna, y apagaba la lámpara de lectura. Luego la chica se echaba acurrucada rígidamente bajo su manta, y esperaba la mañana con los ojos abiertos.

Una noche escondió la bufanda rosa de algodón de su impermeable debajo de la funda de la almohada, cuando la enfermera fue a cerrar los cajones y el armario para la noche. En la oscuridad, hizo un lazo y trató de apretarlo en torno a su garganta. Pero, justo cuando el aire dejaba de entrar, y sentía la circulación más fuerte en los oídos, sus manos siempre se aflojaban y soltaban, y se quedaba tumbada, jadeando, maldiciendo el bobo instinto de su cuerpo, que luchaba para seguir viviendo.

Esta noche, en la cena, cuando se fueron las demás, la chica bajó el vaso de leche a su habitación, mientras Ellen estaba ocupada apilando platos en la cocina. No había nadie en el pasillo. Una lujuria lenta se extendió en ella como la subida de una marea creciente.

Fue a su escritorio, y, sacando una toalla del cajón de abajo, envolvió el vaso vacío y lo puso en el suelo del armario. Luego, con una pasión extraña y pesada, como atrapada en la compulsión de un sueño, pisoteó la toalla una y otra vez.

No hubo sonido, pero sintió la sensación voluptuosa del cristal que se rompía debajo de los espesores de la toalla. Agachándose, desenvolvió los fragmentos. Entre el brillo de los trozos pequeños había varias esquirlas largas. Escogió las dos más afiladas, y las escondió debajo de la plantilla de su deportiva, volviendo a doblar la toalla con el resto de trozos.

En el baño, sacudió la toalla encima del retrete, y miró el cristal golpear el agua, hundiéndose despacio, dando vueltas, devolviendo la luz, descendiendo al oscuro agujero. El tintineo letal de los fragmentos que caían se reflejó en la oscuridad de su mente, trazando una curva de chispas que se consumían en el mismo momento en que caían.

A las siete, entró la enfermera, para ponerle la inyección de insulina.

—¿En qué lado? —preguntó, mientras la chica se doblaba de forma mecánica sobre la cama, y desnudaba su costado.

—Da igual —dijo la chica—. Ya no las siento.

La enfermera dio un pinchazo experto.

—Vaya, sí que estás llena de moratones —dijo.

Tumbada en la cama, fajada con la pesada manta de lana, la chica se alejó a la deriva en una inundación de languidez. En la negrura que era estupor, que era sueño, le habló una voz, brotando como una planta verde en la oscuridad.

—Señora *Patterson*, señora *Patterson*, señora *Patterson* —dijo la voz cada vez más alto, levantándose, gritando.

La luz rompió en mares de ceguera. El aire se diluía.

La enfermera Patterson llegó corriendo de detrás de los ojos de la chica.

—Bien —decía—, bien, deja que te quite el reloj para que no le des un golpe con la cama.

—Señora Patterson —se oyó decir la chica.

—Toma otro vaso de zumo.

La señora Patterson llevó un vaso blanco de celuloide con zumo de naranja a los labios de la chica.

—¿Otro?

—Ya te has tomado uno.

La chica no recordaba el primer vaso de zumo. El aire oscuro se había diluido, y ahora vivía. Los golpes en la puerta, el choque con la cama, y ahora estaba diciendo a la señora Patterson palabras que podían comenzar un mundo:

—Me siento diferente. Me siento muy diferente.

—Llevamos mucho tiempo esperando esto —dijo la señora Patterson, inclinándose sobre la cama para coger el vaso, y sus palabras eran cálidas y redondas, como manzanas al sol—. ¿Quieres leche caliente? Me parece que esta noche duermes.

Y en la oscuridad la chica yacía escuchando la voz del amanecer, y sintió que a través de cada fibra de su mente y su cuerpo ardía la eterna salida del sol.

SUPERMAN Y EL BUZO NUEVO DE PAULA BROWN
(Relato, 1955)

El año que empezó la guerra yo estaba en quinto en la Escuela Primaria Annie E. Warren en Winthrop, y ese fue el invierno en que gané el premio por dibujar los mejores carteles de Defensa Civil. También fue el invierno del buzo nuevo de Paula Brown, e incluso ahora, trece años después, recuerdo los colores cambiantes de aquellos días, claros y definidos como dibujos vistos a través de un telescopio.

Vivía en el lado de la bahía, en Johnson Avenue, enfrente del aeropuerto de Logan, y todas las noches, antes de acostarme, me ponía de rodillas en la ventana del este de mi habitación, y miraba a las luces de Boston que relumbraban y parpadeaban a lo lejos, al otro lado del agua que oscurecía. El atardecer presumía con su bandera rosa sobre el aeropuerto, y el sonido de las olas se perdía en el perpetuo zumbido de los aviones. Me maravillaban las balizas de las pistas, y miraba las luces verdes y rojas que salían y se ponían en el cielo como estrellas fugaces hasta que oscurecía del todo. El aeropuerto era mi Meca, mi Jerusalén. Toda la noche soñaba con volar.

Esos fueron los días de mis sueños en tecnicolor. Mamá creía que tenía que dormir una barbaridad, así que en realidad nunca tenía sueño cuando me iba a la cama. Ese era el mejor momento del día, cuando podía estar tumbada en la penumbra vaga, dejándome vencer por el sueño, inventando sueños en mi cabeza, para que fueran como debían ir. Mis sueños de vuelo eran tan creíbles como un paisaje de Dalí, tan reales que me despertaba con un sobresalto repentino, una sensación sin aliento de haber caído del cielo como Ícaro y haberme detenido en la cama justo a tiempo.

Esas aventuras espaciales de cada noche empezaron cuando Superman empezó a invadir mis sueños y a enseñarme a volar. Llegaba estruendosamente, con su traje azul resplandeciente silbando al viento, y tenía un parecido notable con mi tío Frank, que vivía con Mamá y conmigo. En el zumbido mágico de su capa oía las alas de cien gaviotas, los motores de mil aviones.

No era la única que adoraba a Superman en nuestra manzana. David Sterling, un chico pálido, un ratón de biblioteca que vivía en la misma calle, compartía mi amor por la pura poesía del vuelo. Cada noche, antes de la cena, escuchábamos juntos a Superman en la radio, y de día nos inventábamos nuestras propias aventuras de camino al colegio.

La Escuela Primaria Annie E. Warren era un edificio de ladrillo rojo, adyacente a la autopista en un camino de alquitrán negro, rodeado de patios de recreo yermos, de grava. David y yo encontramos en el aparcamiento un hueco perfecto para nuestras obras de Superman. La lóbrega puerta de atrás del colegio estaba metida en un pasillo largo que era un lugar excelente para capturas por sorpresa y rescates repentinos.

Durante el recreo, David y yo nos independizábamos. No hacíamos caso de los chicos que jugaban al béisbol en el patio de grava, ni de las risitas de las chicas que jugaban al balón prisionero en la hondonada. Nuestros juegos de Superman nos convertían en proscritos, pero también nos daban una sensación de veloz superioridad. Incluso encontramos a un sustituto del villano en Sheldon Fein, el niño malcriado y amarillento de nuestra manzana, con el que los chicos no querían jugar, porque se ponía a llorar cada vez que alguien lo tocaba, y siempre conseguía caerse y rozarse las gordas rodillas.

Al principio, teníamos que dirigir a Sheldon en su papel, pero un tiempo después se convirtió en un experto inventor de torturas, y hasta las llevaba a la práctica en privado, después del juego. Les arrancaba las alas a las moscas y las patas a los saltamontes, y guardaba a los insectos rotos presos en un tarro que escondía debajo de la cama, donde podía sacarlos en secreto y contemplar sus dificultades. David y yo no jugábamos nunca con Sheldon, menos en el recreo.

Después del colegio, lo dejábamos con su mamá, sus bombones y sus insectos indefensos.

Por entonces, mi tío Frank vivía con nosotros, mientras esperaba a que lo llamaran a filas, y yo estaba segura de que tenía un parecido extraordinario con Superman de incógnito. David no veía la semejanza tan clara como yo, pero admitía que el tío Frank era el hombre más fuerte que conocía, y sabía hacer montones de trucos, como hacer desaparecer los caramelos debajo de las servilletas y andar con las manos.

Ese mismo invierno declararon la guerra, y recuerdo estar sentada junto a la radio con Mamá y el tío Frank, y notar un presentimiento raro en el aire. Hablaban bajo y con seriedad, sobre aviones y bombas alemanas. El tío Frank no dejaba de hablar de los alemanes en Estados Unidos que tenían que ir a campos de concentración, y Mamá no dejaba de decir sobre Papá: «Cuánto me alegro de que Otto no viva para ver esto; cómo me alegro de que Otto no viva, y no vea dónde hemos ido a parar».

En el colegio empezamos a dibujar carteles de Defensa Civil, y ahí fue cuando vencí a Jimmy Lane, de nuestra manzana, y gané el premio de quinto. De vez en cuando, practicábamos los ataques aéreos. Sonaba la alarma de incendios, y cogíamos los abrigos y los lápices, y bajábamos al sótano por las escaleras que crujían, y nos sentábamos en rincones especiales según nuestras etiquetas de colores, y nos metíamos los lápices entre los dientes, para que las bombas no nos hicieran tragarnos la lengua por error. Algunos de los niños pequeños de los primeros cursos lloraban, porque el sótano estaba oscuro, solo con las luces desnudas del techo sobre la fría piedra negra.

La amenaza de la guerra penetraba todo. En el recreo, Sheldon se convertía en nazi, y adoptaba el paso de la oca de las películas, pero su tío Macy estaba en Alemania de verdad, y la señora Fein estaba cada vez más delgada y pálida, porque supo que Macy estaba prisionero, y luego, ya no supo nada.

El invierno se eternizaba, con un húmedo viento del este que siempre venía del mar, y la nieve derritiéndose antes de que hubiera suficiente para tirarnos. Un viernes por la tarde, justo antes de Navidad, Paula Brown dio su fiesta de cumpleaños anual, y me invitó, porque todos los niños de la manzana estaban invitados. Paula vivía enfrente de Jimmy Lane, en Somerset Terrace, y en realidad no le gustaba a nadie de nuestra manzana, porque era mandona y creída, con la piel pálida y unas largas coletas pelirrojas y ojos azules llorosos.

Nos recibió en la puerta de su casa con un vestido blanco de organdí, el pelo rojo recogido en tirabuzones con una cinta de satén. Antes de que pudiéramos sentarnos a la mesa para tomar la tarta de cumpleaños y el helado, tenía que enseñarnos todos sus regalos. Tenía muchos, porque era a la vez su cumpleaños y las Navidades.

El regalo favorito de Paula era un buzo nuevo, y se lo puso para nosotros. El buzo era azul claro, y había venido de Suecia en una caja azul, según nos dijo. La parte de delante de la chaqueta estaba toda bordada con rosas rosas y blancas y pájaros, y el peto tenía los tirantes bordados. Hasta tenía una boina blanca de angora y guantes de angora a juego.

Después del postre, el padre de Jimmy Lane nos llevó a todos al cine, como cosa especial, para ver el pase de la tarde. Mamá no me dio permiso hasta que supo que la película principal era *Blancanieves*, pero no había caído en que también ponían una película de guerra.

La película era sobre prisioneros de los japoneses a los que torturaban quitándoles la comida y el agua. Nuestros juegos de guerra y los programas de la radio eran imaginarios, pero eso era verdad, eso pasaba de verdad. Me tapé los oídos para no oír los gruñidos de los hombres sedientos, hambrientos, pero no podía apartar los ojos de la pantalla.

Finalmente, los prisioneros bajaron un tronco pesado de las vigas bajas, y atravesaron con él la pared de arcilla para llegar a la fuente del patio, pero, justo cuando el primer hombre estaba llegando al agua, los japoneses empezaron a matar a tiros a los prisioneros, y a pisotearlos, y a reír. Yo estaba sentada en el pasillo, y entonces me levanté con prisa, y fui corriendo al baño, donde me puse de rodillas junto al retrete, y vomité la tarta y el helado.

Esa noche, después de acostarme, en cuanto cerré los ojos, el campo cobró vida en mi mente, y los hombres que gruñían volvieron a atravesar la pared, y volvieron a dispararles cuando llegaban al hilo de agua de la fuente. Por mucho que hubiera pensado en Superman antes de quedarme dormida, ningún cruzado vestido de azul bajó ruidosamente con cólera celeste para aplastar a los hombres amarillos que infestaban mis sueños. Cuando me desperté a la mañana siguiente, las sábanas estaban empapadas de sudor.

El sábado hizo mucho frío, y el cielo estaba azul y borroso por la amenaza de nieve. Estaba volviendo a casa de la tienda esa tarde, apretando los dedos helados dentro de las manoplas, cuando vi a un par de niños jugando a tú la llevas enfrente de la casa de Paula Brown.

Paula se paró en mitad del juego, para mirarme con frialdad:

—Necesitamos a una más —dijo—. ¿Quieres jugar?

Me tocó en el tobillo, y yo fui cojeando de un sitio a otro, y finalmente pillé a Sheldon Fein, cuando se agachó para atarse una de las botas forradas de piel. Un deshielo temprano había derretido la nieve de la calle, y en el suelo alquitranado quedaba arena de los quitanieves. Enfrente de casa de Paula el coche de alguien había dejado una reluciente mancha negra de aceite.

Fuimos corriendo por la calle, retrocediendo a los céspedes marrones cuando el que la llevaba se acercaba demasiado. Jimmy Lane salió de su casa y nos miró un momento, y luego se sumó. Cada vez que la llevaba, perseguía a Paula con su buzo azul celeste, y ella chillaba, y se volvía para mirarlo con los ojos llorosos abiertos de par en par, y él siempre conseguía pillarla.

Solo que una vez ella se olvidó de mirar por dónde iba, y, cuando Jimmy alargó la mano para tocarla, resbaló en el aceite. Todos nos quedamos quietos mientras caía de lado como si estuviéramos jugando al escondite inglés. Nadie dijo nada, y durante un minuto solo hubo el sonido de los aviones al otro lado de la bahía. La luz verde, apagada, del final de la tarde se cerraba sobre nosotros, fría y final como una persiana.

El buzo de Paula estaba manchado, tenía el costado mojado y negro por el aceite. Los guantes de angora estaban goteando como la piel de un gato negro. Despacio, se sentó y nos miró, de pie a su alrededor, como si buscase algo. Luego, de repente, me clavó los ojos.

—Tú —dijo deliberadamente—. Me has empujado.

Hubo otro segundo de silencio, y luego Jimmy Lane se volvió hacia mí.

—Has sido tú —se burlaba—, has sido tú.

Sheldon y Paula y Jimmy y los demás me miraban con una extraña alegría parpadeando en la mirada.

—Has sido tú, la has empujado —decían.

Y mientras gritaba: «¡No es verdad!» estrechaban el círculo, cantando a coro:

—Sí, has sido, tú, sí, has sido tú, te hemos visto.

En el pozo de caras que se acercaba no vi ayuda, y empecé a preguntarme si Jimmy había empujado a Paula, o si se había caído sola, y no estaba segura. No estaba nada segura.

Empecé a dejarlos atrás, a ir a casa, decidida a no correr, pero cuando los hube dejado atrás, sentí el golpe afilado de una bola de nieve en el hombro izquierdo, y otra. Empecé a andar más rápido, y doblé la esquina junto a Kellys'. Mi casa de tablas marrón oscuro estaba enfrente, y dentro, Mamá y el tío Frank, de permiso. Eché a correr en el atardecer frío, crudo, hacia los brillantes cuadrados de luz en las ventanas que eran mi hogar.

El tío Frank me recibió en la puerta.

—¿Qué tal mi guerrera favorita? —preguntó, y me hizo volar tan alto que rocé el techo con la cabeza.

Había un amor grande en su voz que ahogó los gritos que aún resonaban en mis oídos.

—Bien —mentí, y me enseñó unos movimientos de *jiujitsu* en el salón, hasta que Mamá nos llamó para cenar.

Sobre el mantel de hilo blanco había velas, y unas llamas minúsculas parpadeaban en los cubiertos y los vasos. Veía otra habitación reflejada más allá de la ventana oscura del salón, en la que la gente reía y hablaba en círculo seguro de luz, sostenida por su brillantez indestructible.

De repente, sonó el timbre, y Mamá se puso de pie para abrir. Oí la voz aguda, clara, de David Sterling en la entrada. De la puerta abierta llegaba una corriente fría, pero Mamá y él siguieron hablando, y él no entró. Cuando Mamá volvió a la mesa, tenía la cara triste.

—¿Por qué no me lo has contado? —dijo—. ¿Por qué no me has contado que has tirado a Paula al barro, y le has estropeado el buzo nuevo?

Tenía la garganta tapada por un bocado de pudin de chocolate, espeso y amargo. Tuve que tragarlo con leche. Por fin, dije:

—No he sido yo.

Pero las palabras salieron como semillas duras, secas, huecas e insinceras. Volví a intentarlo.

—No he sido yo. Ha sido Jimmy Lane.

—Nosotros te creemos, claro —dijo Mamá despacio—, pero todo el barrio está hablando. La señora Sterling ha oído la historia por la señora. Fein, y ha mandado a David a decir que deberíamos comprarle un buzo nuevo a Paula. No lo entiendo.

—No he sido yo —repetí, y la sangre me golpeaba los oídos como un tambor flojo.

Aparté la silla de la mesa, sin mirar al tío Frank ni a Mamá, sentados, solemnes y tristes a la luz de las velas.

La escalera al primer piso estaba oscura, pero recorrí el largo pasillo a mi habitación sin dar la luz, y cerré la puerta. Una luna pequeña e inmadura proyectaba cuadrados de luz verdosa sobre el suelo, y los cristales estaban bordeados de escarcha.

Me tiré ferozmente a la cama, y me quedé ahí, con los ojos secos y ardiendo. Un rato después oí al tío Frank subiendo las escaleras y llamando a la puerta. Cuando no respondí, entró, y se sentó en mi cama. Veía el bulto de sus fuertes hombros contra la luz de la luna, pero, en la sombra, su cara no tenía rasgos.

—Cuéntame, tesoro —dijo muy suavemente—, cuéntame. No tengas miedo. Lo vamos a entender. Cuéntame solo qué ha pasado de verdad. Nunca has tenido que esconderme nada, lo sabes. Cuéntame solo cómo ha pasado de verdad.

—Te lo he contado —dije—. Te he contado lo que ha pasado, y no puedo cambiarlo. Ni siquiera por ti puedo cambiarlo.

Entonces suspiró, y se levantó para marcharse.

—Vale, tesoro —dijo en la puerta—. Vale, pero, de todas, formas vamos a pagar otros buzo para que se queden contentos, y dentro de diez años nadie notará la diferencia.

La puerta se cerró tras él, y oí sus pasos cada vez más débiles conforme se alejaba por el pasillo. Seguí tumbada a solas en la cama, sintiendo la sombra negra que se apoderabadel fondo del mundo como una marea creciente. No permaneció nada, no quedó nada. Los aviones plateados y las capas azules se disolvieron y desaparecieron, borrados como los garabatos de un niño hechos con tizas de colores en el encerado colosal de la oscuridad. Ese fue el año que empezó la guerra, y el mundo real, y la diferencia.

EN LAS MONTAÑAS
(Relato, 1954)

Subiendo en autobús como un cohete la carretera de montaña, con el día entrando cada vez más gris en la oscuridad, llegaron a la nieve que parloteaba y escupía seca contra las ventanas. Fuera, tras los cristales fríos, se alzaban las montañas, y tras ellas más montañas, cada vez más altas. Más altas que las que Isobel conocía, amontonándose contra los cielos bajos.

—Siento la tierra plegándose a lo lejos —le dijo Austin con seguridad a medida que el autobús subía—, y siento cómo corren los ríos, y cómo bajan haciendo valles.

Isobel no dijo nada. Siguió mirando por la ventana. Por todas partes las montañas subían al cielo del atardecer, y sus negras pendientes de piedra tenían trazos de tiza de nieve.

—Sabes a qué me refiero, ¿verdad? —insistió él, mirándola intensamente de la manera nueva que tenía desde que vivía en el sanatorio—. Sabes a qué me refiero, ¿no? ¿Lo de los contornos de la tierra?

Isobel evitó sus ojos.

—Sí —contestó—. Sí, me parece maravilloso.

Pero ya no le importaban los contornos de la tierra.

Satisfecho, porque ella había dicho que era maravilloso, Austin la rodeó con un brazo. El viejo del otro extremo del largo asiento de atrás los estaba mirando, y sus ojos eran cordiales. Isobel le sonrió, y él le devolvió la sonrisa. Era un viejo amable, y ya no le importaba cuando la gente veía a Austin rodearla con el brazo.

—He estado pensando mucho en lo bien que estaría tenerte arriba y todo eso —estaba diciendo—. Ver este sitio por primera vez. Hace seis meses, ¿no?

—Más o menos. Dejaste Medicina la segunda semana de otoño.

—Estando contigo así de nuevo, puedo olvidar esos seis meses.

Le sonrió. Aún es fuerte, pensó ella, y seguro de sí mismo, y en ese mismo momento, aunque para ella había cambiado todo, sintió un toque del viejo miedo dañino, recordando cómo había sido.

Su brazo estaba caliente y era posesivo encima de sus hombros, y a través del abrigo de lana sentía la extensión dura de su muslo contra el de ella. Pero ni siquiera sus dedos, que ahora jugaban con su pelo, enredándose suavemente en su pelo, hacían que quisiese ir hacia él.

—Hace mucho del otoño —dijo—. Y ha sido un camino muy largo al sanatorio.

—Pero lo has logrado —dijo él, con orgullo—. Los trasbordos del metro y el taxi para cruzar la ciudad y todo. Siempre habías odiado viajar sola. Siempre estabas segura de que te ibas a perder.

Ella rio.

—Hago lo que puedo. Pero... ¿tú no estás cansado del viaje desde el sanatorio y ahora la vuelta, en un día?

—Claro que no estoy cansado —resopló—. Sabes que no me canso.

Siempre había despreciado la debilidad. Cualquier tipo de debilidad, y recordaba cómo se había burlado cuando ella se enterneció con la muerte de las cobayas.

—Lo sé —dijo—, pero pensaba que ahora, después de tanto tiempo en cama...

—Sabes que no me canso. ¿Por qué crees que me dejan bajar a la ciudad a recibirte? Me encuentro bien —declaró.

—También tienes buen aspecto —dijo para calmarlo, y se quedó callada.

En Albany, había estado esperándola junto a la estación de autobús cuando su taxi patinó junto a la acera, y tenía exactamente el mismo aspecto que recordaba, el pelo rubio muy corto sobre el cráneo algo alargado, y la cara rosa de frío. Ahí no había cambio.

«Vivir con una bomba en el pulmón —le había escrito desde la facultad cuando se lo dijeron— no es diferente de vivir de cualquier otra manera. No lo ves. No lo sientes. Pero te lo crees, porque te lo han dicho, y saben».

—¿Me dejarán verte casi todo el rato? —empezó ella entonces.

—Casi todo. Menos después de comer, en el descanso. Pero el doctor Lynn me va a dar pases mientras estés aquí. Vas a alojarte en su casa, así que es legal.

—¿Qué es legal? —le lanzó una mirada oblicua llena de curiosidad.

—No lo digas así —rio él—. Que yo te visite a ti, nada más. Siempre y cuando vuelva a acostarme a las nueve.

—No entiendo las reglas que tienen. Son muy estrictos con la medicación, y comprueban que te acuestas a las nueve, pero te dejan bajar a la ciudad, y me dejan subir. No es coherente.

—Bueno, cada sitio tiene un sistema diferente. Aquí nos ponen una pista de patinaje sobre hielo, y son bastante permisivos con casi todo. Menos con el horario de los paseos.

—¿Qué dicen de los paseos? —preguntó ella.

—Horarios de paseo diferentes según sexos. Nunca coinciden.

—Pero... ¿por qué? Es una bobada.

—Entienden que aquí la gente ya se lía bastante rápido sin eso.

—Ah, ¿sí? —rio ella.

—Pero no entiendo esos casos. No tiene sentido.

—¿Y eso? —El tono de ella lo provocó.

—No —dijo serio—. Aquí esas cosas no tienen futuro. Se complican mucho. Mira por ejemplo lo que le pasó a Lenny.

—¿Te refieres a Lenny, el boxeador sonado sobre el que me escribiste?

—Ese. Se enamoró de una griega aquí. Bueno, se casaron en vacaciones. Ahora ha vuelto con ella, que tiene veintisiete años, él, veinte.

—Madre mía, ¿por qué se casó?

—Nadie lo sabe. Dice que la quiere, nada más. Sus padres están la hostia de enfadados.

—Los líos son una cosa —dijo ella—. Pero renunciar a vivir porque estás solo, porque tienes miedo a estar solo, es otra.

Él le lanzó una mirada rápida.

—Eso suena raro viniendo de ti.

—No digo que no —dijo ella a la defensiva—. Pero lo veo así. Ahora lo veo así, por lo menos.

Él la estaba mirando con tanta curiosidad que ella rompió la tensión con una risita, y, levantando su mano enguantada, le dio unos golpecitos en la mejilla. Golpecitos entrecortados y distantes, pero él no notó diferencia alguna, y ella vio que su gesto espontáneo lo hacía feliz. La estrechó más fuerte con el brazo, en respuesta.

De algún sitio de la parte delantera del autobús llegaba una corriente fría. Soplaba hacia atrás, heladora y cortante. Tres asientos más adelante, un señor había abierto la ventanilla.

—Dios mío, qué frío —exclamó Isobel en alto, apretándose la bufanda verde y negra alrededor de la garganta.

El anciano del otro lado del asiento de atrás la oyó, y sonrió, diciendo:

—Sí, es la ventana abierta. Ojalá la cierren. Ojalá alguien les diga que la cierren.

—Ciérrasela —le susurró Isobel a Austin—. Ciérrasela al anciano.

Austin la miró con interés.

—¿Quieres que la cierre? —preguntó.

—A mí me da igual, la verdad. Me gusta el aire fresco. Pero el anciano la quiere cerrada.

—Por ti la cierro, pero por él, no. ¿Quieres que la cierre?

—Chist, no hables tan alto —dijo, preocupada por que el anciano lo oyese.

Ese enfado no le pegaba a Austin. Estaba enfadado; tenía las mandíbulas apretadas, y la boca cerrada con fuerza. Su enfado era como acero frío.

—Vale, pues quiero que la cierres —dijo ella suspirando.

Él se levantó, y fue tres asientos más adelante, y le pidió por favor al señor que cerrase la ventana. Al volver, le sonrió.

—Lo he hecho por ti. Solo por ti.

—Qué bobada —dijo ella—. ¿Por qué eres tan desagradable con el anciano? ¿Qué quieres demostrar?

—¿Lo has visto? ¿Has visto cómo me ha mirado? Era perfectamente capaz de levantarse y cerrarla él. Y quería que la cerrara yo.

—Yo también quería que la cerraras tú.

—No es lo mismo. No tiene nada que ver.

Se quedó callada, sintiéndolo por el anciano, y esperando que no hubiese oído nada. Con las sacudidas rítmicas del autobús y el calor le estaba entrando sueño. Se le cerraban los ojos, los abría, se le volvían a cerrar. Las olas del sueño empezaban a crecer debajo de ella, y ella quería rendirse e irse con ellas.

Poniendo la cabeza en el hombro de Austin, se dejó acunar por el balanceo del autobús en el círculo de sus brazos. Intervalos de languidez ciega, cálida, y a continuación él le estaba diciendo suavemente al oído:

—Estamos llegando a la parada. La señora Lynn te está esperando, y tengo pase de noche hasta las nueve.

Isobel abrió los ojos despacio, y dejó que volviesen las luces y la gente y el anciano. Se enderezó con un bostezo enorme. Tenía el cuello rígido de tener la cabeza apoyada en el brazo con el que Austin todavía la rodeaba.

—Pero no veo nada —dijo, limpiando con la mano un trozo oscuro del vidrio empañado de la ventanilla, y mirando fuera—. No veo nada de nada.

Al otro lado de la ventana, solo el destello de los faros en los altos taludes de nieve que se escoraban hacia atrás, hacia la negrura de los árboles, hacia la negrura de las montañas que dominaba la escena, rompía la oscuridad.

—Enseguida —prometió él—. Verás. Casi estamos. Voy a decirle al conductor cuándo tiene que parar.

Se puso de pie, y empezó a andar por el estrecho pasillo. Los pasajeros volvían la cabeza para mirar según pasaba. Por donde iba, la gente siempre se volvía para mirar.

Ella volvió a mirar por la ventana. De la confusa oscuridad brotaron repentinos rectángulos de luz. Las ventanas de una casa de aleros bajos en un pinar.

Austin le estaba haciendo señas para que fuese a la puerta. Había cogido su maleta del portaequipajes. Ella se puso de pie, y se acercó, balanceándose de forma insegura por el pasillo con el movimiento del autobús, y riendo.

El autobús se paró bruscamente, y la puerta se dobló sobre sí misma, con un jadeo de acordeón.

Austin saltó del alto escalón a la nieve, y levantó los brazos para ayudarla. Después del aire caliente y húmedo del interior del autobús, el frío la atacó seco y afilado como la hoja de un cuchillo.

—¡Oh, cuánta nieve! ¡Nunca he visto tanta nieve en ningún sitio! —exclamó, bajando, y colocándose junto a él.

El conductor la oyó, y se rio, cerrando la puerta desde dentro y empezando a alejarse. Miró pasar los cuadrados iluminados de las ventanas, empañados, y la cara del anciano los miró desde la parte de atrás. Impulsivamente, levantó el brazo y lo despidió. Su respuesta fue como un saludo militar.

—¿Por qué has hecho eso? —preguntó Austin, curioso.

—No sé —rio ella—. Me ha apetecido, nada más.

Entumecida por estar sentada tanto rato, se estiró y pisoteó la blanda nieve en polvo. Él la miró con cuidado un momento antes de hablar.

—Es ahí —dijo, señalando las ventanas resplandecientes de la casa de aleros bajos—. La casa de la señora Lynn está ahí, por el camino de acceso. Y el sanatorio está un poco más lejos, por la carretera, después de la curva.

Recogiendo la maleta, la cogió del brazo, y empezaron a andar entre los altos taludes de nieve, por el camino de la casa, con las estrellas parpadeando frías y distantes. Mientras caminaban pesadamente por el acceso, la puerta de la casa se abrió, y un rayo de luz cortó la nieve.

—Hola.

Con sus lánguidos ojos azules y el pelo rubio rizado rodeando su cara de piel tersa, Emmy Lynn los recibió en la puerta. Llevaba pantalones negros de pitillo y una camisa de leñador azul celeste.

—Os estaba esperando —dijo con acento del sur, y su voz tenía la cualidad lenta, clara, de la miel—. A ver, dadme vuestras cosas.

—Dios mío, es un encanto —susurró Isobel a Austin, mientras Emmy Lynn colgaba sus abrigos en el armario del recibidor.

—Así son las mujeres de los médicos —dijo Austin.

Y no se dio cuenta de que no estaba de broma hasta que lo vio mirándola fijamente.

Emmy Lynn volvió con ellos, sonriendo somnolienta.

—Id al salón, y descansad un rato. Yo voy a subir a leer en la cama un poco. Si queréis algo, llamad.

—Mi habitación… —empezó Isobel.

—Al final de la escalera. Yo te subo la maleta. Cierra la puerta principal con llave cuando se vaya Austin, ¿te importa? —respondió Emmy Lynn, y fue de puntillas con sus mocasines como un gato hasta la escalera—. Ah, casi se me olvida… —Se volvió con una sonrisa—. Hay café caliente en la cocina. —Y se marchó.

El empapelado azul del recibidor se abría a un largo salón con un fuego de leña que agonizaba en el hogar. Yendo al sillón, Isobel se hundió en las blandas profundidades de los cojines y Austin fue a sentarse a su lado.

—¿Quieres café? —le preguntó Austin—. Ha dicho que hay en la cocina.

—Sí —dijo Isobel—. Me parece que necesito beber algo caliente.

Él volvió con dos tazas humeantes, y las puso en la mesita.

—¿Tú también? —dijo ella, sorprendida—. No te gustaba el café.

—He aprendido a tomarlo —le dijo, sonriendo—. Solo, como tú, sin leche ni azúcar.

Ella agachó la cabeza deprisa, para que no pudiera verle los ojos. La sorprendió verlo condescender de esa manera. Con lo orgulloso que había sido. Levantando la taza, bebió despacio el líquido negro hirviente, sin decir nada.

«Estoy leyendo un libro —escribió él en una de sus últimas cartas— en el que el hombre es soldado, y la chica que ha dejado embarazada muere, y, ah, he empezado a pensar que tú eras la chica, y yo era el hombre, y durante días no he podido dejar de pensar lo terrible que es».

Ella había pensado sobre eso durante mucho tiempo, sobre él a solas en su habitación, leyendo día tras día, preocupándose por el hombre imaginario y la chica moribunda. No le pegaba. Antes siempre andaba diciendo que era una tontería sentir lástima por la gente de los libros, porque no era real. No le pegaba preocuparse por la chica que moría en el libro.

Acabaron el café al mismo tiempo, inclinando las tazas y apurando las últimas gotas calientes de líquido. En la chimenea, una delgada llama azul ardió pequeña y clara, y se apagó. Debajo de la ceniza blanca del leño destripado, las ascuas todavía se dejaban ver, rojas, desapareciendo.

Austin buscó su mano. Ella le dejó entrelazar los dedos con los suyos, y supo que tenía la mano fría e indiferente.

—He estado pensando —le dijo entonces Austin, despacio—, todo este largo tiempo que llevo lejos he estado pensando en nosotros. Hemos pasado mucho juntos, ¿sabes?

—Sí —dijo ella con cautela—. Sí, lo sé.

—¿Te acuerdas —empezó— de ese viernes que nos quedamos en la ciudad hasta tan tarde que perdimos el último autobús, y de los locos que nos recogieron y nos llevaron a casa?

—Sí —dijo ella, recordando cómo todo fue precioso e hiriente entonces. Cómo todo lo que él decía le hacía daño.

—Aquel tipo loco —insistió— del asiento de atrás. ¿Te acuerdas de él? ¿El que no dejaba de hacer pedacitos el billete de un dólar y dejar que se los llevara el aire por la ventanilla?

—No lo olvidaré jamás —dijo ella.

—Esa fue la noche que vimos nacer al bebé. Tu primera vez en el hospital, y llevabas todo el pelo recogido debajo de un gorro blanco, y llevabas una bata blanca, y tenías los ojos todo oscuros y excitados por encima de la mascarilla.

—Tenía miedo de que alguien se diera cuenta de que no estudiaba Medicina.

—Me clavaste las uñas en la mano cuando intentaban hacer respirar al niño —prosiguió él—. No dijiste nada, pero las uñas me dejaron lunitas rojas en la palma de la mano.

—Hace medio año de eso. Ahora llevaría más cuidado.

—No me refiero a eso. Me gustaban las marcas rojas. Era un dolor bueno, y me gustaba.

—Entonces no decías eso.

—Entonces no decía muchas cosas. Pero aquí arriba he estado pensando en todas las cosas que nunca te he dicho. Aquí arriba, siempre que estoy echado en la cama, recuerdo cómo éramos.

—Porque llevas tanto tiempo lejos que te dedicas a recordar —dijo ella—. Cuando vuelvas a la facultad y a la vida acelerada de entonces, no pensarás así. No es bueno que pienses tanto.

—En eso te equivocas. Durante mucho tiempo no quise admitirlo, pero me parece que necesitaba esto. Alejarme y pensar. Estoy empezando a descubrir quién soy.

Ella miró a la taza vacía, dando con la cucharilla vueltas secas sin objetivo.

—Pues dime —dijo suavemente—: ¿quién eres?

—Ya lo sabes. Lo sabes mejor que nadie.

—Estás muy seguro. Yo no lo tengo tan claro.

—Oh, claro que sí. Has visto la vena podrida que tengo, y has vuelto, por mala que fuera. Siempre has vuelto.

—¿Qué quieres decir?

—¿No lo ves? —dijo él sencillamente—. Me refiero a que siempre me has aceptado tal como soy, pese a todo. Como la vez que te conté lo de Doris, y lloraste, y te diste la vuelta. Entonces estaba seguro de que se había acabado, contigo sentada llorando al otro lado del coche, mirando al río, y sin decir palabra.

—Me acuerdo. Iba a acabarlo.

—Pero luego me dejaste besarte. Después de todo eso, me dejaste besarte, seguías llorando, y la boca te sabía húmeda y salada por las lágrimas. Me dejaste besarte, y volvimos a estar bien.

—Eso fue hace mucho. Ahora no es igual.

—Sé que no es igual, porque no quiero volver a hacerte llorar nunca más. ¿Me crees? ¿Sabes lo que estoy tratando de decir?

—Creo que sí, pero no estoy segura. Nunca me has hablado así, ¿sabes? Siempre me has hecho adivinar lo que pensabas.

—Eso se acabó. Y, cuando salga de aquí, no cambiará. Saldré de aquí, y volveremos a empezar. Un año no es tanto tiempo. No creo que tarde más de un año, y luego volveré.

—Tengo que saber una cosa. Tengo que preguntártelo con palabras para estar segura.

—¿Necesitas palabras ahora?

—Tengo que saberlo. Dime por qué querías que viniera.

Él la miró, y sus ojos reflejaron el miedo de ella.

—Te necesitaba desesperadamente —confesó, muy bajo. Vaciló, a continuación dijo suavemente—: Es una pena que no te pueda besar.

Puso la cara en el hueco entre el cuello y el hombro de ella, cegándose con su pelo, y ella notó la repentina quemadura mojada de sus lágrimas.

Afectada, no se movió. La pared azul empapelada de la habitación rectangular desapareció, y la cálida luz geométrica desapareció, y fuera las montañas cubiertas de nieve se cernían inmensamente a través de la oscuridad irrevocable. No había nada de viento, y todo estaba tranquilo y silencioso.

INICIACIÓN
(Relato, julio de 1952)

La habitación del sótano estaba oscura y caliente, como el interior de un tarro sellado, pensó Millicent, mientras sus ojos se acostumbraban a la extraña penumbra. Las telarañas ablandaban el silencio, y, a través de la ventanita rectangular abierta en lo alto de la pared de piedra, se filtraba una débil luz azulada que debía de venir de la luna llena de octubre. Ahora veía que estaba sentada encima de una pila de leña, al lado de la caldera.

Millicent se apartó un mechón de pelo de la cara. Estaba duro y pegajoso del huevo que le habían roto en la cabeza, mientras estaba arrodillada con los ojos vendados junto al altar de la sororidad, poco antes. Se había hecho un silencio, un ligero crujido, y luego había sentido la clara fría, babosa, esparciéndose, y extendiéndosele por la cabeza, y resbalándole por el cuello. Oyó que alguien reprimía la risa. Todo formaba parte de la ceremonia.

Luego las chicas la habían llevado allí, con los ojos vendados todavía, a través de los pasillos de la casa de Betsy Johnson, y la habían encerrado en el sótano. Todavía tenía que pasar una hora antes de que fueran a buscarla, pero después el Tribunal de las Ratas habría acabado, y diría lo que tenía que decir, y se iría a casa.

Porque esa noche era el gran desenlace, la prueba de fuego. Ya no había duda de que iba a entrar. No sabía de nadie que hubiera sido invitada a entrar en la sororidad del instituto y no hubiese pasado el periodo de iniciación. Pero, con todo, su caso sería muy diferente.

No sabía exactamente qué había decidido su rebelión, pero definitivamente tenía que ver con Tracy, y tenía que ver con los pájaros de brezo.

¿Qué chica de Lansing High no querría estar en su sitio ahora?, pensó Millicent, divertida. ¿Qué chica no querría estar entre las elegidas, aunque eso significase cinco días de iniciación antes y después de clase, acabando en el clímax del Tribunal de las Ratas el viernes por la noche, cuando hacían hermanas a las nuevas? Tracy se puso triste cuando oyó que Millicent era una de las cinco chicas que habían recibido invitaciones.

—Entre nosotras no va a cambiar nada, Tracy —le dijo Millicent—. Seguiremos yendo juntas a todas partes como siempre, y el año que viene entras seguro.

—Ya lo sé, pero, aun así —dijo Tracy en voz baja—, cambiarás, aunque creas que no. Nada es igual nunca.

Así es, pensó Millicent. Qué horrible sería si una no cambiase nunca..., si estuviese condenada a ser la Millicent corriente, tímida, de unos años antes para toda su vida. Por suerte siempre estaba el cambio, el crecimiento, el seguir.

A Tracy también le llegaría. Le contaría a Tracy las tonterías que habían dicho las chicas, y Tracy cambiaría también, entrando por fin en el círculo mágico. Crecería y conocería el ritual secreto, como Millicent había empezado a conocerlo la semana anterior.

—Antes que nada —les dijo Betsy Johnson, la rubia y vivaz secretaria de la sororidad, a las cinco candidatas, tomando sándwiches en la cafetería del instituto el lunes anterior—, antes que nada todas tenéis una hermana mayor. Es la que os da órdenes, y haréis lo que os diga.

—Acordaos de lo de responder y de sonreír —había intervenido Louise Fullerton, riendo. Era otra famosa del instituto, guapa y morena y vicepresidenta del Consejo Estudiantil—. No podéis decir nada, menos si vuestra hermana mayor os pregunta algo, u os dice que habléis con alguien. Y no podéis sonreír, por más ganas que tengáis.

Las chicas rieron nerviosas, y luego sonó el timbre de las clases de la tarde.

Millicent pensó que sería bastante divertido, sacando los libros de la taquilla del pasillo, que sería bastante emocionante formar parte de un grupo muy unido, el grupo exclusivo de Lansing High. No era una organización escolar, claro. Es más, el director, el señor

Cranton, quería acabar con la semana de iniciación del todo, pensaba que era antidemocrática y perjudicaba la rutina del instituto. Pero la verdad es que no podía hacer nada al respecto. Vale, las chicas tenían que ir al instituto sin lápiz de labios y sin rizarse el pelo durante cinco días, y todo el mundo las veía, claro está, pero... ¿qué podían hacer los profesores?

Millicent se sentó en su pupitre en el gran salón de estudios. Mañana iría al colegio, orgullosa, sonriente, sin lápiz de labios, con el pelo castaño liso hasta el hombro, y entonces lo sabría todo el mundo, lo sabrían hasta los chicos, era una de las elegidas. Los profesores sonreirían sin poder hacer nada, tal vez pensando «Así que ahora han escogido a Millicent Arnold. No me lo habría imaginado».

Hace uno o dos años, poca gente lo habría imaginado. Millicent había esperado largo tiempo a ser aceptada, más que la mayoría. Era como si se hubiese pasado años sentada en un pabellón, a la puerta del baile, mirando por la ventana al interior dorado, con las luces claras y el aire como miel, mirando anhelante a las parejas alegres que bailaban la música que no acababa nunca, riendo por parejas y en grupos, nadie estaba solo.

Pero ahora, por fin, en una semana de algarabía y alegría, respondería a la invitación y entraría en el baile por la puerta principal en la que ponía «Iniciación». Se recogería la falda de terciopelo, la cola de seda, o lo que llevasen las princesas desheredadas en los cuentos, y entraría en el reino que le pertenecía... Sonó el timbre y puso fin a la hora de estudio.

—¡Millicent, espera! —Era Louise Fullerton a su espalda, Louise Fullerton, que siempre había sido muy simpática, muy educada, más amable que las demás, incluso hacía tiempo, antes de que llegase la invitación—. Oye... —Louise la acompañó por el pasillo a la siguiente clase de las dos, Latín—. ¿Qué haces después de clase? Quería hablar contigo sobre mañana.

—Claro. Tengo mucho tiempo.

—Vale, quedamos en el pasillo después de la asamblea, y vamos a los almacenes o lo que sea.

Andando junto a Louise, de camino a los almacenes, Millicent se sentía orgullosísima. A ojos de cualquiera que las viera, Louise y ella eran las mejores amigas del mundo.

—¿Sabes qué? Me alegré mucho cuando te votaron —dijo Louise.

Millicent sonrió.

—Me encantó recibir la invitación —dijo sinceramente—, pero sentí mucho que Tracy no entrase también.

—Tracy, sí —decía Louise—, es simpática, y estaba en la preselección, pero le pusieron tres bolas negras.

—¿Bolas negras? ¿Qué es eso?

—Bueno, se supone que no podemos decírselo a nadie fuera del club, pero, como vas a entrar cuando acabe la semana, digo yo que no pasa nada.

Habían llegado a los almacenes.

—Verás... —Louise empezó a explicar en voz baja cuando estuvieron sentadas en la intimidad de un reservado—: una vez al año, la sororidad recopila a todas las seleccionadas... —Millicent bebía a sorbitos su bebida fría, dulce, dejándose el helado para el final. Escuchaba atentamente a Louise, que continuaba—: Y luego hay una gran reunión, y se leen los nombres de todas las chicas, y se estudia a cada chica.

—Ah, ¿sí? —preguntó mecánicamente Millicent, y su voz sonó rara.

—Oh, ya sé lo que estás pensando —rio Louise—. Pero en realidad no es tan horrible. Critican lo mínimo. Solo hablan de cada chica, y de por qué creen que sería buena o mala para el club. Y luego votan. Tres bolas negras eliminan.

—¿Puedo preguntar qué pasó con Tracy? —dijo Millicent.

Louise rio con algo de inquietud.

—Bueno, ya sabes cómo son las chicas. Se fijan en las minucias. O sea, algunas pensaban que Tracy era un poquito *demasiado* diferente. A lo mejor le podías sugerir unas cuantas cosas.

—¿Como qué?

—Oh, como no llevar los calcetines por las rodillas al instituto, o ir con esa cartera vieja. Ya sé que no parece gran cosa, pero, bueno, esos detalles te apartan. O sea, tú sabes que las chicas de Lansing no llevarían los calcetines por las rodillas ni muertas, haga el frío que haga, y llevar cartera es infantil y un poco inmaduro.

—Supongo —dijo Millicent.

—Sobre mañana —prosiguió Louise—. Te ha tocado Beverly Mitchell de hermana mayor. Quería avisarte de que es la más dura, pero, por eso, si acabas, quedarás mejor.

—Gracias, Lou —dijo Millicent, agradecida, pensando que la cosa empezaba a ponerse seria.

Aquella ordalía era peor que una prueba de lealtad. Y además, ¿qué se suponía que demostraba? ¿Que podía recibir órdenes sin pestañear? ¿O es solo que se sienten bien haciéndonos correr de un lado a otro a su servicio?

—De verdad, lo único que tienes que hacer —dijo Louise, acabándose el helado— es estar muy sumisa y obediente cuando estés con Bev, y hacer lo que te diga. No rías, no le contestes, y no te hagas la graciosa o te tratará peor, y, créeme, se le da muy bien. Estate en su casa a las siete y media.

Y estuvo. Llamó al timbre, y se sentó en la escalera a esperar a Bev. Unos minutos más tarde, se abrió la puerta principal, y ahí estaba Bev, seria.

—De pie, recadera —ordenó Bev.

En su tono había algo que molestó a Millicent. Era casi maligno. Y había un anonimato desagradable en la etiqueta «recadera», por mucho que siempre llamasen así a las chicas que se iniciaban. Era degradante, como si te asignaran un número. Era una negación de la individualidad.

La inundó la rebelión.

—He dicho de pie. ¿Estás sorda?

Millicent se puso de pie, y se quedó inmóvil.

—Entra, recadera. Tienes que hacer la cama y limpiar la habitación al final de la escalera.

Millicent subió las escaleras sin decir nada. Encontró el cuarto de Bev, y empezó a hacer la cama. Sonriendo para sus adentros, pensaba: «Qué cosa tan absurda y tan divertida, yo recibiendo órdenes de esta como una criada».

De repente, Bev estaba en el umbral.

—Nada de sonrisas —ordenó.

Parecía que había algo en esta relación que no era del todo divertido. En los ojos de Bev, Millicent estaba segura, había una dura y brillante chispa de júbilo.

De camino al instituto, Millicent tuvo que andar diez pasos por detrás de Bev, llevándole los libros. Llegaron a la tienda, donde ya había un grupo grande de chicos y chicas de Lansing High esperando al espectáculo.

Las otras chicas a las que se estaban iniciando estaban allí, así que Millicent se sintió aliviada. Formando parte de un grupo, ya no sería tan malo.

—¿Qué las obligamos a hacer? —preguntó Betsy Johnson a Bev.

Esa mañana, Betsy había hecho a su «recadera» cruzar la plaza con una vieja sombrilla de colores y cantar *I'm Always Chasing Rainbows*.

—Ya lo sé —dijo Herb Dalton, el apuesto capitán del equipo de baloncesto.

En Bev se produjo un cambio notable. De repente, se puso muy suave y coqueta.

—No puedes darles órdenes —dijo Bev con dulzura—. Los hombres no tienen nada que decir sobre esto.

—Vale, vale —rio Herb, dando un paso atrás, y haciendo como que paraba un golpe.

—Se está haciendo tarde. —Louise llegó—. Son casi las ocho y media. Vamos a ponerlas a desfilar hacia hacia el instituto.

Las «recaderas» tuvieron que hacer pasos de charlestón todo el camino, y cada una tenía su propia canción, que tenía que cantar, intentando tapar a las otras cuatro. Durante las clases, por supuesto, no podías hacer el tonto, pero, con todo, una regla decía que no debías hablar con chicos fuera del aula o a la hora de comer... o en ningún momento después de clase. Así que las chicas de la sororidad hacían que los chicos más populares se acercasen a las «recaderas», y las invitaran a salir, o intentasen hacerlas hablar, y a veces sorprendían a una «recadera» que empezaba a decir algo sin darse cuenta. Y luego el chico daba el parte, y a la chica le ponían una marca negra.

Herb Dalton abordó a Millicent mientras esta estaba cogiendo un helado a la hora de comer. Ella lo vio venir antes de que le hablase, y rápidamente agachó la vista, pensando: «Es demasiado guapo, demasiado moreno, sonríe demasiado. Y yo estoy demasiado vulnerable. ¿Por qué tiene que ser con él con el que tengo que tener cuidado?».

«No voy a decir nada —pensó—. Voy a sonreír toda dulce y ya».

Sonrió a Herb muy dulce y silenciosamente. La sonrisa que le devolvió fue milagrosa. Sin duda, era más de lo que exigía el deber.

—Ya sé que no puedes hablar conmigo —dijo él en voz muy baja—. Pero las chicas dicen que lo estás haciendo bien. Y me gustas con el pelo liso y todo.

Bev se les estaba acercando, con la boca roja dispuesta en una sonrisa brillante, calculadora. Ignoró a Millicent, y fue flotando hacia Herb.

—¿Por qué pierdes el tiempo con las recaderas? —cantó alegre—. Se les ha comido la lengua el gato.

Herb consiguió decir la última palabra.

—Pero esa guarda un silencio *muy* atractivo.

Millicent sonrió mientras se comía el helado en el mostrador con Tracy. En general, en ese periodo las chicas marginadas, como Millicent lo había estado, se burlaban de las payasadas de la iniciación, diciendo que eran pueriles y absurdas, para esconder su envidia secreta. Pero Tracy se mostraba tan comprensiva como siempre.

—Supongo que esta noche viene lo peor, Tracy —le dijo Millicent—. Por lo visto, las chicas nos van a llevar en autobús a Lewiston, y nos van a obligar a hacer un espectáculo en la plaza.

—Tú limítate a poner cara de póquer —le aconsejó Tracy—. Pero por dentro ríete como una loca.

Millicent y Bev cogieron el autobús antes que las demás chicas; de camino a la plaza de Lewiston, tuvieron que ponerse de pie. Bev parecía muy enfadada por algo. Por fin, dijo:

—Has estado hablando con Herb Dalton a la hora de comer.

—No —dijo Millicent sinceramente.

—Bueno, *te he visto* sonreírle. Eso es prácticamente tan malo como hablar. Acuérdate de no volver a hacerlo.

Millicent guardó silencio.

—El autobús no llega hasta dentro de un cuarto de hora. Quiero que recorras el autobús preguntando a la gente qué toma para desayunar. No te olvides, no puedes decirle a nadie que es tu iniciación.

Millicent miró al pasillo del autobús abarrotado, y de repente se sintió muy enferma. Pensó: «¿Cómo voy a hacerlo, cómo voy a acercarme a toda esa gente de cara pétrea que mira fríamente por la ventana…?».

—Ya me has oído, recadera.

—Perdone, señora —dijo con educación Millicent a la señora del primer asiento del autobús—, estoy haciendo una encuesta. ¿Le importaría decirme qué ha tomado para desayunar?

—Vaya…, eh…, zumo de naranja, tostadas y café.

—Muchas gracias.

Millicent continuó con el siguiente, un empresario joven. Había desayunado huevos fritos, tostadas y café.

Para cuando Millicent llegó a la parte de atrás del autobús, casi todo el mundo le estaba sonriendo. Evidentemente, pensó, saben que esto es la iniciación de algo.

Finalmente, solo quedaba un señor en la esquina del asiento de atrás. Era pequeño y jovial, con una cara rubicunda, arrugada, que se extendió en una sonrisa resplandeciente conforme se acercaba Millicent. Con su traje marrón y la corbata verde parecía una especie de gnomo o un duende alegre.

—Perdone, señor —sonrió Millicent—, pero estoy haciendo una encuesta. ¿Qué toma para desayunar?

—Cejas de pájaro de brezo tostadas —recitó de corrido el hombrecillo.

—¿*Cómo?* —exclamó Millicent.

—Cejas de pájaro de brezo —explicó el hombrecillo—. Los pájaros de brezo viven en los páramos mitológicos, y pasan el día volando, cantando salvaje y dulcemente al sol. Son morados, y las cejas están *riquísimas*.

Millicent se echó a reír espontáneamente. Caray, sentía una afinidad repentina con el desconocido, y era maravilloso.

—¿Usted también es mitológico?

—No exactamente —contestó él—, pero sin duda espero serlo algún día. Ser mitológico es buenísimo para el ego.

El autobús estaba llegando a la estación; Millicent no quería dejar al hombrecillo. Quería preguntar más cosas sobre los pájaros.

Y desde entonces la iniciación no molestó a Millicent en absoluto. Fue contenta de tienda en tienda por la plaza de Lewiston, pidiendo galletas rotas y mangos, y se reía para sus adentros cuando la gente se la quedaba mirando, y luego se le encendía la cara, respondiendo a sus locuras como si fuese una chica muy seria y una persona importante. Mucha gente estaba encerrada en sí misma, como cajas, pero se abría, desplegándose estupendamente, si mostrabas interés en ella. Y en realidad no hacía falta pertenecer a un club para sentirte conectada a otros seres humanos.

Una tarde, Millicent había empezado a hablar con Liane Morris, otra de las chicas a las que se estaban iniciando, sobre cómo serían las cosas cuando por fin estuvieran en la sororidad.

—Oh, más o menos sé cómo van a ser —dijo Liane—. Mi hermana estaba antes de acabar el instituto hace dos años.

—Bueno, ¿y *qué* hacen? —Quería saber Millicent.

—A ver, hay una reunión semanal..., cada chica recibe en su casa por turno...

—O sea, que es una especie de grupo social exclusivo...

—Supongo... aunque dicho así suena raro. Pero te aseguro que te da prestigio. Mi hermana empezó a salir formalmente con el capitán del equipo de fútbol americano cuando entró. Yo diría que no está mal.

No, no estaba mal, pensó entonces Millicent, tumbada en la cama la mañana del Tribunal de las Ratas y escuchando a los gorriones que piaban en los canalones. Pensó en Herb. ¿Habría estado tan simpático si ella no tuviese la etiqueta de la hermandad? ¿La invitaría a salir (si es que lo hacía) por sí misma, sin condiciones?

Y había otra cosa que la molestaba. Dejar a Tracy fuera. Porque sería así; Millicent lo había visto antes.

Fuera, los gorriones seguían piando, y tumbada en la cama Millicent los imaginó, pájaros de un pálido marrón grisáceo en una bandada, unos iguales a otros, todos idénticos.

Y entonces, por algún motivo, Millicent pensó en los pájaros de brezo. Bajando despreocupados en picado por el páramo, cantaban y gritaban por los grandes espacios del aire, cayendo y acelerando, fuertes y orgullosos en su libertad, y a veces en su soledad. Entonces tomó la decisión.

Ahora, sentada encima de la pila de leña en el sótano de Betsy Johnson, Millicent sabía que había salido triunfante de la prueba de fuego, el periodo de chamuscado del ego que podía terminar en dos tipos de victoria para ella. La más fácil sería su coronación como princesa, etiquetándola de forma concluyente como una de la bandada elegida.

La otra victoria sería mucho más difícil, pero sabía que lo que quería era eso. No era que fuese noble ni nada. Era solo que se había dado cuenta de que había otras maneras de entrar en el gran salón de la gente y de la vida, en el que ardían las luces.

Sería difícil explicárselo a las chicas esa noche, claro, pero más tarde podía decirle a Louise lo que había sucedido. Cómo se había demostrado algo a sí misma superando todo, hasta el Tribunal de las Ratas, y luego había decidido no entrar en la sororidad a fin de cuentas. Y cómo podía seguir siendo amiga de todo el mundo. Hermana de todo el mundo. También de Tracy.

La puerta se abrió tras ella, y un rayo de luz cortó las suaves tinieblas del sótano.

—Eh, Millicent, sal. Ya está.

Fuera estaban algunas de las chicas.

—Voy —dijo, poniéndose de pie, y saliendo de la suave oscuridad al resplandor de la luz, pensando: «Ya está, no pasa nada. La peor parte, la parte más difícil, la parte de la iniciación que he averiguado yo sola».

Pero, justo entonces, de algún lugar remoto, Millicent estaba segura, llegó la música melódica de una flauta, muy silvestre y dulce, y supo que tenía que ser la canción de los pájaros de brezo, mientras iban girando y planeando contra los anchos horizontes azules a través de vastos espacios de aire, con las alas destellando rápidas y moradas al sol brillante.

Dentro de Millicent se alzó otra melodía, fuerte y exuberante, una respuesta triunfante a la música de los veloces pájaros de brezo que cantaban tan claro y alegre sobre las tierras lejanas. Y supo que su propia y particular iniciación acababa de empezar.

DOMINGO EN CASA DE LOS MINTON
(Relato, primavera de 1952)

Ojalá Henry no fuera, suspiró Elizabeth Minton, mientras enderezaba un mapa en la pared del estudio de su hermano, tan quisquilloso. Tan sumamente quisquilloso. Se apoyó perezosamente en su escritorio de caoba un momento, con los dedos marchitos, cubiertos de venas azules, abiertos blancamente contra la madera oscura, reluciente.

La luz del final de la mañana hacía cuadrados pálidos encima del suelo, y las motas de polvo se arremolinaban, hundiéndose en el aire luminoso. Por la ventana veía el brillo plano del mar verde de septiembre, que se curvaba mucho más allá de la borrosa línea del horizonte.

Cuando hacía bueno, si estaban abiertas las ventanas, oía caer las olas. Una rompía, y se alejaba deslizándose, y luego otra, y otra. Algunas noches, cuando seguía medio despierta, a punto de zambullirse en el sueño, oía las olas, y luego empezaba el viento en los árboles, hasta que no era capaz de diferenciar un sonido de otro, de manera que, que ella supiera, el agua podía estar cubriendo las hojas, o las hojas cayendo silenciosas, flotando hacia el mar.

—Elizabeth. —La voz de Henry retumbó profunda y ominosa en el pasillo cavernoso.

—¿Sí, Henry? —Elizabeth contestó dócilmente a su hermano mayor.

Ahora que volvían a estar juntos en la vieja casa, ahora que volvía a ocuparse de los deseos de Henry, a veces imaginaba que era una niña, obediente y sumisa, como lo fue hace tanto tiempo.

—¿Ya has recogido el estudio?

Henry estaba llegando por el pasillo. Sus pasos lentos, pesados, se oyeron al otro lado de la puerta. Nerviosa, Elizabeth se llevó una mano esbelta al cuello, toqueteando, como un talismán, el broche de amatista de su madre, que siempre llevaba prendido del cuello del vestido. Recorrió con la mirada la habitación en penumbra. Sí, se había acordado de quitar el polvo de las pantallas de las lámparas. Henry no toleraba el polvo.

Miró a Henry, que ahora estaba de pie en el umbral. En la luz imprecisa no veía sus rasgos con claridad, y su cara se cernía redonda y sombría, su sombra considerable fundiéndose con la oscuridad del pasillo que tenía detrás. Entrecerrando los ojos para ver la forma indistinta de su hermano, Elizabeth sintió un placer extraño mirándolo sin las gafas. Siempre era tan claro, tan preciso, y ahora, por una vez, estaba minuciosamente oscurecido.

—¿Ya estás soñando con los ojos abiertos, Elizabeth? —la riñó Henry con tristeza, viendo una característica mirada remota en sus ojos.

Su relación siempre había sido así, Henry salía y se la encontraba leyendo en el jardín debajo del cenador de las rosas, o construyendo castillos en la arena junto al rompeolas y Henry le decía que Mamá necesitaba ayuda en la cocina, o que había que limpiar la plata.

—No, Henry. —Elizabeth se estiró cuan larga era, frágil—. No, Henry, para nada. Estaba a punto de meter el pollo en el horno.

Rozó a su hermano al pasar con una sutilísima sugerencia de un contoneo indignado.

Henry se quedó mirando a su hermana, mientras sus tacones hacían *tap-tap* suavemente en la cocina, la falda lila en equilibrio y meciéndose alrededor de sus espinillas con un alarmante toque de impertinencia. Elizabeth nunca había sido una mujer práctica, pero por lo menos siempre había sido dócil. Y ahora esto..., esta actitud suya casi desafiante, que últimamente reaparecía tanto. Desde que se había ido a vivir con él, al jubilarse, en realidad. Henry movió la cabeza en gesto negativo.

Elizabeth estaba haciendo ruido en la despensa con los platos y los cubiertos, poniendo la mesa para la comida del domingo, apilando las uvas y las manzanas en el plato de cristal tallado para el centro de mesa, sirviendo agua helada en los vasos altos, verde pálido.

Se movía en la penumbra del austero comedor, una suave forma violeta a la media luz de los portiers corridos. Años antes su madre se movía igual…, ¿cuándo? ¿Hace cuánto? Elizabeth había perdido la cuenta del tiempo. Pero Henry podría decírselo. Henry recordaría el día exacto, la mismísima hora de la muerte de Mamá. Henry era escrupulosamente exacto para esas cosas.

Presidiendo la mesa, Henry agachó la cabeza, y bendijo la mesa con su voz profunda, dejando que las palabras rodasen ricas y rítmicas como un canto de la Biblia. Pero, justo cuando Henry llegaba al amén, Elizabeth olió a quemado. Pensó incómoda en las patatas.

—¡Las patatas, Henry!

Se puso en pie de un salto y fue corriendo a la cocina, donde las patatas estaban ennegreciéndose despacio en el horno. Apagando el fuego, las sacó a la encimera, y una se le cayó al suelo después de quemar sus dedos delgados, sensibles.

—Solo es la piel, Henry. Están bien —dijo.

Oyó un resoplido de irritación. A Henry siempre le habían gustado las pieles con mantequilla.

—Ya veo que no has cambiado nada en todos estos años, Elizabeth —sermoneó Henry cuando volvió al comedor llevando un plato que contenía las patatas quemadas.

Elizabeth se sentó, haciendo caso omiso de la reprimenda de Henry. Sabía que estaba a punto de empezar un largo discurso de reproche. Su voz rezumaba mojigatería como gruesas gotas doradas de mantequilla.

—A veces no te entiendo, Elizabeth —prosiguió Henry, cortando con dificultad un trozo de pollo especialmente obstinado—. No entiendo cómo te las has arreglado sola todos estos años trabajando sola en la biblioteca del pueblo, siempre soñando despierta y así.

Elizabeth agachó la cabeza en silencio. Era más fácil pensar en otra cosa cuando Henry le leía la cartilla. Cuando era pequeña, se tapaba los oídos para silenciar su voz cuando la llamaba a su puesto, cumpliendo con gran perseverancia las instrucciones de Mamá. Pero ahora le resultaba muy sencillo escapar a la censura de Henry discretamente, dejándose llevar a su mundo particular, soñando, dando vueltas a cualquier cosa que se le ocurriera. Recordó ahora cómo el horizonte se difuminaba plácidamente en el cielo azul, de tal manera que, que ella supiera, el agua podía estar clareando y convirtiéndose en aire, o el aire podía estar espesando, asentándose, convirtiéndose en agua.

Comieron en silencio, Elizabeth se movía de vez en cuando para llevarse unos platos, para echarle agua a Henry, para traer los platitos de moras y nata de la cocina. Mientras iba de un sitio a otro, y su falda lila rozaba los muebles rígidos, pulidos, tenía la extraña sensación de que estaba transformándose en otra persona, a lo mejor en su madre. Alguien que fuera capaz e industriosa con las faenas de la casa. Qué raro, después de tantos años de independencia, qué raro volver a estar con Henry, circunscrita de nuevo a las tareas del hogar.

Entonces miró de reojo a su hermano, que estaba encorvado sobre el postre, llevándose una cucharada de moras y nata tras otra a la boca cavernosa. Se fundía, pensó Elizabeth, con la penumbra apagada, traslúcida del comedor umbrío, y le gustaba verlo sentado así, en el ocaso artificial, cuando sabía que al otro lado de las cortinas corridas brillaba el sol, exacto y luminoso.

Elizabeth se entretuvo fregando los platos, y Henry se fue a mirar mapas a su estudio. Nada le gustaba más que hacer cartas y cálculos, pensó Elizabeth, y sus manos buscaban a tientas en la espuma caliente mientras miraba por la ventana de la cocina a los destellos parpadeantes del agua azul. Cuando eran pequeños, Henry siempre estaba haciendo cartas y mapas, copiando su libro de geografía, reduciendo cosas a escala, mientras soñaba ante las imágenes de montañas y ríos con extraños nombres extranjeros.

En las profundidades de la pila, los cubiertos chocaron a ciegas con los vasos en pequeños *crescendos* tintineantes. Elizabeth puso unos platos que quedaban en la pila llena de agua jabonosa, y miró cómo se ladeaban y se hundían. Cuando acabase, iría al salón con Henry, y leerían juntos un rato, o a lo mejor irían a pasear. Henry pensaba que el aire fresco era sanísimo.

Un tanto resentida, Elizabeth recordó todos los largos días que pasó en cama de niña. Fue una niña amarillenta, enfermiza, y Henry siempre iba a verla con su cara redonda y rubicunda refulgente, resplandeciente de vigor.

Llegaría un momento, pensó Elizabeth, como tantas veces, en que le plantaría cara a Henry y le diría algo. No sabía muy bien qué, pero iba a ser demoledor y terrible. Estaba segura, algo extremadamente frívolo y nada respetuoso. Y entonces, por una vez, vería a Henry desconcertado, a Henry titubeando, vacilando sin poder evitarlo, sin palabras.

Sonriendo para sus adentros, con la cara en un éxtasis de disfrute interior, Elizabeth fue con Henry, que estaba mirando un libro de mapas en el salón.

—Ven, Elizabeth —ordenó Henry, dando golpecitos en el cojín del sofá que estaba a su lado—. He encontrado un mapa interesantísimo de los estados de Nueva Inglaterra que quiero que veas.

Elizabeth fue obediente a sentarse al lado de su hermano. Los dos estuvieron un rato en el sofá, sosteniendo la enciclopedia entre ambos, y pasando las páginas brillantes con mapas rosas, azules y amarillos de estados y países. De repente, Elizabeth entrevió un nombre familiar en medio de Massachusetts.

—Espera —exclamó—. Deja que mire todos los sitios en los que he estado. Aquí... —Trazó una línea con el dedo sobre la superficie de la página al oeste de Boston, hasta Springfield—. Y aquí arriba... —El dedo fue hasta la esquina del estado, a North Adams—. Y luego justo al otro lado de la frontera, a Vermont, cuando fui a ver a la prima Ruth..., ¿cuándo fue? La primavera pasada...

—La semana del seis de abril —apuntó Henry.

—Sí, claro. ¿Sabes qué?, nunca he pensado —dijo— en qué dirección iba en el mapa..., arriba, abajo o a un lado.

Henry miró a su hermana con algo cercano a la consternación.

—¡Nunca! —exhaló incrédulo—. ¿Me quieres decir que nunca te das cuenta de si vas al norte o al sur o al este o al oeste?

—No —llameó Elizabeth—. Nunca. Nunca me ha interesado.

Entonces pensó en el estudio de él, las paredes de las que colgaban los grandes mapas, con sus trazados cuidadosos, sus notas meticulosas. Vio en la imaginación las líneas negras de los contornos dibujadas concienzudamente, y el leve baño de color azul en torno a las orillas de los continentes. También había símbolos, recordó. Puñados de hierba estilizados que señalaban los pantanos, y segmentos verdes para los parques.

Se imaginó paseando, pequeña y diminuta, por las líneas de los contornos dibujadas finamente, arriba y abajo, vadeando los óvalos poco profundos de los lagos, y abriéndose paso entre rígidos puñados simétricos de juncos.

Luego se imaginó con una brújula redonda, blanca, en la mano. La aguja de la brújula daba vueltas, temblaba, se quedaba quieta señalando siempre al norte, mirase donde mirase. La incansable exactitud del mecanismo la irritaba.

Henry seguía mirándola con una especie de pasmo. Se dio cuenta de que Henry tenía los ojos muy fríos y muy azules, como las aguas del Atlántico en el mapa de la enciclopedia. De la pupila irradiaban finas rayas negras. Vio los flecos negros y cortos de las pestañas dibujados, repentinamente distintos y claros. Henry sabría dónde estaba el norte, pensó con desesperación. Sabría con precisión dónde estaba el norte.

—La verdad, no creo que la dirección importe tanto. Lo que importa es dónde vas —anunció de mal humor—. A ver, ¿en serio estás pensando siempre en qué dirección vas?

La propia habitación pareció ofendida ante esa insolencia abierta. Elizabeth estaba segura de que había visto enderezarse a los morillos, y de que el tapiz azul de encima de la repisa de la chimenea había palidecido de forma perceptible. El reloj de pared la miraba boquiabierto, mudo antes del siguiente tic de reprobación.

—Claro que pienso dónde voy en el mapa —declaró Henry con firmeza, con un color rubicundo subiéndole a las mejillas—. Siempre trazo la ruta de antemano, y luego me llevo un mapa para seguirlo mientras viajo.

Elizabeth lo veía ahora, de pie y brillante por la mañana en la superficie plana de un mapa, esperando expectante a que el sol saliera por el este. (Sabría con exactitud dónde estaba el este). No solo eso, también sabría hacia dónde soplaba el viento. Mediante una magia infalible relacionaría la brújula y el viento.

Visualizó a Henry en el centro del mapa, que estaba troceado como una tarta de manzana debajo de la cúpula azul de un cuenco. Estaba de pie, con los pies plantados firmemente, calculando con papel y lápiz, comprobando que el mundo giraba según el horario. Por la noche, miraba el paso mecánico de las constelaciones como relojes luminosos, y las llamaba alegremente por su nombre, como si saludase a parientes puntuales. Casi podía oírlo chillando efusivamente: «¿Qué hay, Orión, compadre?». Oh, era completamente insoportable.

—Supongo que cualquiera puede aprender a saber la dirección —murmuró Elizabeth finalmente.

—Por supuesto —le dijo Henry, resplandeciente ante su humildad—. Hasta puedo prestarte un mapa, para que practiques.

Elizabeth estuvo sentada en silencio un rato, mientras Henry pasaba las páginas de la enciclopedia, estudiando mapas que le parecían especialmente interesantes. Elizabeth estaba acariciando, como a un amigo querido, vejado, el mundo vago, impreciso, en el que vivía.

El suyo era un mundo en penumbra, en el que la luna flotaba sobre los árboles por la noche como un globo trémulo de luz plateada, y los rayos azulados vacilaban al pasar entre las hojas, al otro lado de la ventana, temblando en dibujos fluidos sobre el empapelado de su habitación. El mismo aire era ligeramente opaco, y las formas vacilaban, y se fundían unas con otras. El viento soplaba en ráfagas suaves, caprichosas, ahora aquí, ahora allá, viniendo del mar o de la rosaleda (lo sabía por el olor a mar o a flores).

Hizo un gesto de dolor bajo la benévola brillantez de la condescendiente sonrisa de Henry. Quería decir algo valiente e insolente, algo que alterase la horrible serenidad de sus rasgos.

Recordó que en una ocasión se atrevió a decir algo espontáneo y fantasioso…, ¿qué era? Que quería levantar la parte de arriba de la cabeza de la gente como la tapa de una tetera, y mirar dentro para averiguar qué estaba pensando. Henry se puso tenso con eso, carraspeó, y dijo suspirando, como hablando a una niña irresponsable, algo del estilo de: «¿Y qué crees que vas a encontrar dentro? ¡Desde luego, ruedas y serpentines, no, y tampoco pensamientos amontonados como fajos de papel, etiquetados y atados con cinta!». Y sonrió ante su contundente ingenio.

No, por supuesto que no, le dijo Elizabeth, desinflada. Ahora pensó en cómo sería su mente, una habitación oscura, cálida, con luces de colores balanceándose y vacilantes, como otros tantos faroles que se reflejaran en el agua, y cuadros yendo y viniendo por las paredes nubladas, blandos y borrosos como pinturas impresionistas. Los colores estarían rotos en pequeños fragmentos teñidos, y el rosa de la carne de las señoras sería el rosa de las rosas, y el lila de los vestidos se mezclaría con las lilas. Y de algún lugar llegaría dulce el sonido de violines y campanas.

La mente de Henry, estaba segura, sería plana y a nivel, cubierta de instrumentos de medida a la luz ancha y firme del sol. Habría paseos geométricos de cemento y edificios cuadrados, considerables, con relojes, perfectamente en hora en todas partes, perfectamente sincronizados. Su tictac preciso espesaría el aire.

Fuera aclaró de pronto, y la habitación pareció expandirse en la luz fresca.

—Ven, se va a quedar buena tarde para pasear —dijo Henry, levantándose del sillón, sonriendo, y extendiéndole una mano cuadrada, considerable.

Tenía la costumbre de llevarla a dar una vuelta por el paseo marítimo los domingos por la tarde, después de comer. El aire fresco, salado, decía, sería tonificante para ella. Siempre estaba un poco amarilla, un poco chupada.

En el aire que soplaba, el pelo gris de Elizabeth se soltaba y revoloteaba alrededor de su cara en una aureola rala, mojada y húmeda. Pero, a pesar de la salutífera brisa, sabía que a Henry no le gustaba verla con el pelo revuelto, y se alegraba de que volviera a alisarlo en el moño de costumbre, y a asegurarlo con un largo alfiler de metal.

Hoy el aire estaba claro, pero hacía calor para principios de septiembre, y Elizabeth salió al porche de delante con repentina alegría, el abrigo gris de paño abierto y suelto sobre el vestido lila. A lo lejos veía un montoncito de nubes oscuras que podía ser una tormenta que se levantaba despacio en el horizonte lejano. Las nubes moradas eran como racimitos de uvas, con las gaviotas dando vueltas contra ellas en copos crema.

Abajo, contra los cimientos del paseo de tablas, las olas rompían poderosas, las grandes crestas verdes colgaban en suspenso en una curva de cristal frío, con venas azuladas, y entonces, tras un instante de inmovilidad, cayendo en un auge blanco de espuma, las capas de agua ardían en la playa en delgadas láminas de vidrio de espejo.

Con la mano apoyada segura en el brazo de Henry, Elizabeth se sentía amarrada, como un globo, al viento, pero a salvo. Respirar las ráfagas de aire fresco la hacía sentir extrañamente ligera, casi inflada, como si un soplo de viento un poco más fuerte pudiera levantarla y ladearla sobre el agua.

En el horizonte, los racimos de uvas se estaban hinchando, se dilataban, y el viento estaba extrañamente caliente, y empujaba. La luz de septiembre pareció diluirse, debilitarse de repente.

—Henry, me parece que vamos a tener tormenta.

Henry se rio de las nubes lejanas, amenazantes.

—De eso nada —dijo con certeza—. Amainará. Este viento no es el que tiene que ser.

El viento no era el que tenía que ser. Soplando en ráfagas impulsivas, raras, el viento se burlaba de Elizabeth. Aleteaba en el borde de su combinación. Juguetón, le metió un mechón de pelo en el ojo. Se sintió extrañamente traviesa y eufórica, secretamente contenta de que el viento no fuera el que tenía que ser.

Henry estaba parado junto al rompeolas. Estaba sacando su enorme reloj de oro del bolsillo del chaleco. Dentro de quince minutos, dijo, sería la pleamar. A las cuatro y siete exactamente. La verían desde el viejo embarcadero que sobresalía encima de las rocas.

Elizabeth sintió un regocijo creciente conforme andaban sobre las tablas del embarcadero, que crujían y se quejaban bajo ellos. Entre las rendijas veía la profunda agua verde que le susurraba algo misterioso, algo ininteligible, perdido en el estruendo del viento. Vertiginosamente, sintió que los pilotes cubiertos de musgo del embarcadero se mecían, rechinaban debajo de sus pies en el tirón fuerte de la marea.

—Por aquí —dijo Henry, asomándose sobre la barandilla al final del embarcadero, con su conservador traje azul de raya diplomática haciendo cabrillas en el viento inquieto, que le levantaba los cabellos cuidadosamente peinados de la coronilla hasta que vibraban, de punta en el aire, como las antenas de un insecto.

Elizabeth se inclinó sobre la barandilla, al lado de su hermano, mirando a las olas que batían las rocas debajo. La falda lila no dejaba de hincharse y ondear alrededor de sus piernas, y, aunque intentaba sujetarla con sus dedos delgados, frágiles, seguía soplando rebelde de un sitio a otro.

Algo le pinchaba el cuello. Distraída, se llevó una mano a la garganta tan solo para notar que el broche de amatista se soltaba, se le deslizaba entre los dedos, y caía, irradiando destellos morados según daba vueltas para quedarse en las rocas más abajo, brillando con despecho.

—Henry —gritó, aferrándose a él—. Henry... ¡El broche de Mamá! ¿Qué hago? —La mirada de Henry siguió la mano que señalaba, su índice anguloso, trémulo, donde el broche brillaba—. Henry —gritó, casi sollozando—, tienes que traérmelo. ¡Se lo van a llevar las olas!

Bruscamente, Henry, dándole su sombrero hongo negro, se volvió responsable y protector. Se asomó a la barandilla para ver dónde estaban los mejores asideros.

—No tengas miedo —dijo valiente, y un viento burlón le devolvió sus palabras—. No tengas miedo, hay una especie de escalera. Voy a traerte el broche.

Con cuidado, con pericia, Henry empezó su descenso. Colocó con precisión los pies, uno tras otro, en los ángulos de los travesaños de madera, dejándose caer por fin a la parte de arriba seca, musgosa de las rocas, donde se quedó de pie triunfante. Las olas golpeaban un poco más debajo de donde estaba, levantándose y cayendo rítmicamente, haciendo ruidos ominosos en las cuevas y las grietas entre las grandes rocas. Sujetándose con una mano en el último peldaño de su escalera improvisada, Henry se inclinó voluminosamente para coger el broche. Se agachó despacio, majestuosamente, resoplando un poco por culpa de la comida pesada.

Elizabeth se dio cuenta de que la ola debía de llevar bastante tiempo acercándose, pero no se había percatado de que era mucho más grande que las demás. Sin embargo, ahí estaba, una gran masa de agua verde que se movía despacio, majestuosamente hacia tierra, rodando inexorablemente adelante, gobernada por una ley natural infalible, hacia Henry, que se estaba incorporando, a punto de sonreírle, con el broche en la mano.

—Henry —susurró en un éxtasis de horror conforme se asomaba para ver cómo la ola engullía la roca, derramando un diluvio sobre el punto exacto en que estaba Henry, subiendo alrededor de sus tobillos, dando vueltas en dos remolinos en torno a sus rodillas. Durante un largo instante, Henry mantuvo valientemente el equilibrio, un coloso a horcajadas sobre el mar rugiente, con una expresión de sorpresa inusual y doliente creciendo en su cara blanca, vuelta hacia arriba.

Los brazos de Henry se movieron en el aire como dos hélices de avión frenéticas, al tiempo que sentía el musgo deslizarse, escurriéndose bajo sus zapatos sumergidos, bien lustrados, y con una última mirada de desamparo, tambaleándose, cayendo, sin decir palabra, se derrumbó hacia atrás en la profundidad de la siguiente ola negra. Con paz creciente, Elizabeth vio levantarse, hundirse y volver a levantarse los brazos que se agitaban. Finalmente, la forma oscura se tranquilizó, hundiéndose despacio en el mar a través de los niveles de oscuridad. La marea estaba cambiando.

Elizabeth se asomó pensativa por la barandilla, con la barbilla puntiaguda apoyada en el hueco de las manos de venas azules. Imaginó un Henry verde, acuático, cayendo como una marsopa a través de capas de agua nublada. Tendría algas en el pelo y agua en los bolsillos. Lastrado por el redondo reloj de oro, por la brújula blanca, se hundiría hasta el fondo del mar.

El agua rezumaría dentro de sus zapatos, y se filtraría en el mecanismo de su reloj hasta que dejase de hacer tictac. Luego no habría sacudidas y golpes irritados que pudiesen hacer que volviese a funcionar. Incluso las ruedas dentadas misteriosas y exactas de la brújula se oxidarían, y Henry podría sacudirlas y empujarlas, pero la fina aguja trémula se quedaría pegada con obstinación, y el norte estaría dondequiera que se volviese. Se lo imaginó dando su paseo vespertino a solas los domingos, andando a buen paso en la luz verde diluida, pinchando curioso las anémonas marinas con su bastón.

Y luego pensó en su estudio con todos los mapas y las serpientes marinas dibujadas como decoración en mitad del océano Atlántico; en Neptuno, sentado regiamente encima de una ola, con su tridente en la mano y la corona en el pelo blanco revuelto. Según meditaba, los rasgos del rostro real de Neptuno se volvieron borrosos, se hincharon, se hicieron más redondos, y de pronto, vuelta hacia ella, ahí estaba la cara de un Henry muy cambiado. Temblando sin su chaleco, sin su traje de raya diplomática, estaba acurrucado sentado en la cresta de la ola, le castañeteaban los dientes. Y, al tiempo que miraba, oyó un estornudo minúsculo y patético.

Pobre Henry. Sintió pena por él. Porque... ¿quién iba a cuidarlo ahí abajo entre todas esas criaturas resbaladizas, indolentes? ¿Quién iba a escucharlo hablar sobre la manera en que la luna controlaba las mareas o sobre la densidad de la presión atmosférica? Pensó con simpatía en Henry, y en cómo nunca pudo digerir el marisco.

El viento estaba volviendo a levantarse, y la falda de Elizabeth se levantó en una ráfaga nueva, hinchándose como una campana, llena de aire. Se ladeó peligrosamente, soltando la barandilla, intentando alisarse la combinación. Los pies se levantaron de las tablas, se asentaron, volvieron a levantarse, hasta que estuvo flotando hacia arriba, como una semilla de algodoncillo lila pálido, siguiendo el viento, sobre las olas y saliendo a alta mar.

Y esa fue la última vez que se vio a Elizabeth Minton, que se estaba divirtiendo muchísimo, volando cada vez más alto, ahora hacia acá, ahora hacia allá, con su vestido lila fundiéndose con el morado de las nubes lejanas. Su risa aguda, triunfante, femenina, se mezclaba con la carcajada profunda, gorgoteante, de Henry, arrastrado bajo ella con la marea que bajaba.

La tarde estaba ensombreciéndose en el ocaso. Hubo un tirón repentino del brazo de Elizabeth.

—Vamos a casa, Elizabeth —dijo Henry—. Se está haciendo tarde.

Elizabeth lanzó un suspiro de sumisión.

—Voy —dijo.

ENTRE LOS ABEJORROS
(Relato, principios de los años cincuenta)

En el principio fue el padre de Alice Denway, tirándola al aire hasta que se atragantaba, y cogiéndola, y dándole un enorme abrazo de oso. Con la oreja contra el pecho de él, la pequeña Alice oía el trueno de su corazón y el pulso de la sangre en sus venas, como el sonido de caballos salvajes que galopasen.

Porque el padre de Alice Denway fue un gigante. En el resplandor azul de sus ojos se concentraba el color de toda la cúpula celeste y, cuando reía, sonaba como si todas las olas del mar rompiesen y rugiesen juntas en la playa. Alice adoraba a su padre, porque era poderosísimo, y todo el mundo hacía lo que mandaba, porque él sabía qué hacer y nunca se equivocaba.

Alice Denway era la favorita de su padre. Desde muy pequeña, la gente le decía a Alice que salía a la familia de su padre, y que estaba muy orgulloso de ella. Su hermano pequeño, Warren, salía a la familia de su madre, y era rubio y amable, y siempre estaba enfermo. A Alice le gustaba tomarle el pelo a Warren, porque la hacía sentir superior que empezase a quejarse y a llorar. Warren lloraba mucho, pero nunca se chivó de ella. Por ejemplo, aquella tarde de primavera, en la cena, cuando Alice estaba sentada enfrente de su hermano Warren, que se estaba comiendo el pudin de chocolate. El pudin de chocolate era el postre favorito de Warren, y lo comía en silencio, cogiéndolo cuidadosamente con su cucharita de plata. Aquella noche a Alice no le gustaba Warren, porque se había portado como un santo todo el día, y Mamá se lo había dicho a Papá cuando este volvió de la ciudad. Warren tenía el pelo dorado y además suave, del color del diente de león, y tenía la piel del mismo color que su vaso de leche.

Alice echó un vistazo a la cabecera de la mesa para ver si su padre la estaba mirando, pero estaba inclinado sobre el pudin, cogiéndolo con la cuchara, chorreando crema, y llevándoselo a la boca. Alice se deslizó un poco en su silla, mirando a su plato con inocencia, y estiró la pierna por debajo de la mesa. Echando atrás la pierna, la extendió en una patada cortante, rápida. Con el dedo del pie acertó en una de las frágiles espinillas de Warren.

Alice lo observó con cuidado bajando las pestañas, ocultando su fascinación. La cucharada de pudin a medio camino se le cayó de la mano, manchándole el babero, y en sus ojos brotó una expresión sorprendida. La cara se le arrugó en una máscara de aflicción, y empezó a lloriquear. No dijo nada, se quedó sentado dócilmente, con lágrimas rezumando del rabillo de los ojos cerrados, y gimoteó húmedamente en el pudin de chocolate.

—Por amor de Dios, ¿es que no hace nada más que llorar? —Frunció el ceño el padre de Alice, levantando la cabeza y haciendo una mueca despectiva. Alice fulminó a Warren con la mirada de desdén que ya se podía permitir.

—Está cansado —dijo su madre, con una mirada herida de reprobación para Alice. Inclinándose sobre la mesa, atusó el pelo amarillo de Warren—. No se encontraba bien, pobrecito. Ya lo sabes.

La cara de su madre era tierna y suave como los dibujos de la Virgen en la escuela dominical, y se levantó y recibió a Warren en el círculo de sus brazos, en los que este se quedó acurrucado, caliente y a salvo, sorbiéndose los mocos, con la cara vuelta para no ver a su padre y a Alice. La luz le ponía una aureola luminosa en el pelo. Mamá lo arrulló para calmarlo, y dijo:

—Ea, ea, angelito, ya está. No pasa nada.

A Alice se le atragantó la masa de pudin al final de la garganta cuando estaba a punto de tragar, y casi tuvo arcadas. Trabajando duramente con la boca, consiguió pasarla por fin. Luego sintió el nivel firme y alentador de la mirada de su padre en ella, y se animó. Mirando a sus entusiastas ojos azules, soltó una clara risa triunfante.

—¿Quién es mi niña favorita? —le preguntó con cariño, retorciéndole una coleta.

—¡Alice! —gritó ella, dando saltos en la silla.

Mamá estaba llevando a Warren a la cama en el piso de arriba. Alice era consciente de la espalda que se retiraba, del medido golpeteo de los tacones de su madre subiendo por las escaleras, sonando débiles en el suelo de arriba. Llegó el sonido del agua que corría. Warren se iba a bañar, y Mamá le contaría un cuento a medida. Mamá le contaba un cuento a Warren todas las noches, antes de meterlo en la cama, porque de día se portaba como un santo.

—¿Esta noche puedo te ver corregir? —preguntó Alice a su padre.

—*Verte* —dijo su padre—. Sí, puedes, si estás en silencio.

Se limpió los labios con la servilleta, la dobló y la tiró a la mesa, apartando la silla.

Alice siguió a su padre a su cubil, y fue a sentarse en una de las grandes, resbaladizas sillas de cuero junto a su escritorio. Le gustaba verlo corregir los trabajos que traía de la ciudad en un maletín, arreglando los fallos que la gente había tenido ese día. Leía y se detenía bruscamente, cogía el lápiz de colores y hacía pequeñas marcas rojas aquí y allá, donde las palabras estaban mal.

—¿Sabes —le dijo su padre en una ocasión, levantando la mirada repentinamente del trabajo— qué pasará mañana cuando devuelva estos trabajos en clase?

—No —dijo Alice, temblando un poco—. ¿Qué?

—Habrá —entonó su padre con falsa severidad, con un ceño negro— llantos y lágrimas y crujir de dientes.

Alice pensó entonces en la gran sala de la universidad donde estaba su padre en lo alto de una tarima. Estuvo allí una vez con Mamá, y había cientos de personas que iban a oír hablar a su padre y a escuchar cosas maravillosas y extrañas sobre cómo está hecho el mundo.

Se lo había imaginado allí, devolviendo trabajos a la gente, llamándolos por su nombre, a todos. Tendría el aspecto que tenía cuando a veces reñía a Mamá, fuerte y orgulloso, y su voz sonaría dura, afilada. Desde allí arriba, como un rey en lo alto del trono, diría los nombres con su voz fragorosa, y la gente se acercaría, temblando y asustada, a recoger sus trabajos. Y luego, levantándose triste, el sonido de los llantos, las lágrimas y el crujir de dientes. Alice esperaba estar allí algún día cuando la gente hiciera crujir los dientes; estaba segura de que haría un ruido terrible y sobrecogedor.

Esa noche estuvo sentada mirando a su padre corregir trabajos hasta la hora de irse a la cama. La luz de la lamparilla ceñía su cabeza con una aureola de brillo, y las marquitas despiadadas que hacía en los trabajos eran del color de la sangre que brotaba en una línea fina el día que se cortó el dedo con el cuchillo del pan.

Todos los días, aquel año, cuando su padre volvía a casa justo antes de la cena, le traía sorpresas de la ciudad en su maletín. Entraba por la puerta principal, se quitaba el sombrero y el abrigo pesado, áspero con el forro de seda, y dejaba el maletín en una silla. Primero desabrochaba las correas, y luego sacaba el periódico, que venía doblado y olía a tinta. Luego estaban los fajos de trabajos que tenía que corregir para el día siguiente. Y en el fondo había algo especial para ella, Alice.

Podían ser manzanas, amarillas y rojas, o nueces envueltas en celofán de colores. A veces había mandarinas, y pelaba la piel naranja picada para ella, y los esponjosos hilos blancos que cubrían la fruta como encaje. Comía los gajos uno a uno, y el zumo le chorreaba dulce y ácido en la boca.

En verano, cuando hacía muy bueno, su padre no iba a la ciudad. La llevaba a la playa cuando Mamá tenía que quedarse en casa con Warren, que siempre tosía y se inquietaba porque tenía asma y no podía respirar sin el vapor de la tetera al lado de la cama.

Primero Papá iba a nadar solo, dejándola en la orilla, con las olas pequeñas derrumbándose a sus pies, y la arena mojada deslizándose fría entre sus deditos. Alice se hundía hasta los tobillos, mirándolo con admiración desde el borde de la rompiente, protegiéndose los ojos del brillo cegador del sol de verano, que golpeaba silencioso y resplandeciente la superficie del agua.

Pasado un rato, lo llamaba, y él se daba la vuelta y empezaba a nadar hacia la orilla, trinchando una línea de espuma tras él con las piernas y cortando el agua hacia delante con las poderosas hélices de sus brazos. Llegaba hasta ella, y la montaba en su espalda, donde se aferraba, con los brazos apretados alrededor de su cuello, y volvía a nadar. En un éxtasis de terror se agarraba a él, con la suave mejilla picándole donde apoyaba la cara contra la nuca de su padre, las piernas y el cuerpo esbelto arrastrándose detrás, flotando, moviéndose sin esfuerzo en la estela enérgica de su padre.

Y poco a poco, en la espalda de su padre, el miedo abandonaba a Alice, y el agua, negra y profunda debajo de ella, parecía tranquila y amistosa, obedeciendo al hábil dominio de la brazada rítmica de su padre, y sosteniéndolos a ambos sobre las olas niveladas. También sentía el sol caliente y cordial en sus delgados brazos, donde tenía la piel punteada de carne de gallina. El sol del verano no le quemaba la piel, como a Warren, sino que se la ponía de un tono marrón precioso, del color de la tostada con azúcar y canela.

Después de nadar, su padre la llevaba a correr por la playa para que se secase, y, según echaban carreras sobre la arena llana, dura, al borde del agua, ella intentaba acompasar sus pisadas al paso potente de su rápida zancada. A Alice le parecía entonces, conforme notaba que la fuerza y la seguridad crecían en sus jóvenes extremidades, que algún día ella también sería capaz de montar las olas con dominio y seguridad, y que la luz del sol siempre se doblaría con deferencia para ella, dócil y generosa con su calidez creativa.

El padre de Alice no le tenía miedo a nada. El poder era bueno, porque era poder, y, cuando llegaban las tormentas de verano, con el relámpago azul chisporroteando y los truenos ensordecedores, como el sonido de una ciudad derrumbándose manzana a manzana, el padre de Alice reía a carcajadas, mientras Warren huía para esconderse en el escobero, con los dedos en los oídos y la pálida cara seria por el terror. Alice aprendió a cantar la canción del trueno con su padre: «Thor está enfadado. Thor está enfadado. ¡Bum, bum, bum! ¡Bum, bum, bum! Nos da igual. Nos da igual. ¡Bum, bum, bum!». Y, sobre la voz resonante de barítono de su padre, el trueno retumbaba inocuo como un león amaestrado.

Sentada en el regazo de su padre, en el cubil, mirando las olas al final de la calle, agitadas en una espuma desigual de burbujas y gotas que volaban sobre el rompeolas, Alice aprendió a reírse de la grandeza destructora de los elementos. Las hinchadas nubes moradas y negras se abrían con destellos cegadores, y los truenos hacían que la casa temblase hasta sus cimientos. Pero, rodeada por los fuertes brazos de su padre y el latir constante y tranquilizador de su corazón en los oídos, Alice creía que de alguna manera estaba conectada al milagro de furia al otro lado de las ventanas, y que a través de su padre podía afrontar el día del juicio final con total seguridad.

Cuando era la época, su padre la llevaba al jardín, y le enseñaba cómo cazaba abejorros. Eso era algo que no podía hacer ningún otro padre. Su padre cazaba un tipo especial de abejorro que reconocía por la forma, y lo sostenía dentro del puño cerrado, acercándole la mano a la oreja. A Alice le gustaba oír el zumbido enfadado, ahogado, de la abeja, atrapada en la trampa oscura de la mano de su padre, pero sin picarle, sin atreverse a picarle. Entonces, con una carcajada, el padre abría los dedos, y la abeja volaba, libre, al aire y lejos.

Entonces, un verano, el padre de Alice no la llevó a cazar abejas. Estaba tumbado en el sillón, y Mamá le llevaba bandejas con zumo de naranja en vasos altos, y uvas y ciruelas para comer. Bebía mucha agua, porque siempre tenía sed. Alice iba muchas veces a la cocina para él, y cogía una jarra de agua con cubitos de hielo para que estuviera fría, y le llevaba un vaso, escarchado de gotitas de agua. Fue así durante una temporada, y Papá hablaba poco con quienes entraban en la casa. De noche, después de que Alice se fuese a la cama, oía a Mamá hablando con Papá en la habitación de al lado, y su voz discurría muy suave y baja un rato, hasta que Papá se enfadaba y levantaba la voz como un trueno, y a veces hasta despertaba a Warren, que se echaba a llorar.

Ahora Alice solo podía ir a ver a Papá de vez en cuando, porque la puerta casi siempre estaba cerrada. Una vez que estaba sentada en una silla al lado de la cama, contándole en voz baja que en el jardín las semillas de las violetas estaban preparadas para la recogida en sus vainas marrones, llegó el médico. Alice oyó que se abría la puerta principal, y que Mamá le decía que pasara. Mamá y el médico estuvieron juntos un momento en el recibidor, y el murmullo quedo de sus voces sonaba solemne e indistinto.

Luego, el médico subió con Mamá, llevando su cartera negra, y sonriendo brillante y bobo. Tiró amistosamente de la coleta de Alice, pero ella la apartó haciendo pucheros y moviendo la cabeza. Papá le guiñó un ojo, pero Mamá sacudió la cabeza.

—Pórtate bien, Alice —suplicó—. El médico ha venido a ayudar a Papá.

No era verdad. A Papá no le hacía falta que lo ayudaran. El médico lo estaba obligando a guardar cama; lo había apartado del sol, y eso entristecía a Papá. Papá podía echar de casa al regordete médico tonto si quería. Papá podía dar un portazo y ordenarle que no volviera jamás. Pero, en vez de eso, Papá dejó que el médico sacase una larga aguja plateada de la cartera negra, y que limpiase un área del brazo de Papá, y le clavase la aguja.

—Mejor no mires —le dijo Mamá a Alice amablemente.

Pero Alice estaba resuelta a mirar. Papá no dio ninguna muestra de dolor. Dejó que la aguja entrase, y la miró con sus fuertes ojos azules, diciéndole en silencio que en realidad no le importaba, que en realidad solo estaba siguiéndoles el juego a Mamá y al mediquillo absurdo y gordo, dos conspiradores inocuos. Alice sintió que los ojos se le llenaban de lágrimas de orgullo. Pero retuvo las lágrimas y no lloró. A Papá no le gustaba que se llorase.

Al día siguiente, Alice volvió a visitar a su padre. Desde el pasillo, lo vislumbró tumbado en la cama en la habitación en penumbra, con la cabeza encima de la almohada, y la luz, pálida y de un naranja polvoriento, se filtraba a través de las persianas bajadas.

Entró de puntillas en la habitación, que olía dulce y rara, a alcohol. Papá estaba dormido, tumbado inmóvil en la cama, salvo por el subir y bajar rítmico de las mantas encima de su pecho y el sonido de su respiración. En la luz tenue, tenía la cara del color amarillo de la cera de las velas, y tenía la carne enjuta y tensa alrededor de la boca.

Alice se quedó de pie mirando la cara demacrada de su padre, tensando y destensando las delgadas manos en los costados, y escuchando el hilo lento de su respiración. Luego se inclinó sobre la cama, y puso la cabeza encima de las mantas, sobre su pecho. De algún lugar, muy vago y lejano, llegaba el sonido del débil pulso de su corazón, como el golpe rítmico de un tambor que se desvanecía.

—Papá —dijo con una vocecilla suplicante—. Papá.

Pero no la oyó, retirado en el núcleo de sí mismo, aislado del sonido, el sonido de su voz suplicante. Perdida y traicionada, se volvió lentamente, y se fue de la habitación.

Esa fue la última vez que Alice Denway vio a su padre. Entonces no sabía que en todo lo que le quedaba de vida no habría nadie que anduviese con ella, como él, orgulloso y arrogante entre los abejorros.

EPÍLOGO
(Por Ted Hughes)

Sylvia Plath escribió una cantidad considerable de prosa. Se conservan unos setenta relatos, casi todos inéditos. Comenzó varias novelas, pero solo subsiste un fragmento extenso («Niño de piedra con delfín») anterior a La campana de cristal. Después de La campana de cristal, escribió unas 130 páginas de otra novela, con el título provisional de Doble exposición. El manuscrito desapareció hacia 1970.

Al margen de la ficción, escribió con bastante consistencia varios tipos de diario, a veces en cuadernos grandes de tapa dura, de cuando en cuando en hojas sueltas mecanografiadas, de cuando en cuando en cuadernitos de los que arrancaba las páginas que quería conservar. (Normalmente, el resto del cuaderno estaba lleno de borradores de poemas, etc.) El motivo por el que llevaba los diarios cambiaba. Las entradas manuscritas en cuadernos eran generalmente reprimendas a sí misma, o una forma de hacer acopio de determinación para acometer algo. Las hojas mecanografiadas comparten buena parte de esto, pero se extienden con más facilidad al comentario y la descripción generales, y siempre están escritas en un estilo más agudo y rápido. Escribía una prosa sensiblemente mejor a máquina que con pluma. Estas hojas escritas a máquina constituían un ejercicio de calentamiento, antes de continuar con otras cosas. En diversos momentos se propuso mecanografiar tres hojas grandes al día, aunque desgraciadamente nunca perseveró durante mucho tiempo. Cuando se mudó a Devon, se propuso hacer un archivo de toda la gente a la que iba conociendo, y de todo su trato con ella. Planeaba examinar toda la región, con la idea de acumular detalles para futuros cuentos. Parte de este material es impublicable. Consideraba estas hojas no solo un archivo, sino un ámbito en el que ejercitar su observación, al estilo de Flaubert. Después de visitar la casa de un vecino, describía la decoración y el mobiliario con laboriosa tenacidad, y se reprendía por ser incapaz de recordar qué motivo adornaba exactamente aquella lámpara concreta, y se animaba a tomar una fotografía mental de esta en su siguiente visita. Algo parecido le sucedía con lo que llevaba puesto la gente. Tenía buen ojo para eso. Al mismo tiempo, tenía grandes sospechas de que quizá su verdadera inclinación era ignorar por completo esas cosas. Lo que ahora es especialmente interesante en algunas de esas observaciones es la manera en que alimentaron Ariel. Son prueba de que unos poemas que a menudo parecen estar hechos de símbolos surreales arbitrarios son en realidad reorganizaciones apasionadas de hechos relevantes. Muestran en qué medida la poesía está hecha de los elementos de la situación que es fuente del tema del poema. Un gran conjunto de estos objetos y apariciones aparece en distintas partes de los diarios.

Finalmente, se encuentra cierta cantidad de prosa periodística. Tenía un respeto especial por esta forma de escritura: era una clave esencial de su plan de vida. Declaró que ambicionaba dos cosas. La primera era convertirse en una escritora de prosa competente, de alto nivel, popular, práctica y estadounidense, cuyos relatos apareciesen en las grandes cabeceras y le valiesen grandes sumas de dinero, y le diesen la sensación de ser una profesional con un trabajo de verdad en el mundo de verdad. La segunda era convertirse en una periodista independiente competente, que recorriese el mundo y pagase sus aventuras escribiendo sobre ellas. Podría pensarse que no habrá habido muchos escritores con más talento natural que ella para los textos de viajes legibles. Pero todos sus esfuerzos en ese sentido, hasta su último año, resultaron curiosamente agarrotados. Parte de la rigidez provenía probablemente del hecho de que siempre estaba intentando escribir pastiches del tipo de escritura que imaginaba que quería la publicación que tuviera en la cabeza. Pero, durante su último año, la liberación que se dio en su poesía y en su prosa de ficción se dio también en su periodismo. Creo que los tres o cuatro textos que escribió entonces por encargo están entre sus cosas más libres. De pronto se había convertido en una diestra escritora de ensayos breves e informales.

La ambición de escribir relatos era la carga más visible de su vida. Según ella, tener éxito como escritora de relatos traería consigo las ventajas de un trabajo estupendo. Quería el dinero y la libertad que pueden acompañarlo. Quería el estatus profesional, como escritora bien pagada, como maestra de un oficio difícil, y como investigadora del mundo real. Y, finalmente, y no menos importante, quería un motivo práctico para investigar el mundo real. En sus diarios aparece constantemente el miedo a no disfrutar de todo eso de un modo innato, a tener que luchar por ello, como si solo fuera innato para alguien opuesto a ella. Actuaba como si lo creyese. Así que muy temprano su vida se convirtió en una lucha por aprender a escribir relatos convencionales, y dar una forma aceptable a su talento a martillazos. «Para mí —escribió—, la poesía es una evasión del trabajo de verdad de escribir prosa».

En los años transcurridos entre la universidad y La campana de cristal, la gran tensión de su carácter fue inseparable de su incapacidad de escribir esos relatos de forma satisfactoria para ella. No conseguía encontrar ideas, o despreciaba sus ideas, o no lograba ponerse a escribir, o la consternaba lo que escribía. No conseguía entender por qué a ella le resultaba tan difícil, cuando parecía ser tan fácil para otros escritores, y cuando ella misma lo había encontrado bastante fácil en el pasado, en la adolescencia. ¿Cómo se había convertido en un lenguaje que se le resistía tanto, y por qué ese esfuerzo estaba tan repleto de semejantes terrores?

Analizó los relatos de varios escritores populares, desarmándolos y estudiando su maquinaria. Después de haber leído los relatos de Frank O'Connor, escribió: «Imitaré hasta sentir que estoy utilizando lo que pueda enseñar». De un escritor quería una cosa, de otro, otra. Pero sobre todo lo que quería en sus relatos era que el mundo objetivo estuviera presente. «Debo escribir sin barniz sobre las cosas del mundo». Luchó tenazmente para no dejarse absorber por su subjetividad: «Moriré si solo soy capaz de escribir sobre mí misma». Algo así atravesaba prácticamente todas las entradas de su diario durante largos periodos de tiempo.

En 1958, al final de su año como profesora, cuando dejó la universidad por última vez (también por primera vez), y afrontó su decisión de ser escritora y vivir de lo que escribía, anotó: «He repasado mi experiencia buscando "grandes" temas que ya estuvieran ahí: no había... [a continuación, cita unas cuantas calamidades por las que pasaron sus amigas] Todos palidecían, aburrían..., una colcha vidriosa impedía que los tocase, demasiado trillados. ¿O lo trillado era mi perspectiva? ¿Dónde estaba la vida? Se disipaba, se desvanecía, y mi vida quedaba juzgada y hallada falta de peso, porque no tenía de antemano un argumento para una novela, porque no podía sentarme sin más ante la máquina de escribir, y solo con genio y fuerza de voluntad empezar hoy una novela densa y fascinante, y terminarla el mes que viene. ¿Dónde, cómo, con qué y para qué empezar? Ningún incidente de mi vida parecía capaz de dar la talla siquiera en un relato de veinte páginas. Estaba paralizada, sentía que no había nadie con quien hablar, completamente aislada de la humanidad, en un vacío creado por mí misma: me sentía cada vez más enferma. Solo podía ser feliz como escritora, y no podía ser escritora. No podía escribir ni una sola frase. Estaba paralizada por el miedo...».

Escapó de esto cuando trabajó en el archivo de pacientes mentales del Hospital General de Boston, y unos meses después, tras escribir el relato «Johnny Pánico y la Biblia de los Sueños», en el que convirtió aquella experiencia en un descubrimiento literario personal que invadiría en secreto el resto de aquel año, escribió: «El odio, el miedo paralizante, es lo que se interpone y me frena. En cuanto retiro ese obstáculo, fluyo. Puede que por fin mi vida entre en lo que escribo: como hizo en el relato de Johnny Pánico». Lo que ese relato había hecho en realidad era dejar brotar el manantial en deshielo de su poesía como no lo había hecho ninguno de sus poemas hasta entonces. Volvió a encontrar ese manantial, nueve o diez meses después, en el poema impreso al final de su colección El coloso titulado «Poema para un cumpleaños», donde por primera vez se oye la voz de Ariel. Sin embargo, justo antes de escribir esa corta secuencia de poemas, anotó en su diario: «Desvelada anoche. Miedo al New Yorker, como si pudiera, a base de fuerza pura y dura y estudio, soldar mi sensibilidad, y lograr una articulación que sea publicable». Por entonces su mayor ambición era sin duda meter un relato en el New Yorker o en el Ladies' Home Journal, opciones que se alternaban a medida que cambiaba su estado de ánimo. En la misma época, escribía: «He releído los relatos que escribí en España. Qué aburridos son... ¿Quién querría leerlos?», o de nuevo: «Mi relato "La Sombra" es muy tenue, muy pálido», y: «Sigo vomitando al despertarme, y lo seguiré haciendo hasta que el relato sea más interesante que mis meditaciones sobre mí misma», mientras en todas partes hay referencias a su «parálisis», su «postración» e incluso su «desesperación», cuando se enfrenta al relato en curso.

Es extraño que fuese más paciente con sus poemas. Se sentaba enfebrecida a componer poesía, como un ludópata, pero después sopesaba y corregía los resultados que la decepcionaban, resignada, melancólica, pero leal, incluso empírica. La escritura de relatos, por el contrario, siempre sucedía en una atmósfera de combate cuerpo a cuerpo. Aquí, su intensa ambición claramente había hallado algo igual pero opuesto. Si un relato es inevitablemente fantasía, y si toda fantasía lleva a la postre al corazón del laberinto, su problema era que no podía entretenerse en los giros y vueltas y complicaciones exteriores, donde el mundo es aún sólido y relativamente seguro, por emocionante que sea. Tenía un atajo instantáneo y especial para llegar al centro, y no le quedaba más remedio que usarlo. Era tan incapaz de inventar una narración objetiva e ingeniosa como de enlazar todas las letras en su caligrafía, casi todos los símbolos parecen estar encaramados sobre un abismo. Ese atajo a través de los muros del laberinto era su verdadera genialidad. La confrontación instantánea con las cosas más centrales, inaceptables. Así que su esfuerzo obstinado, un año sí y otro también, por escribir ficción convencional, con la esperanza aprender para ganarse la vida con ello, era una especie de rechazo persistente de su genialidad. En septiembre de 1959, escribió en su diario: «Me da asco el cuento de diecisiete páginas que acabo de terminar: una pieza rígida, artificial sobre un hombre al que mata un oso, aparentemente porque su mujer quería que ocurriese, pero no abordo ni desarrollo ninguna de las profundas corrientes emocionales subterráneas. Como si unas trampillas higiénicas dejasen fuera la ebullición y la inveterada hinchazón de mi experiencia. Erigiendo bonitas estatuas artificiales. No consigo salir de mí misma. Hasta en el cuento del tatuaje lo hice mejor...». Solo cuando abandonó ese esfuerzo por «salir» de sí misma, y aceptó por fin el hecho de que su verdadero tema era su dolorosa subjetividad, y de que su único verdadero camino era sumergirse en sí misma, y de que las estrategias poéticas eran sus únicos medios de verdad, se sorprendió a sí misma en completa posesión de su genialidad; con todas las habilidades especiales que había desarrollado como por necesidad biológica, para abordar esa condiciones interiores únicas.

No obstante, sus cuentos son mucho más interesantes de lo que ella pensaba. Ahora parecen más vivos, en cierta forma, que cuando los escribió. Y su vitalidad viene precisamente de aquello de lo que siempre estaba intentando escapar: los temas que la interesaban lo suficiente para estimular su concentración resultan ser todos episodios de su propia vida; son todos autobiográficos. Tienen la vitalidad de su participación personal, su subjetividad. Y todos rodean las llamas a las que finalmente saltó la poesía, animada por «Johnny Pánico» y La campana de cristal.

En general, empiezan con un acontecimiento detallado de forma objetiva y descrito en sus diarios posteriores, y tienden a proseguir de la misma manera. Entre los relatos que descartó había bastantes que nunca lograron tomar ese desvío habilidoso y pasar de los raíles del hecho observado a la aventura de la ficción imaginada. Un relato al que casi le pasó lo mismo es «El águila de quince dólares». Ese relato narra de principio a fin y con total fidelidad un encuentro corriente, y, finalmente, a lo mejor ni siquiera es un relato. Pero es una imagen real, singularmente plathiana, un auténtico pedazo de su vida onírica. Sin embargo, ella reprobaba su «prosa estática, toda llena de imágenes», y se preguntaba si conseguiría que se leyera como un relato de O'Connor.

Lo que anhelaba de verdad era un estilo coloquial natural. La sintaxis aritmética, compleja de sus primeros poemas, «estática y llena de imágenes», era la que entorpecía sus narraciones, y sus vanos esfuerzos por deshacerse de ella constituyeron una parte importante de su labor. Curiosamente, en los relatos que parten de su experiencia en el Hospital General de Massachusetts es donde empieza a abrirse paso su voz natural. La voz que habla en «Las hijas de Blossom Street», y con más confianza aún en «Johnny Pánico y la Biblia de los Sueños», va hacia La campana de cristal y los poemas más directos de Ariel. El material de esos relatos, como sucede en los demás, es básicamente la descripción de experiencias de primera mano, pero su urgente expresividad es una novedad para ella. El cambio en su fluidez y su habilidad narrativa es notable. Después de acabar «Johnny Pánico», en diciembre de 1958, escribió: «Es tan raro y tiene tanta jerga que me parece que a lo mejor tiene oportunidades en algún sitio. Lo enviaré diez [veces] antes de lamentarlo: para entonces debería tener dos o tres relatos más».

No siempre fue capaz de conservar esa nueva libertad. Recayó en una serie de tentativas en su estilo antiguo —«El águila de quince dólares», «El oso número cincuenta y nueve» y varios fracasos completos— antes de lanzarse a La campana de cristal en 1960.

A su muerte, aparecieron entre sus papeles los manuscritos de unos diecisiete relatos. Incluían los que quería conservar, más otros escritos a lo largo de sus últimos dos años en Inglaterra.

Una recopilación de su prosa, publicada en Inglaterra en 1977, se componía de una selección de esos diecisiete relatos, junto con algunas piezas periodísticas y fragmentos de su diario. En aquel momento, como editor, tuve que suponer que había perdido, o bien había destruido, por considerarlos otros tantos fracasos, todos los demás relatos que yo recordaba que había escrito. Sin embargo, justo cuando se estaba publicando esa recopilación, en la Biblioteca Lilly de la Universidad de Indiana apareció una gran cantidad de papeles de Sylvia Plath, adquiridos por la biblioteca de la señora Aurelia Plath, la madre de la escritora, y entre dichos papeles había copias mecanografiadas de más de cincuenta relatos, desde sus primeros pasos en la escritura hasta aproximadamente 1960, aunque casi todos eran obras muy tempranas. Aparte de los duplicados de algunos que había conservado consigo, todos eran relatos que no había conseguido publicar, y que a la postre rechazó.

Esta recopilación contiene los trece relatos publicados en esa edición inglesa de 1977, con siete más, elegidos del archivo de Indiana.[29]

Intercalados entre los relatos hay cinco de sus piezas periodísticas más interesantes, y unos cuantos fragmentos de su diario. Todos los artículos llevan sus fechas aproximadas de redacción y más o menos siguen un orden cronológico inverso, en la medida de lo posible.

La propia Sylvia Plath rechazó sin duda varios de estos relatos, de manera que se publican en contra de su criterio. Hay que tenerlo en cuenta. Pero, a pesar de las flaquezas evidentes, parecen lo suficientemente interesantes para conservarlos, aunque solo sea como notas de su autobiografía interior. Algunos demuestran, incluso más llanamente que los relatos más potentes, hasta qué punto la mera presencia de cosas y sucesos paralizaba su fantasía y su inventiva. La dibujante de naturalezas muertas que llevaba dentro era leal a los objetos. Nada le resultaba más revitalizador que pasar horas sentada delante de una embarullada pila de cosas, delineando laboriosamente cada una de ellas. Pero eso también suponía una incapacidad. El hecho directo mataba todo poder o inclinación a disponerlo o verlo de manera diferente. Este limitarse a las circunstancias reales, que aprisiona buena parte de su prosa, se convirtió en parte de la solidez y la verdad de sus últimos poemas.

---

[29] Los siete relatos son «Cariñito y los hombres de los canalones», «Aquella viuda Mangada», «Niño de piedra con delfín», «Sobre el Oxbow», «La Sombra», «Lenguas de piedra» y «Entre los abejorros».

En 1960 probó suerte con los relatos para las revistas femeninas inglesas más sentimentales, y con ello consiguió una cierta liberación de su campo creativo. Uno de ellos, «Día de éxito», está incluido aquí como ejemplo de sus esfuerzos por escribir un pastiche. Pero incluso en esos casos se percibe como la rigidez de la situación objetiva aleja la vida de la narración..

Sin duda una de las flaquezas de estos relatos es que no se permitió ser lo bastante objetiva. Cuando solo quería tomar registro, sin intención de dar forma o publicar, podía producir gran parte de su escritura más efectiva, y eso se muestra en sus diarios.

Buena parte de estos diarios describe a gente que aún vive o son pensamientos muy privados. No es fácil decidir cuánto debería publicarse. Sus descripciones de vecinos y amigos y acontecimientos diarios son casi siempre demasiado personales, sus críticas, con frecuencia injustas. Algunos de los pasajes más inocuos —en absoluto los mejores— de las últimas entradas han sido seleccionados para ilustrar, entre otras cosas, la íntima correspondencia entre los detalles de los que tomó posesión en esas páginas y los detalles que pudo utilizar posteriormente en sus poemas. La pieza sobre Charlie Pollard viene a ser un borrador en prosa de «El encuentro de las abejas». La frialdad y la economía de su observación son notables. Pero casi todos los detalles esenciales del poema están ahí, los comienzos de su interpretación y el ambiente, incluso el giro inquietante de algunas expresiones. Y a todos los efectos «Rose y Percy B.» es un borrador de la muerte y el funeral en «Berck Plage», mientras «Entre los narcisos» toma una o dos frases de este.

El pasaje de Cambridge, extraído de páginas de diario mecanografiadas a principios de 1956, podría entenderse como otra muestra del estilo que usaba en sus cartas, que consiste en una revelación de sí misma. Aunque se desnuda menos que en sus poemas, esta pieza da idea del estado mental subyacente en su escritura previa al primer poema de su primer libro, El coloso.

Lo lógico, sin duda, sería publicar completa esta parte más privada de su diario. Resulta probable que su auténtica creación fuera su propia imagen, de manera que todos sus escritos funcionarían como notas y apuntes que dirigen la atención al problema central: ella. Para bien o para mal, eso sucede con ciertas personalidades. Como editor de los escritos inéditos de Sylvia Plath, y testigo de lo que le ocurría, me inclino cada vez más a creer en la importancia de los indicios textuales que nos hacen corregir y aclarar nuestra idea de su personalidad, y efectivamente sus escritos nos convencen de ello. Pero por todas partes aparece gente que aún vive, hasta en sus discusiones más privadas consigo misma, y —el editor debe afrontarlo— hay cosas más importantes que las revelaciones sobre los escritores. Las palabras vívidas, crueles que era capaz de utilizar para acorralar a sus conocidos e incluso a sus amigos cercanos era algo que ella quisiera que se publicase, y no tendrían ninguna gracia para los destinatarios, menos ahora que es famosa en todo el mundo, y admirada por su don de palabra. No debería hacer falta decirlo.

Salvo por cuatro pequeñas supresiones de unas pocas palabras, estos pasajes del diario están completos. En sus diarios, con una especie de taquigrafía mecanografiada, Sylvia Plath se refería ocasionalmente a la gente por sus iniciales. Esa práctica se ha extendido aquí por razones evidentes.[30]

Al leer esta recopilación, debería recordarse que su reputación proviene de sus poemas de los seis últimos meses. Casi toda la prosa incluida aquí fue escrita antes de que su primer libro de poemas, El coloso, estuviese acabado, tres años antes de su muerte.

Los únicos textos en prosa escritos durante el tiempo de los poemas de Ariel son las tres piezas periodísticas breves, «¡América! ¡América!», «Blitz de nieve» y «Ocean 1212-W». En otras palabras, esta recopilación no es representativa de la prosa de la poeta de Ariel, de la misma manera que los poemas de El coloso no son representativos de la poesía de la poeta de Ariel. Pero deja entrever las primeras fases del extraño conflicto entre lo que se esperaba de ella y lo que finalmente se le arrancó.

Tenemos que dar las gracias a la Biblioteca Lilly, de la Universidad de Indiana, por su generosa ayuda en nuestro examen del archivo de Sylvia Plath para esta recopilación.

TED HUGHES
Mayo de 1978

---

[30] Ted Hughes parece haber ido más lejos de lo que sugieren estas palabras en su edición de los diarios. Por ejemplo, el fragmento titulado «Los Smith: George, Marjorie (50), Claire (16)» en este volumen aparece como «Los Tyrer: George, Marjorie (50), Nicola (16)» en los diarios completos de Sylvia Plath (*The Unabridged Journals of Sylvia Plath*, Karen V. Kukil (ed.), Nueva York: Anchor Books, 2000).

ÍNDICE

MADRES
(Relato, 1962), 11

OCEAN 1212-W
(Ensayo, 1962), 23

BLITZ DE NIEVE
(Ensayo, 1963), 31

LOS SMITH: GEORGE, MARJORIE (50), CLAIRE (16)
(De los cuadernos, primavera de 1962), 41

¡AMÉRICA! ¡AMÉRICA!
(Ensayo, 1963), 59

CHARLIE POLLARD Y LOS APICULTORES
(De los cuadernos, junio de 1962), 65

COMPARACIÓN
(Ensayo, 1962), 71

«CONTEXTO»
(Ensayo, 1962), 75

ROSE Y PERCY B.
(De los cuadernos, 1961-1962), 77

DÍA DE ÉXITO
(Relato, 1960), 91

EL ÁGUILA DE QUINCE DÓLARES
(Relato, noviembre de 1959), 105

EL OSO NÚMERO CINCUENTA Y NUEVE
(Relato, septiembre de 1959), 121

LAS HIJAS DE BLOSSOM STREET
(Relato, 1959), 133

CARIÑITO Y LOS HOMBRES DE LOS CANALONES
(Relato, mayo de 1959), 151

LA SOMBRA
(Relato, enero de 1959), 165

JOHNNY PÁNICO Y LA BIBLIA DE LOS SUEÑOS
(Relato, diciembre de 1958), 175

SOBRE EL OXBOW
(Relato, 1958), 191

NIÑO DE PIEDRA CON DELFÍN
(Relato, 1957-1958), 199

TODOS LOS MUERTOS QUERIDOS
(Relato, 1957-1958), 225

LA CAJA DE LOS DESEOS
(Relato, 1956), 233

EL DÍA QUE MURIÓ EL SEÑOR PRESCOTT
(Relato, 1956), 241

LA VIUDA MANGADA
(De los cuadernos, verano de 1956), 249

AQUELLA VIUDA MANGADA
(Relato, otoño de 1956), 257

NOTAS DE CAMBRIDGE
(De los cuadernos, febrero de 1956), 279

LENGUAS DE PIEDRA
(Relato, 1955), 295

SUPERMAN Y EL BUZO NUEVO DE PAULA BROWN
(Relato, 1955), 303

EN LAS MONTAÑAS
(Relato, 1954), 311

INICIACIÓN
(Relato, julio de 1952), 321

DOMINGO EN CASA DE LOS MINTON
(Relato, primavera de 1952), 331

ENTRE LOS ABEJORROS
(Relato, principios de los años cincuenta), 343

EPÍLOGO
(Por Ted Hughes), 351

Esta edición de *La caja de los deseos*, compuesta en tipos
AGaramond 11,5 / 14,5 sobre papel offset Natural
de Torras de 90 g, se acabó de imprimir en Madrid
el día 11 de febrero de 2024,
aniversario de la muerte
de Sylvia Plath